郑州大学厚山人文社科文库
ZHENGZHOU UNIVERSITY HOUSHAN
HUMANITIES & SOCIAL SCIENCES LIBRARY

# 美国左翼女性文学研究

张 莉 ◎ 著

科学出版社
北 京

## 内 容 简 介

美国左翼女性文学在20世纪左翼运动与女性运动的合力之下诞生，是在马克思主义影响之下产生的进步文学。它包含两种不同类型的创作：书写底层妇女苦难生活与反抗意识的无产阶级女性文学和表达中产阶级女性自我认知和社会参与意识的左翼女性知识分子创作。它记载了美国女性在追寻公平正义、实现自我解放过程中的心路历程，也体现了她们从独特的女性视角对资本主义社会的观察和批判，以及对人类文明愿景的设想和勾勒。美国左翼女性文学研究关注左翼文学中性别意识的投射，从而为多元文化景观贡献独特视角。

本书可供美国文学、美国历史与文化、左翼文学、女性文学等研究方向的学者、师生及爱好者阅读。

---

图书在版编目（CIP）数据

美国左翼女性文学研究/张莉著. —北京：科学出版社，2023.1
ISBN 978-7-03-073740-3

Ⅰ.①美… Ⅱ.①张… Ⅲ.①左翼文化运动-妇女文学-文学研究-美国 Ⅳ.①I712.065

中国版本图书馆CIP数据核字（2022）第208704号

责任编辑：常春娥 宋 丽 / 责任校对：贾伟娟
责任印制：李 彤 / 封面设计：蓝正设计

科学出版社 出版
北京东黄城根北街16号
邮政编码：100717
http://www.sciencep.com
北京中科印刷有限公司 印刷
科学出版社发行 各地新华书店经销

\*

2023年1月第 一 版　开本：720×1000　1/16
2023年1月第一次印刷　印张：13 3/4
字数：269 000

定价：98.00元
（如有印装质量问题，我社负责调换）

国家社会科学基金"美国左翼女作家研究"(12CWW040)结项成果

# 郑州大学厚山人文社科文库
# 编委会

主任：

宋争辉　刘炯天

副主任：

屈凌波

委　员：（以姓氏笔画为序）

方若虹　孔金生　刘春太　李旭东

李建平　张玉安　和俊民　周　倩

徐　伟　樊红敏　戴国立

丛书主编：

周　倩

# 总　序

哲学社会科学是人们认识世界、改造世界的重要工具，是推动历史发展和社会进步的重要力量。习近平总书记在哲学社会科学工作座谈会上深刻指出："一个没有发达的自然科学的国家不可能走在世界前列，一个没有繁荣的哲学社会科学的国家也不可能走在世界前列。"郑州大学哲学社会科学研究工作面临重大机遇。

一是构建中国特色哲学社会科学的机遇。历史表明，社会大变革的时代，一定是哲学社会科学大发展的时代。党的十八大以来，以习近平同志为核心的党中央高度重视哲学社会科学。习近平总书记在全国哲学社会科学工作座谈会上的重要讲话为推动哲学社会科学研究工作提供了根本遵循。《关于加快构建中国特色哲学社会科学的意见》为繁荣哲学社会科学研究工作指明了方向。进入新时代，我国将加快向创新型国家前列迈进。站在新的历史起点上，更好地进行具有许多新的历史特点的伟大斗争、推进中国特色社会主义伟大事业，需要充分发挥哲学社会科学的作用，需要哲学社会科学工作者立时代潮头、发思想先声，积极为党和人民述学立论、建言献策。

二是新时代推进中原更加出彩的机遇。推进中原更加出彩，需要围绕深入实施粮食生产核心区、中原经济区、郑州航空港经济综合实验区、郑洛新国家自主创新示范区、中国（河南）自贸区、中国（郑州）跨境电子商务综合试验区、黄河流域生态保护和高质量发展等重大国家战略，为加快中原城市群建设、高水平推进郑州国家中心城市建设出谋划策，为融入"一带一路"国际合作和推进乡村振兴、推动河南实现改革开放、创新发展提供智力支持，需要注重成果转化和智库建设，使智库真正成为党委、政府工作的"思想库"和"智囊团"。因此，站在中原现实发展的土壤之上，我校哲学社会科学研究必须立足河南实际、面向全国、放眼世界，弘扬中原文化的优秀传统，建设具有中原特色的学科体系、学术体系，构建具有中原特色的话语体系，为经济社会发展提供理论支撑。

三是加快世界一流大学建设的机遇。学校完成了综合性大学布局，确立了综合性研究型世界一流大学的办学定位，明确了建设一流大学的发展目标，目前世界一流大学建设已取得阶段性、标志性成效，正处于转型发展的关键时期。建设研究型大学，哲学社会科学研究承担着重要使命，发挥着关键作用。为此，需要进一步提升哲学社会科学研究解决国家和区域重大战略需求、科学前沿问题的能力；需要进一步提升哲学社会科学原创性、标志性成果的产出水平；需要进一步提升社会服务能力，在创新驱动发展中提高哲学社会科学研究的介入度和贡献率。

把握新机遇，必须提高学校的哲学社会科学研究水平，树立正确的政治方向、价值取向和学术导向，坚定不移地实施以育人育才为中心的哲学社会科学研究发展战略，为形成具有中国特色、中国风格、中国气派的哲学社会科学学科体系、学术体系、话语体系做出贡献。

过去五年，郑州大学科研项目数量和经费总量稳步增长，走在全国高校前列。高水平研究成果数量持续攀升，多部作品入选《国家哲学社会科学成果文库》。社会科学研究成果奖不断取得突破，获得教育部第八届高等学校科学研究优秀成果奖（人文社会科学类）一等奖 1 项、二等奖 2 项、三等奖 1 项。科研机构和智库建设不断加强，布局建设了 14 个部委级科研基地。科研管理制度体系逐步形成，科研管理的制度化、规范化、科学化进一步加强。哲学社会科学团队建设不断加强，涌现了一批优秀的哲学社会科学创新群体。

从时间和空间上看，哲学社会科学面临的形势更加复杂严峻。我国已经进入中国特色社会主义新时代,开始迈向全面建设社会主义现代化国家新征程,逐步跨入高质量发展新阶段;技术变革上,信息化进入新一轮革命期,云计算、大数据、移动通信、物联网、人工智能日新月异。放眼国际,世界进入全球治理的大变革时期,面临百年未有之大变局。

从哲学社会科学研究本身看,无论是重视程度还是发展速度等面临的任务依然十分艰巨。改革开放40多年来,我国已经积累了丰厚的创新基础,在许多领域实现了从"追赶者"向"同行者""领跑者"的转变。然而,我国哲学社会科学创新能力不足的问题并没有从根本上改变,为世界和人类贡献的哲学社会科学理论、思想还很有限,制度性话语权还很有限,中国声音的传播力、影响力还很有限。国家和区域重大发展战略和经济社会发展对哲学社会科学研究提出了更加迫切的需求,人民对美好生活的向往寄予哲学社会科学研究以更高期待。

从高水平基金项目立项、高级别成果奖励、国家级研究机构建设上看,各个学校都高度重视,立项、获奖单位更加分散,机构评估要求更高,竞争越来越激烈。在这样的背景下如何深化我校哲学社会科学研究体制机制改革,培育发展新活力;如何汇聚众智众力,扩大社科研究资源供给,提高社科成果质量;如何推进社科研究开放和合作,打造成为全国高校的创新高地,是我们面临的重大课题。

为深入贯彻习近平新时代中国特色社会主义思想和习近平总书记关于哲学社会科学工作的重要论述以及中共中央《关于加快构建中国特色哲学社会科学的意见》等文件精神,充分发挥哲学社会科学"思想库""智囊团"作用,更好地服务国家和地方经济社会发展,推动学校哲学社会科学研究的繁荣与发展,郑州大学于2020年度首次设立人文社会科学标志性学术著作出版资助专项资金,资助出版一批高水平学术著作,即"厚山文库"系列图书。

厚山是郑州大学著名的文化地标,秉承"笃信仁厚、慎思勤勉"校风,取"厚德载物""厚积薄发"之意。"郑州大学厚山人文社科文库"旨在打造郑州大学学术品牌,集中资助国家社科基金项目、教育部人文社会科学研究项目等高层次项目以专著形式结项的优秀成果，充分发挥哲学社会科学优秀成果的示范引领作用，推进学科体系、学术体系、话语体系创新，鼓励学校广大哲学社会科学专家学者以优良学风打造更多精品力作，增强竞争力和影响力，促进学校哲学社会科学高质量发展，为国家和河南经济社会发展贡献郑州大学的智慧和力量，助推学校一流大学建设。

2020 年，郑州大学正式启动"厚山文库"出版资助计划，经学院推荐、社会科学处初审、专家评审等环节，对最终入选的高水平研究成果进行资助出版。

郑州大学党委书记宋争辉教授，河南省政协副主席、郑州大学校长刘炯天院士，郑州大学副校长屈凌波教授等对"厚山文库"建设十分关心，进行了具体指导。学科与重点建设处、高层次人才工作办公室、研究生院、发展规划处、学术委员会办公室、人事处、财务处等单位给予了大力支持。国内多家知名出版机构提出了许多建设性的意见和建议。在这里一并表示衷心感谢。

我校哲学社会科学研究工作处于一流建设的机遇期、制度转型的突破期、追求卓越的攻坚期和风险挑战的凸显期。面向未来，形势逼人，使命催人，需要我们把握科研规律，逆势而上，固根本、扬优势、补短板、强弱项，努力开创学校哲学社会科学研究新局面。

周 倩

2021 年 5 月 17 日

# 目　录

总序

绪论 ················································································· 1

**第一章　20 世纪美国左翼文学思潮** ········································ 10
　　第一节　美国左翼文学的概念与渊源 ·································· 10
　　第二节　美国左翼文学的发展与演变 ·································· 17

**第二章　20 世纪美国左翼女性文学概览** ································ 26
　　第一节　左翼女性文学与女性主义运动 ······························ 27
　　第二节　20 世纪美国左翼女作家群像 ································ 32

**第三章　意识觉醒与女性成长** ·············································· 40
　　第一节　《大地的女儿》中性别意识的觉醒 ························ 41
　　第二节　"特雷克斯勒三部曲"中女性主体性的生成 ············ 55

**第四章　女性经验与女性力量** ·············································· 69
　　第一节　《姑娘》中的"姐妹情谊" ·································· 70
　　第二节　蒂莉·奥尔森作品中的母性主题 ··························· 81

**第五章　文化批判与智性思考** ·············································· 95
　　第一节　《无所属者》中的身份危机 ·································· 95
　　第二节　玛丽·麦卡锡作品中的焦虑书写 ··························· 106

**第六章　文化转向与族裔声音** ·············································· 123
　　第一节　桑塔格小说的沉默美学与艺术革命 ······················· 123

第二节　《我知道笼中鸟为何歌唱》中的创伤与救赎 …………… 137

**第七章　理论创新与社会关切** ……………………………………… 148
　　第一节　当代美国左翼女性文学的理论化发展 ……………………… 148
　　第二节　克莱尔·梅苏德《皇帝的孩子》中的现实关切 …………… 152

**第八章　美国左翼女性文学的创作艺术** …………………………… 159
　　第一节　斯莱辛格作品中的心理现实主义 …………………………… 159
　　第二节　麦卡锡小说中的讽喻手法 …………………………………… 165
　　第三节　桑塔格《我们现在的生活方式》的叙事艺术 ……………… 170

**第九章　人类命运共同体视域下的美国左翼女性文学** …………… 175
　　第一节　美国左翼女性文学的共同体思考 …………………………… 175
　　第二节　美国左翼女性文学的中国书写 ……………………………… 183

**结语** ……………………………………………………………………… 192

**参考文献** ………………………………………………………………… 194

**后记** ……………………………………………………………………… 207

# 绪　　论

　　左翼文学是在马克思主义影响之下发展起来的进步文学。与社会意识形态的紧密联系是左翼文学的鲜明特征，但同时该特征也使人们在认识左翼文学时，往往会过度关注其政治性而忽略了它的审美和艺术价值。左翼文学与无产阶级文学、社会主义文学、革命文学、工人文学、激进文学等术语也极易产生混淆。围绕左翼文学，有很多未尽的话题值得我们研究。

　　美国左翼文学是世界范围内左翼文学的重要组成部分，它的产生和发展体现了美国文学中社会批判传统的演变，也反映出 20 世纪国际形势的变化以及马克思主义思想在全球范围内的传播与接受。依照学界共识，美国左翼文学经历了两个高潮期，分别是 20 世纪的 30 年代与 60 年代。20 世纪 30 年代是美国左翼文学发展的第一个黄金时期。1929—1933 年的经济大萧条不但严重影响了美国人的生活，而且在他们的思想上产生了巨大的震荡效应。在马克思主义思想的启蒙与俄国十月革命的直接激励之下，美国社会暗流涌动，酝酿着革命的风暴。一系列左翼文学刊物应运而生，如《群众》（*The Masses*）、《新群众》（*New Masses*）、《解放者》（*The Liberator*）等，约翰·里德（John Reed）、马克斯·伊斯曼（Max Eastman）、迈克尔·高尔德（Michael Gold）、约瑟夫·弗里曼（Joseph Freeman）等左翼期刊的主编和重要撰稿人逐渐成为美国左翼文化运动中的领军人物。许多作家的政治立场与文学创作主题与风格明显地"左转"，开始更多地关注底层生活，开始积极引介马克思主义，并将其视为能够有效阐释资本主义危机的政治文化思想和实现公平正义的社会解放路径。西奥多·德莱塞（Theodore Dreiser）、杰克·伦敦（Jack London）等自然主义作家的写作已经明显表现出对社会等级制度的批判；以欧内斯特·海明威（Ernest Hemingway）、弗朗西斯·司各特·菲茨杰拉德（Francis Scott Fitzgerald）等为代表的"迷惘的一代"作家的作品中也包含了大量社会抗议的内容；约翰·多斯·帕索斯（John Dos Passos）、约翰·斯坦贝克（John Steinbeck）、克利福德·奥德兹（Clifford Odets）等作家纷纷在这个时期发表了他们的代表作，深刻揭示了美国社会的阶级问题，号召无产阶级联合反抗以便维护自身权利。他们一度成为美国左翼作家群中的代表性人物，左翼文学在一定程度上也成为彼时的文学主流。

然而到了 20 世纪 30 年代后期，国际共产主义运动局势发生了重大变化。一方面，苏联国内的肃反运动、苏联与德国签订《苏德互不侵犯条约》等事件的发生动摇了美国知识分子对苏联和斯大林的信任和支持；另一方面，美国经济复苏，国内保守主义思想盛行。罗斯福新政的实施，在很大程度上刺激了美国经济的发展。到了 1939 年，美国国内经济状况明显好转，中产阶级数量激增。第二次世界大战（简称"二战"）以后，美国综合国力增强，国际地位也进一步上升。为了巩固胜利果实，美国国内保守主义势力抬头，以"麦卡锡主义"（McCarthyism）为代表的"红色恐慌"弥漫全国。在国内外双重压力之下，20 世纪 30—50 年代，不少作家的左翼热情消退，梦想破灭，他们重新趋于保守，左翼创作也陷入低谷。60 年代，冷战局面与核战争的威胁、科技发展带来的生活方式以及人与人之间关系的变化引发了思想文化领域内的剧烈震荡，社会变革一触即发。赫伯特·马尔库塞（Herbert Marcuse）、诺曼·梅勒（Norman Mailer）、欧·布朗（O. Brown）、查尔斯·赖特·米尔斯（Charles Wright Mills）、保罗·古德曼（Paul Goodman）等哲学家、社会学家的新思想、新理论、新演讲鼓舞了正酝酿着反叛情绪的青年一代，点燃了他们通过解放自我来实现解放世界的文化革命的热情。作为新左翼文化运动的领军人物，苏珊·桑塔格（Susan Sontag）等人不仅身体力行地参与到了社会抗议活动中，也在写作中表达了青年知识分子在文化与美学领域的反叛情绪。

20 世纪七八十年代，新左翼运动作为一场政治运动逐渐退出历史舞台。然而，左翼思想反而在新左翼运动的洗礼中在美国扎下了根。新左翼价值观念在新的时期继续与各种社会思潮、社会运动结合，表现出多元化、理论化的倾向。20 世纪 90 年代以来，一方面，一批新左翼运动中的激进分子开始以大学为阵地，凭借坚实的理论功底建构新的马克思主义研究体系，开启了学院派左翼的发展阶段；另一方面，在社会实践领域，新时期的左翼运动和左翼作家开始越来越关注人类命运共同体所面临的共同问题，如贫穷、战争、环境污染、恐怖袭击等等。无论是从理论层面还是从实践层面来讲，当代语境下的左翼运动和左翼思潮都呈现出多元、混杂、国际化的局面。

作为一种立场明确、特色鲜明、内涵丰富的文学样式，美国左翼文学并未得到充分关注。除了《愤怒的葡萄》（The Grapes of Wrath, 1939）等为数不多的几部作品外，在美国主流文学史上，左翼作家及其作品都难见踪影。这种情况在冷战局面结束后有所改观，自 20 世纪 90 年代以来，斯坦贝克、帕索斯、高尔德、詹姆斯·托·法雷尔（James T. Farrell）等左翼作家的文学地位不断攀升，但总体而言，美国左翼文学及其研究仍然留有很多空间和话题。

如果说美国左翼文学是被边缘化了的文学类型，那么左翼女作家就处于边缘中的边缘的位置。长久以来，她们的思想和创作并未引起人们的足够重视。实际上，不少左翼女作家不但积极参与了美国左翼文化运动，她们的创作也具有鲜明的特色、影响力和艺术价值。然而，挖掘这些被湮没了的声音，重构左翼女性文学写作的传统却是一件极具挑战性的工作。在此过程中，笔者不但遭遇了资料收集的困难，更面临取舍的难题，而取舍的问题首先同左翼女性文学的界定这一基本问题相关。左翼女作家并非一个标志鲜明的固定群体，而是松散的、复杂的、多样性的女作家的集合。她们在批评思想、文学创作、政治活动等领域均受到左翼思潮的影响，并在不同程度上为左翼运动的发展做出了贡献。[①]然而，她们在现实生活中身份各异，对马克思主义、共产党的认同程度不同，甚至自身的政治立场也在不断发生变化，但她们相信个体命运由社会力量决定，她们的作品中都有社会批判的内容，有激进的风格，也有对女性群体生存状况的揭示和思考。她们的写作整体上构成了激进的女性写作传统，从女性主义的角度丰富了美国左翼文学。

基于这样的认识，本书试图以更包容、更开放的学术态度来认识和界定左翼女作家这一文学群体和美国左翼女性文学这一文学流派，并更倾向于把它们视为一个动态发展与变化着的女性创作集体和一个开放的体系，指称所有受马克思主义影响、以社会正义与性别平等为出发点，对女性个体和群体生存状态进行思考并力图找出解放路径的所有女作家的创作。在具体研究中，一方面，本书力图勾勒左翼女性文学的发展脉络，展示左翼女性创作群体的特征和写作态势，挖掘其文学创作与社会语境以及历史背景之间的关联；另一方面，本书选取左翼女性文学不同发展时期具有代表性的作品，探讨其主题、修辞手法、美学特征，评点其艺术和审美价值，呈现美国左翼女性文学的文化思想、美学风格与文学品质。

左翼女性文学的定义内含双重的限定：左翼的（意识形态的、文化态度的）以及女性的（性别的）。它不是意识形态的批评，也不是女权主义的批评，而是指代所有具有激进文化态度的女性作家的创作。左翼女性文学关注以社会正义为出发点的左翼文学作品中性别意识的投射，其目的并非是确立女性作家的写作范式，也不是简单以控诉阶级与性别压迫为旨归，而是要立足女性独特经验，确立女性作品在反映社会关切与个人意识等方面作为艺术形式的连续性和合法性，从

---

① Charlotte Nekola and Paula Rabinowitz, *Writing Red: An Anthology of American Women Writers, 1930-1940*, New York: The Feminist Press, 1987, p. xii.

而为多元文学景观的形成贡献独特视角。

参照美国左翼文化运动的发展历程，我们可以将美国左翼女性文学的发展简单划分为"旧左翼女性文学"（20世纪20—50年代）、"新左翼女性文学"（20世纪60—70年代）以及"当代左翼女性文学"（20世纪80年代至今）三个阶段。美国左翼女作家在不同时期以不同的方式在家庭生活、社会运动、自我发现等领域内发声，她们的写作形成了一种想象的连续性，某些类型、主题、问题和形象在她们的书写中反复出现，延续和发展了女性书写的历史，改变了无产阶级文学和现实主义文学的男性传统。

阶级意识与女性权利是20世纪左翼女性文学的重要关切，也是我们切入这一研究领域的恰当视角。20世纪三四十年代的美国左翼女性文学以控诉和反抗为主要基调，阶级意识的觉醒与性别意识的觉醒交融在一起。女性成长的实现一方面表现为她们对女性传统身份的拒绝和排斥，另一方面也表现为她们对女性群体力量的依赖和信任。对女性身份的重新审视使她们愿意肯定和凸显自己的女性特质，并将女性特质本身作为反抗和排斥男性霸权的手段，将其作为获取平等和尊重的必要条件。到了20世纪60年代，以桑塔格等为代表的左翼女性作家一反前辈作家对集体身份和女性共同体的依赖，与彼时正处于发展高潮的女性主义运动和激进的女性主义主张有意保持距离，她们走出性别身份的桎梏，转而以文化革命和美学革命的方式来表达左翼女性知识分子的主张，利用自身已经获得主流知识界广泛认可的有利条件，发挥她们在左翼文化运动中作为精神导师的重要影响。20世纪80年代以后，随着左翼运动的衰退，左翼女作家更多地走进大学的围墙，她们或将关注的目光投向未来，指向左翼思想的理论化建构和发展，或梦回过去，对左翼思潮进行历史性反思和回溯。无论采用何种姿态，她们的核心关切仍然是社会各阶层女性在现实生活中的问题和困境。此外，美国左翼女性作家的创作也走向理论化、现实化和多元化，尽管作为整体的左翼女性作家的组织形式或者集体行动并不明显，但她们的作品还在清醒地表达着作为整体的美国进步女性对西方左翼文学传统的反思和继承。

美国左翼女作家身上承载着诸多历史、文化话题，对她们的发掘和研究将有助于我们深化美国20世纪政治思潮与文化思想研究。美国左翼女作家一直对社会主义思潮、女权主义运动保持若即若离的态度，她们对生活与艺术之间关系的思考与探究来源于西方人文主义立场和她们对知识分子独立人格的执着和坚守。左翼不只是一个标签和符号，它还是一种内化了的批判精神，美国左翼女作家用独立的姿态表达了自己介入生活，甚至引领和重塑思想和文化的胆识和抱负。

然而，我们也必须清醒地认识到，包括女作家在内的美国左翼作家的创作确实存在明显的问题和局限性：美国无产阶级运动缺乏坚实和广泛的群众基础，也缺少强有力的无产阶级政党的引领，马克思主义思想在美国的传播和接受更多地局限在文化领域，虽短暂性地（从20世纪20年代末至30年代中叶）唤起了民众的政治斗争意识，但在大部分时间里只是被知识分子当作解释美国经济和政治危机的一种新思想、新理论、新视角；美国左翼作家群体的构成比较复杂，他们的政治立场不同，文化身份不同，对马克思主义的认识和接受度也存在巨大差异，他们的"左"倾立场受国际、国内政治环境的极大影响，具有不彻底、不坚定、不持久等特点；一些美国左翼作家的创作存在重于解构而弱于建构、以哲学思考代替政治判断、说教意味浓厚、人物类型单一、艺术价值不足等弱点与缺陷。这也是左翼文学常常被人诟病为政治宣传的一个重要原因。这些事实提醒我们应该充分认识左翼文学这一庞大体系的丰富性和复杂性，通过批判性鉴别，挖掘美国左翼文学的独特价值，确立美国左翼文学经典和传统，以便纠正一些固化认识和片面理解，丰富和深化我们对左翼文学的认知。

左翼文学本身是极具包容性的、国际化的文学形式，它在当下的发展也越来越呈现出国际化的态势。在构建具有中国特色的社会主义文学创作和批评体系的背景下，挖掘美国左翼女性文学的丰富内涵与谱系特征，辨析左翼女性写作在社会价值重构中的积极作用与消极影响，可以有利于我们建构跨时空的思想史和文学史坐标，为世界范围内的左翼研究、女性研究、底层写作、历史研究等提供借鉴。

在美国，对左翼女作家和左翼女性文学的关注是在20世纪后半叶兴起的，这是左翼运动与女性主义运动合力推动的必然结果，也同以解构为主要特征的后现代主义理论的盛行有密切联系，另外，这也同美国共产党内部对女性问题由漠视、回避到关注、支持的态度转变直接相关。1978年，夏洛特·尼克拉（Charlotte Nekola）和葆拉·拉比诺维茨（Paula Rabinowitz）合编的《红色写作：1930—1940年美国女性文学选集》（*Writing Red: An Anthology of American Women Writers, 1930-1940*）开启了左翼女作家研究的先河。这部文集收录了20世纪三四十年代美国左翼运动黄金期的几十位重要女作家的代表性作品，挖掘和重建了为历史所湮没的无产阶级女性作家的写作传统。20世纪90年代以来，对无产阶级女性文学的主题、艺术形式进行综合性研究的专著陆续问世，如拉比诺维茨的《劳动与欲望：美国大萧条时期的女性革命小说》（*Labor and Desire: Women's Revolutionary Fiction in Depression America*，1991）、芭芭拉·弗莱（Barbara Foley）的《激进的表达：1929—1941年美国无产阶级小说的政治与形式》（*Radical Representations: Politics and Form in U.S. Proletarian Fiction,*

1929-1941，1993）、康斯坦斯·科伊纳（Constance Coiner）的著作《向红而生：蒂莉·奥尔森与玛瑞戴尔·勒苏尔的写作与反抗》（*Better Red: The Writing and Resistance of Tillie Olsen and Meridel Le Sueur*，1995）等不仅将左翼女作家的范畴扩展至玛丽·麦卡锡（Mary McCarthy）、苏珊·桑塔格等有全球影响力的左翼女性知识分子，而且深化了对左翼女作家的创作与政治语境、历史传统之间关系的认识。近几年来，美国左翼女作家研究也从对作家和作品的发掘扩展到对其思想史的研究。例如，黛博拉·纳尔逊（Deborah Nelson）的《足够坚韧：阿勃丝、阿伦特、狄迪恩、麦卡锡、桑塔格、薇依》（*Tough Enough: Arbus, Arendt, Didion, McCarthy, Sontag, Weil*，2017）、米歇尔·迪安（Michelle Dean）的《那些特别善于表达自己观点的女人们》（*Sharp: The Women Who Made an Art of Having an Opinion*，2020）均以传记、文学评论和文化史相结合的手法对汉娜·阿伦特（Hannah Arendt）、麦卡锡、桑塔格等女性作家的思想与创作以及她们之间的传承关系进行了评述，勾勒出了20世纪左翼女性知识分子的思想谱系。

我国对美国左翼女性文学的引介和研究起始于20世纪八九十年代，这同全球化左翼运动的兴起以及我国国内左翼传统的复苏和底层写作的勃兴不无关系。研究多聚焦在艾格尼丝·史沫特莱（Agnes Smedley）和桑塔格等与中国有较密切关系的少数几位女作家身上。其中，对史沫特莱的研究集中于评介她与中国革命和中国左翼文化的关系[1][2][3]；对桑塔格的研究视角十分多元，成果丰硕，学者们在桑塔格的文化批评[4][5]、美学思想[6][7]、文学创作[8][9][10]等方面的研究颇有建树；此外，金莉在《20世纪美国女性小说研究》（2010）中将玛丽·麦卡锡和蒂莉·奥尔森（Tillie Olsen）作为40—60年代的代表性作家专门予以了评介；王予霞的两部著作《苏珊·桑塔格与当代美国左翼文学研究》（2009）和《20世纪美国左翼文学思潮研究》（2014）向中国学界介绍了桑塔格、玛瑞戴尔·勒苏尔（Meridel

---

[1] 戈宝权：《史沫特莱的生平和著作》，载《图书馆学通讯》1980年第3期，第42-50页。
[2]《艾格尼丝·史沫特莱》，《人民日报》2005年9月21日，第2版。
[3] 刘小莉：《史沫特莱与中国左翼文化》，浙江大学出版社2012年版。
[4] 王秋海：《反对阐释：桑塔格美学思想研究》，中央编译出版社2011年版。
[5] 陈文钢：《新感觉诗学：苏珊·桑塔格批评思想研究》，江西人民出版社2008年版。
[6] 顾明生：《苏珊·桑塔格短篇小说空间形式研究》，南京大学出版社2018年版。
[7] 张艺：《桑塔格艺术构造"魔力"探索——"神"、"智"之间艺术追求的"散点"透视》，博士学位论文，南京师范大学，2012年。
[8] 姚君伟：《走进中文世界的苏珊·桑塔格——苏珊·桑塔格在中国的译介》，载《新文学史料》2008年第3期，第103-112页。
[9] 郝桂莲：《反思的文学：苏珊·桑塔格小说艺术研究》，光明日报出版社2013年版。
[10] 柯英：《存在主义视阈中的苏珊·桑塔格创作研究》，博士学位论文，苏州大学，2013年。

Le Sueur)、苔丝·斯莱辛格（Tess Slesinger）、麦卡锡、伊丽莎白·哈德威克（Elizabeth Hardwick）等左翼女作家的创作，对美国左翼女性文学在中国的传播起到了重要的推动作用。2020年，华中科技大学出版社策划了"女性天才：生命、思想与言词"丛书，旨在以当代知识女性的视角解读西方女性思想史和文学史上的经典女性作家，左翼女作家桑塔格、阿伦特等均名列其中，这体现出国内知识界在梳理和构建女性知识分子传统方面的慧眼独具。

综上所述，美国左翼女性文学研究经历了从文学史的建构、文学作品的赏析再到思想史的梳理这一过程。21世纪以来，学界对美国左翼女性文学的关注重点开始从无产阶级女作家的写作转向左翼知识女性的写作，研究也从文学与政治之间的关系逐渐扩展至历史、文化、哲学等不同领域，为全球化的左翼文学景观的形成做出了贡献。

本书将聚焦20世纪美国左翼女性作家的文学创作，选取约瑟芬·赫布斯特（Josephine Herbst）、苔丝·斯莱辛格、玛瑞戴尔·勒苏尔、艾格尼丝·史沫特莱、蒂莉·奥尔森、玛丽·麦卡锡、苏珊·桑塔格、玛雅·安吉罗（Maya Angelou）、克莱尔·梅苏德（Claire Messud）、伊莱恩·肖瓦尔特（Elaine Showalter）、佳亚特里·斯皮瓦克（Gayatri Spivak）等不同时期女性作家的代表性作品进行分析。本书既立足于文学研究挖掘主题、思想、艺术手法等传统文学元素在作品中的显现和应用，也重视引入女性主义、新历史主义、后殖民主义、文化研究、叙事分析等不同理论和研究视角阐释历史语境、文化思潮、社会事件等在作品中的体现和反映；既品评作家、作品的独特艺术价值，也梳理左翼女作家群体的思想传承；既肯定左翼女作家的创作在特定历史语境中的审美与社会功用，也在一定距离之外审视与批判其政治与文化认识的局限性，以便能够甄别和吸收跨文化的历史资源，客观认识左翼思想在主流价值构建中的作用，深化我们对全球化背景下左翼思想和文化遗产的理解和把握。

本书包含九个章节的内容。

第一章是对20世纪美国左翼文学思潮的梳理。这一章从左翼文学与马克思主义以及美国文学传统的关系来透视美国左翼文学的复杂性和思想渊源，并依据不同时期左翼作品思想主题等方面的特点对其进行了三个阶段的划分。

第二章论述美国左翼文学的发展与全球范围内的女性主义运动以及美国共产党的妇女政策之间的密切关系。这一章结合对美国左翼女性主义运动的阶段划分，对20世纪美国左翼女性文学在三个不同阶段的特点进行了总结，即旧左翼女性文学的女权呼吁和智性表达、新左翼女性文学的文化转向与精神救赎、当代左翼女性文学的社会关切与理论探讨，勾勒了美国左翼女性文学的作家群像。

第三章分析旧左翼无产阶级女性写作中的性别和阶级意识觉醒在女性成长过程中的重要作用。史沫特莱、赫布斯特等无产阶级左翼女作家的政治活动和文学创作既反映出劳动阶层女性在经济、政治等各方面所遭遇的剥削和压迫，也反映出她们以阶级与性别意识的觉醒为主要特征的成长历程。

第四章对左翼写作中的女性经验与女性力量做出探讨。以勒苏尔和奥尔森为代表的旧左翼时期女性作家从女性视角表达对社会问题的敏锐观察与深刻思考，反映了大萧条时期女性的真实生存状况，并且通过书写女性经验进一步展示了女性群体的力量、作用与价值。

第五章呈现左翼知识女性在文学创作中的文化批判和智性思考。斯莱辛格、麦卡锡等代表了出身于中产阶级的知识女性的写作视角，她们在作品中挑战了左翼文学中的男性权威，对左翼知识分子内部的问题进行了影射和讽刺，彰显了左翼女性知识分子的社会担当和责任意识。

第六章讨论新左翼文学的文化转向以及民权运动影响之下女作家的族裔声音。桑塔格在小说中用"沉默的美学"和艺术革命的形式勾勒出新左翼女作家的文化抵抗理想；安吉罗在自传体小说中展示了黑人女性在恶劣生存环境中的创伤经历和自我救赎之路。

第七章介绍当代左翼女性文学的多元化发展的新局面。肖瓦尔特与斯皮瓦克代表了美国左翼女性文学在挖掘女性文学传统与深化理论批评等不同方面的贡献；当代女作家梅苏德在以"9·11"事件[①]为背景的小说《皇帝的孩子》（*The Emperor's Children*，2006）中，对左翼文学传统在当代的继承和超越这一问题进行了深入的思考。

第八章展示美国左翼女性文学的创作艺术。美国左翼女性文学注重政治性与艺术性的结合，斯莱辛格作品中的心理现实主义手法、麦卡锡《绿洲》（*The Oasis*，1949）中的讽喻修辞、桑塔格《我们现在的生活方式》（"The Way We Live Now"，1986）中的叙事艺术等展现了美国左翼女作家的艺术创新与贡献。

第九章总结美国左翼女性文学的人类命运共同体意识，分析美国左翼女性文学中的中国书写。从"姐妹情谊"到美学乌托邦再到命运共同体，美国左翼女性文学记载了左翼女性作家的参与意识、联合意识、社会责任意识的增强。在文化交流语境中考察中美左翼文学关系，有利于我们深入理解和认识全球化背景下左翼文学的互动关系和共同关切。

---

[①] "9·11"事件（September 11 attacks）是指 2001 年 9 月 11 日发生在美国纽约世界贸易中心的一系列恐怖袭击事件。

最后，结语部分指出，美国左翼女作家的写作是在传承、抗争与反思美国文学传统的过程中发展起来的，源于仍在发展变化中的女作家与社会之间的关系。美国左翼女作家在政治、文化、思想、艺术等不同领域内发出了自己的声音，给我们留下了一份独立的精神遗产。今天，我们站在一定距离之外来审视、梳理、反思这份遗产，可以为当下人类命运共同体构建的宏大设想提供一定借鉴。

# 第一章

# 20 世纪美国左翼文学思潮

左翼文学的崛起和发展，是全球文学景观里的重要事件和内容，也是 20 世纪左翼运动在全球范围内兴起的必然结果。美国左翼运动是一场政治运动，也是一场文化运动；既是一场疾风骤雨，也是渗透到美国文化传统中的绵绵细雨。当左翼运动的高潮褪去，它所遗留下的思想遗产的价值却日渐凸显，这不但提醒我们关注它如何成为美国文化与文学传统的构成要素，也启迪我们如何批判性地吸收利用这一跨文化的历史资源，为我们当下的文学反思与文化建设提供借鉴。

## 第一节　美国左翼文学的概念与渊源

关于"左翼"，学界历来有不同的认识。从词源学的意义来讲，左翼是一个现代西方政治学概念。1789 年法国大革命时期，在 5 月召开的三级会议上，持不同政治观点的代表分坐在主持会议的国王的两旁：主张改革的第三等级市民代表居左，而持保守观点的以僧侣和贵族为主的第一、第二等级的代表居右。这种安排原本是完全随机的，但后来却具有了某种象征性的意义。人们逐渐开始把主张变革、追求进步的激进势力称作左翼；而将主张保持原有秩序、倡导稳定的保守力量称作右翼。[①]后来，"左"和"右"两个方位词慢慢演化成具有政治含义的派别。有人把左派等同于激进派，而右派就是保守派；也有人把在野党理解为左派，而将执政党视为右派。实际上，将"左"和"右"当作两个彼此对立的阵营或者立场是不少人的固化认识。就像"左"和"右"原本就是一对相对的概念一样，左派和右派之间并不存在泾渭分明的区别。我们常常发现，在对具体作家、具体作品的政治属性进行判断时，关于激进或者保守的标准常常难以把握，这既是因

---

① 李时学：《颠覆的力量：20 世纪西方左翼戏剧研究》，厦门大学出版社 2012 年版，第 15 页。

## 第一章　20世纪美国左翼文学思潮

为所谓激进和保守很难用具体的量化标准去衡量，也是因为在生活实践中、在具体语境下、在面临不同的问题时，人们的态度会不断发生变化，也普遍存在着在左和右之间摇摆不定，甚至从一极直接转向另一极的情况。

这种情况在20世纪的美国并不少见。20世纪二三十年代，不少加入、靠拢、同情社会主义政党和马克思主义思想的作家、思想家、政治活动家，到了20世纪四五十年代，转身变成了反马克思主义者、反社会主义分子，这同当时的国际局势的变化以及美国国内的政治、经济政策的变化等有直接的关系。另外一个重要的原因是，从一开始，美国左翼这一阵营就成分复杂，存在不同的渊源和分支。左派的不同群体之间的分歧巨大、矛盾不断，从未有过深刻的统一性，而且随着时代的发展，一代又一代的左派提出了不同的口号和纲领。[1]

另外，当在历史的纵向坐标上、在世界文学的宏大视野下来考察不同时期左翼作家的创作时，我们就会发现，尽管左翼文学被公认为全球化的文学思潮，但在不同时期、不同意识形态中，人们对左翼和左翼文学的认识存在显著差异：在巴西，左翼文学被认为具有群众性、革命性、纪实性三个特征，以纪实手法聚焦弱势群体生活，由此推动社会整体变革以实现公正、自由、平等[2]；日本左翼文学是指在明治维新到二战以后这段时间内，包括社会文学、社会主义文学、第四阶级文学、马克思主义文学、无产阶级文学、社会现实主义文学等等在内的所有文学创作[3]；美国阿肯色州立大学教授M. 基思·布克（M. Keith Booker）认为美国左翼文学是马克思主义、共产主义和社会主义这些核心思想的集合，左翼批判资本主义社会，主张更加公平地分配财富和权力[4]；在中国，左翼文学这一概念萌芽于20世纪20年代后期，以1930年中国左翼作家联盟（简称"左联"）的成立为标志，包括赞同无产阶级文学的一批革命作家的文学创作以及无产阶级或社会主义的思想倾向或潮流。[5]它可以延展至整个20世纪的红色文学，它从左联成立前后开始发生，在中共延安时期逐渐发展，到20世纪五六十年代走向鼎盛，又在"文化大革命"时期经历了病态繁荣期以及之后的后发展阶段。[6]

由于同意识形态具有紧密联系，左翼文学又是一个极易招致争议的概念。美国学者詹姆斯·福特·墨菲（James Ford Murphy）提出了"左翼主义"（Leftism）

---

[1] [法]雷蒙·阿隆：《知识分子的鸦片》，吕一民、顾杭译，译林出版社2012年版，第4页。
[2] 樊星：《巴西左翼文学》，载《外国语言与文化》2020年第1期，第74-84页。
[3] 李俄宪：《社会文学：日本左翼文学的滥觞》，载《外国文学研究》2010年第6期，第156-162页。
[4] M. Keith Booker, *The Modern British Novel of the Left: A Research Guide*, New York: Greenwood Press, 1998, p. 2.
[5] 马晖：《左翼文学价值观研究》，载《兰州大学学报》（社会科学版）2004年第4期，第64-69页。
[6] 方维保：《红色意义的生成：20世纪中国左翼文学研究》，安徽教育出版社2004年版，第13-14页。

的概念，认为这是无视作品的审美价值而将其局限在社会学批评层面上的文学批评观，他直陈左翼文学大都在人物塑造与视野上存在刻板化、印象化的缺陷。墨菲的看法不乏代表性，代表了将左翼文学等同于政治宣传，对它进行标签化解读的偏见。

因此，对于"美国左翼文学"的定义既要参照世界范围内对左翼文学的理解，也要充分考虑美国左翼文学诞生的具体语境与背景。美国左翼作家并没有统一的联盟或阵线，而是一群松散的文学家、批评家群体。他们的政治立场、价值标准、美学观念并不相同，但都表现出对主流意识形态和价值观的不满和批判，他们倡导文学的政治功能，维护底层民众的权益和要求。中国社会科学院吴岳添研究员认为，自马克思主义产生以来，特别是在俄国十月革命胜利之后，各国无产阶级斗争以及共产党领导的反法西斯斗争促进了左翼文学在世界范围内的发展和繁荣。[1]美国左翼文学研究领域的专家王予霞指出，美国的左翼作家因相似或相近的激进主义意识和风格而被宽泛地归为一类，他们最大的共同点不在于政治理念，而在于他们都抒发了对美国主流价值观的不满和憎恶，并试图通过文学活动同主流价值争夺话语权和道德制高点。[2]

本书借用以上研究秉持的开放性、包容性的立场与方法，认为美国左翼文学是在马克思主义影响之下产生的、承继了美国社会抗议传统的进步文学，既包含具体的文学创作，也包含文学理论与文学思潮。它在20世纪30年代迎来发展的高潮并延展至60年代的新左翼运动中，之后经历了80年代后的理论转向而在21世纪呈现出开放性、全球性的特征和视野。它并不受限于创作者的政治信仰和党派身份，也不受限于作品的主题和写作手法。

美国左翼文学在20世纪20年代末兴起，30年代进入发展的鼎盛时期，在这"红色十年"里，左翼文学一度成为主流的文学范式；到了40—50年代，左翼文学一度沉寂；直至60—70年代，文化解放运动、社会抗议运动、少数族裔和弱势群体争取平等权利等等各式各样运动的兴起使左翼思潮迎来了新的黄金时期，即新左翼文学时期；80年代以后，左翼运动逐渐退出政治舞台，左翼文学成为追思和回忆的情怀。作为意识形态革命的左翼运动的确在美国持续时间不长，但若考虑到左翼精神的延续性和其发展变化，尤其是左翼革命对思想文化领域的冲击和影响，那么就会发现，左翼运动、左翼文学不但仍然存在，而且对我们当下的生活仍然产生着深远的影响，它们本身与美国传统、美国精神、美国生活具有千丝

---

[1] 吴岳添：《法国现当代左翼文学》，湘潭大学出版社2007年版，第6页。
[2] 王予霞：《20世纪美国左翼文学思潮研究》，中国社会科学出版社2014年版，第19-21页。

万缕的联系。美国左翼文学是美国文学的重要组成部分，换句话说，美国左翼文学已经成为美国文学传统的重要组成部分，因此，梳理和识别这份传统仍然具有跨越时空的意义与价值。

左翼文学是在马克思主义的直接影响之下诞生的文学类型。与世界其他国家和地区的左翼文学和左翼运动的发展轨迹相似，美国左翼文学的发展首先与马克思主义思想的广泛传播紧密相关。

## 一、美国左翼文学与马克思主义

19世纪末20世纪初是美国的政治、经济、社会意识形态等各方面经历巨变的时期，马克思主义正是在这样的背景下传入美国。马克思主义在美国的传播体现在两方面：一方面是对政党组织、社会运动的引领作用；另一方面则是在思想文化的维度上对美国社会生活的影响。从19世纪下半叶开始，欧洲工人运动的影响开始波及美国。随着部分欧洲产业工人和政治家移居美国，马克思主义不仅在理论上进入美国，也从现实生活的维度上进入美国。德国人约瑟夫·魏德迈（Joseph Weydemeyer）在纽约成立了"美国工人同盟"（American Workers League），宣传社会主义，呼吁提高和改善工人的生活和工作条件。1872年，第一国际总委员会从伦敦迁至纽约；1876年，美国社会主义工党（即社会主义劳工党）成立；1897年，美国社会民主联盟成立；1901年、1905年，美国先后诞生了美国社会党和世界产业工人联盟（Industrial Workers of the World）。这些党派和组织虽然政治倾向和意识形态并不清晰，内部成分复杂，甚至有些组织如昙花一现，规模和影响力方面都有限，但它们都是马克思主义影响下的政党和社会主义组织，它们的存在为马克思主义在美国的传播和发展奠定了思想和群众基础。1919年美国共产党成立，自此，该政党成为美国国内最大的左翼政党，在美国的政治生活中开始发挥重要作用。20世纪二三十年代是美国共产党迅速发展的时期，美国国内党员的人数在1931年的时候只有9000人，而到了1934年，就已经达到25 000人了，在其鼎盛时期，美国共产党党员人数甚至一度达10万人之多。

在沃尔特·B.里德奥特（Walter B. Rideout）看来，20世纪30年代包括美国知识分子在内的美国社会向马克思主义、向共产党靠拢的行为是基于以下多重原因：美国国内经济危机的爆发、苏联的成功先例、共产党对弱者权利的捍卫以及马克思主义提供了向资产阶级开火的新视角等等。但在所有的原因中，里德奥特认为，最重要的一条是马克思主义为当时的社会现象、经济危机提供了解释，预言了一个无阶级的社会，提供了秩序、整体性和精神的避难所。在20世纪二三十年代物质和精神上的贫瘠、混乱中，马克思主义对未来的乐观主义精神，以及对消灭了阶级的美好社会的强调客观上发挥了精神乌托邦的作用，马克思主义不但提供了对现有现象的合理解释，它本身还代表着秩序、完整性和希望[①]，而苏联正是这一思想的成功实践者，发散出蓬勃生机和活力。对于当时美国一些正经历强烈隔离感、幻灭感的知识分子而言，马克思主义宛如一剂良药，具有强大的吸引力。

然而，二战前后，苏联在国内的肃反运动，对包括列夫·达维多维奇·托洛茨基（Лев Давидович Троцкий，1879—1940）、伊萨克·巴别尔（Isaac Babel，1894—1940）等在内的一批政治家、作家、知识分子的残酷迫害，以及苏联在国际上公然与纳粹德国签订《苏德互不侵犯条约》等政治举措，大大改变了其国际和国内形象，引起了大批美国知识分子的反对和批评，大批亲共、亲苏的作家、批评家改变了立场，变成了苏联的反对者；进入50年代以后，在冷战阴影的笼罩之下，美国国内以"麦卡锡主义"为代表的反共、排外运动盛行，该运动逐渐发展为影响到美国社会生活方方面面的政治迫害运动。文学界受到麦卡锡主义的深重影响，一批左翼作家的作品被列为禁书，作家本人也受到调查、问讯甚至迫害。恶劣的政治环境使得很多作家噤若寒蝉，从社会舞台退缩到了书斋；另外，这个时期美国共产党本身的"左"倾错误使它蒙受了重大损失，丧失了对国内广大知识分子的吸引力。彼时的美国共产党实力较弱，党员甚至一度只有两三千人。不只是美国共产党，美国其他社会主义性质的政党也处境堪忧。总体上而言，美国的社会主义政党或组织大都缺乏严密的政治纲领，没有强有力的政治领导。另外，在大多数情况下，这些政党对美国本土的工人阶级和知识分子没有足够的吸引力，而且他们的宗派主义倾向较为严重。[②]

然而从思想文化的维度来看，马克思主义对美国产生了深远的影响，这首先体现在左翼知识分子群体的产生和活跃上。美国左翼知识分子成分复杂，既有共产党员，也有自由主义者、激进作家和艺术家，但他们都是信仰或同情马克思主义的知识分子。这一群体的内部观点就有很大的差异和冲突，但他们都希望可以从马克思主义理论中汲取有效的理论营养，并以此来分析自身所处的现实境遇[③]，但美国左翼知识分子与马克思主义和美国共产党的关系一直都是若即若离的，甚至可以说从来不是同心同德的。当美国社会面临危机，左翼知识分子对现状感到

---

[①] Walter B. Rideout, The Radical Novel in the United States, 1900-1954, Cambridge: Harvard University Press, 1956, pp. 138-144.

[②] 吴琼：《20世纪美国马克思主义文艺理论研究》，北京大学出版社2012年版，第22页。

[③] 吴琼：《20世纪美国马克思主义文艺理论研究》，北京大学出版社2012年版，第13页。

不满和失望的时候，马克思主义就会成为他们的理论武器；反之，当国际和国内共产主义运动陷入低潮、出现问题的时候，左翼知识分子同样会远离，甚至不惜与其划清界限。一方面，这是因为马克思主义本身对现实问题的关注以及它所具有的强烈的介入意识都对左翼知识分子具有天然的吸引力，但另一方面，马克思主义传入美国后，也被进行了本土化的改造，成为一种文化分析方法而不是一种党派政治路线。他们逐渐摆脱党组织的制约，为一些独立的左翼知识分子提供了重要的文化资本。与此同时，他们把马克思主义和其他理论资源加以结合，赋予马克思主义批评新的内涵，让它从一种革命的政治批评转变为一种社会的文化批评，其中"纽约文人"就是这一批评的典型代表。[①]对于美国的许多左翼知识分子而言，马克思主义是一种分析方法，它对当时存在的社会问题给出了合理的阐释，同时也指出了解放的路径。因此，美国左翼文学在马克思主义得到广泛传播的背景下得以发展，它受到马克思主义的深远影响，但不管从作家的政治身份还是从作品的思想内容来看，美国的左翼文学都并不能等同于马克思主义文学。

从一定方面而言，马克思主义的美国化就是马克思主义思想与美国国情、美国传统的融合。与苏联的革命不同，20世纪的美国并不具备革命产生的阶级关系和意识形态基础。雷蒙·阿隆（Raymond Aron）在《知识分子的鸦片》（*The Opium of the Intellectuals*，1955）中指出，美国社会缺乏类似的反对旧制度的斗争经验，同时也不具备工人党或社会党。美国传统的两党制压制了进步主义的发展，限制了左派人士建立社会主义第三党的企图。人们认为美国宪法或经济制度的原则没有严重的问题，事实上，其政治争论在于技术之争，而不是意识形态方面的斗争。[②]即使对于少数激进派而言，美国也并不需要一场革命来推翻资本主义制度。在文学研究中，马克思主义更多地被当作一种文化研究工具，借以阐述美国本土的文学批判传统。

## 二、美国左翼文学与美国文学传统

文学是民族文化和民族记忆的载体，文学传统对民族和国家都极具价值和意义。何塞·马蒂（José Julián Martí Pérez）指出，文学对民族的发展至关重要，是民族存在的重要标志，只有拥有了伟大的文学作品，一个民族的全体人民的统一才会存在。[③]美国文学自诞生之日起，就参与塑造并记载了美利坚民族对自由、民主、

---

[①] 吴琼：《20世纪美国马克思主义文艺理论研究》，北京大学出版社2012年版，第98页。
[②] [法] 雷蒙·阿隆：《知识分子的鸦片》，吕一民、顾杭译，译林出版社2012年版，第29页。
[③] 江宁康：《美国当代文学与美利坚民族认同》，南京大学出版社2008年版，第19页。

平等等信念的追求。美国作家具有以文字来干预生活的意识和责任感。丹尼尔·阿伦（Daniel Aaron）认为，美国文学的发展史从某种意义上而言代表着美国的抗议文学史，它记录了作家们的矛盾心理、分裂的忠诚意识以及心神不安的反抗。①

美国左翼文学热切关注和表达现实问题，它是美国文学中的批判传统的延续。美国左翼文化批评家、《党派评论》（*Partisan Review*）创始人之一菲利普·拉夫（Philip Rhav，1908—1973）曾以"苍白脸"与"红皮肤"作比喻，将美国文学分为两极。前者以亨利·詹姆斯（Henry James）、T. S. 艾略特（T. S. Eliot）、纳撒尼尔·霍桑（Nathaniel Hawthorne）、艾米莉·狄金森（Emily Dickinson）等为代表，象征高等文化、贵族文化、远离现实的理想主义和雅致作风；后者以沃尔特·惠特曼（Walt Whitman）、马克·吐温（Mark Twain）、德莱塞、斯坦贝克、海明威等为代表，象征平民文化、现实主义、世俗主义。前者常借助寓言、象征的手法，后者的美学手法则是自然主义的；前者在19世纪盛行，而后者则代表了20世纪。②

1935年，格兰维尔·希克斯（Granville Hicks）运用马克思主义的研究方法，从作者、作品与现实生活之间的联系出发，考察美国二战后的文学发展历程，并指出美国文学传统应走向革命的或无产阶级的文学，而这种革命文学是美国本土文学传统的延续。

> 爱默生和梭罗的个人主义反叛在后来的惠特曼和豪威尔斯的作品中呈现为一种社会主义的色彩。乌托邦式的社会主义在90年代《回顾》发表之后成为一种力量。议会制的社会主义在厄普顿·辛克莱的小说和小册子中获得了表达。革命热情在杰克·伦敦混杂的心灵中有所暗示，但直到1911年《群众》的创刊才真正体现出来，在那里，堪与欧洲各国流行已久的各种观念相匹敌的革命思想在美国文学中找到了其表现形式。甚至在《群众》中，革命哲学是与黑幕揭发者和反叛的波西米亚人的观点复杂地交织在一起的。③

希克斯的结论或许失之偏颇，但他对美国左翼文学传统的梳理却不无启发意义。左翼文学在美国的发展与美国文学传统中的多元主义思想、民主平等意识、浪漫主义精神以及对现实的介入和关注的姿态是分不开的。希克斯从"殖民地情结"（the colonial complex）和"美国性"（Americanness）两个方面出发，分析

---

① Daniel Aaron, *Writers on the Left: Episodes in American Literary Communism*, New York: Columbia University Press, 1992, p. 2.
② Philip Rahv, *Essays on Literature and Politics (1932-1972)*, Boston: Houghton Mifflin Company, 1978, pp. 3-7.
③ 吴琼：《20世纪美国马克思主义文艺理论研究》，北京大学出版社2012年版，第86页。

了美国文学的多元化、包容性的基础以及美国文学民族化的历程。他认为，美国文学的初始阶段是以模仿和接受为主要姿态的，其性质属于殖民主义文学，且19世纪末，惠特曼的诗歌以及马克·吐温的小说是第一批真正体现"美国性"的文学创作。①惠特曼的民主思想、马克·吐温的现实批判意识与左翼文学的革命精神有内在的一致性。

美国左翼批评家理查德·罗蒂（Richard Rorty）在《筑就我们的国家：20世纪美国左派思想》（Achieving Our Country: Leftist Thought in Twentieth-Century America）中将美国左派传统追溯至废奴运动、20世纪30年代劳工运动、罗斯福新政、60年代民权运动、妇女运动等社会实践，他认为左派传统的核心追求是民主理想、社会正义。罗蒂的思想来源为亚伯拉罕·林肯（Abraham Lincoln）、惠特曼的民主理想与约翰·杜威（John Dewey）的实用主义，还有一些批评家到拉尔夫·瓦尔多·爱默生（Ralph Waldo Emerson）的个人主义、超验主义中，到《汤姆叔叔的小屋》（Uncle Tom's Cabin）所开启的抗议文学传统中去寻求美国左翼文学发展的源头。总而言之，美国左翼文学思潮与美国本土文化休戚相关。

美国左翼文学是马克思主义与美国本土文学传统相结合的产物。然而，左翼知识分子、左翼作家并不等同于马克思主义者。美国左翼作家是一个松散的群体，他们将马克思主义视为一种文化认识和批判手段，他们是资本主义内部的反对派，是总要说"不"的那群人，但他们的初衷是改良这一制度，并没有革命的诉求。因此，要给美国左翼文学、美国左翼作家下一个定义会是一件很难的事情，我们只能在一个宽泛的概念下认识这样一群成分复杂但也有某种共同旨趣的知识分子。王予霞在《20世纪美国左翼文学思潮研究》中指出，事实上，美国的左翼文学思潮不能被看作一个目标明确、步伐整齐的革命文学阵线，相反，他们这一文学和批评家群体由于相似或相近的激进主义意识和风格而被宽泛地归为一类，这一类群体具有松散、复杂的特点。②因此，只有充分认识到美国左翼文学的复杂性，我们才能较好地把握和理解不同作家在不同语境下的创作。

## 第二节　美国左翼文学的发展与演变

美国左翼从某种意义上而言是一个比喻性修辞，因为左和右本身具有很强的

---

① 吴琼：《20世纪美国马克思主义文艺理论研究》，北京大学出版社2012年版，第78页。
② 王予霞：《20世纪美国左翼文学思潮研究》，中国社会科学出版社2014年版，第21页。

相对性，在具体语境中，其含义会明显不同，甚至完全相左，左翼运动和左翼文学也因此难以有一个清晰的界限。在本书研究中，我们将20世纪至当下的激进作家的写作以及包含文化批判和意识形态追求和判断的文学写作都纳入美国左翼文学的范畴。在这个时期内，虽然对美国左翼文学的发展进行阶段性划分难免僵化，但毕竟这有助于我们从横向和纵向两个维度厘清美国左翼文学在不同时期内的变化和特点。

## 一、美国左翼文学的阶段划分

约翰·帕特里克·迪金斯（John Patrick Diggins）在《二十世纪美国左翼》（*The American Left in the Twentieth Century*）一书中把左翼运动分为"浪漫左翼"（20世纪初）、"人民阵线左翼"（20世纪三四十年代）、"新左翼"（60年代）和70年代以来的"学院左翼"四个阶段。[1]这一划分方法得到不少研究者的肯定和沿用。

美国作家丹尼尔·阿伦在《左翼作家：美国文学共产主义中的插曲》（*Writers on the Left: Episodes in American Literary Communism*）中将20世纪美国左翼文学运动的发展历程划分为准备阶段、发展阶段和衰落阶段。依据阿伦的划分，20世纪的前20年基本上是美国左翼文学的起始时期，即准备阶段。准备阶段是美国知识分子的学习阶段，他们挖掘和学习国外的哲学思想，将其与美国社会实际结合起来，并将其本土化。除了马克思主义之外，弗里德里希·威廉·尼采（Friedrich Wilhelm Nietzsche）、西格蒙德·弗洛伊德（Sigmund Freud）等都是他们学习的对象。在第二个阶段即发展阶段，哲学批判开始转向文化批判，美国知识分子开始更多地关注美国现实，他们与社会反抗运动联系紧密，通过不同文学形式表达他们对社会的批判。他们一度在公共事务问题上发声，与社会主义政党保持着忽远忽近的关系。第三个阶段是激进运动衰退的时期，即衰落阶段，一些作家慢慢地被他们所批判的社会吸收、同化，并开始对理想主义的观念感到厌倦，甚至一些人开始对其参与过的激进运动表示忏悔。在阿伦看来，美国左翼文学在欢乐的氛围中开始，却是惨淡收尾并以幻想的破灭结束，尽管这种革命的精神值得珍视。[2]阿伦的划分有一定依据，但在今天看来，阿伦在20世纪60年代的这

---

[1] 王予霞：《20世纪美国左翼文学思潮研究》，中国社会科学出版社2014年版，第22-23页。
[2] Daniel Aaron, *Writers on the Left: Episodes in American Literary Communism*, New York: Columbia University Press, 1992, pp. 2-4.

一论断显然有些悲观，因其所处的历史环境所限，他没有预见到左翼运动、左翼文学在当代美国社会的延续和影响。

中国学者王予霞将美国左翼文学的发展同样分为三个时期：首先，20世纪初为美国左翼文学的肇始时期，俄国革命的影响和美国国内的经济萧条等问题，使一些左翼作家开始接受和靠近马克思主义，厄普顿·辛克莱（Upton Sinclair）、高尔德、理查德·赖特（Richard Wright）等人建构了马克思主义文学批评体系。其次，60年代以降，美国左翼文学进入第二个发展时期，该时期以激进学生的新左翼运动为代表。新左翼文学与后现代主义文学相结合，并在运动中衍生出激进主义写作，对美国社会产生了深远影响。最后，1970年以后，"学院左翼"登上历史舞台，他们隐身于大学的围墙之内，将政治激情转变为理论的研究和教学。[①]

综合以上学者的观点可以看出，美国左翼文学并非断代的、昙花一现的文学流派，反而是渗透到美国文学传统中的写作类别。它的发展可以往前追溯到19世纪末期，社会进化论的影响、自然主义写作都为左翼文学的发展打下了理论和意识形态的基础，而它则以左翼精神遗产的形式影响并延续到了当代社会生活的方方面面，并在理论和实践两个方面都得到了继承和发展。

20世纪二三十年代是左翼文学发展的第一个黄金时期，也是左翼作家开始在真正意义上登上历史舞台的时期，这个时期作家的写作较明显地受到马克思主义的影响，40—50年代左翼文学的沉寂是与二战之后美国国内环境的变化紧密相关的，但这个时期也是愤怒和不满淤积的时期，这种不满终于在60年代爆发；美国左翼文学在60年代风起云涌的社会抗议活动中迎来了发展的第二个黄金时期，而这个时期的左翼创作有明显的、不同于30年代抗议文学的特征，是新左翼文学的创作时期；从60年代末至今，尤其是在80年代以后，左翼文学和左翼运动的发展并未消失，反而转换了重点和方向，多元化、全球化、理论化是其在新时期的发展特点。当今世界的左翼发展态势表明，左翼团体、左翼运动开始更多地走向团结、合作，他们在致力于解决全球化问题这一方面开始发挥越来越重要的作用，左翼文学敏锐地感知到这一新的变化并以新的形式表达了这一变化。

美国左翼文学的发展是一个持续不断的过程。追溯其发展历程，我们可以看到，它经历了20世纪30年代前的启蒙阶段、30年代的黄金时期、20世纪四五十年代的沉默期、六七十年代的二次爆发、80年代以后的反思和转型几个阶段。在本书研究中，为了论述的方便，我们可以依据写作主题的不同，简单地把20世纪50年代前的左翼文学统称为"旧左翼时期"，从60年代至80年代的左翼文学统

---

[①] 王予霞：《20世纪美国左翼文学思潮研究》，中国社会科学出版社2014年版，第24-32页。

称为"新左翼时期",而将 80 年代之后的文学统称为"当代左翼时期"。

## 二、美国左翼文学在不同时期的发展

19 世纪末至 20 世纪 30 年代是美国左翼文学的萌芽时期。马克思主义思想的传播、苏联革命的成功、达尔文进化论思想的影响,爱默生、惠特曼、埃兹拉·庞德(Erza Pound)等本土作家创建的文学传统的确立,约翰·杜威实用主义思想的广泛接受,20 世纪初美国各地波西米亚(Bohemian)群体的出现,再加上 20 世纪初约翰·里德的被捕事件、萨科-万泽蒂事件的助推,所有这些变化使美国社会暗流涌动,酝酿着革命的风暴。左翼文化的传播突出表现在一系列左翼文学刊物,如《群众》、《新群众》、《解放者》、《现代季刊》(Modern Quarterly)等的涌现上,约翰·里德、马克斯·伊斯曼、迈克尔·高尔德、约瑟夫·弗里曼等不但成为杂志的主编和重要的撰稿人,也成为美国左翼文学的直接参与者和领军人物。作家弗兰克·诺里斯(Frank Norris)、西奥多·德莱塞、杰克·伦敦、舍伍德·安德森(Sherwood Anderson)等此时也都成长为具有重要影响力的作家,他们的写作通常被归为"自然主义"写作流派,表现出社会达尔文主义的影响,也深刻地揭示了美国在走向工业化和后工业化的进程中,在资本主义经济生产方式下,作为普通大众所遭遇到的生存危机和精神危机。虽然他们的创作并不能算作无产阶级文学,但他们在作品中已经初步彰显出对社会等级制度的意识,对社会不公现象无能为力的愤懑,体现了与社会主义、马克思主义思想的契合。杰克·伦敦甚至被称为"社会主义自然小说家:杰克·伦敦"[①]。

另外值得一提的是,20 世纪 20 年代,以欧内斯特·海明威、弗朗西斯·司各特·菲茨杰拉德等为代表的"迷惘的一代"作家的创作中也包含社会抗议的内容。从一定意义上来讲,他们的作品是波西米亚文化和生活观念的表达,在他们强硬的文化批判态度背后,隐藏着激进与保守、反叛与恋旧等复杂的态度,这表现出他们在社会转型期的迷茫和对真理的艰难求索。他们充当了旧文化的叛逆者的角色,其社会影响已远远超出了文学范畴,影响了一代青年人的思想和行为方式。他们的文化革命的方式甚至可以说启发了 60 年代青年们的反文化运动和新左翼文学。

30 年代是美国左翼文学发展的第一个黄金时期。1929—1933 年的大萧条是一场发源于美国,后来波及许多资本主义国家的经济危机。这场经济危机不但严重

---

[①] 张祝祥、杨德娟:《美国自然主义小说》,复旦大学出版社 2007 年版,第 133 页。

影响到了美国人的生活,更是在他们的思想上产生了巨大的震荡效应。马尔科姆·考利(Malcolm Cowley)在1934年的文学历史经典著作《流放者归来:二十年代的文学流浪生涯》(*Exile's Return: A Literary Odyssey of the 1920s*)中写道,对于20年代"迷惘的一代"的作家而言,"在1929年的时候,不论在国内还是在国外,他们中的大多数人在文坛获得一席之地,并得到相当稳定的收入。经济衰退则是他们的另一共同经历,其精神上的破坏性几乎不亚于那场战争"①。这种重大打击迫使知识分子去寻求新的信仰和支持。大萧条的降临带给青年知识分子经济、精神、文化三方面的危机,他们致力于找寻一种可以替代资本主义的政治经济体制,探索新的哲学理论来撑起已然崩塌的精神世界,创新文学样式与文学语言用以表达新知识。②苏联社会主义建设成就的激励、马克思主义在全球范围内的传播,再加上美国共产党力量的逐步增强,使许多作家和知识分子在政治立场上统一"向左转",在情感上和实际行动上开始支持和靠近共产主义。下面是考利在《流放者归来:二十年代的文学流浪生涯》中的记载:

> 可是1933年和1934年这两年实际上是个充满狂热的希望的时期,这时经济制度的变革似乎已经开始。那时的俄国并没有给我们以专制主义国家或争夺世界权力的强大对手的印象;它在自己的国境内忙着,试图创造一个更为幸福的未来。那时少年先锋队员排着队伍走过莫斯科的街道时经常唱道:"我们在使世界变个样!"在这里,似乎人人也是在试图改变世界、创造未来;这是这一时期特有的自豪和倨傲。③

30年代的作家怀有革命乐观主义精神,他们强调社会责任,以文艺为武器,为无产阶级文学效力。高尔德的自传体长篇小说《没有钱的犹太人》(*Jews Without Money*,1930)首先描写了无产阶级的生活和斗争。约翰·多斯·帕索斯的"美国三部曲",包括《北纬四十二度》(*The 42nd Parallel*,1930)、《一九一九年》(*1919*,1932)和《赚大钱》(*The Big Money*,1936),以及约翰·斯坦贝克的《愤怒的葡萄》(1939)等都是这个时期无产阶级文学的杰出代表,也同样是这一时期美国文学的重要成就。克利福德·奥德兹描写纽约出租汽车司机罢工的《等待老左》(*Waiting for Lefty*,1935)演出获得极大成功,先后在50个城市上

---

① [美]马尔科姆·考利:《流放者归来:二十年代的文学流浪生涯》,张承谟译,重庆出版社2006年版,第6页。
② 王予霞:《20世纪美国左翼文学思潮研究》,中国社会科学出版社2014年版,第36页。
③ [美]马尔科姆·考利:《流放者归来:二十年代的文学流浪生涯》,张承谟译,重庆出版社2006年版,第10页。

演共 200 余场。

 从 30 年代中后期开始，左翼文学走向消沉，这同国际共产主义运动局势的变化相关。苏联国内的肃反运动、苏德签订《苏德互不侵犯条约》等事件大大降低了广大知识分子对苏联和苏联代表的共产主义运动的信任，再加上美国共产党内部"左"倾路线的影响，使左翼文学丧失了对知识分子的吸引力和凝聚力。尤其是二战结束以后，美国国内经济形势好转，资本主义危机得到一定程度的缓和与消解。在国际上，美国同苏联的矛盾日渐突出，冷战局面初现。从 40 年代末到 50 年代初，以威斯康星州（Wisconsin）参议员麦卡锡为代表的美国保守主义势力盛行，他们在全国各地煽动民众掀起了轰轰烈烈的反共、排外运动，导致一大批政治、文化等领域的民主进步人士被诽谤、诬陷、迫害，在国内引发了长时间的红色恐慌（red scare）。

 美国共产党面临巨大压力，遭遇到沉重打击，党员人数一度跌至最低谷。许多左翼知识分子转而远离了共产主义运动甚至站到了它的对立面。当然，30 年代左翼运动快速退潮的最主要的原因还是其缺少理论素养和群众基础。虽然左翼批评家们对马克思主义怀着极大的热情，但是他们真正缺乏的是对马克思主义完整而又准确的理解，加以自身文学实践经验的不足，所以他们仅凭马克思、恩格斯、列宁的只言片语难以制定出"无产阶级文学"的宏伟纲领。[①]四五十年代的美国知识分子，在国内白色恐怖、国际美苏冷战局面的双重压力下，迎来了新一轮的信仰破灭和迷惘。那些曾经积极参与 30 年代共产主义运动的积极分子经历着迷茫、孤独又愧疚的尴尬，这种尴尬和失望笼罩在整个美国社会的上空。50 年代的知识界死气沉沉，缺乏令人耳目一新的声音，人们甚至噤若寒蝉，蜷缩进个人的、家庭的狭小空间而鲜少对社会生活进行评议。作家诺曼·梅勒对 50 年代的沉默姿态进行了尖锐的批评："当今的时代是随大流和消沉的时代……一股恐惧的臭气从美国生活的每一个毛孔中冒出来，我们患了集体精神崩溃症……人们没有勇气，不敢保持自己的个性，不敢用自己的声音说话。"[②]1959 年，伊丽莎白·哈德威克在《哈泼斯杂志》（Harper's Magazine）上发表文章，对批评界的庸俗现状进行了深刻的归纳和批判："放眼望去，腻味的、平淡的赞扬充斥着书评业的每个角落；一种普遍的（虽然有点呆滞）迁就通融盛行着。一本书就在甜言蜜语的浸泡中诞生，'浓盐水'般的敌意评论已成为记忆。"[③]美国著名评论家欧文·豪（Irving

---

[①] 盛宁：《人文困惑与反思：西方后现代主义思潮批判》，生活·读书·新知三联书店 1997 年版，第 67 页。
[②] [美]莫里斯·迪克斯坦：《伊甸园之门：六十年代的美国文化》，方晓光译，译林出版社 2007 年版，第 56 页。
[③] [美]卡尔·罗利森、莉萨·帕多克：《铸就偶像：苏珊·桑塔格传》，姚君伟译，上海译文出版社 2009 年版，第 99 页。

Howe）将 50 年代命名为"铁板一块的年代"。

　　然而，20 世纪四五十年代的短暂沉默并没有阻碍左翼思想的发展，反而被证实是在为接下来 60 年代迸发的新左翼运动酝酿力量。美国的新左翼运动在 60 年代蓬勃兴起，并与民权运动、妇女解放运动、反文化运动等紧密结合，共同铸就了美国 60 年代的激进语境，深刻地影响了美国战后的政治、经济、文化等各个领域。新左翼运动在 60 年代的大爆发是由以下诸多原因引起的：从政治上来讲，二战的阴霾尚驱之不去，冷战局面和核战争的威胁已触手可及。美国直接卷入越南战争中，更是极大地挑战了人们尤其是需要服兵役的年轻人的高度紧张的神经。从经济角度来看，战后美国经历了快速发展时期，美国具有了前所未有的生产力，现代科技得到了普遍的运用，不仅提高了人民的生活水平，更改变了人们的生活方式和态度。技术和机器的引入使得传统的人与人之间的生产协作关系转化为人与机器之间的合作和交流，人们越来越深刻地感受到被物化和异化的感觉。物质的丰裕和生活方式、生产关系的变化引发了 60 年代的思想震动，社会变革一触即发。马尔库塞、梅勒、欧·布朗、米尔斯、古德曼等哲学家、社会学家、作家等则用先进的思想武装了正酝酿着反叛情绪的青年一代。马尔库塞把马克思主义人道主义的思想同弗洛伊德对人的内部心理结构的分析结合起来，提出了他的反对异化、反对单维度社会的人性解放论；社会学家米尔斯从文化与政治两个角度对资本主义社会进行批判，明确指出了知识分子担负着参与社会政治生活、表达异见的使命；保罗·古德曼在著作中描绘出一片乌托邦的景象，身体力行地号召青年学生行动起来去实现这一理想国。这些思想和研究为 30 岁以下的年轻人找到了造反的理论依据，直接点燃了他们解放自我、解放世界的文化革命热情。作为新左翼文化运动的领军人物，美国左翼女作家苏珊·桑塔格不仅身体力行地参与到了社会抗议活动中，也在她的写作中表达了新左翼在文化与美学领域的反抗和重建。[①]

　　20 世纪 60 年代末至 70 年代初，新左翼运动因为内部的分裂、官方的压制、战争的结束、社会主要矛盾的变化等原因慢慢走向衰落。今天，反思这场运动，我们不得不承认，"新左派运动是美国青年对战后美国资本主义社会结构的变化作出的极不成熟的反应，它在理论上带有强烈的人道主义的社会主义、空想主义和无政府主义的色彩，组织上十分松散"[②]。新左翼运动从本质上来讲是一场知识分子引导的文化革命，而不是政治意识形态领域的革命。新左翼运动带来了社会

---

① 陈慧：《正视美国左翼文学的复杂性》，载《读书》2016 年第 8 期，第 69-76 页。
② 刘绪贻、杨生茂：《美国通史》（第 6 卷），人民出版社 2002 年版，第 334 页。

生活方面的一些变革，但它并未能从根本上动摇美国的社会政治、文化根基和制度。然而，这些变革对美国社会产生了深远的影响，我们不能否认新左翼运动对美国政治、思想、文化、外交等各个方面都产生了巨大的、复杂的、深远的影响。作为一支社会反叛力量，新左翼运动揭示出后工业社会对人性的压抑，展示了反对资本主义、帝国主义、种族主义的立场，冲击了传统的社会价值标准，具有进步色彩。"新左派的整部历史深刻地影响了美国在这个时代所发生的一切重大事件——艾森豪威尔、肯尼迪、约翰逊、尼克松的当选；冷战，以及发生在越南骇人听闻的'热战'；家庭生活的方方面面。"①

由于新左翼运动作为一场政治运动在70年代逐渐衰退，因此有不少学者宣告了美国新左翼运动的失败和美国左翼思想的消亡。我国学者程巍对此持不同观点："60年代，作为一场社会运动，当然早已结束，但作为一种思想和情感，却仍在暗中发生作用。"②左翼思想不但没有消亡，反而在新左翼运动的洗礼中，在美国扎了根。美国学者凡·戈斯（Van Gosse）也认为，左翼思想的影响持续存在，左翼运动也在70年代以后持续得以发展。

> 确实有一些运动衰落了，原因很明显，反战运动一旦达到了目的就迅速地淡出了人们的视线，虽然它仍然影响了接下来数十年中的新和平和反干涉运动。但是也有一些运动在70、80和90年代中持续地发展，例如妇女运动和同性恋运动。这些运动共同的模式是扎下了组织上的根基，不断地在权力的战场中——不论是国会还是市政厅——寻求着发言权，寻求着立足之地。将这种制度化和新左派的"死亡"混淆，就是混淆了运动最广义的政治目标——获得权力，带来改变。因此，不能因为一些运动及其成功的活动融入了主流的公民社会，就误认为激进主义已经灭亡。毕竟，严肃激进主义者的目标理应是不再"激进"，不再在边缘地带为了引起人们的关注而高呼，而是展开针对统辖方式的严肃协商。以此为评判的标准，新左派赢得了许多胜利。③

对专制的反抗、对权威的消解、对自由的追求等等这些新左翼的价值观念不但继续存在，而且在新的时期继续与各种社会思潮、社会运动结合，仍然表现出强大的生命力和潜能。当代左翼思潮一方面体现出多元化、理论化的倾向，另一

---

① ［美］凡·戈斯：《反思新左派：一部阐释性的历史》，侯艳、李燕译，首都师范大学出版社2015年版，第4页。
② 程巍：《中产阶级的孩子们：60年代与文化领导权》，生活·读书·新知三联书店2006年版，第22页。
③ ［美］凡·戈斯：《反思新左派：一部阐释性的历史》，侯艳、李燕译，首都师范大学出版社2015年版，第187-188页。

方面也体现在左翼运动中全球意识、团结意识的觉醒上。70年代以后，尤其是80年代以来，一批新左翼运动中的激进分子开始进入大学，在左翼思想研究和教学中找到了惬意的位置，这些人被称为"学院左翼"。尽管他们仍不断受到来自左和右两个阵营的攻击，但是不可否认，他们为高校带来了激进的思想和实际经验，他们以坚实的理论功底建构起了新的马克思主义研究体系，在学术界获得了一定的重视，为左翼在美国乃至世界范围内的长远胜利做出了重要贡献。60年代以后崛起的一批杰出的文学理论家，如桑塔格、诺曼·波德霍雷茨（Norman Podhoretz）、诺姆·乔姆斯基（Noam Chomsky）、爱德华·沃第尔·萨义德（Edward Wadie Said）、施特菲·格拉夫（Stefanie Graf）、弗兰克·兰特里夏（Frank Lentricchia）、弗雷德里克·詹姆逊（Fredric Jameson）等，这些人的理论成果成为美国学界将马克思主义本土化的经典性成就。[①]另外，左翼文化和文学思潮的深远影响，还体现在它与女权主义运动、少数族裔运动、反战运动、生态保护运动等政治和文化事件的相互渗透中。

今天，当我们站在新的历史节点，试图对这场运动和这一思潮进行回顾和总结的时候，审视周围的世界，我们仿佛蓦然发现左翼最初所倡导的一些价值已经在当今的主流价值体系中得以确认。例如，对和谐的生存和生态环境的呼吁正成为当今世界各国关注的重大主题；妇女、少数族裔等弱势群体的权利正日益受到重视、得到保障；同性恋等群体正在得到越来越多的理解和支持；对权威和传统的质疑已日渐被视为社会发展和进步所必需的前提和态度。应该说，从某种意义上，我们都受到了左翼的熏陶和启蒙，"新左派从未结束，它最大的成功，就是成为日常政治生活的一部分"[②]。美国左翼思想以及左翼运动的功绩和意义就在于，它使每个人的日常生活都有了革命性、政治性的色彩和意义。

---

[①] 陈慧：《正视美国左翼文学的复杂性》，载《读书》2016年第8期，第69-76页。

[②] [美]凡·戈斯：《反思新左派：一部阐释性的历史》，侯艳、李燕译，首都师范大学出版社2015年版，第207页。

## 第二章

# 20 世纪美国左翼女性文学概览

美国左翼女性文学是在 20 世纪美国左翼运动与女性主义运动的合力之下诞生的,它包含两种不同类型的创作:书写底层妇女苦难生活与反抗意识的无产阶级女性文学以及表达中产阶级女性自我认知和社会参与意识的左翼女性知识分子创作。前者兴盛于 20 世纪 30 年代进步人士推崇苏联的红色浪潮中,但在 40 年代左翼思潮褪去后逐渐衰落;后者则贯穿整个 20 世纪美国历史,并在当代西方思想史上产生着持续性影响。美国左翼女性知识分子是社会运动的积极参与者,也是进步思想的启蒙者和传播者。她们在家庭生活、社会运动、自我发现等领域内的发声,形成了"想象的连续性"和"循环出现的类型、主题、问题和形象"[1],她们延续和发展了女性智性书写的历史,改变了无产阶级文学和现实主义文学的男性传统。对这一群体的研究,既能观照以社会正义为出发点的左翼作品中性别意识的投射,也能审视左翼女性知识分子的思想与创作的连续性、合法性、局限性,有助于我们积极利用跨文化的历史资源,客观认识女性知识分子在主流价值构建中的作用。

20 世纪是马克思主义思想在西方得到广泛传播的时期,也是全球范围内女性主义运动蓬勃发展的时期。如果说这两者的结合解放了女性思想,那么两次世界大战的爆发、现代科技的发展在解放人的体力的同时,又客观上给不少女性提供了走出家门、担当社会责任的机会。受此影响,20 世纪女性的社会责任感、自信心增强,团结协作争取民主和平等权利的意识也得到增强。受惠于教育权利的普及,不少女性有了书写和表达的能力,她们把自己和周围的女性在家庭生活、社会运动、自我发现等领域内的独特经历借助文字的形式表达出来,这不但丰富了 20 世纪世界文学景观,也同时延续和发展了女性书写的历史和传统。其中,美国左翼女性写作不但是美国左翼文学的重要组成部分,而且成为美国左翼运动的重要记

---

[1] [美] 伊莱恩·肖瓦尔特:《她们自己的文学——英国女小说家:从勃朗特到莱辛》,韩敏中译,浙江大学出版社 2012 年版,第 8 页。

录、美国女性自我解放过程中的心路历程,也成为美国文学的一道亮丽风景线。

美国左翼女性文学的发展首先同全球范围内女性主义运动的深入开展有着直接的联系,也反映出美国左翼运动中女性地位所发生的变化,同时美国左翼女作家的书写也反射出美国共产党内部对女性问题的认识在逐步深化。对美国左翼女性文学的概貌进行梳理,有利于我们把握左翼女性文学创作传统的确立、发展、延续,也有利于我们借助阶级、性别、种族等重要因素和视角,对左翼文学自身的丰富性、多元性、复杂性进行深入挖掘和审视。

## 第一节 左翼女性文学与女性主义运动

美国左翼女性文学的产生和发展,离不开20世纪30年代与60年代激进的文化语境以及马克思主义思想的启蒙和传播,这既是20世纪女性主义运动深入发展的结果,同时也与美国共产党性别政策的调整和变化有着密切的关系。

### 一、女性主义运动的发展

关于女性主义的发展历史,学界众说纷纭,有着多种不同的划分方法。英国著名女性主义批评家伊莱恩·肖瓦尔特在《她们自己的文学——英国女小说家:从勃朗特到莱辛》(*A Literature of Their Own: British Women Novelists from Bronte to Lessing*,2012)中,把英国社会中女性主义的发展分为三个阶段:第一阶段是从19世纪40年代到1880年乔治·艾略特(George Eliot)去世;第二阶段是从19世纪80年代到20世纪20年代,该阶段的主要任务是争取妇女选举权;第三阶段是从20世纪20年代至今,1960年进入自我意识的新阶段。对于女作家来说,用以指称这三个阶段的恰当用语是:女性的(feminine)、女权的(feminist)、女人的(female)。[①]肖瓦尔特的理论有着广泛的影响力,且被不少女性主义者当作适用于全球妇女运动的准则。

我国学者广泛接受的是"两次浪潮说"。第一次浪潮始于18世纪末,以妇女要求政治上的平等权利和争取选举权为主要内容;第二次浪潮从20世纪60年代开始,是女性主义理论得到深入发展的时期。如果说在第一次浪潮中,女性主义

---

[①] [美]伊莱恩·肖瓦尔特:《她们自己的文学——英国女小说家:从勃朗特到莱辛》,韩敏中译,浙江大学出版社2012年版,第10-11页。

是从启蒙思想的"天赋人权"出发，争取与男性平等的权利，那么在第二次浪潮中，它则注意到了两性之间的差异。第一次浪潮强调的是妇女集体的政治、社会权益，第二次浪潮则将注意力集中在女性个体生理、心理的体验上[①]；第一次浪潮强调的是妇女个人与集体的政治与社会权益，第二次浪潮则是在男女差异与女性主义观点的基础之上，讨论性别歧视在思想、文化与社会中的根源与运作。[②]换句话说，第一次浪潮旨在"求同"，提出了"男女平等"的口号，要求女性享有与男性同等的权利；第二次浪潮则重在"存异"，强调的是"男女有别"，主张建立属于女性自己的话语体系。露西·伊瑞格瑞（Luce Irigaray）的"女人话"、埃莱娜·西苏（Hélène Cixous）的"阴性书写"等理论都从男女两性的生理差别出发，将语言与生理结构直接联系起来，是建立女性自己的表达和书写体系的理论探索。第一次浪潮的政治性色彩浓厚，有很强的社会实践性；第二次浪潮则更强调文化的内容，更注重理论化和语言表达。

美国的女性主义运动同世界范围内的女性要求平等权利的运动密切相关，但也有自己独特的历史进程。一般认为，美国的女性主义运动的发展经历了三个标志性时期。

1848年7月，第一次妇女权利大会（Women's Rights Convention）在纽约州小镇塞尼卡福尔斯（Seneca Falls）召开，标志着美国女性主义运动的开始。女性主义的领导人伊丽莎白·凯迪·斯坦顿（Elizabeth Cady Stanton）起草的《妇女的权利和感情宣言》（The Delcaration of Sentiments, 1848，亦可翻译为《苦情宣言》或《观点宣言》）在会上引起了强烈共鸣，这一宣言几乎逐字逐句模仿了《独立宣言》（The Delcaration of Independence, 1776），以天赋人权的思想来证明男女平等："我们以为以下的真理是不证自明的：男人和女人生来平等；他们具有不可剥夺的天赋权利；这些权利是：生命、自由和对幸福的追求；政府的建立正是为了保证这些权利，而政府的正当权利来自被统治者。"[③]《妇女的权利和感情宣言》指出，人类的历史就是男性对女性的剥削和压迫历史，该宣言从群体或阶级的立场出发揭示了社会的不公，呼吁男女平等的权利，揭开了女性主义运动的序幕。

1920年被认为是美国女性主义运动取得胜利的关键一年。在这一年，美国宪法第十九条修正案即《安东尼修正案》最终获得批准，美国妇女赢得了选举权，

---

[①] 黄华：《权力，身体与自我：福柯与女性主义文学批评》，北京大学出版社2005年版，第7页。
[②] 宋素凤：《多重主体策略的自我命名：女性主义文学理论研究》，山东大学出版社2002年版，第21页。
[③] [美]约瑟夫·多诺万：《女权主义的知识分子传统》，赵育春译，江苏人民出版社2003年版，第9页。

这一成果是同 19 世纪末 20 世纪初美国妇女运动的组织化、理论化发展分不开的。一些女权主义者不再仅仅呼吁政治平等，更要求社会在更广阔的领域内进行文化革新，她们注重的不是男女的相似性，而是差异性。在世纪之交，这一派的女权主义理论不仅仅把为妇女争取权利作为目标，女性主义者更是将此作为实现更大社会变革的一个方法。[①]她们坚持认为妇女应该跨入公共领域并获得选举权。这一被称为"文化女权主义"的理论隐含着母权制社会的理想状态。这一母权理想突出地体现在美国女性主义运动领袖夏洛特·帕金斯·吉尔曼（Charlotte Perkins Gilman）的作品《女儿国》（Herland，1915）中。吉尔曼在书中描绘了一个全部由女性组成的国度——"女儿国"（亦可译为"她乡"），在这个单一性别的国家里，没有战争和剥削，没有歧视和压迫，女人们过着群居生活，她们强壮、独立、相处融洽、和谐，她们通过单性生殖繁衍后代，以女性价值观和非暴力的形式来治国理政、处理纠纷。女儿国的政治和生活图景通过三位误入这一女性乌托邦的男人们的视角展开，从而以陌生化的方式向我们展示了那些人们习以为常的社会规范、男权意识遭遇质疑和颠覆的场景。《女儿国》表达了激进的女权主义观，对之后的女性主义运动和女性主义文学产生了深远的影响。

20 世纪 60 年代见证了美国女权主义运动的第三次浪潮。此次浪潮除了仍在广泛争取妇女的社会权利之外，还把提高妇女的性别、阶级意识作为运动的主要目标。与前几次女性主义浪潮中对于女性整体的社会权益的呼求不同，这次浪潮更关注女性的文化权利和个体体验。美国 60 年代后期出现的"妇女解放运动"同左翼政治力量相互联系、相互促进，成为当时社会最具代表性的进步力量。[②]新左翼运动与女性主义运动的结合，首先是打破了私人领域与公众领域的界限，将女性个人经历与国家政治生活联系了起来。女性主义运动中提出了一个响亮的口号，即"个人的就是政治的"（Personal is political），这一口号的提出不仅同左翼女性写作中的自传性写作传统有关，而且同 60 年代后各种后现代主义理论的兴起，以及左翼女性写作也开始更关注主体的文化和心理状态相关。它体现了女性主义者以另一种方式思考政治的本质，即政治不应只限于公共领域的选举权，更应该包括所有涉及权力运作的领域，当然，个人的私生活也不例外，很多女性主义者从个人的生活经历出发来揭示社会文化各领域中性别歧视的根源。[③]美国新左翼文学中的女性写作在此意义上继续了女性经验的书写这一传统。

---

① [美]约瑟夫·多诺万：《女权主义的知识分子传统》，赵育春译，江苏人民出版社 2003 年版，第 47 页。
② 黄华：《权力，身体与自我：福柯与女性主义文学批评》，北京大学出版社 2005 年版，第 5 页。
③ 黄华：《权力，身体与自我：福柯与女性主义文学批评》，北京大学出版社 2005 年版，第 7 页。

## 二、美国共产党的妇女政策与左翼文学的男性传统

尽管20世纪初就有一些激进女权主义者加入共产主义运动中,但无论从人数上还是从影响力上来看,党内的女性力量还是非常薄弱的,并且缺乏有效的、专门的妇女组织。造成这种现象的部分原因是在马克思主义经典著作中,性别问题是依附于阶级问题的,只要推翻了资本主义制度,妇女解放的问题就会随之得到解决。因此,性别问题应让位于阶级问题,在阶级问题得到解决之前,并不鼓励对性别问题给予过多关注。"多年来,共产主义者往往宣扬传统的女性身份,遵循男女交往的俗套,仅仅从经济方面来解释女性压迫。"[1]美国共产党在成立之初,沿用的就是经典马克思主义的妇女理论,美国共产党维护异性恋的核心家庭,并支持妇女追求自身权益,因此拒绝支持《平等权利修正案》。[2]这种导向导致美国共产党内部存在严重的男性霸权,女性共产党员在政党内部遭遇性别歧视,被边缘化。这一现象在20世纪30年代以后才逐步得到改观。这一方面是由于左翼女性群体队伍不断扩大,力量不断增强,并开始在社会公众领域发挥越来越重要的作用;另一方面,一些女性批评家先后发声,呼吁人们关注妇女遭受压迫的问题,使人们逐渐认识到性别问题同阶级问题一样,不仅是经济问题,更是政治问题。美国共产党在30年代初开始吸收更多的女性成员,并且鼓励她们成立自己的委员会和专门的妇女组织,组织争取女性权利的斗争,创办女性刊物等。在二战期间,由于不少男性奔赴战场,所以有越来越多的女党员甚至获得了担任共产党内领导职位的机会,但由于彼时建立统一的美国战线是美国共产党的核心任务,因此,女性平等、女性解放的问题则相对被忽略。1945年之后,威廉·泽布朗·福斯特(William Zubulon Foster)执掌美国共产党,他公开检讨党的妇女工作中所存在的问题,对妇女在反法西斯战争中的突出贡献给予了高度的赞誉。[3]美国共产党开始重视女性问题,并认识到女性的个人问题可能是值得重视的政治问题,甚至开始逐渐突破阶级的局限,承认女性受压迫的现象并非只存在于工人阶级的妇女中,少数族裔女性的反抗斗争也得到越来越多的支持和认可。

左翼运动对女性的忽视不仅仅与传统的父权制社会的思维模式相关,还同左

---

[1] Kate Weigand, *Red Feminism: American Communism and the Making of Women's Liberation*, Baltimore: The Johns Hopkins University Press, 2000, p. 5.

[2] 王予霞:《论20世纪美共领导的左翼女性文学的历史作用》,载《福建师范大学学报》(哲学社会科学版),2013年第4期,第89页。

[3] 王予霞:《论20世纪美共领导的左翼女性文学的历史作用》,载《福建师范大学学报》(哲学社会科学版),2013年第4期,第92页。

翼运动本身对"男性气质"的突出和强调有直接关系。左翼运动的重要领军人物高尔德在 1929 年那篇著名的号召年轻作家"向左转"的文章中这样描绘革命作家的形象:"新的作家产生了:22 岁上下散发着野性、充满着活力的年轻人,父母都是工人阶级,他自己也在美国各地的伐木场、煤矿、钢厂、田野、山间营地里做活。他敏感、暴躁;他写作时任由愤怒的情感喷涌而出而不去修改雕琢。他时而狂暴时而感伤。他缺乏自信但他会继续写,因为他必须得写。"①从中不难看出,高尔德对左翼作家的定义是充满了男性气概的。高尔德的定义表达并且影响了左翼文学中对男性气质的重视,反过来说,就是对女性气质的贬低和排斥。在 30 年代男性激进文人的审美论辩中,无产阶级及其文化与男性气质相联系,性别的隐喻随之渗透其中。②男性的就等同于革命的、有活力的,而女性的则是柔弱的、不坚定的代表,这种认知不但为女性作家创作左翼文学作品制造了障碍,也阻碍了左翼女性参与到左翼运动中去,更不用说左翼女性获取运动领导权的问题了。作为最早参与左翼运动并获取了较高地位的著名女作家,约瑟芬·赫布斯特曾经在写给好友凯瑟琳·安·波特(Katherine Anne Porter)的信中描述她如何被"隔离"于约翰·赫尔曼(John Herrmann)、高尔德、考利和其他自视甚高的左翼男性精英们的政治谈话之外;玛瑞戴尔·勒苏尔觉得美国共产党希望它的女干部们要像男人一样生活,党内的女性只要做好"党的管家"(housekeeper)职责就行了。③这一现象在当时的左翼文学作品中也得以证实,比如说,在 30 年代的重要左翼文学刊物《新群众》所刊载的文学作品中,作家们嘲讽政敌的方式就是将其女性化,让他们穿上女人的衣服,女里女气地讲话。同时,在左翼文学批评中,批评家也常常把是否具有阳刚之气作为评判作品好坏的重要标准④,不但在主流男性作家的笔下,甚至在左翼女作家自己的创作中,也能明显地看到这种观念的内化。正面的男性形象往往孔武有力,担当了女性革命道路引路人的角色,而接受了革命思想的影响走上革命道路的女性,也同男人一样劳动、工作,她们身上的女性特质往往得到弱化处理。

然而,不同的声音也一直存在。例如,美国共产党的内部刊物《党的组织者》

---

① Michael Gold, "Go Left, Young Writers!" *New Masses* 4 January (1929): 4. 本书中的外文引文,如无特别说明的,均为笔者参照原文进行的自译,余同。

② Charlotte Nekola and Paula Rabinowitz, *Writing Red: An Anthology of American Women Writers, 1930-1940*, New York: The Feminist Press, 1987, p. 3.

③ Charlotte Nekola and Paula Rabinowitz, *Writing Red: An Anthology of American Women Writers, 1930-1940*, New York: The Feminist Press, 1987, p. 5.

④ 王予霞:《苏珊·桑塔格与当代美国左翼文学研究》,中国社会科学出版社 2009 年版,第 44 页。

（*The Party Organizer*）设有特刊《女性工作》（*Work Among Women*），该刊物会时常刊登对共产党在女性工作方面的批评和意见；美国共产党女性委员会的机关报《职业女性》（*Working Woman*）也刊发了党内外针对女性的不平等现象，呼吁增强社会对女性权利的保护意识。变化在悄无声息地发生。以美国作家代表大会（American Writers' Congress）为例，1935 年，参加第一次美国作家代表大会的只有勒苏尔一位女作家，会议选举了 16 名执行委员，其中只有赫布斯特和吉纳维芙·塔格德（Genevieve Taggard）两位女性；两年后的第二次代表大会上，女性执行委员的数目增加到了 4 位；第三次代表大会上这一数字增加到了 8 位；到了 1941 年，第四次美国作家代表大会共选举了 15 位女委员。此外，一些重要的左翼文学刊物上也开始陆续登载女作家的作品。

尽管美国左翼女作家同马克思主义、美国共产党之间的关系并非都那么紧密，但马克思主义的广泛传播，以及美国共产党对女性权利、地位的重视和对党内女性知识分子的引导和支持，无疑为美国左翼女性文学的发展提供了思想和动力支持。

## 第二节　20 世纪美国左翼女作家群像

20 世纪 60 年代以来，新左翼运动与女权运动所带来的平等和变革意识极大地震荡了人们的思想，也改变了左翼文学史的格局，使一直处于消音状态的左翼女作家群体开始显现出来。一些批评家发现，女性作家不但积极参与了左翼运动，而且改变了左翼文学和现实主义小说的男性传统，她们的价值理应得到重视。

同"美国左翼"这一概念本身具有高度复杂性和不确定性一样，美国左翼女作家并非一个界限鲜明的固定群体，反而是一个松散的、复杂的女作家的集合。有学者将左翼女作家描述为"一个定义十分松散的女作家群体，她们在激进的年代里在学术、文学、政治等各方面受到左翼运动的影响，并在不同程度上为左翼运动中的以上领域做出了贡献"[1]。本书研究涵盖的左翼女作家，虽然在作品内容风格上不尽相同，现实生活中身份各异，对马克思主义、共产党的认同程度不同，甚至她们自身的政治立场也在不断发生变化，但她们相信个体命运是由社会力量

---

[1] Charlotte Nekola and Paula Rabinowitz, *Writing Red: An Anthology of American Women Writers, 1930-1940*, New York: The Feminist Press, 1987, p. xii.

决定的，她们的作品中都有社会批判的内容，有激进的风格，也有对女性群体生存状况的揭示和思考，她们的写作整体上构成了激进的女性写作传统，并从女性主义的角度丰富了美国左翼文学。美国左翼女性文学的研究关注的是左翼文学作品中性别意识的投射，其目的并非是树立女性作家楷模，控诉男权主义，而是要确立女性作品在反映社会关切与个人意识等方面作为艺术形式的连续性和合法性，从而为多元文化景观的形成贡献独特视角。对左翼女性作家群体进行研究具有必要性，借用美国著名文化批评家肖瓦尔特的论点，"当我们把女作家看做一个集合体的时候，我们就能看到想象的连续性，从一代代作家中发现某些循环出现的类型、主题、问题和形象"[①]。本书拟从左翼女作家约瑟芬·赫布斯特、苔丝·斯莱辛格、玛瑞戴尔·勒苏尔、艾格尼丝·史沫特莱、蒂莉·奥尔森、玛丽·麦卡锡、苏珊·桑塔格、玛雅·安吉罗、克莱尔·梅苏德、伊莱恩·肖瓦尔特、佳亚特里·斯皮瓦克等人的创作入手，勾勒左翼文学中女性传统的确立、发展和传承，从而探究性别、阶级、种族等问题如何在女作家对身份、自我、信仰等问题的求索中得以展现，挖掘左翼女性文学所独有的审美和艺术价值。

在20世纪至今100多年的时间纵轴上探究美国左翼女性文学的发展，我们可以比较明显地发现几个重要的拐点：20世纪30年代左翼女性文学的崛起、60年代的转向和90年代以后的重建。因此，依照作品主题的不同，参照美国左翼运动发展阶段的划分，我们可将美国左翼女性文学的发展大体分为以下三个时期：20世纪30—40年代以性别和社会阶层意识的觉醒为特征的"旧左翼时期"；60—80年代以文化和审美转向为特征的"新左翼时期"；90年代后以左翼反思和传统重建为特征的"当代左翼时期"。

## 一、旧左翼女性文学的女权呼吁和智性表达

20世纪30年代以后，尤其是两次世界大战之后，美国国内女性的作用凸显，各种专门的妇女组织、妇女刊物诞生，越来越多的女性开始在各个领域担任领导角色。美国共产党也认识到女性问题是重要的政治问题，因而及时调整了自己的战略，开始越来越重视女性知识分子在社会中以及党内的作用。在此环境下，形成了美国左翼女性文学发展史上的第一个黄金时期——旧左翼女性文学时期。因作家出身、写作对象等的不同，旧左翼女性文学有两种不同的倾向：代表底层女

---

[①] [美]伊莱恩·肖瓦尔特：《她们自己的文学——英国女小说家：从勃朗特到莱辛》，韩敏中译，浙江大学出版社2012年版，第8页。

性写作传统的艾格尼丝·史沫特莱、约瑟芬·赫布斯特、玛瑞戴尔·勒苏尔与代表知识女性声音的苔丝·斯莱辛格、玛丽·麦卡锡等。

艾格尼丝·史沫特莱（1892—1950）的《大地的女儿》（*Daughter of Earth*）出版于1929年，以自传书写的形式叙述了主人公玛丽·罗杰斯（Marie Rogers）从懵懂无知的少女成长为一名有自觉意识的独立女性革命者的历程。该作品将主人公玛丽的成长与她对贫穷、阶级分化、性别不平等、国际主义视野下的无产阶级运动等问题的认识融合了起来，因而整部小说具备了宏观的视野、批判的力度和鲜明的政治色彩。小说塑造的女性革命者的形象立体、鲜明、坚韧，让人印象深刻，被很多评论家认为是"第一部真正意义上的无产阶级小说"[①]。

约瑟芬·赫布斯特（1892—1969）是一位有文学抱负的女作家，她的"特雷克斯勒三部曲"（"The Trexler Trilogy"），即《仅有同情是不够的》（*Pity Is Not Enough*，1933）、《刽子手在等待》（*The Executioner Waits*，1934）、《金绳索》（*Rope of Gold*，1939）是左翼女性文学史上为数不多的史诗式（epic）的创作。该系列以美国内战至大萧条期间特雷克斯勒家族的历史为镜，反映出美国半个多世纪的兴衰变化，将半自传体性质的家族史谱写成了一部"无产阶级的史诗"。

玛瑞戴尔·勒苏尔（1900—1996）的长篇小说《姑娘》（*The Girl*，写于1939年，1978年出版）直面贫穷、饥饿、社会运动、暴力行为以及卖淫、堕胎等禁忌性话题，它对社会底层女性的悲惨境遇的揭示触目惊心，该小说格调凄凉，拥有震撼人心的力量和感染力，也具有很高的艺术价值。

总体而言，20世纪20—30年代是左翼女性作家开始发声的时刻。该时期写作的主体是处于社会底层的劳动妇女，她们从自身的经历出发，以自传或者写实的形式书写女性经历，表现女性性别意识的觉醒，强调女性同伴、女性社团的力量和引领作用，批判男权中心主义思想，关注女性政治权利。

在旧左翼女性文学的发展中，底层劳动妇女的呼声日盛，但这并不能遮蔽身处中产阶级的知识女性的书写。由于自身所处社会环境、教育背景、经济地位等的不同，知识女性在写作中表达出的关注点与底层无产阶级妇女不同，相比于对物质权利的强调，她们更关注女性平等的社会权利的实施，关注在知识分子圈内、左翼群体内部所存在的问题和弊端。

苔丝·斯莱辛格（1905—1945）是30年代美国左翼运动中的活跃分子。她出版于1934年的小说《无所属者》（*The Unpossessed*）详细描述了纽约左翼知识分

---

[①] Charlotte Nekola and Paula Rabinowitz, *Writing Red: An Anthology of American Women Writers, 1930-1940*, New York: The Feminist Press, 1987, p. 21.

子圈的生活。《无所属者》把批判的矛头对准左翼内部男性知识分子的孱弱无力，他们虽有激进的革命理想，但却不切实际、自命不凡，囿于内部纷争而最终失去了行动力。斯莱辛格的小说描写了左翼知识分子集群内女性知识分子的感悟和创伤，而男性知识分子的无力和迷惘也通过她们的视角得到了充分的体现。[①]

玛丽·麦卡锡（1912—1989）是左翼运动中具有承上启下作用的重要人物，她与汉娜·阿伦特、苏珊·桑塔格并列为西方现代最重要的三位女性知识分子。麦卡锡是纽约文人集群中的重要人物，是《党派评论》戏剧栏目的评论人。她于1942年出版的短篇小说集《她的交际圈》（*The Company She Keeps*）、1963年出版的小说《她们》（*The Group*）等都引起了巨大反响。从她的创作轨迹上来看，麦卡锡一直是个激进的作家，她的作品同她的为人一样，犀利而直接，充满了批判性。例如，她发表于1949年的政治小说《绿洲》就是对左翼这一乌托邦式的社会革命构想的反思，也是对40年代知识分子的政治幻灭感的表达。

无论是底层女性的控诉和觉醒，还是知识女性的揭露和挑战，旧左翼女性作家在这个时期的书写表明了对女性平等政治、经济权利的呼求。为了表达这种呼求，她们不约而同地将男性群体当作了对立面和假想敌，力图揭露在社会各个阶层、各个领域存在的压迫与不公，凸显女性群体的力量。

## 二、新左翼女性文学的文化转向与精神救赎

20世纪60年代是美国经历剧烈变革的时期，也是美国左翼文学的分水岭。女性主义、左翼运动与后现代理论的联姻，促使美国左翼女性文学淡化了意识形态的内容，从而转向个人生活方式的表达。60年代后的左翼女性文学呈现出精英化的趋势，其关注点从政治转向文化，从群体转向个体，深度观照个人精神危机，强调文化革命和美学救赎，在写作技巧上也经历着从现实主义到后现代主义的转变。这一时期的左翼女作家如苏珊·桑塔格、伊丽莎白·哈德威克、莉莲·海尔曼（Lillian Hellman）、玛雅·安吉罗等人，既是有相当影响力的著名作家，又是活跃在各种社会运动中的进步的知识分子。

作为新左翼运动的领军人物，桑塔格的思想和创作极具代表性。受赫伯特·马尔库塞的艺术解放论的影响，桑塔格倡导个人解放与艺术解放相结合，试图用艺术的审美来释放理性对社会与个人的压抑，将女性的解放与艺术的解放相结合，

---

[①] 程汇涓：《〈无所属者〉：苔丝·斯莱辛格的左翼知识女性小说》，载《外语教育研究》2014年第2期，第68页。

倡导"沉默的美学"（aesthetics of silence），试图用标新立异的艺术表达形式唤起人们对艺术、生活的新感受力，以艺术解放来实现生活解放。在桑塔格的作品中，既可以见到对革命懵懵懂懂，幻想通过身体革命、放荡的生活来解放自己的奥布辛尼狄（Obscenity）小姐，也可以见到立志用戏剧表演的形式来建立乌托邦，从而隔离现实的异化，实现美国梦和自我价值的少数族裔女演员玛琳娜（Maryna）。当然，她的主角更多的是模糊了性别甚至身份的敏感的艺术家群体。他们对现实生活的平庸和异化的失望，使他们转向艺术的世界去寻求生命的活力；他们以高度个人化的方式来抵抗生活；他们在距离之外旁观自我与他人之痛。这种设置障碍、拒绝交流、离经叛道的姿态是"沉默的美学"，是一种休克式疗法，旨在刺激读者钝化了的感受力、麻木的"单向度生活"（one dimensional life），唤起读者对艺术、生活的敏锐感知。当然，桑塔格一方面对陷入精神困境的知识分子给予深切同情，而为他们指出了美学革命的解放路径；另一方面却尖锐地指出了这一美学革命的虚幻性。用艺术的手段来抵抗生活的无奈和平庸，这种饮鸩止渴的休克式疗法实际上放弃了艺术对生活的表现和阐释，非但不能解决自我异化的问题，反而把自我在异化的道路上越推越远。

桑塔格及其沉默的美学的艺术思想存在明显的矛盾性。在现实生活中，桑塔格是新左翼运动的积极参与者，是广受公众瞩目的知识分子，她针砭时弊、掷地有声，有强烈的社会责任感，保持着激进的革命立场，是左翼运动中的领导者，被视为大众文化的代言人。然而在文学创作中，桑塔格则在文化和审美趣味上表现出高冷姿态，并以这种优越感固守着老一代纽约文人集群中知识分子的精英文化传统，割裂了与普罗大众的联系。

除了文化与美学革命，新左翼女性作家的书写还与妇女解放运动、民权运动的发展紧密相连。玛雅·安吉罗的代表作《我知道笼中鸟为何歌唱》（*I Know Why the Caged Bird Sings*，1969）唱响了这样的时代主题。作为诗人、作家、编剧、歌手的玛雅·安吉罗是美国历史上最富传奇色彩的黑人女性之一，她甚至被视为黑人女性的代言人，她一生经历坎坷，却获得了人生的极大成功。1969年出版的《我知道笼中鸟为何歌唱》是安吉罗最重要的作品。在这本自传体小说中，安吉罗回忆了20世纪三四十年代在南方小镇斯坦普斯及加利福尼亚州的成长经历。该作品的主人公遭遇到贫穷、种族主义歧视、性骚扰和强奸等一系列令人心碎的苦难，但小说并不停留在控诉和抗议的层面，反而更多地表现了处于种种痛苦遭遇中的女主人公对压迫的反抗，以及对个人身份的追寻。小说虽然创作在民权运动的高潮退去之后，但它对种族主义、性别压迫的揭露和谴责，对独立自由、个人尊严的追求和维护，仍然让它深入人心，广受推崇。包括黑人群体在内的少数族裔的解放，不仅在于身体的解放，更在于心灵的解放；不仅要依靠外界的力量，更要依赖自身和自己所处的群体的力量。《我知道笼中鸟为何歌唱》中饱经磨难的女主人公从自卑、自闭、缄默不语到勇敢、开放、主动选择的转变不只是个人成长神话的书写，更为少数族裔的认同和解放提供了借鉴。

## 三、当代左翼女性文学的社会关切与理论探讨

20世纪70年代末至80年代初，左翼运动在美国逐渐式微，但左翼思想还在持续地向前发展，并内化为美国社会的一种批评或自我修正的力量。面对全球化、多元化的新语境，当代左翼女性作家体现出前所未有的自信心和责任意识，她们不但在文学创作领域内显现出新气象，也在理论创新方面展示了新建树。

在全球化背景下，在左翼运动越来越呈现出国际化发展态势的影响下，当代左翼女性文学越来越贴近现实，越来越重视对社会重大历史事件的反馈、表现和反思，并以此为契机进行左翼文化传统的梳理和回顾。美国当代女作家克莱尔·梅苏德的小说《皇帝的孩子》以"9·11"事件为背景，探讨了左翼思想传承的话题。该小说描述了"9·11"事件前后，曾经在60年代风靡一时的左翼领袖默里（Murray）的高大形象被他的侄子、女婿、情人、女儿等年轻一辈逐渐解构的故事。年轻一代知识分子对默里及其代表的旧时左翼文化的"脱冕"，包含了复杂的内容，既是对左翼思想的哀悼，但同时也是一种致敬，甚至还隐含着无力超越的自嘲。小说体现了当代左翼女性文学深度观照历史，表达人文关怀，承担社会责任的视野和胸怀。

当代左翼文学在理论体系建构方面沿着两个方向进行：一是挖掘长期以来被忽视的女性作家及其作品，构建女性写作传统，以此来挑战传统的文学史与文学史观；二是将女性主义与后现代理论结合，对包括左翼思想本身在内的西方文明进行反思和批判。前者以伊莱恩·肖瓦尔特的《她们自己的文学——英国女小说家：从勃朗特到莱辛》的发表为标志，后者以佳亚特里·斯皮瓦克的理论探索为代表。《她们自己的文学——英国女小说家：从勃朗特到莱辛》坚持从历史和文化的角度研究女性文学和探讨女性文学理论，作者除了对已获得主流文学认可的夏洛特·勃朗特（Charlotte Brontë）、艾略特和弗吉尼亚·伍尔芙（Virginia Woolf）及其作品进行了详细分析外，还对文学史上并未得到充分重视，甚至是湮没无闻的19—20世纪的女作家进行了介绍和评论。女性传统、女性批评、女性写作成为70年代之后女性主义文学研究的核心内容和当代左翼女性文学研究的关键词。佳亚特里·斯皮瓦克是当今世界首屈一指的文学理论家和文化批评家，

她的写作旨在通过对文化表象的剖析,从而深入文化政治背景中,厘清原有的文学观念和知识构成。斯皮瓦克将女性主义和边缘群体置于马克思主义、精神分析和后结构主义的互证关系中进行认识和分析,她的研究范式和文化思想深化了我们对于文化政治多元化的认识。她为我们简要描述了一个新/后女性主义的批评框架,这一框架的基本特征就是反本质化,强调要在多重决定因素(如阶级、性别和种族)下去考察性别政治、社会经济、历史、文学等等之间的复杂关系。[①]斯皮瓦克的研究从一个侧面反映出当代美国左翼批评、当代美国女性批评走向多元化和理论化的趋势。然而,理论化却并不代表完全脱离实际,相反,斯皮瓦克的理论发展以她的现实观察、她对现实的关切为基础,当代美国左翼运动的发展、左翼理论的发展也有着强烈的现实关怀和道德关怀。

作为一个松散的作家群体,美国左翼女作家并没有任何政治形式或者其他组织形式的联盟。她们的人生经历不同,她们对社会的关注点不同,她们的写作风格也呈现出很大的差异性,但身为女性、身为弱势群体、身为怀揣公平和正义理念的知识分子,她们都积极投身于社会公众活动,并身体力行,伸张正义,扶持弱小;她们都笔伐口诛,以笔为剑,直戳社会的阴暗和龌龊面,直面各种虚伪和嚣张,表现出了无畏的勇气;她们富有女性的温暖和同情心,也饱含智慧和敏锐,为人类文明的发展和进化贡献了力量。当然,要说明的是,对于大多数美国左翼女作家而言,她们的同情心和正义感大多是良知的本性流露,而缺少马克思主义的理论自觉。

美国左翼女性文学的崛起和发展是全球文学景观里的重要事件和内容,是女性主义和左翼运动联姻而产生的风景。女性与左翼的结合似乎是天然的,因为两者都包含了对平等的诉求,都有反抗的姿态,都有解构和重建的抱负,都是为弱势群体发声。

文学是革命的表达,也是革命力量之所在。美国左翼女性文学对革命的表达是热烈的、独特的,也是多样化的。20世纪上半叶的女性写作关注女性意识的觉醒,呼吁女性群体的政治权利,抗议父权制。她们的革命手段是控诉与对抗,例假、怀孕、堕胎、生育、性骚扰等女性体验成为女性所遭遇苦难的明证,但同时这些与繁殖和生命力相关的女性特征又成为女性力量的来源。因此,激进的左翼女性主义者倡导身体写作,挖掘女性群体中姐妹情谊、母性力量的价值,倡导女性写作、女性社区、母权制的社会体验和文学表达,形成与传统男权社会、男权文化的对抗,但在60年代新左翼运动之后,理论化转向和文化转向也体现在美国

---

① 吴琼:《20世纪美国马克思主义文艺理论研究》,北京大学出版社2012年版,第282页。

左翼女作家的写作中。无论是在文学批评领域还是在创作领域，左翼女作家都表现出更广阔的视野。她们一方面密切关注，甚至切身投入社会重大政治事件中声援正义、帮助弱小、呼唤和平；另一方面也借助后现代理论向资本主义的经济、政治、文化根基发动猛攻，体现出知识分子的担当。另外，对左翼思想、女性主义本身的反思也成为左翼女作家对当代左翼运动和女权运动的突出贡献。

美国左翼女性文学本身就有很强的包容性，这一特点在全球化的语境下表现得更为明显。左翼女性文学中少数族裔作家的贡献、左翼女性文学与生态主义的结合等都是左翼文学发展的热点，也是值得我们去进一步研究的课题。

女性作家的写作是否能构成一个独特传统在今天仍然是一个问题。我们不应只是从生理、身体或心理的角度去将它定义为一种特殊的写作方式，同时，以性别来取代审美的方式也是一种狭隘的意识。女作家的写作不是单纯的政治产物，也不是女性主义运动的产物，它是在对美国文学传统的传承、抗争和反思过程中逐渐发展起来的。一方面，我们应看到的是男权社会对于性别歧视的实践造成了女性的反抗；另一方面，我们也必须认识到女性无法作为一个单一范畴而独立存在，种族、国家、地域、阶级、时代等因素造就了一种多种差异共存的女性作品的概念。[①]然而，对20世纪左翼文学中女作家的写作的考察至少提供了一个谱系，这一谱系既可以反映出这一时期的女性写作同主流的、以男性为主导的文学写作之间的对话关系，也可以体现出谱系内部的丰富性、复杂性和多元性。

---

[①] 金莉：《20世纪美国女性小说研究》，北京大学出版社2010年版，第8页。

# 第三章

# 意识觉醒与女性成长

女性意识的集体觉醒得益于20世纪上半叶女权运动的深入发展,也成为这一时期女性文学的重要主题。对女性权益的主张和保护在今天看来似乎是理所当然的事情,但这实际上却是很多人长期以来努力奋斗甚至为之牺牲的结果。在《红色写作:1930—1940年美国女性文学选集》的前言中,托妮·莫里森(Toni Morrison)写道:"女性与政治的结合向来都是不易的。从安提戈涅[①](Antigone)到安吉拉·戴维斯[②](Angela Davis),父权制对此的反应都是贬低、发怒、摒弃、抹杀……即便如此,当我们得知迄今为止,30年代激进时期的美国文学史,还只是由男性的作品来支撑,这还是不免让人吃惊。"[③]挖掘女作家被噤声的历史,重塑美国文学史,应当从旧左翼文学中那些控诉和抗议的声音入手。苔丝·斯莱辛格、艾格尼丝·史沫特莱、约瑟芬·赫布斯特、玛瑞戴尔·勒苏尔等人,不但是20世纪左翼运动的积极参与者,身体力行地为无产阶级革命做出了贡献,她们也在文学作品中塑造了典型的人物形象,发出了革命的声音。作为身处社会最底层的无产阶级女性群体的代言人,她们对阶级和性别的双重压迫往往有切身的体会,她们取材于自身和周围女性的经历,书写了20世纪美国无产阶级文学的女性经验。

---

① 在古希腊戏剧家索福克勒斯(Sophocles)的同名悲剧中,俄狄浦斯的女儿安提戈涅不顾国王克瑞翁的禁令,安葬了自己的兄长波吕尼刻斯,因而被处死。安提戈涅是一个英勇无畏、反抗世俗权势的女英雄的形象。

② 安吉拉·戴维斯是美国一位黑人女政治活动家,黑豹党领袖。她于1970—1972年被控合谋犯罪,遭到监禁、受审,后被宣判无罪,由此闻名世界,成为被追捧的女英雄。1980年戴维斯曾由美国共产党提名参与竞选副总统。

③ Charlotte Nekola and Paula Rabinowitz, *Writing Red: An Anthology of American Women Writers, 1930-1940*, New York: The Feminist Press, 1987, p. ix.

# 第一节 《大地的女儿》中性别意识的觉醒

## 一、史沫特莱及其《大地的女儿》

艾格尼丝·史沫特莱是20世纪美国重要的左翼女作家、有国际影响力的新闻记者、激进的女权主义者和积极的社会活动家。史沫特莱1892年出生于美国密苏里州的奥斯古德镇（Osgood）的一个贫苦家庭，父母都是农民。1904年，史沫特莱一家迁往科罗拉多矿区。史沫特莱童年家庭不幸，父亲时常出走，置家庭于不顾，母亲由于过度劳累而早早离世。受家庭条件所限，史沫特莱并未接受过正规的高等教育，只是在1911—1917年陆陆续续地在亚利桑那州的坦佩师范学院、南加利福尼亚州的圣迭戈师范学院学习，她还曾参加过纽约大学的夜校，但都没有正式毕业。

史沫特莱很早就表现出激进的左翼倾向，并积极付诸行动。她在圣迭戈师范学院学习和任职期间正逢美国左翼运动的第一次高潮时期，她积极参与了美国左翼组织的活动，同当时左翼运动的领导者古德曼和辛克莱都有交往。1916年史沫特莱加入美国社会党，不久后她遭遇学校解雇；在同一年，她因害怕生育会使自己失去人格自由和学习机会而与第一任丈夫离了婚；1917年，她来到纽约，在这里，她广泛接触了社会主义、工团主义和女权主义思想；1918年，她因参与声援印度的独立运动而被捕，出狱后，她以自己的亲身经历为素材发表了处女作《狱中难友》（*Cell Mates*，1920）；1920年，为追随流亡德国的印度民族主义者，她偷偷进入德国，并在此非法居留了8年之久；1926年，史沫特莱到柏林大学学习地缘政治和经济，但后来因为语言的问题而放弃。在德国期间，史沫特莱曾与印度民族主义者维连德拉纳什·查托帕迪亚雅（Virendranath Chattopadhyaya）长期同居，但两人终究由于政治理念、性别观念等方面的巨大分歧而分手。这次感情破裂的经历对史沫特莱身体和精神的伤害巨大，为减轻和治疗精神创伤，史沫特莱将自己的经历写入小说《大地的女儿》。

1928年，史沫特莱以德国《法兰克福日报》（*Frankfutrher Zeitung*）驻华记者的身份来到中国，并在此后的13年间深入中国各阶层。她同中国的国共两党的政治高层都有密切接触，成为中国革命中许多重要政治与历史事件的见证人。在华期间，史沫特莱参加了中国民权保障同盟，同宋庆龄、鲁迅等人结识并深入交往。她于1932—1936年在幕后创办了《中国论坛》(China Forum, 1932—1934)和《中国呼声》(The Voice of China, 1936—1937)两份英文刊物,向西方介绍了中国革命的发展状况和中国的左翼文化。1936年,在西安事变中,她代表国民党东北军和西北军将士,用广播将事变过程介绍给西方;1937年,她到访延安,并为撰写朱德传记收集材料;之后,她随八路军总部采访山西抗战事迹,并以中国红十字会记者的身份深入抗战前线,成为唯一长期亲临抗战第一线的外国记者。1949年,她被美国陆军部指控为"苏联间谍",尽管后来这项指控被推翻,但她却因此失去生计,不得不前往英国。其间,她曾想重返中国,不料在1950年她因手术并发症在英国不幸去世。1951年在她逝世一周年之际,中国为她举行了追悼大会和隆重的葬礼,她的骨灰被安放在北京八宝山中国烈士陵园,大理石墓碑上用金字镌刻着朱德写的碑文:"中国人民之友 美国革命作家 史沫特莱女士之墓"[1]。

史沫特莱一生的创作主要包括处女作《狱中难友》,自传体小说《大地的女儿》,以描述中国革命为内容的报告文学《中国人的命运》(Chinese Destinies, 1933)、《中国红军在前进》(China's Red Army Marches, 1934)、《中国在反击:一个美国女人和八路军在一起》(China Fights Back: An American Woman with the Eighth Route Army, 1938)、《中国的战歌》(Battle Hymn of China, 1943),以及她为朱德撰写的传记《伟大的道路:朱德的生平和时代》(The Great Road: The Life and Times of Chu Teh, 1956)等。其中,史沫特莱的小说代表作《大地的女儿》被视为20世纪30年代美国女权主义小说的力作。

《大地的女儿》被认为是史沫特莱的自传体小说,该小说叙述了主人公玛丽·罗杰斯从游荡不定的童年到在成长过程中从身体到精神等不同层面所遭遇到的困惑和纠葛,再到她决心投入党的工作,参与印度独立革命运动。玛丽在生活中目睹了父亲对母亲以及家庭不负责任的态度,切身感受到身边许多家庭中女性对男性的依附地位,她本人也在参与到社会主义运动中之后因为其女性的身份而不能得到周围人的同等对待,这些经历让她产生了强烈的独立意识,产生了对传统婚姻关系的排斥。相对于含辛茹苦、忍耐顺从、循规蹈矩的母亲,她更认同和亲近靠出卖身体来帮助姐姐养家糊口的姨妈,也深刻认识到传统婚姻关系中父权制对女性的束缚和剥削。

性别和阶级问题是《大地的女儿》中两个鲜明的主题。无论是在家庭、社会中还是在社会主义政党内部,女性不仅受到贫困生活带来的各种压力和屈辱,她们还往往被视为依附者,她们的身体连同精神一样,都被视为男人们的附庸。玛

---

[1] 参见刘小莉:《史沫特莱与中国左翼文化》,浙江大学出版社2012年版,第287-291页。

丽在成长过程中不断地以一己之力对抗这种禁锢的力量,她的反抗尽管单薄、微弱,但至少为她自己赢得了尊严。因而,《大地的女儿》不仅是典型的女性成长小说,还包含有强烈的性别和阶级意识觉醒的主题,是真正地为无产阶级所书写的小说。

《大地的女儿》以女性人物为主角,突破了传统的女性小说拘囿于家庭、婚姻等主题的写法,将主人公玛丽的成长与她对贫穷、阶级分化、性别不平等、国际主义视野下的无产阶级运动等社会问题和社会事件的认识和了解联系了起来,从而将探讨的话题从私人领域扩展至了社会领域。在人物刻画方面,该小说也不同于一些左翼作品中对革命女性形象的刻板化印象,以及突出和宣扬其男性化特征等表现手法,而是重点展示了女主人公对生活的观察、对自我的探索,展示了她的思想变化历程。有论者将该小说与另外两部无产阶级文学经典——辛克莱的《丛林》(*The Jungle*,1906)以及杰克·伦敦的《深渊里的人们》(*The People of the Abyss*,1903)相提并论,认为它悲苦但又富有美感,小说中的故事都从真实的生活中取材。[①]批评家拉比诺维茨把《大地的女儿》看作"反家庭小说"(anti-domestic novel),她认为《大地的女儿》中的性行为是对女性施加压迫的一种体现。工人阶级内部的性别压迫和阶级压迫同时存在,工人阶级的形象是充满男子汉气概的,为了实现阶级内部的整体性、完整性才需要女人。因此,性压迫制造了冲突,解构了工人阶级内部一致性的神话。[②]

《大地的女儿》以自传式无产阶级女性成长小说的形式,把个人生活的片段连缀成故事,不仅塑造了工人阶级女性作家的革命自我形象,也表现了底层民众的生活,猛烈抨击了资本主义制度,传达了全球范围内无产阶级团结斗争的信念。

史沫特莱因与中国革命的密切关系而成为中国人熟悉的美国左翼女作家。中国学者对史沫特莱的研究除了关注她的政治活动和以中国为主题的报告文学之外,也在深化对她的文学创作,尤其是《大地的女儿》的研究。龙丹在她的博士论文《重述他者与自我——赛珍珠、史沫特莱和项美丽与民国妇女的跨文化镜像认同研究》("Reorient the Other and the Self: A Study of Pearls S. Buck, Agnes Smedley and Emily Hahn's Transcultural Imaginary Identification with Chinese Women")的第三章中,以《大地的女儿》中的玛丽·罗杰斯、《中国人的命运》和《中国战歌》中的革命女性为研究对象,比较她们对性别与阶级、民族关系的

---

① Ruth Price, *The Lives of Agnes Smedley*, Oxford: Oxford University Press, 2005, p. 184.
② Paula Rabinowitz. "The Contradictions of Gender and Genre". In *Labor & Desire: Women's Revolutionary Fiction in Depression America Gender & American Culture*, Chapel Hill: University of North Carolina Press, 1991, p. 88.

理解，探讨史沫特莱书写中国妇女时如何把自我投射在他者身上，从而建构理想的女革命者形象，并指出史沫特莱的跨文化书写混淆了虚构与现实的疆界，采用叙事易装的手法借他者的声音表达了自我的意识形态理想。贺赛波和申丹在《翻译副文本、译文与社会语境——女性成长小说视角下〈大地的女儿〉中译考察》中用女性成长小说的文类视角以及副文本理论和文体分析方法，对史沫特莱的《大地的女儿》和林宜生的中译本进行探讨。通过考察翻译副文本对女性主题的关注，该文章分析了原文女主人公的成长主线和在译文中的再现，揭示出了该译本的副文本信息、译文本身和社会语境之间的交互作用，共同彰显了女性成长主题。刘小莉在《史沫特莱与中国左翼文化》中提出，《大地的女儿》体现了史沫特莱在来华前的思想立场和创作倾向，《大地的女儿》是史沫特莱在绝望中自我救赎的书写。小说中的"大地"有深刻的象征意味，主人公玛丽是大地的女儿，书中的大地是玛丽童年时所在的乡村，是生养玛丽的父母的象征。她还认为史沫特莱通过玛丽之口表现了她在性、家庭婚姻等方面的反传统的女权主义立场，玛丽对政治和国家的理解则体现了史沫特莱当时的民粹主义和无政府立场。

## 二、《大地的女儿》中女性成长之路

《大地的女儿》是一部具有自传性质的小说。主人公玛丽出生于密苏里州一个农民家庭，父亲和母亲在贫瘠的土地上努力维持农场的经营，依靠微薄的收入供给一家七口人的开销。在这段被贫穷、饥饿所侵扰的童年时期，玛丽目睹了周围亲人们的困苦生活，也敏锐地感知到他们的不同境遇。脾气暴躁、缺乏责任感的父亲，性格软弱、辛苦操劳的母亲，以及独立自由、我行我素的姨妈海伦（Aunt Helen）等等都对玛丽的成长，尤其是她的性别意识的形成产生了直接影响。玛丽回忆童年时坦言："我的父亲和母亲，以及我们所处的环境，都误导了我的爱情和人生观的发展。"[①]玛丽对生活附加在女性身上的多重重负和歧视尤其敏感，印象深刻。过着苦难生活的女性群体、拥有特权地位的男性，以及整个男尊女卑的社会大环境在年幼的玛丽的内心留下了深重的阴影，这段时期可以说是她性别意识的启蒙阶段，直接影响了玛丽成年后积极投身于女权主义运动的选择。

（一）旁观女人之痛

玛丽的母亲艾莉·罗杰斯（Elly Rogers）是一位典型的家庭妇女，终其一生

---

[①] [美]史沫特莱：《大地的女儿》，薛帅译，首都师范大学出版社2016年版，第8页。

为家庭、孩子付出了所有的汗水与心血。父亲约翰·罗杰斯（John Rogers）时常离家出走，使母亲不得不独自扛起家庭的重担，长年的贫困与操劳最终导致母亲在40多岁的年纪便离开了人世。在这个贫穷又多子女的家庭里，父母忙于繁重的农活而常常无暇顾及孩子们，但这另一方面也让玛丽得以在这片大地上自由生长，培育了她的自由意识和天然的好奇心。她曾经用石头堆砌火炉，被明亮的火苗吸引，感受着火苗的温暖，母亲看到这一幕却上前踩灭了火苗，玛丽不理解母亲这样的行为，对于她来说，母亲踩灭的不仅仅是火苗，还有她心里的一些东西，但彼时的她并没有弄清楚这些东西究竟是什么，只清晰地记得火苗跳动时的温暖和亲切。玛丽在多年后回忆起这段故事时说，那时她体会到了火苗和人类本能的爱之间的精神联系。火苗代表着玛丽心中对爱本能的追求与渴望，母亲踩灭了火苗，也扑灭了她心中的温暖。母亲无疑爱着自己的孩子，但她自己六年级就辍学，从未能够得到良好的教育，以至于她并不知道如何来爱护孩子。她对孩子的教育方式简单粗暴，她曾经用顶针敲打、树枝抽打玛丽来惩戒她。母亲的粗暴责打抹杀了玛丽纯真的天性，为了避免遭到暴力对待，玛丽说着违背本心的"实话"，学会了撒谎。

  正是从母亲的身上，玛丽首先体会到了男女两性之间的不平等待遇。在母亲身上，她看到了底层女性失去了个人尊严与独立的悲哀。父亲一言不合就离开家，留下母亲一人用单薄的身躯承受着超出她身体负荷的劳务：她赤脚去一英里（约1.6千米）外的水井打两桶水，用织布机织毯子谋生，外出帮人洗衣服，日复一日地做饭洗碗，过度的辛劳损坏了她的健康，神经疼痛折磨着母亲的面部和大脑，以至于她在30岁的年纪脸上就已经爬满了皱纹，看上去像是50岁了。然而，如此高强度的工作也无法使他们过上正常的生活，只能用土豆和面粉混水做成的糊勉强填饱肚子。母亲一心一意地照顾着家庭，努力承担着妻子和母亲的责任，但她的这份付出不但没有使家庭摆脱困境，甚至也没有赢得父亲应有的尊重。一次，因为没有回答父亲关于她的投票意向的质问，父亲便开始蛮横无理地吵闹、威胁、命令母亲，甚至一气之下再度离开家，母亲这次没有妥协，她用沉默维护自己得来不易的自主选择的权利，向父亲无声地宣告自己应该享有的尊重和尊严。母亲这次难得的反抗意味深远。虽然1920年美国国会宣布批准的《美国宪法》第十九条修正案已经赋予了白人女性投票权[①]，但在现实生活中，女性并不能自主地行使自己的投票权，也不能真正投入政治生活中行使自己的影响力。在《大地的女儿》中，在父亲看来，母亲必须回答他的问题，他主宰一切、命令一切的掌控欲也绝不允许女性做出忤逆他意志的选择。母亲的沉默挑战了他的男性权威，

---

[①] 黑人女性要迟至1964年《民权法案》颁布时才真正拥有投票权。

母亲用自己的方式勉力维护了她自己,或者代表所有女性维护了得之不易的平等权利。

长年的奔波劳累终于还是压垮了母亲,医生的诊断结果显示,母亲因为极度的营养不良而掏空了身体。小说中母亲辛劳悲惨的一生就是史沫特莱自己母亲的真实写照,也代表着大部分底层女性的共同命运。幼小的玛丽也意识到了性别差异的影响,"雄性牲畜似乎比同种类的雌性牲畜更值钱,雄性家禽也比雌性家禽更值钱"[①]。玛丽的性别意识在逐渐觉醒,她对性别不平等的观察在姐姐安妮和其他妇女的影响下得到进一步加强,她开始意识到性别歧视是普遍存在的社会现象,这种现象不只是存在于她的家庭里,也不只是存在于家庭分工中。

玛丽曾经在一户新婚人家家里做帮佣,这一家的女主人婚前有自己的工作和经济收入,但婚后丈夫却阻止女人在外面工作。失去独立的经济来源后,女人也失去了尊严,她只能用取悦丈夫的方式来赢回丈夫的关照。相似的事情同样发生在姐姐安妮·罗杰斯(Annie Rogers)身上。15岁时安妮就已经找到工作,并能够自己赚钱,有了经济来源后的安妮在玛丽心中是个自由的女人,而结了婚的妇女就需要听从男人的指挥。爱穿花裙子和爱参加舞会的安妮和丈夫萨姆结婚后共同经营着一座农场,沉重的农活把她从青葱少女变成垦荒的妇女,这时的安妮在玛丽看来"就像一头没有脑子的牲口,就算和丈夫闹上一通,但最终还是会屈服于他的力量。这样的女人会跟随自己丈夫走完一生,而不会有自己的想法和准则"[②]。对于男人来说,这种没有主见、学会服从的女人才是一个合格的妻子应该具备的品德。后来,安妮年纪轻轻就因生孩子而难产去世。周围女性的不幸再一次让玛丽看清了强加在女性身上的性别歧视,增强了她对传统婚姻的仇恨和抵触,加深了玛丽对性别不平等观念的憎恶。

如果说包括母亲、安妮在内的女性群体让玛丽感受到了对性别束缚的恐惧,那么姨妈海伦则为玛丽展现了女性为争取独立自由的努力和抗争精神。姨妈海伦拥有一颗无私善良的心,她将挣来的钱毫无保留地拿给姐姐艾莉补贴家用;海伦也拥有一个狂放不羁的灵魂,她不愿意向婚姻妥协,保留着强烈的女性意识和对自由的追求。然而,社会并没有为没有接受过教育的海伦提供更多上升的路径,她只能通过出卖肉体来保持经济独立和保障姐姐以及孩子们的生存需要。当父亲约翰发现海伦靠这样的方式赚钱时,他表示出了极大的蔑视和愤怒,他大声斥责海伦,但海伦用行动勇敢地进行了反抗:"她的手猛抓了他一下,在爸爸脸上留

---

[①] [美]史沫特莱:《大地的女儿》,薛帅译,首都师范大学出版社2016年版,第10-11页。
[②] [美]史沫特莱:《大地的女儿》,薛帅译,首都师范大学出版社2016年版,第86-87页。

下一道血淋淋的伤痕……她尽管柔弱,此刻却猛烈地挣扎着。"①在愤怒中,海伦反驳道:"我不打算结婚。也决不允许哪个男人对我颐指气使,让我饿肚子!我有做任何事情的权利。如果我是个妓女……那就是你造就了我!"②海伦向这个男权制社会中的道德伪善发起了控诉,也向玛丽展示了女性反抗的力量,姨妈海伦在年幼的玛丽心里点燃了反叛精神的火种。

在玛丽的童年经历中,她不仅看到了女性的卑微与顺服,也意识到了男性的特权地位是如何与生俱来以及如何被社会造就的。玛丽最初对父亲抱着满心的依赖与信任,比起打骂她的母亲,父亲的话对她更有说服力,她想要像父亲一样骑马、堆干草,渴望得到父亲的夸奖,成为他的骄傲。然而,弟弟乔治(George)的出生带给父亲她不曾见到过的喜悦,洪水来临时,父亲选择先抱弟弟乔治和丹(Dan)脱离危险,这种被视为自然而然的男尊女卑的观念让玛丽尝到了被忽视的滋味。后来父亲一次次不管不顾地离家出走,抱着不切实际的幻想不断地变换工作,他的所作所为使得玛丽对他的仰慕崇拜之情被一点点地消耗殆尽。在一次争吵中,愤怒的父亲手拿着绳子意图殴打母亲,面对这样的父亲,玛丽心中充满恶心与仇恨:"我恨他……恨他的懦弱,只敢欺负那些比他弱小的人……恨他打女人——就只因为她是他的妻子,而法律给了他这项权利……"③无能的丈夫将对生活的不满与愤懑发泄在弱不禁风的妻子身上,高大的父亲形象在玛丽心中荡然无存,剩下的只有对自大、傲慢、无知的男人的恨意。愤怒的男人和哭泣的女人构成了玛丽对婚姻生活的想象,这也导致了玛丽对传统婚姻关系的排斥和恐惧。玛丽看到女人们如何依靠出卖身体来满足男人的欲望,与此同时,她又意识到社会对男女两性采取的不同的道德标准。女性只有保住自己的贞洁之身才能被视为男人的结婚对象,才能用贞洁换来以后的住所与食物,女性额外承受着男权社会对女人的身体以及心灵的规训。

童年是人们一生中对外部世界最为敏感的时期,是人的人生观、世界观及其性格形成的关键期,同时也是人们最脆弱、最容易受伤的时期,童年的影响往往伴随人的一生。玛丽目睹了周围生活在社会底层女性的狭小生存空间。在物质和精神的双重压迫下,不少女性逐渐将男权意识内化并自甘成为男性的附属品,被剥夺人格与尊严的女性沦为男性的享乐工具和生育机器,丧失了她们自己对身体的掌控权和作为人的主体性。懵懂的玛丽虽然并不知道是什么造成了女性集体的

---

① [美]史沫特莱:《大地的女儿》,薛帅译,首都师范大学出版社2016年版,第69页。
② [美]史沫特莱:《大地的女儿》,薛帅译,首都师范大学出版社2016年版,第70页。
③ [美]史沫特莱:《大地的女儿》,薛帅译,首都师范大学出版社2016年版,第99页。

困难处境，但她心里已经埋下了反抗的种子。

（二）感悟女性之力

玛丽逐渐成长为一名少女，她对性与性别的认知变得越来越清晰。快15岁时，玛丽结识了一位叫吉姆（Jim）的工人，和吉姆的相处让她感到轻松自在，吉姆以一把枪、一匹马、一半农场为聘礼向玛丽求婚，订婚就意味着玛丽可以得到这份丰厚的物质财富，这让稚嫩的玛丽感到陌生又惊喜，她不假思索地答应了吉姆的求婚。当父母得知这场突然而来的订婚时，他们提醒玛丽伴随婚姻而来的还有无数责任，比如性、生育、相夫教子，这让玛丽回想起身边家庭生活里女性的遭遇，她马上取消了这场婚约。之后，在一家舞厅里玛丽遇见一位名为鲍勃（Bob）的理发师，在玛丽的印象中，他是一个优秀、优雅的男人，并不像父亲身边那些粗糙的工人。虽然母亲告诫玛丽鲍勃只会利用女人而并不可靠，玛丽却认为自己足以自保，并不需要男人的保护。然而，在夜晚约会时，鲍勃不加掩饰的欲望让玛丽看清了他丑陋的面目，这场差点失身的经历让玛丽感到恐惧和痛苦，她认清了女性成长要面临的代价和多重的险恶处境。

为了生存以及开启对自我的探寻，玛丽开始辗转于不同的城市。独自一人的她曾数次遭遇被男人侵犯的危险，廉价公寓的店老板、旅馆前台的职员、酒吧的招待……这些男人的恶意让玛丽想要独立闯出一番天地的梦想变得更加困难重重和遥不可及，男人对性的欲望和视女人为玩物的态度也加剧了玛丽对性的厌恶。玛丽对酒吧男招待的性爱示意置之不理，男招待为了报复便找人强奸玛丽，结果住在玛丽对面的女人被错认成玛丽而遭遇毒手，这次近距离的危险让玛丽感到深深的后怕，饥饿和恐惧击垮了玛丽的身体。后来男招待得知玛丽仍是处女之身，便向她抛出了婚姻的橄榄枝，玛丽愤然拒绝了他，积郁在心中多年的反叛情绪终于爆发了出来，玛丽告诉这个与她为敌的世界："食物……我会自己赚钱去买；贞操……我不允许男人用我的身体来衡量我，好像我除了这副躯体之外，再无其他了！我永远不会结婚……永远不会要孩子……我永远不会接受爱，永远不会让自己变得软弱！"[1]玛丽用拒绝被归化的姿态宣告了她的性别意识的觉醒。

更重要的是，玛丽开始为获取真正的独立而奋斗。玛丽明白愚昧无知是导致女性懦弱的毒瘤，知识和金钱才是她最有力的武器。尽管家境贫寒，她的母亲艾莉依然想尽办法为孩子争取受教育的机会，玛丽也没有辜负母亲的希望而努力学习成为班级的尖子生。然而，颠沛流离的生活和拮据的经济条件不允许玛丽享受

---

[1] [美]史沫特莱：《大地的女儿》，薛帅译，首都师范大学出版社2016年版，第152页。

进一步接受教育的权利，沉重的工活使得玛丽无暇顾及学校的课程。终于有一天，玛丽有机会成为一个偏远地区学校的老师，成为一个受人尊敬的"有学问的人"，16岁的玛丽尝到了经济独立的喜悦与自豪。母亲的去世让玛丽再一次体会到贫穷的可怕，她告诫自己要努力赚钱并且要继续学习，尽管学习对于她这样的穷人来说像是奢侈品。玛丽在姨妈海伦的资助下学做速记，又在杂志社干起外勤工作，玛丽挣来的金钱让她感受到了她在男人占主导的世界中从未有过的自信与征服感。凭借老朋友的资助，玛丽前往菲尼克斯学校学习，在那里，玛丽如饥似渴地汲取一切知识，她从校园周报的编辑晋升为主编，结识了卡琳（Karin）和克努特（Knut），在他们身上，玛丽看到了独立的思想。与克努特分别后，玛丽继续用知识充实自己的身心，她在一所师范学校半工半读，又获得了加州大学的暑假学习资格。在这期间她飞速地成长着，接触到了女性演讲家、作家艾玛·戈德曼（Emma Goldman），写下了第一篇关于亚洲的文章，了解到印度人为自己国家的自由而奋斗的事迹，与知识分子探讨社会主义问题等等。去纽约投奔卡琳后，玛丽再一次打开了新世界的大门，她默默聆听社会主义者们的讨论，参加反战小组的演讲并结识了足以影响她一生的智者萨达尔（Sardar）。萨达尔的传授让玛丽成为一名真正的知识女性，她的眼光不再只局限于自身，而是拓展至世界范围；她不只关注女性的权利，而是将关切的目光投向全世界所有被剥削、被压迫的人。玛丽已不是当初那个懵懂无知的小姑娘，她不分昼夜地学习和努力地工作，这让她获得了独立生活的能力，她走出底层女性的困境，用知识改变自己的命运，赢得他人的尊重，成功走上了追逐梦想、自立自强的道路。

然而，为了能够心无旁骛地在前进的道路上走得更远，玛丽在不断获取人生成就的同时也付出了沉重的代价，她以弃绝婚姻、爱情甚至女性特质的方式来获取自我的解放。她从小就看到母亲以及周围女性的顺从和软弱，但外祖母为她展现了一个完全不同的女性形象。外祖母拥有健壮的身躯和坚毅的性格，还具有卓越的管理才能，把这个大家庭治理得井井有条，因此，"像男人一样"的外祖母成为玛丽的榜样。母亲去世后玛丽离开了弟弟妹妹独自一人前往丹佛，她在内心坚定地告诉自己再也不会回去过那种日复一日勉强维持生计的生活。玛丽把女性身上的柔弱气质当作她的敌人，甚至包括爱情、亲情，她认为要想闯出一番天地，自己就必须训练出一副铁石心肠。从这时起，玛丽便给记忆拉上帘幕开始了数年的自我欺骗。探亲时看到弟弟们不堪的生活，玛丽并没有心生怜悯，更没有出手相助。面对弟弟乔治寄来的控诉书，玛丽没有选择回头。为了一劳永逸地免除生孩子的困扰，玛丽甚至冒着生命危险选择做了绝育手术。为了自由与独立，玛丽竖起满身的刺来保护自己，建筑起防御工事般坚硬的外壳。玛丽情感的异化和扭曲，表面上看是极端的个人选择，实际上却从另一个侧面控诉了男权社会对女性的物质剥削和精神钳制。

作为一部女权主义小说的力作，《大地的女儿》深刻地抨击了社会对女性的压迫与异化。史沫特莱通过对婚姻、家庭和社会关系中女性所遭遇的物质和精神困境的揭露，以及对主人公玛丽的反抗形象的塑造，表达了对底层女性的同情，同时也发出了对女性独立精神的倡导。

## 三、探寻解放之路

《大地的女儿》中玛丽性别意识的觉醒是同她对阶级问题的深入认识紧密相关的，玛丽阶级意识的觉醒与性别意识的觉醒相伴相生、相互促进。贫寒的出身使她在成长过程中观察和接触到社会最底层的人们被剥夺了生存的权利和有尊严的生活，使她从童年时期就深刻地认识到了阶级的巨大差异。罗杰斯一家就是被剥削阶级的真实写照。在特立尼达上学时，玛丽虽然成绩优异，却始终无法融入身边来自中产阶级的同学们之中。在同学的生日派对上，看着她们精致的服装、奢侈的礼物、精美的食物，再想起自己的家庭衣不蔽体、食不果腹的寒酸生活，这种强烈的对比让玛丽真真切切地感受到了社会的等级分化。玛丽在中产家庭做女佣的经历更是让她认识到社会的残酷虚伪，她不明白为什么那些强大的人明明不需要照顾却受到了尊重，而那些处境艰难亟需关爱的人却并未得到应有的尊重；她不明白为什么要把一切都给予那些已经拥有一切的人，而那些真正需要接受帮助的人却被无视，甚至被剥夺所有。她的父亲约翰为矿场老板埋头苦干了大半年，正当一家人满心期待他能拿钱回来养家的时候，老板却利用没接受过教育的约翰根本读不懂的合同条款，义正词严地拒绝支付工资给他；母亲艾莉一生与贫穷和劳苦相伴，她在病痛和饥饿的折磨下依然每天高强度地工作，为了避免看病花钱，她只能自己把疼痛的牙齿拔掉，待她去世时，年仅42岁的母亲嘴里只剩下一颗牙。

同样的悲惨遭遇每天都发生在无数个工人家庭里。他们挖的煤炭重量被恶意克扣，老板用工券代替货币支付薪资，公司商店坐地起价，到头来工人们欠的账竟比他们赚的还要多。最糟糕的是若有人放弃这份工作就可能被记入黑名单，那就意味着他再也无法找到任何工作。矿工们在最危险的环境下工作，他们每一次下矿都是在拿全家的性命做赌注。对于他们而言，生活只有干活、睡觉、吃饭、流血和死亡，但是对于煤矿老板而言，工人的性命是廉价的，是无关紧要的，而能给他带来金钱的煤矿更加重要。无知的矿工只能被动地接受剥削者宣扬的"命中注定"的说辞，同样的命运在一代又一代矿工中反复上演。玛丽看清了剥削者的虚伪面孔，她拒绝所谓"命中注定"的谎言，决心通过知识武装自己的头脑，用行动反抗阶级的压迫。

玛丽离开家之后，跟随父亲生活的弟弟乔治和丹仍然深陷在社会底层的泥沼里无法脱身。乔治的来信里诉说着他们被当作牲口一样，过着毫无人性可言的生活。乔治后来因为偷马而被捕入狱，不久之后死去；丹因生存所迫谎报了年龄而参军入伍，生死未卜。亲人们的遭遇使玛丽进一步意识到，不仅是女人，也不仅是她的家人，在这个世界上，有千千万万像他们一样的人们正在承受着痛苦，性别和阶级压迫的根源都在于万恶的资本主义制度。她痛斥美国统治阶级，拒绝对这个冷漠的国家产生认同："谁的国家呢……是那个把我们的妈妈饿死的国家吗……是那个把海伦变成妓女的国家吗……还是那个把乔治害死的国家呢。"[1]史沫特莱借玛丽之口，表达了对"国家"这一概念的质疑，表达了自己的无政府主义立场："我没有祖国……我的同胞是那些和压迫做斗争的人们。"[2]史沫特莱认同的是那些因共同的苦难而团结在一起反抗压迫的人们，她对他们给予了极大的同情和认同，这是吸引她后来加入印度民族主义运动的原因，也是她后半生致力于中国革命运动的动因。[3]对无产阶级遭受压迫命运的深刻体察使史沫特莱超越了狭隘的民族主义思想，从而投身于广阔的世界范围内的无产阶级运动之中。

除了性别和阶级意识的觉醒，史沫特莱还敏锐地观察到了在无产阶级运动内部和知识分子内部所存在的压迫与歧视问题。在纽约一个村里，玛丽结识了一群信仰社会主义的知识分子，这些知识分子天真地把革命浪漫化，把工人阶级理想化。他们根本不了解贫困和无知的杀伤力有多么可怕，他们高谈阔论却鲜有行动。出身贫寒的玛丽无法与这群人达成一致。相比之下，玛丽更愿意加入植根于劳动群众的世界产业工人组织。在萨达尔教授的影响下，玛丽对本国被压迫阶级的同情延伸至那些被压迫的民族，她的视野由个人走向集体，由本国走向世界。在这场解放运动中，玛丽看到了人们对全人类自由的渴望，看到了知识如何让世界变得更美好，并找到了归属感和人生的意义。种族、肤色的不同在他们之间消解了。在这里，玛丽为了自由的理念而奋斗，并且感受到了集体的温暖和爱："这温暖了我的内心，在我心中生发出力量和坚定。不仅包含爱，还有同志间的情谊。"[4]

史沫特莱将作品命名为"大地的女儿"，"大地"这一意象对她有着特别的

---

[1] [美]史沫特莱：《大地的女儿》，薛帅译，首都师范大学出版社2016年版，第225页。
[2] [美]史沫特莱：《大地的女儿》，薛帅译，首都师范大学出版社2016年版，第316页。
[3] 刘小莉：《史沫特莱与中国左翼文化》，浙江大学出版社2012年版，第45页。
[4] [美]史沫特莱：《大地的女儿》，薛帅译，首都师范大学出版社2016年版，第318页。

意义。小说中的"大地"首先是供给一家人生存基础的土地和家园，同时也是玛丽父母的象征。在幼时的玛丽眼中，整个大地似乎都可以为家，她在广阔的大地上奔跑，父母在农田里挥洒汗水。父亲是属于大地的，"他属于大地的一部分，大地也属于他。他在地上挖洞，拥抱整个大地，按照大地的方式来进行思考"①。"大地"同样还象征着在这世界上生存着的广大底层人民。不论是在农场劳作的农民，还是下矿井挖矿的工人，他们都更贴近大地，对大地的体会更深刻。他们贫穷、善良，盼望着好日子来临，但是贫穷也带给他们蒙昧、愚钝、狭隘、保守，使他们最终成为不公正的社会制度的受害者。②在故事的开篇，史沫特莱就写道："因为我们是大地的一部分，我们的挣扎和斗争就是大地的挣扎和斗争。"③经历种种曲折后，史沫特莱意识到自己真正的身份就是大地的女儿，她的性别意识和阶级意识的觉醒赋予她更广阔的视野和更强大的力量参与到全人类的解放运动中去。她代表着所有受压迫的同胞，她的反抗与斗争是集体性的、世界性的。

玛丽性别意识觉醒的过程中也经历着矛盾、困惑和痛苦，这主要体现为两个方面：一是玛丽对女性气质的拒斥和其内心对爱与柔情的渴望之间的冲突；二是玛丽对女性独立性与平等权利的追求在超越国界的无产阶级革命事业中所遭遇的挫折。玛丽在性别和阶级的双重压迫的环境中成长，她对性和婚姻怀有恐惧心理，想极力挣脱周围女性共同的悲惨命运。正是在这种迫切逃离的动机的驱使下，玛丽决定用知识和金钱武装自己，通过个人的奋斗打破女性身上的枷锁。她拒绝承担婚姻带来的责任、束缚以及生育重担，她把人格自由和经济独立视作不可侵犯的界限，并有意将感情中脆弱的一面封锁起来，因为她认为这是女性的弱点。她意识到女性身份会带给自己与生俱来的烦恼，于是她压抑自己的女性欲望，抵触自己的女性身份："我不过是个女人罢了！我仇恨这个……用尽心中所有的冷酷来恨它。"④玛丽试图通过压抑自己的女性身份、扭曲自己的女性渴望而在扭曲的社会中求得体面的生存，这不但影响了作品主人公的个人选择，甚至也影响了作者史沫特莱在文学创作中的主题和对女性人物形象的塑造。例如，在后来的中国报道中，史沫特莱在书写中国妇女时也刻意强调了她们身上如男性一般的行为特征，并对她们进行了去性化描写。⑤

玛丽相信女人可以不依靠美貌而是依靠智力、能力或者权力获得尊重，但是

---

① [美]史沫特莱：《大地的女儿》，薛帅译，首都师范大学出版社2016年版，第94页。
② 刘小莉：《史沫特莱与中国左翼文化》，浙江大学出版社2012年版，第40页。
③ [美]史沫特莱：《大地的女儿》，薛帅译，首都师范大学出版社2016年版，第4页。
④ [美]史沫特莱：《大地的女儿》，薛帅译，首都师范大学出版社2016年版，第137页。
⑤ 刘小莉：《史沫特莱与中国左翼文化》，浙江大学出版社2012年版，第156页。

她的内心也在向美丽、亲切和爱发出召唤。遇到克努特和卡琳后，玛丽在他们身上看到了爱、友谊、理解的美好，她坚硬的外壳被撬动了，她开始产生了动摇："爱真的可以既美丽又自由吗……一个人能够既温柔又同时保持坚强吗？"[1]和克努特的相处使玛丽意识到了自己的问题，她的爱的能力部分地得到了恢复，这勾起了玛丽想要去追求爱、亲切、友谊的欲望，但对于性和生育的恐惧使她犹豫不前，玛丽试图在二者之间找到一种平衡的办法以使得爱情和女性自由能够共存。在与克努特约法三章后，玛丽放下了心中的芥蒂，和克努特仓促地登记结婚，但事实上，此时的玛丽并不理解什么是爱，也不清楚自己想要的婚姻是否可行。于是，结婚之后，玛丽渐渐地对这段婚姻产生了反感的心理，"拉森夫人"的称谓让她觉得自己被当作丈夫的附属物而失去了自我。她清楚克努特的体贴，但内心中对爱的渴望与扭曲的爱情观、性爱观之间的斗争折磨着她。恰巧此时她意外怀了孕，这像是压死骆驼的最后一根稻草般将恐惧、仇恨填满了她的脑海，她不惜花光所有积蓄，冒着生命危险毅然决然地做了流产手术，后来更是断绝了自己再次怀孕的可能。她的第一次婚姻不可避免地以离婚收场。对于玛丽和史沫特莱等怀有职业发展追求的女性来说，生孩子就意味着自己可能要舍弃掉自己所有的追求甚至是已经拥有的社会资源和环境，不得不回归家庭重复底层女性的命运。这使得她们不得不割裂自己去做出取舍，而无论舍弃的是家庭还是社会，这显然都是女性不得不承受的压力、损失和痛苦。

第一次婚姻的失败让玛丽把所有的感情和精力都投入无产阶级解放事业中去，她成为印度民族主义期刊《呼唤》（*The Call*）中唯一的女记者。在这一群体中，萨达尔与海德·阿里（Hyder Ali）教授成为玛丽成长道路上的领路人。阿里告诉玛丽必须镇压体内所有女性阴柔气质的部分以便为印度解放更好地效力。此时的玛丽过着两种生活，拥有两个自我。在公开场合中，她是与同伴一起积极奋斗、反抗压迫的女勇士；在私下里，她是一名主张性爱自由的女性主义者。之后，玛丽与阿南德（Anand）相识并迅速结婚，她以为在阿南德身上找到了理想的爱情，他们可以一同为印度民族解放运动献身，为被压迫的民族战斗，但是玛丽和阿南德的感情将她的两种身份混合在一起，带给她巨大的心理折磨。受过西方教育的阿南德虽然表示对玛丽过去的风流经历不予追究，但他内心始终残存着印度男子重视女性贞洁的传统观念，并且十分在意玛丽是否与印度人之间发生过性爱关系，而这正好刺中了玛丽不愿回忆的过往——她曾遭到一名印度人胡安（Juan）的强奸。胡安是一名典型的印度男人，对女性抱有轻视的态度。在一次会议中，

---

[1]［美］史沫特莱：《大地的女儿》，薛帅译，首都师范大学出版社2016年版，第166页。

胡安与阿南德产生分歧，胡安将他与玛丽的性爱往事当作政治武器用以攻击阿南德，并在研讨会上公开质疑玛丽作为一名外国人和一名女性参与和影响印度解放运动的权利。阿南德认为这次事件对他在群体中身为革命领袖的尊严和影响力造成了威胁，他要求玛丽对蔓延的流言保持沉默。在痛苦与恐惧的压力下，玛丽最终沦为这场政治斗争的牺牲品。玛丽的这次事件正是史沫特莱本人经历过的，在给友人的信件中，史沫特莱提到过这次经历带给她的严重的心理创伤，使她的精神时常处于崩溃的边缘，她连续数天夜不能寐，身体、思想都失去了控制，她倒在地上抽搐发抖，甚至产生幻觉，认为她的爱人查托帕迪亚雅要破门而入谋杀她。

借助玛丽的视角，史沫特莱揭示出在父权制和资本主义的双重压迫之下，女性想要改变命运之艰难和曲折，同时也毫不避讳她们在舍弃女性特质和婚姻、生育等权利时内心的挣扎和困惑。史沫特莱意识到女权主义的主张和理想必须置于全人类的视野之下去理解，妇女解放问题应置于全人类解放的大计之下去讨论。史沫特莱先后投入印度解放运动和中国的红色革命中，以实际行动表达了她超越种族、超越国界、超越性别的个人政治理想和抱负。后来在访问中国期间，史沫特莱也表达了同样的观点，在性别和阶级之间，她仍然认为阶级问题是更亟待解决的问题。比如，她认为在当时的中国，与推广节育运动相比，真正彻底地改变广大民众受剥削、受奴役的现状更为重要。[1]史沫特莱从参加中国红色革命开始就将这场革命理想化，她期望消灭剥削与压迫，打破种族和国家界限，她宣扬抵制父权制婚姻，实现妇女解放，从而能够实现建立大同社会的宏大愿景。[2]史沫特莱相信妇女解放与阶级解放是一体的，二者的命运休戚相关，全人类的解放不完成，性别的问题就无法得到根本解决。在社会主义、世界主义的视野下，史沫特莱从女权主义者转变为积极参与无产阶级运动的女斗士，投身于为所有被压迫的人民争取解放的伟大事业中去。

《大地的女儿》是史沫特莱经历婚姻和事业重创后的疗伤之作。退出印度民族主义团体后，史沫特莱前往丹麦找寻内心的平静，在此期间她写下了这本回忆式自传小说。此时，于史沫特莱而言，写作不单单是对其前半生经历的记述，更多的是她治愈内心创伤、实现自我救赎的方式，在回忆和反思中史沫特莱重燃了对生活的希望："现在，我站在一段生命的结尾，同时又处在另一段生命的开始处……但我不会再一味依靠迷信，或是充足的体力，或是其他不清楚的东西而生

---

[1] 龙丹、陶家俊：《左翼思想视野中的中国妇女——史沫特莱的中国书写研究》，载《外国文学研究》2016年第1期，第133页。

[2] 刘小莉：《史沫特莱与中国左翼文化》，浙江大学出版社2012年版，第45页。

活。因为我现在已经拥有了从过往经历中学到的知识，还有一份范围和意义都不受限制的工作。"①史沫特莱回顾以往的经历，在哀悼过去中向着新的生活出发，她通过写作将破碎的自我缝合起来，以此在重构自我中实现自我救赎。《大地的女儿》展现了作者史沫特莱的性别意识和阶级意识觉醒的历程，在性别、阶级、种族的纷杂交错中，在女性生命个体和全人类的伟大解放事业之间，史沫特莱无数次被挫折压倒又无数次站起来，她历尽千辛万苦，最终成长为一位为全世界被压迫阶级著书立言的女勇士。②在一次次痛苦的身份蜕变后，史沫特莱最终破茧成蝶，找到了人生的意义和奋斗的方向，她献身于中国革命事业，建构起一个无产阶级革命女性的自我形象。

## 第二节 "特雷克斯勒三部曲"中女性主体性的生成

约瑟芬·赫布斯特（1892—1969）是一位美国作家、新闻记者。从20世纪20年代开始，赫布斯特一直保持激进的政治立场，积极参与左翼运动，并以文学创作的形式为左翼运动发声。她先后在艾奥瓦大学、华盛顿大学和加州大学伯克利分校学习，与马克斯·伊斯曼、马克斯韦尔·安德森（Maxwell Anderson）、威廉·卡洛斯·威廉斯（William Carlos Williams）、欧内斯特·海明威、凯瑟琳·安·波特、帕索斯等激进的作家交好。30年代的赫布斯特是美国激进文学的重要代表。然而，到了40年代，左翼热潮消退，赫布斯特因亲共立场而接受美国联邦调查局（Federal Bureau of Investigation, FBI）调查，她的文学声名也湮没在历史的洪流中。直到60年代，在对大萧条时期的文学进行发掘的过程中，赫布斯特和她的创作再度引发了关注，人们开始重新审视她的作品，尤其是她的"特雷克斯勒三部曲"。批评家哈维·斯瓦多（Harvey Swados）对其评价甚高，认为赫布斯特是大萧条时期想象力丰富的抗议作家中最被低估的人，同时也是最具开拓精神的人，她的三部曲是除了帕索斯的"美国三部曲"之外，唯一用文学的方式全面深入地、雄心勃勃地重建美国生活的探索。③斯瓦多也许对赫布斯特有所偏爱，但他敏锐地观察到了"特雷克斯勒三部曲"对大萧条时期的记载所具有的文学和历史价值。

---

① [美]史沫特莱：《大地的女儿》，薛帅译，首都师范大学出版社2016年版，第3页。
② 龙丹：《重述他者与自我——赛珍珠、史沫特莱和项美丽与民国妇女的跨文化镜像认同研究》，博士学位论文，北京外国语大学，2014年，第115页。
③ Harvey Swados, *The American Writer and the Great Depression*, New York: Bobbs-Merrill Company, 1966, p. 103.

## 一、赫布斯特及其文学创作

约瑟芬·赫布斯特出身于艾奥瓦州的苏城（Sioux City, Iowa）里的一个贫困家庭，她的父亲是一位农具商人，但他从来没有在生意上取得过成功。母亲对赫布斯特的成长影响巨大，总会给她讲述自己家族的历史，这潜在地影响了赫布斯特成为作家的选择，母亲的故事也成为她写作的原始素材。赫布斯特于1918年在加州大学伯克利分校获得文学学士学位。在校期间，她首次在学校内部杂志上发表了自己的作品，同时她也积极投身于各种社会活动中，与学校的反战学生联系密切，这为她日后成为一位激进主义者奠定了基础。

毕业之后，赫布斯特去了纽约，在一家名为《时髦阶级》（The Smart Set）的杂志社工作。1922年她前往欧洲，在德国居住了一年多的时间，在柏林她完成了自己的处女作。这部小说具有浓厚的自传色彩，叙述了她与曾获普利策奖的情人——剧作家、诗人马克斯韦尔·安德森的婚外情，也提及了她的亲姐姐因堕胎而死等一些禁忌性话题，但因种种原因，这部小说并未得到正式出版。1924年，赫布斯特在巴黎邂逅了作家约翰·赫尔曼，并同这位比自己小9岁的男人坠入了爱河。两人在1926年完婚，直至1934年两人分手。20年代的巴黎当时是文人聚集的地方，也是"迷惘的一代"作家自我流放的圣地。在这里，赫布斯特同威廉·卡洛斯·威廉斯、欧内斯特·海明威、凯瑟琳·安·波特、约翰·多斯·帕索斯等著名作家结识并成为好友。赫布斯特的第一部小说《没有什么是神圣的》（Nothing Is Sacred）于1928年问世，《金钱为爱》（Money for Love，1929）紧随其后，于次年出版，这两部小说为赫布斯特赢得了文学界的关注，她因此而被视为一名前途远大的年轻作家。

大萧条时期，赫布斯特夫妇同政治激进主义者来往密切，赫尔曼加入了美国共产党，而赫布斯特常常陪伴在侧。1930年赫布斯特参加了"第二届国际革命作家联盟世界大会"（The Second World Conference of the International Union of Revolutionary Writers），第二年她去美国各地了解和收集大萧条时期的政治活动或者暴力行径以便为《新群众》等进步刊物撰稿。1937年赫布斯特受到西班牙第二共和国的邀请，作为为数不多的女性记者之一前往西班牙内战前线对战事进行报道。珍珠港事件后，赫布斯特自愿加入华盛顿通讯联络办公室，任务是为国外广播撰写反纳粹主义的文章。然而，几个月之后，她由于之前与美国共产党接触密切，在没有得到任何官方解释的情况下被开除，丢掉了这份工作。20世纪30年代是赫布斯特的创作高峰期，在这个时期她完成了"特雷克斯勒三部曲"，并且在1936年获得了古根海姆奖（Guggenheim Award）。三部曲代表了赫布斯特最高的文学成就，也是美国大萧条时期文学创作的杰出代表。除了三部曲外，30 年代的赫布斯特还积极参与政治活动，并为《新群众》《党派评论》等左翼报刊撰稿，对美国工人和农民的抗议活动、古巴大罢工、法西斯专政、西班牙内战等重大社会事件进行报道。

1941 年赫布斯特写作了小说《撒旦的警官》（*Satan's Sergeants*），该书聚焦于生活在费城的 20 多名居民的心理困境，这些居民在谴责社会不公的同时也利用不公正的行径来加强内心防线。小说具有明显的宗教隐喻，小说中的城市堪比堕落的伊甸园，城市里的居民就仿佛人类的始祖亚当、夏娃一样，天生就拥有他们自己的原罪。她的最后一部长篇小说《暴风雨降临的地方》（*Somewhere the Tempest Fell*）于 1947 年出版，小说的主要人物亚当·斯诺（Adam Snow）和艾达·布雷迪（Ada Brady）共同经历着自我的身份危机。该小说试图回答时间、记忆以及个人和集体行为如何塑造人类命运的命题。

从 40 年代之后，赫布斯特就进入了沉寂期，她最后发表的作品是中篇小说《鸽子猎人》（*Hunter of Doves*，1954），该小说纪念和致敬了她与纳撒尼尔·韦斯特（Nathanael West）之间的友谊。1957 年，赫布斯特获得了纽贝里文学奖学金（Newberry Literary Fellowship），在此资助下她开始着手写作回忆录，但不幸的是，她在生前只写完了前两个部分。60 年代她对大萧条时期文学作品的整理和挖掘使赫布斯特重新进入人们的视野。1966 年赫布斯特获得美国国家文学和艺术协会（National Institute of Arts and Letters）的奖励，1968 年她受邀担任美国国家图书奖（American National Book Award）的小说评委，1969 年 1 月赫布斯特在纽约去世。

赫布斯特在美国左翼文学中的地位并未得到充分挖掘。学者沃尔特·B. 赖德奥特（Walter B. Rideout）分析了人们很少关注赫布斯特的原因，发现人们对赫布斯特的三部曲知之甚少，这可能是因为赫布斯特的三部曲并非像道格拉斯[①]的"童年三部曲"那样不可分割，而是人为地被人们放置在一起；20 世纪 30 年代之后直到赫布斯特 1969 年去世，她都一直被视为一位政治激进主义者，这也是她被遗忘的原因。[②]在有限的关注中，有相当一部分是关于她的传记研究。例如，传记作家埃琳诺·兰格（Elinor Langer）出版于 1984 年的《约瑟芬·赫布斯特：她从未

---

[①] 比尔·道格拉斯（Bill Douglas, 1934—1991），英国著名导演。他的三部自传体影片《我的童年》（*My Childhood*）、《亲人们》（*My Ain Folk*）、《回家的路》（*My Way Home*）被视为"童年三部曲"，亦称为"穷人史诗"，曾三次获得柏林电影节大奖等重要奖项和荣誉。

[②] Walter B. Rideout, "Forgotten Images of the Thirties: Josephine Herbst in the Depression Remembered," *Literary (the) Review Madison* 27.1 (1983): 28-36.

讲述的故事》（*Josephine Herbst: The Story She Could Never Tell*）对赫布斯特的生平及隐私进行了全面的挖掘，却根本没有提及赫布斯特的文学创作。然而也有如《约瑟芬·赫布斯特短篇小说：她的生平和时代一览》（*Josephine Herbst's Short Fiction: A Window to Her Life and Times*，1998）以及《三位激进的女作家：勒苏尔、奥尔森和赫布斯特的阶级和性别》（*Three Radical Women Writers: Class and Gender in Meridel Le Sueur, Tillie Olsen and Josephine Herbst*，1996）等研究聚焦赫布斯特小说，尤其是其三部曲的历史和艺术价值，并且敏锐地意识到了她在美国左翼文学史上的重要影响。赫布斯特对于中国读者来说还是一个陌生的名字，朱丽的《例谈现代美国女作家的左翼思想》一文较早介绍了赫布斯特的生平和其三部曲的内容简介，因此对赫布斯特及其三部曲的研究还留有很大的空间。

## 二、"特雷克斯勒三部曲"的家族历史书写

"特雷克斯勒三部曲"追溯了自美国内战至大萧条期间特雷克斯勒一家几代人的历史。赫布斯特创作特雷克斯勒一家的故事的动机来源于她从小听到母亲讲述的家族故事，尤其是那些失败者的故事。"我是在母亲对东部以及她家族中那些冒险者的怀念中长大的，这些冒险故事通常都是失败的故事，它们构成了我对美国生活的全部认知……这个家族世代以来都有保存日记和信件的习惯，我对人与人之间的复杂性和重要性关系的模糊认识就来自这些记录。生活就这样不断地萌芽又枯萎，悲剧性的重负就这样一代一代传承下来。"①赫布斯特的文学抱负使她将这一传记性写作升华为了一部展示美国19世纪中叶至20世纪30年代这一漫长历史画卷的"无产阶级的史诗"。

三部曲中的第一部《仅有同情是不够的》出版于1933年，背景是美国内战至20世纪初的美国。小说以讲故事的方式开篇：1905年的艾奥瓦州当时还是一个名为牛尾镇（Oxtail）的小城，安妮·特雷克斯勒（Anne Trexler）向女儿维多利亚（Victoria，即维姬）讲述了自己的哥哥约瑟夫·特雷克斯勒（Joseph Trexler）的故事。故事的内容如下：1868年，约瑟夫因想要摆脱贫穷而离开家乡费城前往南部碰运气，两年之后他所工作的亚特兰大铁路公司卷入丑闻，权钱交易的事情暴露后，身为小人物的他被上层设计而背负罪名。他设法逃离了当地，但失去了所有财富，只能东躲西藏、隐姓埋名来掩盖其逃犯的身份。为生活所迫同时也渴望

---

① Stanley J. Kunitz and Howard Haycraft, *Twentieth Century Authors: A Biographical Dictionary of Modern Literature*, New York: H.W. Wilson, 1955, p. 641.

东山再起的他来到了盛行淘金热的西部，但是由于缺乏商业头脑，他经历了接二连三的失败，一连串的打击使他晚年精神失常，最终在贫病交迫之中凄惨离世。

特雷克斯勒家庭的其他几个孩子也都难逃穷苦厄运。姐姐凯瑟琳（Catherine）是家中最理解与支持约瑟夫的亲人，她无意中读到了报纸上对约瑟夫事件的报道，在忧虑、无奈中，凯瑟琳承受了很大的精神压力以致早早离世。哥哥亚伦（Aaron）在约瑟夫出走后不得不承担起照顾家庭的重任，他本在一户富人家做工，但在女主人去世后，他被辞退而失去了生活保障。家中其他的两个女孩儿也都在不断地同生活进行着各种艰难斗争。唯一不同的是，最小的弟弟大卫（David）在母亲的额外关照下衣食无忧地完成了学业，而后直接去西部经商，在获得了成功之后，他却只顾享受自己的生活而对整个家庭的苦难袖手旁观、无动于衷。

故事的叙述别具一格，采取的是故事中镶嵌故事的套盒式叙事方式。故事有主线，也有插叙。作为主线的约瑟夫的故事由他的妹妹安妮向女儿维多利亚讲述，但在安妮的讲述中还不时穿插着她自己与四个女儿在艾奥瓦州的穷困生活描述，因此，以安妮为链接，一个家族两代人的际遇得以呈现和展示。女儿们起初只是对舅舅的命运深表同情，到后来逐渐认识到，她们自己同约瑟夫一样，都是资本主义政治经济制度的受害者，唯有改变这一制度才能改变穷苦受难的生活，只有同情是不够的，她们应该团结起来，起身抗争，因而故事的结尾预示着安妮和女儿们阶级意识的觉醒。

资本主义制度不仅造成了贫富分化，使得像特雷克斯勒一家、温德尔一家（the Wendels）这样努力工作、试图改变命运的劳作者的努力付之东流，也同时异化了人们的道德观和价值观，造成人性的扭曲。小说中约瑟夫遭遇到接二连三的失败，多数情况下是因为他只是上层阶级利益链条上的一枚小棋子，总是成为别人操控的工具；另外一个间接导致了他的悲剧的原因却是他的家庭责任感。他有着强烈的家庭责任感，自觉担负起照顾大家庭的责任，他获取财富是为了让妈妈和兄弟姐妹们过上优裕的、体面的生活，为此他不惜铤而走险。但弟弟大卫却不同，他从小就获得了家庭最大限度的照顾和关爱，而他却安然享受家人所有的付出。在他获得成功变成富人以后，他选择了远离那些穷亲戚，在金钱和利益面前，他牺牲了亲情。显然，资本主义给人带来的这种扭曲的价值观和道德的沦丧也是作者所讽刺和批判的对象。

三部曲中的第二部《刽子手在等待》的时间背景是自第一次世界大战（简称"一战"）到大萧条时期，小说的主角是温德尔一家。安的丈夫温德尔·阿摩司（Wendel Amos）原本家族兴旺，生活富裕，但大萧条的经济环境让他们的生活遭受到重大影响。阿摩司有四个女儿，分别是克拉拉（Clara）、南希（Nancy）、维姬（Vicky，即维多利亚）和罗莎蒙德（Rosamund）。整部小说就是围绕她们的故事进行的。

一战期间，温德尔破产，大女儿克拉拉为了能继续过上好日子而选择和一位中产阶级家庭的男子结了婚。南希和丈夫却经常为了工作而颠沛流离，剩下的两位小女儿选择通过读书来改变贫穷的状态。大学毕业后，她们开始寻找工作，但是似乎特雷克斯勒家族的"诅咒"降临到她们身上，她们的求职总是不顺利。罗莎蒙德的丈夫从战场回来后难以摆脱战争带来的创伤，尽管她一直努力改变丈夫让其适应社会生活，但始终徒劳无果，只能依靠父母过活，最终罗莎蒙德在一场车祸中丧生。维姬毕业后去了纽约，在这里她爱上了出身中上层阶级的乔纳森·钱斯（Jonathan Chance），乔纳森不愿意依靠父母的财产生活，于是自愿和父母脱离关系，带着维姬来到费城，但经济的拮据使他们走投无路，他们最终选择走上了激进政治的道路，成为共产主义运动的组织者。

《刽子手在等待》是三部曲中最具革命性的一部。除了展示了乔纳森和维姬等人是如何走近无产阶级和共产主义运动的，该小说还将一些重大历史事件作为素材写入作品中，如发生在西雅图的大罢工、底特律罢工工人与警戒队的冲突、"迷惘的一代"的崛起、激进主义的兴起等等，这些素材共同编织成了这个家族故事的宏大社会背景，使小说有了史诗般的特点，从而展现了这一时期动荡不安的社会语境。

三部曲中的最后一部《金绳索》重现了 1933—1937 年的情景。故事的发生地从西雅图到美国其他几个城市，直至延伸至古巴。小说依然延续了家族史的书写传统，这次的主人公是维姬和丈夫乔纳森·钱斯。他们一个是专门报道工人运动的记者，另一个是运动的组织者，但入不敷出的经济困境和其他个人问题逐渐吞噬了他们的革命乐观精神，也影响了他们的婚姻关系。乔纳森逐渐对革命心生厌倦，维姬则选择继续自己选定的事业，他们之间的隔阂也越来越大。除了这一对夫妻之外，《金绳索》还重点刻画了工人运动中的积极分子史蒂夫·卡森（Steve Carson）和镇压工人运动的敌对分子艾德·汤普森（Ed Thompson）的形象。卡森是一位中西部农场的农民，由于债务原因被迫离开农场来到工厂做工，多年过去，他依然没有获得经济上的独立，在一位工人运动领导者的影响之下，他体内流动的抗议情绪被释放出来，他义无反顾地加入了劳工抗议活动中。卡森的激进基因来自他的父亲，一位社会工作者，但最重要的是来源于生活本身的教导。最后一位主人公是艾德·汤普森，他是乔纳森的姐夫，汤普森渴望钱财，凭借着个人努力得到了上司的赏识并获得了丰厚的薪水。为了个人的利益，他不择手段、残酷无情，站在罢工工人的对立面，维护工厂主的利益。

《金绳索》是美国经济大萧条时期的生动记录，在这部小说中，特雷克斯勒家族的历史中穿插了大量农民、工人、无产阶级运动的参与者和领导者等不同社会阶层的人的生活，也刻画了站在无产阶级对立面的资产阶级及其代理人的形象。大萧条时期底层民众的艰难困苦、统治阶级的冷酷无情、他们之间的分裂和斗争、革命者内部的分化和动摇等都在这部小说中得到了鲜活的展示。

"特雷克斯勒三部曲"显示出了赫布斯特宽广的文学视野和远大的文学抱负，这也是左翼女性文学史上的第一次史诗体创作。批评家哈维将其与约翰·多斯·帕索斯的"美国三部曲"《北纬四十二度》（1930）、《一九一九年》（1932）和《赚大钱》（1936）相提并论，称之为用虚构的形式重建美国生活的"最全面、最宏大"的文学尝试。他指出，在美国有史以来遭遇过的最严重的经济危机的背景下，赫布斯特的三部曲不仅仅探索了文学史中常常为人们所忽略的那部分美国生活，同时表达了她对这种生活的控诉与抗争。① "特雷克斯勒三部曲"不只是家族史的记载，更是对特雷克斯勒家族几代人的生活境遇的反思，他们中的许多人不甘贫穷，做出了许多努力和尝试，可最终还是连连遭遇失败，他们的失败不仅仅是个体的失败，而是剥削人、压迫人的资本主义经济政治制度的必然结果。约瑟夫在穷困潦倒陷入绝境之时对这一点有了清醒的认知，也自觉地萌生了反抗意识："我相信这种种姓和阶级制度，这种一个阶级统治另一个阶级和一个阶级的生存要靠另一个阶级的劳动来供养的制度是注定要死亡的，必定会为一个更加自由的社会所取代。"② 这种反抗的精神明显地在后面两部小说《刽子手在等待》和《金绳索》中，尤其在主人公维姬和罗莎蒙德的身上得到了传承。

"特雷克斯勒三部曲"被视为赫布斯特最重要的代表作，也是无产阶级文学的杰出代表。然而，赫布斯特本人却并不认可这样的分类，坚称她在写作三部曲时，并无意把它们打造成无产阶级作品，认为"无产阶级"一词限定了她写作的范畴，并不能涵盖她作品的全面性。③ 赫布斯特的反对态度，首先是与人们对无产阶级文学的固化认识相关。长期以来，人们把无产阶级文学等同于激进文学和政治宣传，将无产阶级作家定义为政治作家，这种"标准化"的、去审美化的认知使得无产阶级文学和无产阶级作家被排除在经典文学的范围之外。实际上，赫布斯特本人就一直被不少批评家当作苏联当时的苏维埃政府和共产国际的代言人，

---

① Elinor Langer, "Introduction", in Josephine Herbst, *Pity Is Not Enough,* New York: Warner Books, 1985, p. xii.
② Elinor Langer, "Introduction", in Josephine Herbst, *Pity Is Not Enough,* New York: Warner Books, 1985, p. xii.
③ Angela E. Hubler, "Josephine Herbst's 'The Starched Blue Sky of Spain and Other Memoirs': Literary History 'In the Wide Margin of the Century'", *Papers on Language and Literature* 33.1(1997): 85-86.

他们认为她的文学创作就是政治宣传的产品和附庸。①因此，这样看来，赫布斯特的反对态度无可厚非。

　　赫布斯特有意疏远的态度并非惺惺作态。在三部曲中，无论是从内容还是形式上来看，赫布斯特都试图表达出与传统的无产阶级作家不同的立场和思想，这一点比较典型地体现在三部曲对阶级和性别两大主题的思考上，同时也可以在作品所运用的写作方法和技巧上得以印证。三部曲具有更宏大的历史视野和国际主义立场。三部曲聚焦特雷克斯勒一家和温德尔一家自19世纪后半叶至20世纪30年代长达半个多世纪的家族史，以这几代人的生活为线索，以西部大开发、一战、经济危机、西班牙内战等国内外重大历史事件为背景，将家族故事与以工人、农民为代表的社会底层阶级的抗议和斗争结合起来，呈现了一幅波澜壮阔的历史画卷。在三部曲中，个人的命运变化与动荡不安的社会语境之间相互映衬和交织，使个人与社会之间的对抗具有了寓言般的、史诗般的色彩和厚重意蕴；也通过时空的交错，使无产阶级运动突破了国界而获得了世界主义的立场和视野，更深刻地阐释了"全世界无产者联合起来"这一马克思主义的无产阶级国际主义思想。

　　三部曲不仅展示了无产阶级的生活困境和他们觉醒的阶级意识，也突出地表达了中产阶级知识分子对个人困境与社会问题的深刻思考。特雷克斯勒家族和温德尔家族的多数成员身处社会底层，他们拼尽全力却难以抵挡资本主义社会的倾轧，他们逐步意识到当下的自己同多年前的先辈一样，正经历无法避免的悲惨命运，他们都是资本主义制度的受害者，因此，"仅有同情是不够的"，而必须像世界产业工人联盟领袖乔·希尔（Joe Hill）所号召的那样，"不要哀悼。组织起来"②。只有联合起来推翻资本主义的剥削制度，无产阶级才能改变自己的命运，实现真正的解放。然而，值得称道的是，三部曲并没有简单地将阶级问题消解在工人、农民的反抗运动中，反而敏锐地观察到在无产阶级运动内部阶级问题的复杂性。尽管身处贫困环境中，但是特雷克斯勒家族和温德尔家族实际上更像是没落的中产阶级家庭。特雷克斯勒一家因父亲的去世而陷入经济困境，但他们至少还拥有自己的房产，还能从有钱的亲戚那里得到一些资助，还能尽量让孩子接受教育，最重要的是，他们还力图保留中产阶级的生活方式。在《仅有同情是不够的》中，约瑟夫赚钱之后，为家里添置的奢华餐具和钢琴就是一个明证；在《刽子手在等

---

① Stephen Koch, *Double Lives: Spies and Writers in the Secret Soviet War of Ideas Against the West*, New York: Free Press, 1994, p. 292.

② 乔·希尔（Joe Hill, 1879—1915），瑞典籍美国工运领袖。在一次枪杀案中，他在证据不足的情况下被判了死刑。在给工会领导人比尔·海伍德的遗言中，他留下了"Don't waste time in mourning. Organize."这一被反复引用的名句。

待》中，安妮不顾家庭的困窘局面，不惜花费大量金钱来装修自己的房子"白象"（这一名字本身就意味着昂贵而无用的事物），她所痴迷的其实是房子所代表的中产阶级的身份。作为贯穿三部曲的关键人物，维姬和她的丈夫身上更是明显地体现出了中产阶级知识分子的革命思想，他们将个人生活同社会现实联系起来，将阶级问题同政治和道德问题等同了起来。

  三部曲融合了现代主义文学与无产阶级现实主义文学的写作传统。无产阶级文学遭遇简单化、政治化的偏见，而作为它的对立面，现代主义文学也同样遭遇偏见，被视为沉溺审美和个体意识而缺乏政治关注的作品。在三部曲中，赫布斯特的创作打破了这两种偏见，消除了两者之间的简单对立，在两类创作之间搭建链接的尝试，引发我们去思考无产阶级文学与现代主义文学的关系问题。尽管赫布斯特旨在通过书写一个家族的历史来呈现一个国家几十年来的历史浮沉，但这部史诗更多的是通过个体的自我意识来实现的，并且对自我生存困境的呈现是通过物质和精神两个方面来彰显的，对历史的再现也旨在启示当下和未来。赫布斯特声称，她所做的不只是重建一代人的过去，而是在重建自我、重建当下。[①]为了达到重建自我的目的，赫布斯特在叙事方法上进行了创新。《仅有同情是不够的》采取了故事中镶嵌故事的套盒式叙事方式，舅舅约瑟夫的故事是主线，而温德尔一家当下的生活以插叙的形式得以展示，两者之间的链接通过姐妹们阅读旧报刊中的新闻报道得以实现。这种"说明性插叙"的形式打破了线性的叙述时间，显示出历史性与主体性、公共性与私人性的关系，挑战了现代主义对历史性和私人性的强调和关注。

  赫布斯特想让私人关系成为个人进入社会领域的通道，而不是个人回避社会生活的藏身地。三部曲暗示了只有将个体的与公共的、私人的和政治的连接起来，只有当私人领域也能仿效公共领域来建立人们之间的关系的时候，社会的革新才能实现。

## 三、"特雷克斯勒三部曲"中女性主体性的建构

  三部曲所塑造的女性人物形象丰富而多元，所反映出的女性主义观点也具有一定的超前性和复杂性。在典型的无产阶级创作中，性别问题往往附属于阶级问题，女性往往被弱化了性别特征，她们被塑造为同男性一样的受害者，她们的权

---

① Angela E. Hubler, "Making Hope and History Rhyme: Gender and History in Josephine Herbst's Trexler Trilogy", *Critical Survey* 19.1(2007): 84.

益也只能靠阶级斗争的胜利去保障。三部曲对女性人物及其生活状况的描写和关注显著增多，她们作为历史的见证人和事件的亲历者，不但贡献了叙事的视角，贯通了三部曲的家族故事，同时她们的感知、所受的触动、矛盾的心理、顿悟的实现等心理层面的活动也得以充分展现，为我们补充了无产阶级文学的性别和心理维度。赫布斯特通过让个人与历史进行大型对话，将几代女性的生命经验融入家族历史中，重新解读了家族历史对女性主体性的干预，以及女性在历史维度中性别意识和阶级意识的觉醒、发展和变化。

在三部曲的第一部《仅有同情是不够的》中，尽管约瑟夫的故事是小说的主线，但一系列女性形象的塑造鲜活有力地展示了女性的力量。妈妈玛丽（Mary）是整个家庭的精神支柱，丈夫的去世直接让这个家庭面临生存的困境。她没有稳定的经济来源，想寻求亲戚的帮助却遭到残忍拒绝，之后她意识到只有靠自己的双手才能生存，于是靠自己为别人缝补衣服的微薄收入，她带领六个孩子艰难度日。儿子约瑟夫赚钱以后，他的资助成了这个家庭的主要依靠，但是在约瑟夫四处逃跑的几年间，母亲再一次靠自己的双手承担起了养家的责任。母亲的性格坚韧不拔，她在生活的打击之下也尽力保持尊严，但她也深受父权意识形态的影响，认可并践行男尊女卑的意识，倾向于将受教育的机会留给家中的男性，她认为给女儿们买钢琴是一种奢侈行为，相反，她却尽其所有为小儿子大卫支付学费和所有的支出。在约瑟夫因卷入丑闻而四处流亡之际，母亲和女儿们虽然担惊受怕却无能为力，她们只能待在家里"坐以待毙"，被动地等待消息。她们被局限在家庭的范围内，仿若"笼中之鸟"，只能无助地接受私人领域对女性的限制。

儿子亚伦的情人法洛尔夫人（Mrs. Ferrol）虽然是小说中着墨甚少的小人物，但她的经历却让人唏嘘不已。为了维护亚伦的名誉，她离群索居、自立自强、低调隐忍，但即便如此，她的权利和尊严还是不断受到侵犯。小说第二章的标题极其直白，即"法洛尔夫人受到了剥削"（Mrs. Ferrol Dispossessed）[1]，而对法洛尔夫人直接实施剥削的正是亚伦。为了让母亲和弟弟妹妹们找到一个居住的场所，亚伦将情人从她自己的房子中赶了出去。房子是女性的主要活动场域，女性的生活和命运与此紧密相连；除了物质上的依赖，房子还是女性的精神依托，房子的丢失意味着法洛尔夫人的私人空间受到了侵犯，经济权利被男性力量所剥夺，精神依附不复存在。最终，她因难产去世，亚伦只是表露出了短暂的伤心，轻描淡

---

[1] Josephine Herbst, *Pity Is not Enough*. New York: Warner Books, 1933, p. 139.

写地对自己的妹妹凯瑟琳说:"法洛尔夫人去世了,我想我应该告诉你一声。"[1]法洛尔夫人的存在被亚伦所代表的男权社会如此漠视、消解,她失去了建构女性主体性的可能。

  凯瑟琳是这个家庭中唯一知晓法洛尔夫人故事的人,她也是最敏感地感知到女性主体性缺失这一现实的人。凯瑟琳具有敏锐的艺术鉴赏力和强烈的共情能力,她热爱弹琴,喜欢读书,认为女性智慧的头脑比光鲜的外表更为重要,她不愿只做男性眼中的漂亮"物品",而更愿意成为有独立思想和意识的人,但家庭的贫穷和社会的制约使她不可能发展自己的艺术爱好。在约瑟夫外出期间,她充当着家庭的大管家和与约瑟夫联系的纽带。她听闻法洛尔夫人和哥哥亚伦的事情,与法洛尔夫人产生了情感上的共鸣,觉得仿佛自己的私人空间遭遇了践踏,道德观念受到了挑战,但与此同时,凯瑟琳也是最脆弱无力的。她觉得自己就像约瑟夫从佐治亚带回来的那只知更鸟,整日被束缚在狭隘逼仄的空间里,她坚信约瑟夫是无辜的,但却不能给他提供任何帮助,最终她因担惊忧虑而精神错乱、忧郁而死。

  特雷克斯勒家族中的女性表现出了勤劳、智慧、坚强、团结的精神品质,这些品质不但使她们具备了直面困难的勇气,也使她们在家族历史的书写中沉淀了经验、品格和力量,而这些经验、品格和力量为她们的后代所继承和发扬。女性经验是女性自我认同的依据,进入家庭历史的女性经验是女性不断回顾历史、确立自我、建构主体性的来源。

  在三部曲的第二部《刽子手在等待》中,故事的主角变成了温德尔一家的女人们,故事的背景也转移至了一战至20世纪30年代这段动荡不安的时期。母亲安妮非常重视女儿们的教育,也尽力给她们提供宽松的生活环境,她从不强迫她们信仰宗教,也不逼着她们尽早结婚,母亲的支持为女儿们的女性主体性的形成提供了坚实的基础。然而更重要的是,动荡的社会语境动摇了包括男权主义在内的传统观念,这不但为女性走进社会生活提供了更多的可能性,也使她们有机会深入了解社会各个阶层的生活,接受马克思主义思想等的影响,从而更深刻地认识到自我、家庭以及社会各种问题的根源,也逐步认识到自己所拥有的力量,社会意识、性别意识、自我意识的觉醒突出表现在两个小女儿维姬和罗莎蒙德身上。

  维姬和罗莎蒙德都在大学里便开始接受激进的政治思想,毕业之后,她们决定去大城市闯荡。她们亲身经历了1919年西雅图大罢工,见证了底特律罢工工人与警戒队的冲突,她们也在找工作时屡屡碰壁。在现实的巨大教育作用下,维姬

---

[1] Josephine Herbst, *Pity Is not Enough*. New York: Warner Books, 1933, p. 147.

和罗莎蒙德此时更深刻地理解了母亲讲给她们的家族故事,理解了舅舅约瑟夫的悲惨命运的社会根源,她们逐渐认识到,自己同舅舅一样都是资本主义政治经济制度的受害者,唯有改变这一制度才能改变穷苦受难的生活。面对遭受厄运的"特雷克斯勒们",只有同情是不够的,他们应该团结起来,起身抗争。有趣的是,约瑟夫死于1896年,维姬于同年出生,而她的名字似乎也沿用了约瑟夫在躲避追捕时用的化名维克多·多恩(Victor Dorne),这一巧合似乎使这一家族的故事和约瑟夫的阶级觉悟得到了传承。

然而,反抗是艰难的,她们面临的第一重考验,即是战争后的社会创伤弥漫开来的迷惘情绪。罗莎蒙德在战前结识了有妇之夫杰瑞(Jerry),杰瑞从战场回来后,与妻子离了婚,后与罗莎蒙德结婚。然而,杰瑞难以摆脱战争带来的阴影,患上了战后创伤综合征,罗莎蒙德为两人的未来规划了美好的前景,想要努力攒钱,重新回到学校学习,但是杰瑞却无法适应社会生活,不得不频繁地更换工作。他们的生活越来越艰难,在西雅图已经待不下去了,所以他们回到老家牛尾镇,只能依靠父母过活,而就在这时,罗莎蒙德发现自己怀孕了,但她知道自己是无法养活这个孩子的,于是在内心的极度痛苦与纠结之中,她开车出门兜风,最终出了车祸,不幸离世。

罗莎蒙德的主体性建构,同她的孩子一样,夭折在了萌芽阶段,但她的故事非常难得地展示出了左翼作家对20世纪30年代社会危机的全面而敏锐的感知,提醒我们及时认识到20年代"迷惘的一代"的思想危机与30年代"向左转"的激进思潮之间存在着的紧密关联,这一"暗示"更明显地体现在维姬的爱人乔纳森这一人物形象上。乔纳森的父亲是一个典型的靠剥削工人致富的资本家,他对儿子的成长漠不关心,放任自流。乔纳森的生活缺乏目标,他做过各种各样的零工,也曾萌发过去前线打仗的想法,却因年龄原因未能如愿。他后来去底特律做了一名通讯记者,在这里接触到了产业工人组织和激进、自由的政治思想;他和朋友们经常谈论文学,整日无所事事,颓废度日。乔纳森追求独立,不愿意依靠父母的财产生活,但大萧条时期的经济困境使他无力维持生存,因此不得不多次屈从于父母在教育、婚姻等问题上对他的要求和干预,而这更加剧了他的迷惘、无助和颓废。乔纳森和维姬最终选择了激进政治,成为共产主义运动的组织者。

与罗莎蒙德相比,维姬是"迷惘的一代"中思想更为坚定的新女性。母亲的影响、家族历史的激励连同大学教育与社会工作中激进主义思想的启蒙,再加上身边出现的工人罢工的领导者、工会领袖、共产党人等发挥的榜样和导师作用,维姬的性别意识和阶级意识逐步被唤醒,无论是在家庭生活还是社会生活领域,她都逐步成长为一名独立、勇敢、坚定且具有主体意识的共产主义运动的积极参与者。维姬竭力走出了社会对女性进行规约的私人领域——家庭，闯入以男性为主导的社会公共生活场域中去。

维姬的主体性建构也经历过挫折，历经了变化。年少时期她曾经因为胆大、奔放的吻而被男生排斥，这使她认识到了男性社会对女性的规约以及女性的被动地位，即男性不喜欢女性主动，不喜欢她们努力表达自我。男人们认为他们自己才是唯一的人类，而女人们就是静静地等待着伟大时刻的"蛋"，"蛋"指女性的生育功能，在男性眼里，生育是女性唯一的价值。维姬的儿子未出生便夭折，这给她带来了心理创伤，她为自己不是一颗理想的"蛋"而深感愧疚。

在三部曲的最后一部《金绳索》中，维姬建构主体性的努力得到了进一步彰显。这部小说的视野更为宽广，将特雷克斯勒家族的故事放置在国际工农运动的背景下，讲述了发生在美国、德国和法国等地的工人大罢工、美国农民组织与政府之间的冲突、古巴蔗糖业大罢工等重大历史事件，揭露了美国社会乃至整个国际社会面临的日益严峻的阶级矛盾问题，也坦率暴露了工农运动组织内部存在的分歧和困难。以维姬的故事为主线，该作品刻画了大量农民、工人、无产阶级运动的参与者与领导者的形象，也塑造了站在无产阶级对立面的资产阶级及其代理人的形象，从而展示出不同社会阶层的生活。

在大萧条时期，政治观念的不同、婚姻理念的差异，再加上入不敷出的经济困境和其他个人问题逐渐吞噬了维姬和乔纳森的革命乐观精神，也影响了他们的婚姻关系。维姬希望与丈夫共同组织农民运动，但乔纳森更想要一个不会干预自己事业的温顺伴侣，他多次拒绝和排斥独立、能干、对政治生活充满热情的维姬，甚至与"乖巧"的莱斯莉·戴（Leslie Day）发生了婚外情。乔纳森的冷漠态度让维姬倍感孤独，他们之间的隔阂越来越大，最终二人分道扬镳。在与丈夫分开后，维姬被更崇高的使命和责任感指引，选择继续从事自己选定的事业，与老朋友莱斯特·托曼（Lester Tolman）合作，赴古巴报道甘蔗种植地农民的罢工运动，并成长为一位优秀的新闻记者。她深入罢工组织内部，与农民并肩战斗并高效地完成了报道工作。虽然与乔纳森的分歧让她备受煎熬，但她坚持完成了自己的职责和任务，以融入国际工人阶级运动、积极做出自己的贡献的方式彰显了个人价值，显现出共产主义运动中的女性视角、女性声音和女性力量。

"特雷克斯勒三部曲"以家族史书写的形式展现出女性主体性建构的艰难历程。维姬的主体性建构既得益于一战后"迷惘的一代"对传统价值理念的挑战和质疑，也直接受益于大萧条时期马克思主义思想的传播和引领。另外，家族的历史和女性的经验也在维姬成长的重要关头为她提供了借鉴，同时让她深刻认识到，个人只有投入广阔的社会生活和社会运动中，才能实现自我价值，才能改变个人的命运；无产阶级只有团结起来，才能冲破资本主义制度的重重限制，最终实现个人的解放和自由。

维姬的成长故事也清晰地展示出左翼运动内部存在的性别歧视问题。虽然左翼文化和运动呼吁边缘群体的平等权利，但性别权力往往被视为阶级权力的附属品，其重要性并未得到充分认可。男权主义思想仍然在左翼内部占有主导地位，左翼运动本身强调"男性气质"，男性的就等同于革命的、有活力的，而女性的则是柔弱的、不坚定的代表，这种认知使得女性常常被排除在重要的决策活动之外，再次被边缘化。小说中维姬的形象和遭遇就反映出作者赫布斯特本人的一段经历。在写给好友凯瑟琳·安·波特的信中，赫布斯特讲述了她如何被"隔离"于丈夫赫尔曼的活动之外的经历，这部小说也是她试图融入以男性为主的左翼文化，在性别和阶级问题上发出自己独特的声音，以艺术化的手法表达自己的女性视角的尝试。

赫布斯特的"特雷克斯勒三部曲"在壮阔的历史画卷中书写了家族三代的故事，以细腻的笔触拆解了历史的宏大叙事。三部曲不只是对家族历史的记载，更是对几代人生活境遇的反思。赫布斯特将女性的经验写入家族历史，展现了几代女性对自由的向往、对美好生活的渴望以及为之奋斗的坚定决心。女性经验既是个人的，又是社会的，也是历史的。赫布斯特让私人关系成为个人进入社会领域的通道，而不是回避社会生活的藏身之地。三部曲暗示了只有将个体的与公共的连接起来，私人的与政治的连接起来，当私人领域也能仿效公共领域来建立人们之间的关系的时候，社会的革新才能真正地实现；只有当人剥削人、人压迫人的资本主义经济政治制度被瓦解、消亡的时候，才能真正实现阶级、性别的平等和自由。

# 第四章

# 女性经验与女性力量

美国左翼女性文学在20世纪美国左翼运动与女性运动的合力之下产生,它反映了左翼写作中女性的经验、视角和声音,表达了女性对贫困、歧视、战争、暴力、隔离、孤独、迷茫、恐怖事件、全球危机等物质的、精神的、个性的、共性的问题之思考,体现出20世纪社会各个阶层女性对自我所处的物质环境、精神环境、生态环境等的把握、感知、反馈。

20世纪30年代以后,尤其是两次世界大战之后,美国国内女性的作用凸显,各种专门的妇女组织、妇女刊物诞生,越来越多的女性开始在各个领域担任领导职务,美国共产党也认识到女性问题是重要的政治问题,因而及时调整了自己的战略,开始越来越重视女性在社会中的作用,在此环境下,形成了美国左翼女性文学发展史上的第一个黄金时期——旧左翼女性文学时期。国内学者王予霞教授把美国左翼女性文学分为无产阶级女性文学和左翼知识女性文学两种类型。其中,无产阶级女性文学指的是在无产阶级文艺运动中产生的,由女作家创作的,描写无产阶级妇女生活、塑造劳动阶级妇女形象的文学作品,该类作品特别关注阶级斗争中的性别冲突。[1]无产阶级女性文学是美国旧左翼女性文学的重要成就,许多左翼女作家以自传或者写实的形式书写独特的女性经历,批判男权中心主义思想,关注女性政治权利。

玛瑞戴尔·勒苏尔与蒂莉·奥尔森是20世纪30年代旧左翼女性文学时期的代表性作家,也在这一时期创作了各自的代表作,这些作品不但书写了时代的主题,也成为我们了解30年代大萧条时期底层女性的生存状况和思想历程的重要文献和史料,了解她们如何借助女性同伴和社群的力量,去重新认知和肯定女性经验和价值,她们在承担家庭责任的同时,有效履行了自己的社会责任,从而实现了个人身份的统一性与完整性。

---

[1] 王予霞:《20世纪美国左翼文学思潮研究》,中国社会科学出版社2014年版,第147页。

## 第一节 《姑娘》中的"姐妹情谊"

### 一、勒苏尔及其文学创作

玛瑞戴尔·勒苏尔是 30 年代美国无产阶级女性文学的先驱人物。勒苏尔的一生同美国左翼运动以及女权运动都有着密不可分的联系，甚至可以说勒苏尔的经历反映了美国左翼文学的兴衰。

1900 年 2 月 22 日，勒苏尔出生于艾奥瓦州的一个中产阶级家庭，父亲威廉·沃顿（William Wharton）是基督教堂的牧师，但相对而言，母亲玛丽安·沃顿（Marian Wharton）对勒苏尔产生了更为重要的影响。玛丽安·沃顿的母亲，即勒苏尔的外祖母玛丽·安托瓦内特·露西（Mary Antoinette Lucy）是一位具有强烈独立意识的女性，她是俄克拉荷马州妇女基督教戒酒联合会（Women's Christian Temperance Union）的秘书，她勇敢而坚定地同酗酒的丈夫离了婚。耳濡目染之下，勒苏尔的母亲也成为一位活跃的社会主义者。在勒苏尔 10 岁时，其父母离婚，勒苏尔跟着母亲生活。离婚之后，母亲一度从事肖托夸运动[①]（Chautauqua）的报道工作，勒苏尔时常陪伴母亲工作，目睹了母亲对女性问题的参与和思考。在《斗士：玛丽安·勒苏尔与亚瑟·勒苏尔的激进遗产》（*Crusaders: The Radical Legacy of Marian and Arthur Le Sueur*）一书中，勒苏尔回忆道："在马路边讨论女性权利是一件勇敢而美妙的事情。"[②]

玛丽安在一所大学的英语系任教时遇到了勒苏尔的继父——亚瑟·勒苏尔（Arthur Le Sueur）。亚瑟是一位社会主义者，曾担任四届迈诺特市市长的职务，同时他也是激进报纸《打破旧习者》（*Iconoclast*）的编辑。母亲玛丽安和亚瑟共同编辑了学院的杂志《人民新闻》（*People's News*），该杂志的口号鲜明有力，即"保持无知就是继续被奴役"。父母的工作让勒苏尔从小就接触到了平民主义者、世界产业工人、无政府主义者、工会组织者以及社会党、农工党等成员，也得以结识社会各领域杰出人物，如艾玛·戈德曼、约翰·里德、西奥多·德

---

[①] 肖托夸（Chautauqua，又译肖托扩、肖陶扩）是 19 世纪末 20 世纪早期在美国广泛流行的成人教育运动，同时也指其集会教育的形式。

[②] Meridel Le Sueur. *Crusaders: The Radical Legacy of Marian and Arthur Le Sueur*. St. Paul: Minnesota Historical Society Press, 1984, p. 42.

莱塞和卡尔·桑德堡（Carl Sandburg）等。

在勒苏尔的成长过程中，鲁德洛大屠杀事件（The Ludlow Massacre）对她的政治立场产生了深刻影响。1913年9月，在勒苏尔14岁的时候，在洛克菲勒一家煤矿场工作的工人由于不满微薄的工资和危险的工作环境，在煤矿工人联合会（United Mine Workers' Union）的支持下，举行了罢工。矿主多次尝试打压无果后，在1914年4月20日，洛克菲勒家族动用自卫队和民兵部队攻击了工人们的住处，并放火烧掉了工人们的帐篷，最终导致13人被枪杀，13人被火烧死[1]，这就是臭名昭著的鲁德洛大屠杀事件。愤怒的矿工们来到斯科特筹集资金，进行游行，勒苏尔同她的父母一起见证了他们的悲伤。1991年，80岁的勒苏尔在《可怕之路》（*The Dread Road*）一书中追忆了鲁德洛大屠杀事件。在她90岁生日接受《圣保罗先锋报》（*St. Paul Pioneer Press*）采访时，勒苏尔还回忆起矿工和教职工忍受着饥饿游行的场景，这件事给勒苏尔的心灵投下了无法消散的阴影。[2]这一事件也使勒苏尔切身体会到了工人阶级的辛酸和无助，至此她选择了站在穷苦的劳动人民的一方，用自己尖锐的笔锋书写劳动人民的悲哀，为他们争取权利和正义。

勒苏尔一生并没有接受过太多正规教育，她的母亲把她送到芝加哥和纽约，去当时所谓的"进步学校"学习舞蹈和戏剧，在纽约学习的这段时间里，她与艾玛·戈德曼及其他的激进主义者交往密切。1924年勒苏尔参加了美国共产党，1927年，她因参加反对萨科-樊塞蒂事件[3]的审判结果而被捕入狱，同年勒苏尔与马克思主义者哈里·赖斯（Harry Rice）结婚。30年代，勒苏尔加入了约翰·里德俱乐部，成为《新群众》的一员；1935—1937年，她加入了美国作家联盟（League of American Writers），该联盟于1935年召开了第一届美国作家代表大会，她是该会议上发言的唯一女性代表（会议在临开幕的最后一刻吸收了赫布斯特加入），也是当年的16人常务代表中仅有的两位女性之一。1937年，在美国作家代表大会的闭幕式上，勒苏尔同著名作家、左翼运动领袖马尔科姆·考利、厄普顿·辛克莱、兰斯顿·休斯（Langston Hughes）、海明威等人一起被选为美国作

---

[1] Howard Zinn, *A People's History of the United States: 1942-Present*, New York: Harper Collins Publishers, 2003, pp. 354-355.

[2] Mary Ann Grossmann, "Interview", *St. Paul Pioneer Press Dispatch*, February 11, (1990): X.

[3] 1920年5月，在美国国内阶级矛盾激化的背景下，警察指控积极参加工人运动的意大利移民萨科和樊塞蒂为波士顿地区一桩抢劫杀人案的主犯并对他们加以逮捕。在证据并不充足的情况下，法官在审讯时以所谓"激进主义"立场作为定案的基础，将他们判处死刑，美国乃至全世界的正义之士对这一事件深感愤慨，示威活动不断发生。1927年8月23日，萨科和樊塞蒂被相继用电椅处死，这一案件被视为20年代美国排外和反激进主义的产物。

家联盟副主席。

20世纪四五十年代，勒苏尔受到美国联邦调查局的讯问和监视，生活困苦，其文学创作也渐渐被人淡忘；60年代以后，勒苏尔的声誉开始复苏，她渐渐被认同为美国左翼运动和女性运动的先驱和重要代表人物，甚至被尊称为"圣·玛瑞戴尔"。到了七八十年代，勒苏尔重新活跃于政治舞台之上，她在全国巡回演讲，讨论政治话题，尤其是涉及女性政治的话题。80岁时，她还赴肯尼亚首都内罗毕（Nairobi）参加了国际女性会议。1976年，一部关于勒苏尔生活的纪录片《我的人民就是我的家》(*My People Are My Home*) 上映；1987年，勒苏尔在明尼阿波利斯市（Minneapolis）的奥格斯堡学院（Augsburg College）创立了勒苏尔图书馆，该图书馆收藏了她本人收集的包含美国文学、美国土著历史、妇女问题等方面的珍贵资料和文献；1996年11月，勒苏尔在威斯康星州的哈德逊去世。

勒苏尔的写作生涯是从1924年加入美国共产党开始的，入党之后她一度为《工人日报》(*Daily Worker*) 撰稿，1927年她的第一篇短篇小说《珀耳塞福涅》("Persephone") 发表于《日冕》(*The Dial*) 杂志。30年代初勒苏尔与丈夫离婚，她独自带着孩子来到美国中西部，并迎来了自己文学事业上的高产期。勒苏尔在30年代大约十年的时间里，发表了24篇报告文学、30篇短篇小说、1部长篇小说以及部分诗歌作品，她的大部分作品都发表在非常有影响力的杂志上，如《日冕》、《耶鲁评论》(*Yale Review*) 等。勒苏尔的文学才华也得到了当时很多知名作家的赞赏，如辛克莱·刘易斯（Sinclair Lewis）、卡尔·桑德堡等。可以说，30年代的勒苏尔是无产阶级女性作家中最耀眼的一颗明珠。

1940年勒苏尔出版了文集《向春天致敬》(*Salute to Spring*)，该文集收录的是其30年代的短篇小说和报告文学。阿尔弗雷德·卡津（Alfred Kazin）对此给予了很高的评价，他认为勒苏尔是无产阶级作家中最有张力和自我意识的艺术家。1943年，勒苏尔赢得了洛克菲勒历史研究奖学金（Rockefeller Historical Research Fellowship），她在该项奖金的资助下创作出版了一部历史书籍《北极星的乡村》(*North Star Country*, 1945)，描写了美国中西部普通百姓的日常生活。这部著作受到了业内褒贬不一的评价，评论家肯定了它的诗性价值，却批判了其作为历史文献的诸多谬误。在麦卡锡时代（The McCarthy Era），勒苏尔和很多共产党员被拉入黑名单，生活受到监视，写作举步维艰，她因此开始转向儿童文学，并出版了一些美国传奇人物的传记故事，如"荒野系列"，包括《荒野之路上的南希·汉克斯：亚伯拉罕·林肯母亲的故事》(*Nancy Hanks of Wilderness Road: A Story of Abraham Lincoln's Mother*, 1949)、《荒野之路上的雄鸡：戴维·克罗克特的故事》(*Chanticleer of Wilderness Road: A Story of Davy Crockett*, 1951) 和

《荒野里的小兄弟：撒播苹果种子的强尼的故事》（*Little Brother of the Wilderness: The Story of Johnny Appleseed*，1954）。

60年代后，政治气候上的松懈给了勒苏尔重新回到公众视野的机会，女性主义的兴起更是让勒苏尔站到了文学舞台的中央，她的许多文学作品又得到了大家的关注，《向春天致敬》、《时代之歌》（*Song for My Time*，1977）、《丰收》（*Harvest*，1977）还有《姑娘》等都先后在这一时期出版或再版。其中，《丰收》是一部文学选集，里面收录的是勒苏尔早期发表的作品，包括她最脍炙人口的短篇故事《领救济的妇女》（"Women on the Breadlines"，1932）和《在罢工中发生了什么》（"What Happens in a Strike"，1934）等。1982年，女性出版社（The Feminist Press）又出版了一部勒苏尔的文学选集——《成熟：作品选，1927—1980》（*Ripening: Selected Work, 1927-1980*）。这部文学选集由伊莱恩·赫奇斯（Elaine Hedges）收集编纂，是第一部也是唯一一部以每十年为分界点详细摘录20年代以后勒苏尔所有代表作、文学报道和生平的选集，对勒苏尔研究具有很高的参考价值。

勒苏尔的小说和报告文学聚焦于社会生活最底层的妇女、参加罢工的工人等。尽管她一直忠于共产党的领导，其作品也集艺术性与政治性为一体，但在表现无产阶级妇女生活的问题上，勒苏尔也与美国共产党的妇女政策不无抵牾。1932年，她的短篇故事《领救济的妇女》发表以后，引发了党内外的热切关注，有党员甚至还撰文批评她把无产阶级妇女的生活描述得太惨，没有突出社会主义的号召力量，没有采用社会现实主义的写作手法等等。然而，面对此类批评，勒苏尔坚持自己的风格不做妥协。

勒苏尔一直断断续续地生活在批评家的视野中，她的作品也被收录于各种文集中。切斯特·安德森（Chester Anderson）的《生长在明尼苏达州：十位作者的童年回忆录》（*Growing up in Minnesota: Ten Writers Remember Their Childhoods*，1976）收录了勒苏尔的《过去的人们》（"The Ancient People"），回忆了童年生活对其创作的影响[1]；《红色写作：1930—1940年美国女性文学选集》收录了勒苏尔的《爱的续集》（"Sequel to Love"）和《对外界的迷恋》（"The Fetish of Being Outside"）[2]。勒苏尔的小说尤其是其代表作《姑娘》引发了较多的关注

---

[1] Chester G. Anderson, ed, *Growing up in Minnesota: Ten Writers Remember Their Childhoods*, Chicago: University of Minnesota Press, 1976.

[2] Paula Rabinowitz and Charlotte Nekola, *Writing Red: An Anthology of American Women Writers, 1930-1940*, New York: The Feminist Press, 1987.

和讨论：芭芭拉·弗莱分析了其所具有的无产阶级小说的特点[1]；康斯坦斯·科伊纳分析了《姑娘》等四部作品的语言与叙事风格[2]；诺拉·罗伯茨（Nora Roberts）将勒苏尔与奥尔森和赫布斯特的作品进行对比，解析了《姑娘》对性别和阶级政治的书写[3]。另外，还有零星发表的论文对勒苏尔创作的风格、主题、形象、技巧等问题进行了分析，《姑娘》中的身体书写、话语模式、消费文化等现象均引起了批评界的关注。

在中国，勒苏尔的名字只是在几篇评述性文章中有所提及。集美大学王予霞在《美国左翼女性文学的历史衍变》一文中，提及勒苏尔在美国左翼文学领域内的重要地位；笔者在《光明日报》上撰文，对勒苏尔的《姑娘》进行了介绍，指出它在左翼文学史上具有的重要意义与价值。勒苏尔及其文学创作是左翼女性文学书写的重要内容，《姑娘》不仅是左翼运动中女性权益的呼吁和表达，也具有很高的艺术价值，值得我们去挖掘。

## 二、"姐妹情谊"与女性成长[4]

1939年，勒苏尔在《领救济的妇女》的基础上，创作了一部长篇小说《姑娘》。"姑娘"是一家地下小酒馆的女招待，小说描述了她在背井离乡来到大城市之后短短几个月的生活，呈现了她在周围女性同胞的影响之下实现性别意识和阶级意识觉醒的过程。小说的背景是20—30年代的经济大萧条时期，女孩工作的酒馆是挣扎在贫困线上依靠出卖劳动勉强度日的男性劳工聚集的地方，尽管如此，这些贫苦的男人们也还是利用一切机会通过欺侮女人来找些乐子。在工作中，女孩幸运地得到她的同伴克莱拉（Clara）的帮助和关照以摆脱男人们的纠缠，后来她爱上了一个年轻工人布奇（Butch），但在怀孕之后，她因拒绝了对方让她流产的要求而遭到毒打，甚至懵懂中被他牵连卷入一起银行抢劫案中，布奇丢掉了性命，而她也变得流离失所。冷酷的现实让女孩慢慢觉察到了自己与周围的女人们所遭遇到的重重压迫，她身上渐渐萌发出了革命意识。小说结尾的时候，大街上爆发

---

[1] Barbara Foley, *Radical Representations: Politics and Form in U.S. Proletarian Fiction, 1929-1941*, Durham: Duke University Press, 1993.

[2] Constance Coiner, *Better Red: The Writing and Resistance of Tillie Olsen and Meridel Le Sueur*, New York: Oxford University Press, 1995.

[3] Nora Ruth Roberts, *Three Radical Women Writers: Class and Gender in Meridel Le Sueur, Tillie Olsen and Josephine Herbst*, New York: Routledge, 1996.

[4] 本节内容参见张莉、袁洋：《美国左翼女性文学的乌托邦构想——基于勒苏尔〈姑娘〉的探讨》，载《郑州大学学报》（哲学社会科学版）2021年第1期，第85-90页。内容有增删。

了妇女们的游行示威，克莱拉在女孩的身边死去，而与此同时，女孩的女儿出生，预示着新的革命力量的诞生。

勒苏尔用悲悯的笔触书写大萧条时期底层女性的无助和辛酸，小说将女性主题与革命主题紧密地结合在了一起。《姑娘》直面贫穷、饥饿、社会运动、暴力行为以及卖淫、堕胎等禁忌性话题，又有明显的社会主义政治色彩，以至于这部完成于1939年的作品一度被列为禁书，直至1978年修改过的版本才由西部出版社正式出版。

《姑娘》是一部典型的无产阶级女性成长小说。"女性成长小说是以生理上或精神上未成熟的女性为成长主人公，表现了处于'他者'境遇中的女性，在服从或抵制父权制强塑的性别气质与性别角色的过程中，艰难建构性别自我的成长历程，其价值内涵指向女性的主体性生成，即成长为一个经济与精神独立自主的女人。"[①]小说中的"姑娘"由懵懂无知的乡下姑娘变成了勇敢坚毅的母亲，在这一过程中，她身份的变化伴随着她的阶级意识和性别意识的觉醒。这一成长的实现是由周围几乎清一色的女性共同体的引导促成的，"姐妹情谊"（sisterhood）成为"姑娘"获得动力的源泉。

"姐妹情谊"一词在大众文化中广为传播，它通常被简单地理解为女性之间的友谊，甚至用来嘲弄这一关系中显现出的虚伪性、脆弱性特质，以及呈现出的庸俗化的倾向。在西方文学史上，女性之间的友谊经历了被屏蔽、被否认的漫长过程，直至15世纪才出现了女性对她们之间友谊的辩护和阐释；17—18世纪，中上阶层的女性开始获得越来越多的社会交往权利，她们之间的友谊在文学社群等女性组织形式中出现并得以加强；19世纪浪漫主义文学运动对情感的强调和重视间接地鼓励了女性友谊的表达；19世纪兴起的女子学院、神学院等机构为女性提供了参与社会生活、建立女性友谊的机会；20世纪女性主义运动的发展在使"姐妹情谊"逐渐发展成为政治术语、文化符号的同时而越来越为民众所熟知；20世纪70年代之后，作为女性诗学话语的"姐妹情谊"吸引了不少女性主义学者对其进行理论阐释与解读。

"姐妹情谊"不仅指女性之间的亲密关系，也包含了她们基于共同的权利诉求和理想愿景而形成的共同体性质的合作关系。女性友谊的社会化、公开化、被正名是同女性获得平等权利的斗争密不可分的，它经历了从私人情感走向公共领域，以及从家庭范围内的亲密关系到文化共同体的历程。作为共同体的"姐妹情

---

① 高小弘：《"女性成长小说"概念的清理与界定》，载《海南师范大学学报》（社会科学版）2011年第2期，第55页。

谊"是女性之间的情感链接和团结协作的场域，同时还发挥了镜像和乌托邦的功能，它的发展与女性主义运动的深入有密切的关联。它是基于独特的性别特征而建立的女性之间相互关爱、互相支持的女性共同体，也是她们基于遭受压迫的共同遭遇而团结起来进行斗争的场域与方式。黑人女性主义学者贝尔·胡克斯（Bell Hooks）则更强调作为政治术语的"姐妹情谊"同女性主义运动的互动关系，她提出"姐妹情谊"作为一个政治口号，指的是妇女群体在父权社会体制压迫下形成的一种情谊，它是妇女解放运动的力量源泉，有着强烈的政治色彩。通过这一口号，妇女们的集体反抗意识被唤醒，从而参与到争取平等、独立、自由的运动之中[1]；随着女性主义运动的深入，"姐妹情谊"甚至被阐释为女同性恋之间的特殊情感链接，特指女性之间超越肉体的精神之恋。[2]

在《姑娘》中，"姐妹情谊"是"姑娘"在绝境中唯一的依靠，是推动"姑娘"实现阶级意识和性别意识觉醒的原动力，也是她实现自我认知的场域和落脚点，"姐妹情谊"及其力量在"姑娘"成长的不同阶段中有不同的显现。

（一）母亲："女性历史性"的书写

在女儿的成长过程中，母亲既是母亲，也是陪伴她成长、传授她经验的启蒙者，是特殊的"姐妹"，母亲的影响往往固化在女儿的记忆中。莱斯利·W. 雷宾（Leslie W. Rabine）曾提出"女性历史性"（Feminine Historicity）的概念，以女性渴望追求与骑士的浪漫爱情为例，她指出女性的生命轨迹总是通过记忆来实现对前人女性活动的复写。[3]斐迪南·滕尼斯（Ferdinand Tonnies）也指出了记忆对青少年成长的重要性，孩子依靠记忆来滋养自己，因此即使母亲遥隔天涯，相距万里，他们也能感受到母亲好似近在咫尺。[4]小说中的女孩每次与母亲的沟通以及她对母亲的记忆无形中给了她指引，成为她做出选择的参照。

女孩第一次与布奇接吻，她内心惶恐不安，脑海中呈现的是母亲的告诫："哦，妈妈，我该怎么办？你跟我说过这很危险。我很害怕，如果是你，你会怎么做？"[5]她回家参加父亲的葬礼时，借机要求母亲多多讲述她与父亲的事情，希望从中能

---

[1] Bell Hooks, "Sisterhood: Political Solidarity Between Women", *Feminist Review* 6 (1986): 128.

[2] 罗斐然：《论21世纪中国大陆女作家的女同书写》，硕士学位论文，集美大学，2016年，第20页。

[3] Frances Bartkowski, "Reading the Romantic Heroine: Text, History, Ideology by Leslie Rabine." *Comparative Literature* 4 (1989): 401-403.

[4] ［德］斐迪南·滕尼斯：《共同体与社会：纯粹社会学的基本概念》，林荣远译，商务印书馆1999年版，第66页。

[5] Meridel Le Sueur, *The Girl*, Minneapolis: West End Press, 1990, p. 25.

找到如何控制自己欲望的答案，但是母亲并没有正面回答她的问题，只是告诉她说欲望就存在于人的身体里，每一个人都会强烈地感知到它的存在。女孩反复琢磨母亲的话，当她再次回到工作的地方后，她觉得自己变得不同了，"第一次感觉到自己进入了母亲的生活，她不敢说自己不再恐惧欲望，但她知道自己必须跨越，成为像母亲一样的人。"[1]抢劫银行失败后，所有的男人要么死去要么被捕入狱，女孩和她的姐妹们沦落到要在救济所生活，救济所的女孩们都把对母亲的历史记忆铭记于心，这给予了她们活下去的勇气。小说最后，在克莱拉奄奄一息时，女人们互相安慰道："我们必须记住，回忆是我们拥有的一切，我们必须要记住。记住母亲的胸怀，哦，妈妈帮助我们吧！[2]"小说结束时，"姑娘"的女儿出生，"姑娘"升级为母亲，而此时，女儿和母亲的角色重合，都汇入女性共同体中成为生死相依、命运与共的姐妹。

"姑娘"的这种复制性行为就是"女性历史性"的体现。母亲的言说和对母亲的记忆让"姑娘"觉醒，也赋予了她去迎接困难的勇气，这是女孩建构自我独立意识的重要开端。最后出生的女孩更是承载着母亲的愿望和寄托，它是具体的存在，也有抽象的内涵。女儿的出生不仅象征着希望，同时也代表着女性命运的轮回和圆满，女儿作为女性角色的传递纽带，把女孩、母亲以及身边的姐妹们联系了起来。

（二）同伴：镜像中的自我认知

除了母女关系的链接，小说中的姐妹情谊还突出地表现为"姑娘"与身边女性同伴之间的深情厚谊，她们是"姑娘"成长道路上的同路人。从社会学的角度看，每个人的成长都会受到一些人的影响，这些人从正、反两方面丰富着青少年的生活经历和对社会的认知，在观察这些人扮演的社会角色的过程中，青少年逐渐确立起自己的角色和生活方向。[3]其中一种正面引路人就是伙伴式的人物，比如包括克莱拉、贝尔（Belle）等在内的同路人，她们不仅是温暖和力量的源泉，同时还发挥着"镜子"的功能，从她们各自的悲惨遭遇中，"姑娘"照出了自己的命运，照出了她们所共同遭遇的问题的根源：不平等的社会制度。

初到小酒馆的"姑娘"懵懵懂懂，面对陌生的恶劣的环境充满惶恐，幸好有克莱拉这样的好友替她答疑解惑，帮她摆脱窘境。克莱拉虽然地位低下，甚至最

---

[1] Meridel Le Sueur, *The Girl*, Minneapolis: West End Press, 1990, p. 39.
[2] Meridel Le Sueur, *The Girl*, Minneapolis: West End Press, 1990, p. 144.
[3] 芮渝萍：《美国成长小说研究》，中国社会科学出版社2004年版，第125-126页。

终为了生存而沦为妓女,但她依然坚强乐观地面对人生,她总是给予"姑娘"力所能及的爱与照顾。克莱拉鼓励"姑娘"勇敢追求自己的理想:"孩子,你会得到自己向往的一切东西,只要你坚持自己的信仰并一直努力下去。"①她引导"姑娘"正确对待爱情:"爱给不了承诺。世上有很多路走向不同的地方,而爱只会出现在路的尽头。"②她帮助"姑娘"应付客人的纠缠,尽力护她周全。"姑娘"和克莱拉之间的姐妹情谊是一种胜似亲情的依存关系,她们在艰难困苦的生活中彼此照应,相互鼓励,携手追寻渴望的生活,"姑娘"也在克莱拉的引领下一步步走向成熟,开始拥有了独立的女性主体意识。

"姑娘"的成熟也体现在她在克莱拉患病之后自觉转变了角色,从被照顾者变成了照顾克莱拉的贴心姐妹。克莱拉最终凄惨离世,"姑娘"以克莱拉的名字为女儿命名,以此来追悼自己的姐妹。

克莱拉的苦难在"姑娘"的身边上演,促使她去思考像克莱拉和她自己这样的女人何以遭受如此厄运。从此意义上来看,克莱拉仿佛一面镜子,在这面镜子里,"姑娘"不但照出了她自己,也照出了底层社会女性群体的恶劣生存状况,这些都是促使"姑娘"的性别意识与阶级意识觉醒的重要因素。

(三)工会:共同体的力量

除了母亲的启蒙、同伴的影响,"姑娘"成长的直接诱因是阿米莉亚(Amelia)及其代表的女性共同体对她的指引。阿米莉亚是积极的工会成员和工会运动的宣传者,从"姑娘"来到酒馆开始,阿米莉亚就对她进行了精神的启蒙:

"来加入我们吧!"阿米莉亚说。
"什么呀?"我说。
"工会,"她说,"工会是工人们的联盟,在这儿你就不用害怕了。"
……
阿米莉亚说每个人都很重要,我觉得她就像妈妈,她们都担负了很多,抵抗了很多,忍耐了很多。③

在女人们被迫来到了条件恶劣的救济所后,阿米莉亚充当了领导者的角色,她积极奔走,为孕妇们寻求补品并引导大家团结起来为权利抗争:"我们必须

---

① Meridel Le Sueur, *The Girl*, Minneapolis: West End Press, 1990, p. 1.
② Meridel Le Sueur, *The Girl*, Minneapolis: West End Press, 1990, p. 9.
③ Meridel Le Sueur, *The Girl*, Minneapolis: West End Press, 1990, p. 2.

活下去，不要倒下，努力抗争。我们要同时成为男人和女人，憧憬一切并为之奋斗。"①阿米莉亚逐渐成为"姑娘"的精神依靠。当"姑娘"被哄骗在同意做绝育手术的表上签了字时，一个聋哑姑娘安慰她说："不要哭，我们这些人在一起受难。"②这句话让女孩想起了阿米莉亚，她悄悄写下阿米莉亚的名字，这一简单举动仿佛瞬间让她获得了力量，阿米莉亚变成了她的一种信仰，在给了女孩活下去的希望的同时，激发了她的觉醒意识。

阿米莉亚引导女人们意识到女性群体的反抗所蕴含的力量。在她的影响下，这些穷困的女人们越来越团结，在"姑娘"最无助的时候，女人们竞相用讲述自身经历的方法来鼓舞她。小说第112页，每段的开头相似，即"克莱拉说、贝尔说、阿米莉亚说、克莱拉说……"这种多重声部重合的现象是女性群体相互帮助、抱团取暖的表征。

女同胞们的情绪终于在克莱拉去世之后爆发。阿米莉亚倡导大家为克莱拉的死亡举行抗议活动，让整个城市都听到她们的声音："她（克莱拉）是一个罪犯吗？她是恐怖人物吗？她身无分文……谁杀死了克莱拉？谁要杀死我们？"③屋外女性同胞们的抗议与此时屋内新生儿的啼哭声相互照应，象征了女性力量的崛起和承继。女人们在为自己构筑的女性命运共同体中同呼吸共命运，她们也真正地理解和实现了自我认同。

正如小说的标题所示，《姑娘》是一本女孩（们）的书。该小说的题记摘录了《旧约·耶利米书》（The Book of Jeremiah）的诗句，诗句的最后两行写道："压迫者的存在致土地荒凉，姐妹们的苦痛让我心悲伤。"这一引用直接点明了小说的主题：对女性所受的压迫进行揭露，对她们的苦难经历给予同情。更重要的是，该小说给出了实现女性解放的道路，那就是依靠女性集体的力量进行反抗，并把这一反抗的精神通过母女关系的纽带、姐妹情谊的纽带延续下去。

女孩的成长依赖姐妹情谊，就如同在社会生产力极为落后的情况下，人们不得不在极大程度上依靠血缘、地缘等的联系组成共同体，只有这样人们才能共同应对艰苦的环境从而生存下来一样，姐妹情谊类似一种血缘关系（blood tie）共同体。"姐妹情谊是女性主义的理论和批评的基本原则，也是女性文学乐于建构的理想国，它的动因在于女性作家、批评家争取女性团结以获得力量的愿望，也基于女性四分五裂而无力反抗压迫的实际。"④依据姐妹情谊而构建的女性共同体兼

---

① Meridel Le Sueur, *The Girl*, Minneapolis: West End Press, 1990, p. 110.
② Meridel Le Sueur, *The Girl*, Minneapolis: West End Press, 1990, p. 117.
③ Meridel Le Sueur, *The Girl*, Minneapolis: West End Press, 1990, p. 130.
④ 魏天真：《"姐妹情谊"如何可能？》，载《读书》2003年第6期，第89页。

有血缘共同体、地缘共同体与精神共同体的功能,既构建了联盟以对抗外在的危险与压迫,又提供了倾诉自我、寻找认同的机会和平台。

肖瓦尔特在《她们自己的文学——英国女小说家:从勃朗特到莱辛》中指出,姐妹情谊是女性团结一致的感情联系。女性被她们作为女儿、妻子和母亲的角色和作用联系在一起,虽然这些联系并非一种活跃的、自觉的联合,而是一种内在的文化聚合,但这种内在的文化聚合便是姐妹情谊产生的基础。[①]肖瓦尔特以女性的性别特质为出发点,强调了姐妹情谊的社会属性,即一种文化上的聚合和象征,并由此建构了姐妹情谊的理论出路。肖瓦尔特在自己的又一力作《姐妹们的选择:美国女性写作的传统与变迁》(Sister's Choice: Tradition and Change in American Women's Writing,1991)中进一步阐释了"缝制百衲被"(Quilting)这一女性传统与姐妹情谊这一女性诗学话语之间的关联。"缝制百衲被"这一现象起源于19世纪90年代的英国和非洲,凛冽的寒冬让缝制百衲被这一活动成为生活中的必要行为,并由此产生了"缝聚会"(Quilting Bee)。这种"缝聚会"起到了促进妇女之间情谊的作用,它不仅仅以缝补为唯一目的,还成为妇女们庆祝生日、订婚、悼念亲友、交流信息、学习新技巧、甚至讨论政治问题的场合[②]。肖瓦尔特用"百衲被"的意象来隐喻女性之间的隐秘和合作关系,她论述了姐妹情谊对女性传统建构的重要意义和作用,并使其成为美国女性文化史的重要主线。

"姐妹情谊"还承载着更多现实生活中女性权利的诉求。在20世纪60年代的女性主义运动中,"姐妹情谊就是力量"(Sisterhood is powerful)一度成为运动的口号,也成为团结女性力量以实现妇女解放的一条路径。然而,"姐妹情谊"本身也蕴含不少问题。黑人女性主义学者贝尔·胡克斯就在《女权主义理论:从边缘到中心》(Feminist Theory: From Margin to Center,1984)中指出了"姐妹情谊"缺少族裔视角的弊端,她认为白人女性主义者们始终没有跨越种族的屏障,平等地对待黑人女性。

胡克斯的质疑值得深思。姐妹情谊和以此为基础建立的女性共同体实际上是脆弱的、不彻底的、不牢靠的。经济条件的差别、受教育程度的不同造成女性对社会活动的参与热情不同,对这一女性共同体的接受度也不同。即便是在女性共同体内部,也有很大的差异性和分歧,也存在着阶级的、种族的、政治的等等各个层面的不同。例如,无产阶级妇女和中产阶级知识女性所关注的女性权利不同,

---

① [美]伊莱恩·肖瓦尔特:《她们自己的文学——英国女小说家:从勃朗特到莱辛》,韩敏中译,浙江大学出版社2012年版,第16页。

② Elaine Showalter, *Sister's Choice: Tradition and Change in American Women's Writing,* Oxford: Clarendon Press, 1991, pp. 156-158.

以及黑人女性、少数族裔女性和白人妇女所面临的生存压力不同等等，这些差异并不能和谐地共存于女性共同体这一集合体内。表现在现实生活中，很多时候，女作家与女作家之间、女性团体和女性团体之间、个人与个人之间的对峙、分裂和矛盾甚至显得更为突出。一方面，女性个体为了得到认可、实现个人价值而借助于女性团体的力量来发声；另一方面，团体又在一定程度上束缚和压制了人的个性和价值。女性需要形成阵营、汇聚力量，此时女性整体的同一性是必要的，但女性首先作为个体的人，又需要追求独特、独立和精神的丰富性，姐妹情谊就这样成为一个悖论。①这种悖论使女性共同体显现出两面性，只有在面对来自外界的，尤其是来自男权社会的威胁和侵害时，它才会团结一致，有效地发挥其作用。

作为女性主义诗学的"姐妹情谊"是美国左翼女性文学的重要主题，它表达了以女性命运共同体来抵抗阶级和性别压迫的宏大构想。"姐妹情谊"的构建依赖女性整体的同一性，这一同一性的形成势必要求其跨越国界、种族、阶级甚至性别的界限，在世界主义的视域下形成团结合作、相互扶持、互相关照的命运共同体，这昭示出新时期左翼女性文学与运动走向跨越与联合的理论和实践走向。

## 第二节　蒂莉·奥尔森作品中的母性主题

蒂莉·奥尔森是20世纪美国文学史上的传奇女性，她出产的作品数量不多，但质量上乘，在美国文坛上有重要影响。奥尔森的创作生涯曾经被其作为家庭主妇的责任中断，她在初有成就之后封笔了将近20年的时间，之后再度动笔，却仍然引起了很大的轰动。加拿大当代著名女作家、文学评论家玛格丽特·阿特伍德（Margaret Atwood）就将她视为女性作家的榜样，盛赞了她在极度疲累的生活压力之下从事写作的勇气和毅力。阿特伍德的敬意不只是来自她与奥尔森同为女性作家的惺惺相惜，也表明了一位伟大作家对另一位伟大作家的赏识。

### 一、蒂莉·奥尔森生平简介

蒂莉·奥尔森1912年（一说是1913年）出生于内布拉斯加州，父母都是犹太裔移民。他们参加过俄国1905年革命，在革命失败后，逃到了美国的内布拉斯加州，5年之后又搬到了奥马哈（Omaha）居住。父亲塞缪尔·勒纳（Samuel Lerner）

---

① 王政：《女性的崛起：当代美国的女权运动》，当代中国出版社1995年版，第136页。

在这里做过农民、食品加工厂工人、油漆匠等，最终成为内布拉斯加州的社会主义党派秘书。母亲艾达·勒纳（Ida Lerner）虽然是文盲，但在女儿的成长中发挥了重要的引领作用，她与女儿的关系成为奥尔森作品的重要素材，奥尔森曾在采访中直言母亲对自己成为革命作家的选择产生了重要影响。父母的政治倾向和工作环境也确实影响到了奥尔森，幼年的奥尔森就经常在奥马哈的家里遇到社会主义党派人士，并倾听他们的政治言论，在这些人中，奥尔森最崇拜的是尤金·维克托·德布斯（Eugene Victor Debs）[①]。除了照顾弟弟妹妹、操持家务之外，奥尔森最爱的还是读书，她得空时便会去一个家庭图书馆看书，彼时她阅读的书刊大多数都是左翼类的杂志，如《解放者》、《同志》（The Comrade）等，这个时期的阅读为奥尔森左翼的政治立场以及以后成为作家的职业选择打下了基础。

奥尔森有幸得到升入高中读书的机会，这在贫困的家庭里并不多见。高中时期的奥尔森在老师的引导下阅读威廉·莎士比亚（William Shakespeare）、塞缪尔·泰勒·柯勒律治（Samuel Taylor Coleridge）以及托马斯·德·昆西（Thomas De Quincey）等文学大家的作品，她还贪婪地阅读《诗歌》（Poetry）等杂志。最终由于家庭经济的原因，奥尔森还是被迫辍学。1931 年，奥尔森 18 岁时加入了美国共产主义青年团（Young Communist League），当时的她经常参加政党活动，还去堪萨斯州上党校。在上党校的这几个星期中，她在工厂做工以帮助那些没有工作的同伴们生活，在此期间她还因为派发政党宣传手册而被捕入狱，最终由于身体原因，被遣送回家乡奥马哈休养。

奥尔森在 1934 年的旧金山大罢工期间结识了自己的终身伴侣杰克·奥尔森（Jack Olsen）。他们于 1944 年结婚，婚后育有 3 个孩子。20 世纪 30—60 年代，奥尔森一家的生活异常艰辛，她曾做过侍者、誊写员、帮厨等工作来养家糊口，繁重的家务、生活的压力让她应接不暇，但在这期间她也从未停止写作，艰苦的生活、做母亲的责任等成为她日后许多作品的重要内容。

除了写作，奥尔森还积极参与政治活动。20 世纪四五十年代她曾任"战时联合救助计划"（Allied War Relief Program）的主管和"家庭-教师协会"（Parent-Teachers Association，PTA）领导，还在《人民世界》（People's World）杂志里开辟了妇女专栏。40 年代末，奥尔森活跃于国际和平运动之中，她曾严厉谴责政府进行的核武器试验。到了 1953 年，最终摆脱了养育孩子责任束缚的奥尔

---

[①] 尤金·维克托·德布斯（1855—1926）是美国工人运动领导者、无产阶级领袖、社会主义宣传家、美国社会党创始人、美国铁路工会主席。他曾多次参加总统竞选，也曾因反战立场入狱。德布斯口才极佳，深受民众爱戴。

森终于有了更多的时间从事创作，彼时 41 岁的她去旧金山加州州立大学学习写作，在此期间她的短篇小说《我站在这儿熨烫》（"I Stand Here Ironing"）荣获了 1955—1956 年斯坦福大学的创作奖学金，这笔奖学金的支持使她的另一部短篇小说《告诉我一个谜》（Tell Me a Riddle）得以出版，该小说还获得了 1961 年度的"欧·亨利最佳短篇小说奖"。奥尔森在写作的同时依然没有忘记自己政治活动家的身份。20 世纪后半期，奥尔森积极投身于湾区的工会活动，为反对种族隔离和种族歧视、改善工人待遇组织罢工。作为反战运动的一员，当日寇的铁蹄踏入中国时，她组织群众上街游行，支持大洋彼岸的中国人民抗击日寇。[①]

2007 年 1 月，奥尔森去世。熟悉她的人仍会记得，尽管 70 年来她一直生活在旧金山，但她是如何为自己生于中西部的内布拉斯加州而深感骄傲；他们夫妇俩除了抚养四个孩子外，其余时间都在为"国际仓码工人联会"（International Longshore and Warehouse Union，ILWU）工作，为建立各种族、各阶层人民和谐生活的信念而努力。[②]

## 二、奥尔森的文学创作

1932 年，奥尔森因病被送回家乡奥马哈。之后，她搬到了明尼苏达州的法里博（Faribault）居住，在这里奥尔森正式开始了她的创作之路。她写的第一部小说就是《约依迪俄：30 年代的故事》（Yonnondio: From the Thirties）。在快速写完了前三章后，奥尔森发现自己怀孕了，此时孩子的父亲又抛弃了她，因此这是奥尔森异常艰难的时期。小说第一章《铁喉》（"The Iron Throat"）于 1934 年在《党派评论》上发表，批评家罗伯特·坎特维尔（Robert Cantwell）称赞它为"天才之作"[③]。《铁喉》的发表也引起了出版社的关注，最终奥尔森成为兰登书屋（Random House）的签约作家。签约之后，奥尔森就把孩子交给了父亲照顾，而自己独自去洛杉矶写作。然而在洛杉矶期间，奥尔森并不习惯与上层文化圈交往，她觉得自己更喜欢和工人阶级的同胞一起生活，再加上对女儿的思念，于是 1936 年她回到了家中，并且与兰登书屋解约。怀孕、育儿、工作和各种政治活动使奥尔森在 1937 年停止了写作，她封笔了将近 20 年的时间，直到 1956 年才又重新开始创作。小说全稿最终于 1974 年出版，该小说出版后得到了广泛的关注和好评，

---

① 康恺：《"约依迪俄"——对蒂莉·奥尔森的解读》，硕士学位论文，集美大学，2012 年，第 2 页。
② https://www.tillieolsennet/life.php.
③ Constance Coiner, Better Red: The Writing and Resistance of Tillie Olsen and Meridel Le Sueur, New York: Oxford University Press, 1995, p. 145.

并且多次再版。

与杰克·奥尔森共同生活之后，奥尔森为了家庭和孩子暂时放弃了写作。1945年，美国向日本广岛投下了一枚原子弹，当时美国很多报纸对此事进行了报道，这一事件使奥尔森坚定了重新写作的决心，她想要为了"生命而创作"[1]，但一直到1956年，奥尔森才写出短篇小说《我站在这儿熨烫》，并于1959年出版了《告诉我一个谜》。《告诉我一个谜》也成为奥尔森一部小说集的名字，这部同名小说集包含4篇短篇小说，即《我站在这儿熨烫》、《嗨水手，坐什么船》（"Hey Sailor, What Ship？"）、《哦，是的》（"O Yes"）和《告诉我一个谜》。

60年代后，奥尔森的创作再度引起关注，她的作品先后80多次被选编收录入各种文集，并被翻译成12种语言出版发行。出版于1978年的《沉默》(Silences)是奥尔森的一部非小说作品，探讨了女性因性别、阶级和种族的原因而保持沉默的现象，这部作品同时也是奥尔森对自己将近20年的文坛成绩的反思。奥尔森还曾和女儿合作一起出版了《母亲与女儿：特殊品格：照片研究》（Mothers and Daughters: That Special Quality: An Exploration in Photographs，1989）一书。

除了写作和政治活动，奥尔森还致力于挖掘其他女性作品，她的努力使得当时很多被埋没的作家再现在公众视野中，史沫特莱的《大地的女儿》、夏洛特·帕金斯·吉尔曼的《黄色墙纸》（The Yellow Wallpaper，1973）等的出版均有奥尔森的贡献。《母亲—女儿，女儿—母亲：日记和读者》（Mother to Daughter, Daughter to Mother: A Daybook and Reader，1984）是奥尔森主编的作品集，收录了120位作家的作品，包括书信、诗集、回忆录等重要资源，这本书也是女性出版社成立15周年时推荐给读者的首批书目中的一本。

《约依迪俄：30年代的故事》是奥尔森唯一的中篇小说，被称为20世纪30年代最佳美国无产阶级女性小说。小说的书名来自惠特曼的一首诗，Yonnondio是易洛魁语，意思为"为失去的哀悼"。书名具有双关之意，一来是为书中的主人公们的悲惨生活哀悼；二来是指为作者自己封笔20年的时间哀悼。小说主要讲述了20世纪20年代末期霍尔布鲁克一家（the Holbrooks）的贫困生活以及他们在困境中的坚持和抗争。为了摆脱贫穷、肮脏又危险的煤矿生活，吉姆（Jim）和妻子安娜（Anna）带领全家从怀俄明州的煤矿搬迁到达科达州的一个土地贫瘠的农场，最终又为了生计回到奥马哈的一个肮脏的屠宰场工作。故事以吉姆和安娜6岁半的女儿玛姬（Mazie）的视角展开。由于贫困，玛姬小小年纪就已经承担了

---

[1] Constance Coiner, *Better Red: The Writing and Resistance of Tillie Olsen and Meridel Le Sueur*, New York: Oxford University Press, 1995, p. 150.

家里的很多责任，妈妈安娜始终认为孩子们只有接受教育才能改变生活现状，而爸爸吉姆因生活的压力变得脾气暴躁，时常酗酒后殴打妻子作为其发泄不满的方式。安娜隐忍克己，不但通过帮人做工来帮助丈夫养家，还独自忍受着怀孕、生产、照顾孩子的重担以及丈夫的暴力行为。然而，无论在怎样艰苦的环境中，霍尔布鲁克一家都没有放弃对明天的美好生活的向往。

小说共分为八章。在前两章，奥尔森用自然主义的手法逼真地还原了吉姆一家在矿井区的恐怖生活，并以玛姬的视角叙述了爸爸在矿井工作的危险和她对爸爸的担心。一次偶然的矿井爆炸事故使吉姆入狱5天，等他回家之后，一家人就决定要离开这个地方。第三章和第四章描写的是一家人在内布拉斯加州西部农场的生活。现实生活很快就粉碎了他们对未来生活的憧憬，他们在农场辛苦劳作，最终一年的收入却还不足以维持基本的生活开销。冬天来临，安娜再次怀孕，一家人陷入了生活绝境，他们又回到了奥马哈，在屠宰场附近的贫民窟安居下来。第五章到第八章描述了他们在贫民窟的遭遇。安娜认为只有教育可以改变他们的命运，然而孩子们却因为贫困遭到其他学生的排斥。流离失所的生活让吉姆开始思考贫困的根源和出路，他开始意识到工人们必须团结起来共同抵抗外界的压制，从而真正获得自由和平等。小说提供了一个相对明亮、乐观的结局：吉姆为了改善生活条件而同时做了好几份工作，收入有了好转；安娜也能够外出工作，她希望能帮助丈夫缓解压力，同时依然渴望自己的孩子能够得到好的教育。美国国庆节来了，吉姆买来了烟花庆贺，一家人第一次聚在一起听起了广播，虽然生活依然艰辛，但希望就在追寻的过程中。

霍尔布鲁克一家的故事是20年代无数贫困潦倒的无产阶级家庭生活的缩影。他们生活在极端恶劣的环境中，身体健康甚至生命都在遭受威胁；他们流离失所，即便辛苦劳作也不能谋生；他们遭遇歧视和侮辱，被剥夺了受教育的权利。奥尔森的描述极大程度上是基于她对社会生活的观察和体验，因此极具社会批判意义。

值得注意的是奥尔森对无产阶级女性的生活状态的关注。女性不但承受着阶级的压迫，还要被迫接受性别的剥削。故事中，在玛姬的眼里，母亲安娜就是一个牺牲者的角色，她为了家庭牺牲了自己，饱受物质和精神的摧残，被迫承受额外施加给女性的痛苦和压力。玛姬年龄虽小，却也已经深刻地感受到自己因为性别所遭遇到的歧视和不公，比如父母和周围的人对弟弟的喜爱以及在庆祝活动中因为自己是女孩而被排除在外的事实等等。奥尔森借助玛姬的观察和思考，揭示出底层女性的生活困境以及她们的反抗意识的觉醒。

奥尔森的另外一部重要作品是短篇小说集《告诉我一个谜》，它出版于1961年，并获得了当年的"欧·亨利最佳短篇小说奖"。小说集的开篇故事《我站在这儿熨烫》以一位母亲的回忆为线索，展示出女儿艾米丽（Emily）的成长历程。故事有很强的自传色彩，取材于奥尔森自己作为母亲的生活经历。故事的起因是母亲收到女儿的老师打来的电话，希望她能来学校一趟，谈谈女儿的情况，母亲就此陷入沉思，回忆起女儿这19年来的生活，也回忆起自己多年的付出和辛劳。小说的最后一段有句话是："也许她的天分和才华难以完全施展——但又有多少人能做到人尽其才呢？"[①]这既是小说中母亲的感慨，也是小说外作者的感慨，是对身为母亲和女性作家两种身份间矛盾的感慨。

第二篇《嗨水手，坐什么船》和第四篇《告诉我一个谜》均涉及美国左翼文学中较少触及的"老年"主题。前一个故事的主人公是一位上了年纪的水手，他出海远航归来后却找不到自己的位置和归宿，最后迷失了生活方向；最后一篇故事最初发表于1960年的《新世界写作》（New World Writing）上。1980年依据小说改编的电影《勿忘我》（Tell Me a Riddle）上映，引发了人们对老年群体和老年生活的关注和思考。故事的主人公伊娃（Eva）和大卫（David）是一对在一起生活了47年的老夫妻，他们在养老的问题上产生了分歧：大卫想要去养老院生活，而妻子伊娃渴望私人空间而拒绝离开自己的家。正在他们争执不下的时候，伊娃被诊断患了重病且只有一年的寿命了，儿子提议父亲带着母亲去旅游，去各个孩子家看一看。在探视孩子们的旅途中，夫妻两个开始重新体验对方的存在。

第三篇《哦，是的》叙述的是白人女孩儿卡罗尔（Carol）与黑人女孩帕丽（Parry）之间深厚的友谊是如何在世俗的影响之下悄悄发生变化并最终走向破裂的故事。该故事从孩子的角度出发，对种族问题的暴露引发了人们的深思。

《告诉我一个谜》的主题更为丰富，作者关注到的不仅仅有性别和阶级的话题，她还更加深入生活之中，探讨包括成长、衰老、疾病、死亡等人们无法避免的普遍问题，揭示贫穷和世俗的压力对思想的束缚，展示婚姻关系中爱恨交织的冲突，展现身为母亲的责任和个人追求之间的矛盾等等。在写作风格上，奥尔森融合了30年代左翼的政治立场和现实主义的美学观，但她同时也吸收了现代主义的艺术和表现手法。小说在对无产阶级的生活场景进行自然主义描述的同时，也夹杂着诗意的意识流手法，并以此来展现主要人物的心理活动，这使小说的批判性和艺术性融合为一体。

国外对奥尔森的研究成果比较丰富，她的左翼思想、女性主义思想、族裔身份以及写作特色等均已引起学界关注。1987年，伊莱恩·尼尔·奥尔（Elaine Neil Orr）在《蒂莉·奥尔森的女性主义精神视野》（Tillie Olsen and a Feminist Spiritual

---

① 沈艳燕：《我站在这儿熨烫》，载《外国文学》2004年第3期，第28页。

Vision）一书中，分析了《告诉我一个谜》和《约依迪俄：30 年代的故事》的主要人物在性别、种族、阶级束缚下的沉默与反抗，指出了奥尔森的作品融合了马克思主义和女性主义立场，融合了文学与宗教，展现了奥尔森独特的女性主义精神视野。[1] 2010 年，潘瑟·里德（Panthea Reid）撰写的专著《蒂莉·奥尔森：一个女人多重谜》（*Tillie Olsen: One Woman, Many Riddles*）以人物传记的形式，讲述了奥尔森的女性主义与左翼思想。[2] 黛博拉·罗森菲尔特（Deborah Rosenfelt）[3]、葆拉·拉比诺维茨[4]、诺拉·罗伯茨[5]、康斯坦斯·科伊内（Constance Coiner）[6]、安东尼·达娃哈尔（Anthony Dawahare）[7] 等批评家均注意到了奥尔森对于阶级、性别与政治问题的表达，探讨了奥尔森与激进文学传统间的关系；另外也有学者注意到了在奥尔森作品中现代主义的写作特色[8]以及其犹太裔身份对其创作主题的影响。[9]

21 世纪，国内对奥尔森的研究兴趣日益浓厚。2004 年，沈艳燕在《外国文学》上发表了 3 篇奥尔森作品的翻译和评介文章，并对奥尔森及其创作进行了简要介绍，扩展了国内左翼文学的研究领域[10]；金莉在《20 世纪美国女性小说研究》中将其收录在内并系统地梳理了奥尔森的创作历程和主要作品概况。[11]近几年来我国国内对奥尔森的研究数量大大增加，研究的热情主要集中在《我站在这儿熨烫》和《告诉我一个谜》这两部小说上，并对作品的叙事策略、边缘化人群形象、女

---

[1] Elaine Neil, *Tillie Olsen and a Feminist Spiritual Vision*, Oxford: University Press of Mississippi, 1987.

[2] Panthea Reid, *Tillie Olsen: One Woman, Many Riddles*, London: Rutgers University Press, 2010.

[3] Deborah Rosenfelt, "From the Thirties: Tillie Olsen and the Radical Tradition", *Feminist Studies* 3 (1981): 371-406.

[4] Paula Rabinowitz and Charlotte Nekola. *Writing Red-Anthology of American Women Writers, 1930-1940*, New York: The Feminist Press, 1987.

[5] Nora Roberts, *Three Radical Women Writers: Class and Gender in Meridel Le Sueur, Tillie Olsen, and Josephine Herbst*, New York: Routledge, 1996.

[6] Constance Coiner, *Better Red: The Writing and Resistance of Tillie Olsen and Meridel Le Sueur*, New York: Oxford University Press, 1995.

[7] Anthony Dawahare, "That Joyous Certainty: History and Utopia in Tillie Olsen's Depression-Era Literature", *Twentieth Century Literature* 44 (1998): 261-275.

[8] Lydia A. Schultz, "Flowing Against the Traditional Stream: Consciousness in Tillie Olsen's *Tell Me a Riddle*", *MELUS* 3 (1997): 113-131.

[9] Bonnie Lyons, "Tillie Olsen: The Writer as a Jewish Woman." *Studies in American Jewish Literature* 5 (1986): 89-102.

[10] 沈艳燕：《蒂莉·奥尔森其人其作》，载《外国文学》2004 年第 3 期，第 23-24 页；沈艳燕：《我站在这儿熨烫》，载《外国文学》2004 年第 3 期，第 25-28 页；高奋、沈艳燕：《解读〈我站在这儿熨烫〉》，载《外国文学》2004 年第 3 期，第 29-33 页。

[11] 金莉：《20 世纪美国女性小说研究》，北京大学出版社 2010 年版。

性形象、母女关系等主题进行了分析和解读。

奥尔森关注普通劳动人民，尤其是劳动妇女的现实生活，在多部作品中刻画了工人阶级母亲的生存困境。体制化下的母亲饱受来自性别、阶级和社会的重重束缚，逐渐在家庭空间中丧失了自身的主体性和话语权。在这种语境下，母亲自身的母性责任以及与子女的关系陷入了存在危机，母亲意识的觉醒和母亲身份的探寻成为工人阶级母亲亟待解决的问题。奥尔森往往在故事的结尾留有希望，母亲经验的传承成为其书写女性的独特视角。

## 三、"母性"的异化与力量

"母性"（motherhood）一词具有多重概念内涵。据《朗文当代英语词典》的解释，后缀-hood 具有双重含义：既可以表示一段时间或者一种状态（a period of time or a state），也可指属于某一特定群体的人（the people who belong to a particular group）。motherhood 则被定义为作为母亲的状态，因此在西方文学中，motherhood 首先指的是"作为母亲的身份"。随着女性主义运动的发展，"母性"逐渐发展成为一个女性主义的诗学概念，涵盖了母性制度、母性身份、母性情感、母性伦理、母性身体等不同方面的内容。

西蒙娜·德·波伏娃（Simone de Beauvoir）在《第二性》（*The Second Sex*，1949）中强调了父权制度对母亲身份的塑造功能，她认为母亲身份本身是女性受到压迫的根源[1]，然而，这一观点遭到了众多女性主义学者的质疑。在《女人所生：作为体验和成规的母性》（*Of Woman Born: Motherhood as Experience and Institution*，1986）一书中，艾德里安娜·里奇（Adrienne Rich）将母性置于更广阔的西方政治框架中，他使用了"制度化母性"这一术语，指出母性既是一种制度，也是一种体验，是社会历史文化建构的产物。[2]南希·乔多罗（Nancy Chodorow）从精神分析的角度探讨了母性的传递与再生产问题，肯定了母亲在家庭和社会中发挥的积极作用。[3]到了 20 世纪八九十年代，萨拉·拉迪克（Sara Ruddick）提出了"关怀伦理学"（ethics of care）这一概念，将母性主题放置到人伦关系之中加以审视，提倡建立女性主义的伦理体系。她主张母亲工作可以成为"一种有回

---

[1] [法]西蒙娜·德·波伏娃：《第二性》，陶铁柱译，中国书籍出版社 1998 年版，第 550 页。
[2] Adrienne Rich, *Of Woman Born: Motherhood as Experience and Institution*, New York: W. W. Norton and Company, 1986.
[3] Nancy Chodorow, *The Reproduction of Mothering: Psychoanalysis and the Sociology of Gender*, Berkeley: University of California Press, 1978.

报的、有纪律的良心表达"①，关注母女关系中母亲的引导作用。卡罗尔·吉利根（Carol Gilligan）也关注母亲在各种社会关系中的重要作用，并从道德的维度为母亲主体性提供了理论依据。②进入 20 世纪，加拿大母性理论家安德里亚·欧瑞利（Andrea O'Reilly）进一步尝试打破父权制度，试图用女性主义话语赋予传统母亲以力量，创造她们自己的母性模式。③在后现代语境下，解构母性神话，打破母性束缚，赋予母亲权利成为母性理论家关注的重点。

蒂莉·奥尔森作为一名女作家，更加关注大萧条时期的女性，尤其是作为母亲的女性的生存困境。她曾在论文集《沉默》中谈道：母亲身份是一个"禁区"（taboo area），是一个很少被理解和探索的话题，是女性承受压迫的核心所在。④母亲的身份不只是一种生理意义和层面上的身体功能，更是一种社会和文化层面上的社会功能，因此对母亲身份的探讨是我们深化和丰富美国左翼女性文学的有益视角。《我站在这儿熨烫》中的无名母亲、《哦，是的》中的海伦、《告诉我一个谜》中的伊娃以及《约依迪俄：30 年代的故事》中的安娜都是作品中的重要角色，如同她们各自在家庭中的角色。奥尔森作品中的母亲形象是丰富而复杂的，在她们身上体现出家庭与社会领域内女性身份认同的矛盾和障碍，奥尔森致力于打破传统母亲的刻板印象，解构制度化的母性，书写了独特的母性经验，揭示出独特的女性视角与女性经验。

（一）被奴役的母性

父权制是一种社会结构，在这种传统结构中，男性占据主导地位，是一家的"家长"，而从亚当、夏娃的创世故事开始，女性就被认作是男性的附属品，女性经常性地依恋男人，男女两性从未获得过地位上的平等。⑤凯特·米利特（Kate Millett）也曾指出，在传统男权社会中，父亲对妻子和孩子拥有绝对领导权，甚至包括肉体摧残、杀害和出卖的权利⑥，女性因此被塑造和定义为温顺、服从、忠诚的帮手，她们的活动空间被限定在家庭的范围内，她们的人生理想就是做贤妻良母、"家中的天使"。奥尔森对已作为边缘女性群体的工人阶级母亲的生活境

---

① Sara Ruddick, *Maternal Thinking: Towards a Politics of Peace*, Boston: Beacon Press, 1989, p. 223.

② Carol Gilligan, *In a Different Voice: Psychological Theory and Women's Development*, Cambridge: Harvard University Press, 1993.

③ Andrea O'Reilly, *Mother Outlaw: Theories and Practices of Empowered Mothering*, Toronto: Women's Press, 2004.

④ Tillie Olsen, *Silences*, New York: CUNY Press, 2003, p. 202.

⑤ [法]西蒙娜·德·波伏娃：《第二性》，陶铁柱译，中国书籍出版社 1998 年版，第 16 页。

⑥ [美]凯特·米利特：《性政治》，宋文伟译，江苏人民出版社 2000 年版，第 42 页。

遇进行了深刻的解读，揭示了她们所承受着的来自社会的、阶级的、性别等不同层面的压迫和束缚。

在短篇小说《告诉我一个谜》中，大卫和伊娃之间的关系颇具典型性。过去的47年间，大卫一贯秉持着家长制的作风，掌控家中的大小事务，他拒绝妻子年轻时参加读书会的要求，退休后也强硬地要求妻子听从自己的意见去养老院。作为妻子的伊娃丧失了自己的主体性和话语权，久而久之，她将这种不平等的意识形态内化于自身，习惯了精神上的匮乏，享受着自己独有的孤独与沉默，她放弃了自己的共产主义理想，成为传统意义上在家里照顾七个子女的"模范"母亲。《约依迪俄：30年代的故事》中的安娜也有着与伊娃相似的处境。她整日忙碌于家庭琐事，承担着养育子女、服侍丈夫的责任，还被迫忍受丈夫的暴躁脾气，甚至他的拳脚相向。

女权主义者认为父权制度是女性受压迫的根源之一。其中，女性经济上的依附是父权制社会的一个重要特征，这种状况在资本主义制度下并未得到丝毫改观，甚至可以说父权制是资本主义私有制中的核心特征，两者是一体的。父权制与资本主义两者共同给妇女的艰难困境造成了恶性循环。[①]作为无产阶级母亲，在遭受父权体系冲击的同时，她们也深受资本主义的迫害，经济上的剥削让她们的境遇更为艰难。经济大萧条时期，大批工厂濒临破产，大量银行面临倒闭，美国的国民生产总值从1929年的1044亿美元下降到1932年的410亿美元，成千上万人口失业。《我站在这儿熨烫》中艾米丽的父亲在失业后留下一张字条，便弃妻子和幼女而去，艾米丽的母亲不得不将年幼的女儿送到邻居家、托儿所、康复中心，以便出门工作获取生活所需，却不得不承受与女儿的疏离以及由此产生的愧疚。《告诉我一个谜》中伊娃为了满足七个孩子的基本生活需要，只能沦为资本主义私有制下的"物品"，从事他们所提供的低薪工作，甚至忍受屈辱与恐惧，靠乞讨谋生。资本主义私有制将无产阶级女性物化，以挤压她们的剩余劳动力的方式获取利益最大化。

来自家庭和社会的剥削和折磨，突出地表现在母亲们的身体创伤上。按照米歇尔·福柯（Michel Foucault）的观点，作为权力对象的人体是"被操纵、被塑造、被规训的"[②]，在社会权力空间和权力话语下，母亲们的身体也变成了男性的私有物品。《约依迪俄：30年代的故事》中的安娜刚刚有孕，丈夫吉姆就迫不及待地

---

[①] 李银河：《妇女：最漫长的革命——当代西方女性主义理论精选》，中国妇女出版社2007年版，第51页。
[②] [法]米歇尔·福柯：《规训与惩罚：监狱的诞生》，刘北成、杨远婴译，生活·读书·新知三联书店2019年版。

提出了性爱要求，安娜痛苦地哀求道："别碰我，吉姆，别，我太痛了。"①吉姆的回应令人心碎："连我自己的老婆都不能碰，难道是逼我去嫖娼吗？你忍着点吧。"②最终，安娜在丈夫的逼迫下，失去了最后的尊严，也被折磨得遍体鳞伤："厨房地板上血迹斑斑，两根毫无生气的辫子把她的脸勾勒得像一具尸体。"③吉姆的强奸让安娜经历了流产的痛苦，她失去了掌控自己身体的权利。

不同于安娜在肉体上遭遇的折磨，《我站在这儿熨烫》中的无名母亲和《哦，是的》中的阿尔瓦（Alva）是被客体化的母亲形象。她们都被丈夫当作自己的"私有物品"而遭受抛弃，而这种异化行为的背后隐藏着更大的政治权力。在大萧条的政治背景下，资本主义私有制直接展开了对工人阶级母亲身体的控制和折磨，并强迫她们沦为边缘群体的一员，成为社会的"他者"。

（二）母性情感的异化

在社会的异化行为之下，母亲们在身体、情感等方面开始表现出违背母亲责任和母性义务的行为，成为异化的母亲形象。奥尔森的作品中，工人阶级母亲们间或表现出的反母性行为，集中体现为她们的愤怒、沉默、抗拒和拒绝爱的输出和接纳的行为。她们试图用这些否定性行为来言说情感，宣泄对生活的不满，然而事实上，这不仅达不到表达自我的目的，反而造成两代人的理解错位，造成母女之间的纽带断裂，加深彼此的隔阂与疏离。

愤怒是人类的基本情绪之一，这不仅可以表现在个人情感等生物层面上，也可以延伸到话语权力等更为广义的社会层面上去。母性愤怒（mothering anger）表现在母亲对内心极端情感的宣泄上，通常是以自残或伤害子女的方式表达对生活的不满。④在《我站在这儿熨烫》中，因为惨遭丈夫抛弃，艾米丽的母亲一度丧失了自我，再加上经济上的困窘使得她无暇自顾，因此她根本就给不了女儿及时的关爱，可以说母亲年轻时的创伤经历造就了她母性能力的缺失，女儿的性格也由此发生转变，变得内向、沉默、忧郁，甚至对自己的容貌产生焦虑，最终变成了"大萧条、战争和恐惧的产儿"⑤。

这种反母性行为在《告诉我一个谜》中也得到了显现。伊娃看到女儿薇薇的孩子们时，过去的回忆立即被激发了出来：她为了孩子们舍弃自身理想，牺牲自

---

① Tillie Olsen, *Yonnondio: From the Thirties,* New York: Dell Publishing, 1989, p. 75.
② Tillie Olsen, *Yonnondio: From the Thirties,* New York: Dell Publishing, 1989, p. 75.
③ Tillie Olsen, *Yonnondio: From the Thirties,* New York: Dell Publishing, 1989, p. 75.
④ 毛艳华：《托尼·莫里森小说中的母性研究》，浙江大学出版社2018年版，第51页。
⑤ Tillie Olsen, *Tell Me a Riddle,* New York: Dell Publishing, 1989, p. 12.

我的时间，压榨自身的生存空间，这些日子令伊娃不堪回首，她冷漠决绝地拒绝了孩子们要她讲个谜语的请求。过去的悲哀催生了伊娃的反母性行为，她否认自己的母亲角色，希望摆脱母性带来的束缚与折磨。

然而，对于《约侬迪俄：30年代的故事》中的安娜来说，她所遭遇到的生存压力和丈夫的暴力行为扭曲了她的母性特质，她选择了将她所受到的屈辱转嫁到孩子们身上，"安娜也变得刻薄、残忍，如果其中一个孩子挡了她的路，或是哪个孩子不听话，她会愤怒地打他们"①。在他们一家迁至屠宰场旁边的贫民窟后，安娜拒绝承担起做家务和照顾孩子们的义务，致使她的孩子们包括新出生的婴儿饱受摧残。

作为间接地表达愤怒的方式，沉默也成为母亲反抗的手段。伊娃在和大卫进行了一番激烈的争吵之后，她不再说话，关掉助听器，屏蔽掉外界的声音，进入了属于自己的私人领域之中，用以表达对家人冷漠态度的愤怒。伊娃曾是1905年俄国革命中的政治演说家，当她回归家庭之后，性别分工的不平等让她淹没在生活的琐碎中，进而湮灭了她的政治身份和女性话语。奥尔森不断切换叙事视角，用意识流的形式描绘了伊娃的内心独白，呈现了其沉默姿态下的愤怒。

愤怒情感不仅是内心希望的呈现，也是表达反抗的方式，这是愤怒情感的积极作用。奥尔森作品中的工人阶级母亲为了找回自身的主体性，以母性愤怒的情感言说了对剥削和压迫的控诉和反抗，她们努力打破社会的种种规约与限制，力求实现自我赋权，以自我成长和价值实现的形式建构起健康的母亲形象，从而可以健康地承担起母亲的职能，促进子女的健康成长。

（三）母性力量的言说

母性的力量只有在母亲本人赢回主体性的前提下才能发挥和显现。奥尔森致力于描绘母亲的阶级意识、性别意识和身份意识的觉醒，也着墨于女性经验，阐释这种女性经验是如何在代与代之间进行传递的。

女性话语的恢复首先需要通过女性意识的觉醒来实现。在制度的束缚下重拾女性话语是奥尔森在其作品中想要传达的主旨要义。作为工人阶级母亲，奥尔森笔下的女性觉醒首先体现为性别意识和阶级意识的觉醒，而这种觉醒的动力既来源于外界力量的推动，也来自母亲的自省意识。

安娜带孩子们来到野外寻找绿色植物，置身于大自然，对着蒲公英和鲜花寄托美好的愿景，甚至愉悦地唱起了歌曲……自然的洗礼让安娜焕然一新："玛姬

---

① Tillie Olsen, *Yonnondio: From the Thirties,* New York: Dell Publishing, 1989, pp. 6-7.

感受到了母亲身体里一种独特的幸福感,这种幸福,即快乐与自我,与他们无关,也与她本人无关。"①安娜寄情于自然,借助自然的抚慰恢复了对快乐的感知,安娜开始反思过去自己作为母亲的不足之处,在孩子的问题上以实际行动做出了弥补和修正。当安娜再次恢复合格的母亲身份时,贝丝(Bess)不再是疾病缠身的形象,她拿着水果罐头的盖子,反复抓起放下:"砰!几个世纪的人类动力在她身上发挥作用,人类对成就的狂喜,那种比性更深层、更基本的满足。我做到了!我会用我的能量了!"②孩子的健康成长是对母职的肯定,贝丝的欢愉是安娜成为爱的主体、找回自我身份的体现。

在与孩子互动的过程中,母亲加深了对自己女性主体性的认知,她们在反思社会对母亲身份带来的种种"刻板印象"的同时,也充分考虑了在承担母职之外自我发展的可能性。母性既是约束女性的根源所在,也是促进女性自我发展的关键力量,身为母亲的责任与个人理想的实现这两者达到了兼容,它们共同定义了多元、复杂的母性角色。

母性的力量还突出地表现在女性经验的传承上。母亲的生活品质是她留给女儿最宝贵的财富,母亲的品格和精神为子女和后代的健康成长提供了动力。伊娃临终前选择与家人和解,她的脑海里响起了"献给亡者的悼歌,工人的歌唱"③,这歌声超越了伊娃一生的沉默,更重要的是,她将过去积累的母性经验传递给了孙女珍妮。珍妮是伊娃最忠实的听众,也是最能体会伊娃内心的人,在与伊娃相处的过程中,她们彼此实现了精神上的共鸣。《我站在这儿熨烫》中的无名母亲没有用传统的女性话语来定义艾米丽,她希望女儿拥有自我、自信和自我价值感,她对女儿的未来充满了期许:"她不该像摆在熨板上的这条裙子一样,无助地等待被熨烫的命运。"④艾米丽果然最终在哑剧的舞台上大放异彩,找到了属于自己的位置。哑剧是一种沉默的艺术,是表演的特殊境界,艾米丽选择用哑剧进行言说、交流与反抗,在沉默中重拾了女性话语权力。

《约依迪俄:30年代的故事》中的安娜对教育的执着也在女儿身上产生了长远的影响,她时常叮嘱玛姬:"教育是你们孩子们都要接受的东西,它可以让你的双手由黑色变得白皙,能让你坐在办公室里工作。"⑤她也珍惜一切机会为孩子们提供教育资源。小说中象征着知识与智慧的老者考德威尔(Caldwell)在与玛

---

① Tillie Olsen, *Yonnondio: From the Thirties,* New York: Dell Publishing, 1989, p. 101.
② Tillie Olsen, *Yonnondio: From the Thirties,* New York: Dell Publishing, 1989, p. 132.
③ Tillie Olsen, *Tell Me a Riddle,* New York: Dell Publishing, 1989, p. 97.
④ Tillie Olsen, *Tell Me a Riddle,* New York: Dell Publishing, 1989, p. 12.
⑤ Tillie Olsen, *Yonnondio: From the Thirties,* New York: Dell Publishing, 1989, p. 3.

姬交谈时叮嘱她说："玛姬，生活是不存在的。向你的母亲学习，她经历了生活的一切磨难，但是她依然努力生活。"[1]受到母亲熏陶的玛姬对自己的身份有了新的认识："我叫霍尔布鲁克·玛姬，是一个实际存在的个体，而不是隶属于制度下的附庸。"[2]玛姬渴望受到教育，有着强烈的自尊心，表现出了惊人的学习能力。在遭遇歧视时，玛姬的阶级意识也跟随母亲得到觉醒：车厢里代表资产阶级的女人嘲笑工人阶级的贫困，这一举动激起了玛姬的愤怒，她有生以来第一次做出了抗议举动。

母亲的生活经验对子女的重要性不言而喻，奥尔森本人也曾表示，母亲在自己文学创作的过程中起到了十分关键的作用，与母亲的亲密关系为她的多部小说提供了素材，并加深了奥尔森对母女关系的深刻理解。她的作品通常是具有自传性质的杰作，比如她的母亲艾达和《告诉我一个谜》中的母亲伊娃的死亡经历十分相似。母亲的政治倾向和坚韧的品格为奥尔森后来的职业发展奠定了基础，而她所秉持的勇气、抗争、信仰等优秀品质更是成为奥尔森一生的财富。正如马丁·艾比盖尔（Martin Abigail）在《蒂莉·奥尔森》（*Tillie Olsen*）一书中所提到的，奥尔森的每一个故事都涉及生活中遇到的挫折和痛苦，但是最终都会成功克服，她展示了人性永远不会被扼杀，以及梦想和希望永远都存在的人生哲学。[3]

奥尔森对工人阶级母亲的感情是深厚的，她从身为母亲的女性身上挖掘到了更多的可能性。大萧条时期，工人阶级母亲所遭遇的制度化禁锢更为复杂，也更为强烈。母性不仅是一种制度，也是一种体验，在制度化母性框架下，性别、阶级、社会和种族共同构成了这一体制的影响因素。奥尔森作品中的工人阶级母亲试图冲破父权制度的束缚，摆脱资产阶级的桎梏，打破女性主义的枷锁，为自己赢得做母亲的尊严与权利，并最终在互动中将自身的母性经验传递给下一代。奥尔森以美国左翼女性作家的敏感眼光审视了工人阶级母亲的身份困惑，呈现出母性主题的多元性，表达了自身对制度化母性的深入思考，传递出生生不息的母性力量。

---

[1] Tillie Olsen, *Yonnondio: From the Thirties*, New York: Dell Publishing, 1989, p. 37.
[2] Tillie Olsen, *Yonnondio: From the Thirties*, New York: Dell Publishing, 1989, p. 3.
[3] Abigail Martin, *Tillie Olsen*, Boise: Boise State University Western Writers Series, 1984, p. 23.

# 第五章

# 文化批判与智性思考

雷蒙·阿隆认为,擅长运用语言和思想的人是知道如何利用自己的思想体系来征服大众、选民或议员的演说家,相比那些骁勇的将领来说,登上王位的机会往往更大。[①]他甚至断言,知识分子构想和领导了 20 世纪的革命,他们推翻了与技术时代要求不符的传统政权。[②]这主要是因为知识分子不但是运动的积极参与者,更是思想的传播者、启蒙者、承继人,他们在一定程度上成为运动的领导者和代言人。在现代社会,知识和话语权即是力量。知识分子有对生活的敏锐观察和感知能力,有表达自我思想和意志的欲望,有对社会弊端进行揭露和批判的传统。在美国左翼运动和女权运动中,知识分子都发挥着重要作用。由知识分子主导的马克思主义思想和女权主义思想的启蒙和传播,是美国左翼女权主义思想和美国左翼女性文学发展的重要诱因。美国左翼女性文学自诞生之日起,就不可避免地包含有知识女性的声音,她们的创作不仅表达了她们自身的经验、洞见和智慧,也极大程度上丰富了美国文学的多元景观。本章重点讨论在 20 世纪前半叶美国左翼女性文学的兴起阶段知识女性的书写和表达,并与这个时期无产阶级女性作家的写作形成对话和互文,反映左翼女性文学本身的丰富性。苔丝·斯莱辛格和玛丽·麦卡锡代表了这个时期美国左翼知识女性的声音,并对后来的美国左翼女性写作产生了深远影响。

## 第一节 《无所属者》中的身份危机

### 一、斯莱辛格其人

相对于其他出身贫苦的左翼女作家,苔丝·斯莱辛格的童年较为舒适稳定,

---

① [法]雷蒙·阿隆:《知识分子的鸦片》,吕一民、顾杭译,译林出版社2012年版,第194页。
② [法]雷蒙·阿隆:《知识分子的鸦片》,吕一民、顾杭译,译林出版社2012年版,第289页。

她享受着典型的中产阶级的生活模式，与三个哥哥在纽约上西区长大。她的父母都来自富裕的匈牙利-俄罗斯犹太家庭，父亲安东尼·斯莱辛格（Anthony Slesinger）从法学院辍学后帮助岳父管理服装生意，而母亲奥古斯塔·斯莱辛格（Augusta Slesinger）是一名职业女性，也是社会活动的积极参与者，曾担任过"犹太大姐姐"（Jewish Big Sisters）[①]这一组织的执行秘书。奥古斯塔·斯莱辛格还是新社会研究学院（New School for Social Research）的创始人之一，20世纪30年代中期，她与埃里希·弗洛姆（Erich Fromm）和卡伦·霍妮（Karen Horney）一起在那里担任兼职精神分析师。1912—1922年，苔丝·斯莱辛格先后在纽约斯沃斯莫尔学院（Swarthmore College）和哥伦比亚大学新闻学院（School of News, Columbia University）学习，并在1925年取得英语学士学位，毕业之后她一直为《纽约邮报》（New York Post）撰写书评。

1928年，苔丝·斯莱辛格与同学赫伯特·索洛（Herbert Solow）结婚后，投入了纽约左派的活动。她进入丈夫的社交圈，并开始结交纽约的犹太知识分子和著名左翼人士，这些人中就包括莱昂内尔·特里林（Lionel Trilling）、克利夫顿·法迪曼（Clifton Fadiman）、埃利奥特·科恩（Elliott Cohen）、菲利普·拉夫（Phillip Rahv）等声名显赫的人物，这些人都曾在索洛和科恩教授创办的左翼文化杂志《烛台》（The Menorah Journal）上发表文章。斯莱辛格也逐渐加入了她丈夫的文化圈，并且开始创作小说，她的代表作《无所属者》的灵感就来自这一群知识分子和他们的朋友圈，该书在斯莱辛格与索洛离婚两年后出版。

1932年12月，杂志《故事》（Story）刊出了苔丝·斯莱辛格的短篇小说《弗林德斯太太》（"Missis Flinders"）。该小说是基于斯莱辛格自己的堕胎经历，它也是当时最早在大型流行期刊上描写堕胎主题的文学作品。小说发表后颇受好评，受此鼓舞，斯莱辛格决定将其扩展为长篇小说并最终命名为《无所属者》。斯莱辛格在小说中既尖刻又满含感情地描绘了大萧条背景下知识分子们的社会与精神生活。《无所属者》出版之后为不少评论家们推崇，默里·肯普顿（Murray Kempton）大加肯定小说中对现实问题的揭露，称它为关于20世纪30年代文学激进分子的文学档案。[②]其实在《无所属者》之前，斯莱辛格就已在《名利场》（Vanity Fair）、《纽约客》（The New Yorker）和《故事》上发表过相当多的短篇小说，

---

[①] "犹太大姐姐"成立于1912年，是为被纽约市儿童法庭传讯的犹太儿童提供支持、帮助的公益组织。这是1902年兴起的"大哥哥大姐姐运动"的产物，该运动旨在为受过儿童法庭传唤的男孩（之后也包纳了女孩）提供指导，其目的是预防少年犯罪。

[②] Murray Kempton, *Part of Our Time: Some Monuments and Ruins of the Thirties*, New York: Simon and Schuster, 1955, p. 122.

这些作品后来以《时光：当下》（*Time: The Present*，1935）为题结集出版，并且两次再版后，改名为《当被告知她的第二任丈夫有了第一个情人与其他故事集》（*On Being Told That Her Second Husband Has Taken His First Lover and Other Stories*，1971）。该小说集的主题和素材多是关于左翼知识女性的生活、情感、挣扎和困惑以及她们眼中的左翼文化圈。

1935 年中期，苔丝·斯莱辛格获得了好莱坞编剧的工作，薪水是每周 1000 美元。她的第一项任务就是改编赛珍珠（Pearl S. Buck）的《大地》（*The Good Earth*，1931）。在片场，她结识了助理制片人弗兰克·戴维斯（Frank Davis），1936 年两人在墨西哥完婚。斯莱辛格与丈夫合作，在 20 世纪 40 年代期间共改编了四部电影，其中包括多萝西·阿兹娜（Dorothy Arzner）的女性主义音乐喜剧《跳吧，女孩子，跳吧》（*Dance, Girl, Dance*，1940）、贝蒂·史密斯（Betty Smith）的工人阶级小说《布鲁克林有棵树》（*A Tree Grows in Brooklyn*，1945）；另有剧本《红衣新娘》（*The Bride Wore Red*，1937）和《记住这一天》（*Remember the Day*，1941）。《布鲁克林有棵树》赢得了奥斯卡最佳剧本提名，斯莱辛格成功地实现了从纽约左翼知识分子到好莱坞编剧的巨大跨越。

斯莱辛格在人民阵线①（Popular Front）时期是共产党的坚定支持者，曾在谴责杜威委员会对莫斯科审判的调查信中署名。她还响应了 1939 年美国共产党发起的第三届美国作家大会的号召，但在 1939 年《希特勒-斯大林条约》（也被称为《苏德互不侵犯条约》）之后，和当时许多左翼知识分子一样，斯莱辛格对苏联的幻想破灭了，但她并没有像当时许多反斯大林主义者一样改变政治立场。相反，在德国入侵苏联和美国卷入二战后，她通过反纳粹联盟（Anti-Nazi League）与共产党建立了牢固的联系。她还帮助建立了美国作家联盟和银幕作家协会（Screen Writers' Guild）。1945 年 2 月 21 日，她因癌症不幸去世，享年 39 岁。

## 二、《无所属者》内容简介

《无所属者》是苔丝·斯莱辛格唯一的一部长篇小说，出版后在小说畅销榜上停留多日，并且在一个月内四次加印，斯莱辛格也因此声名鹊起。该小说围绕纽约格林尼治村的一群年轻知识分子创办杂志的过程而展开。布鲁诺·伦纳德

---

① 人民阵线是工人阶级政党、中产阶级政党为保卫民主制、防御法西斯进攻而结成的联盟。20 世纪 30 年代中期，一些国家的共产党人对法西斯主义的发展、蔓延感到忧虑，他们同社会党、自由党以及温和派政党结成反对法西斯的联盟——人民阵线。

（Bruno Leonard）是一所大学里的犹太语教授，也是这个小团体里的核心人物。他看起来学识渊博且睿智，但在为杂志筹款的派对上，他发表的一次演讲彻底暴露了他的自欺欺人、不切实际，也揭示出他在很多事情上具有的软弱无力的态度；团队的另一位成员迈尔斯·富林德斯（Miles Flinders）来自新英格兰农村的一个清教徒家庭，童年的不幸经历让他对周围一切事物都怀有强烈的负罪感和持有悲观主义态度，他坚持政治上的纯粹主义立场，反对从资产阶级那里获取资助来创办杂志；杰弗里·布莱克（Jeffrey Blake）是一个二流小说家兼花花公子，与其说他是政治激进主义者，不如说他是性激进主义者，他为共产主义所吸引，是因为在这个组织中，他有被视为重要人物的幻觉。

小说的另外一条主线是这三位男人背后的女性角色。杰弗里的妻子诺拉·布莱克（Norah Blake）是一个没有个性、没有野心的女人，她一味逢迎丈夫，却对丈夫的不忠无可奈何，只能接受自己在家庭关系中的被动角色。她的乡村气息、朴素作风与城市生活以及进步知识分子的氛围似乎格格不入，而她自己却浑然不觉。与诺拉不同，布鲁诺的表妹伊丽莎白（Elizabeth）和迈尔斯的妻子玛格丽特（Margaret）则是个性鲜明的知识分子，她们是20世纪早期女性主体性的象征，都试图以不同的方式来体现新女性的理想气质。[1]伊丽莎白听从布鲁诺的建议，用像男人一样的生活方式来解放自我，但问题是她并不能确定自己到底想要什么或应该想要什么。玛格丽特怀孕了，迈尔斯却想让她堕胎，声称是为了经济自由而放弃孩子，这样就可以确保两个人都可以工作。三位女性的个性虽各有不同，但她们毫不例外地都被男性排除在重要的社会活动和重大决策之外，她们也正是借此对其女性身份进行了深刻的反思。

《无所属者》把批判的矛头对准左翼内部男性知识分子的孱弱无力。他们虽有创办左翼刊物和建设政治乌托邦的理想，但却不切实际、自命不凡、囿于内部纷争而最终失去了行动力。斯莱辛格对左翼运动内部问题的观察、反思和揭露无疑具有重要意义，是对左翼运动的宝贵贡献。另外，小说对女性经验、女性视角、女性权益的关注，以及对左翼运动中知识女性的生存困境的揭示，改写了无产阶级文学中的男性中心传统，具有重要的历史意义和创新价值。在写作技巧上，斯莱辛格也特别关注了人物的心理活动，她以宽广的视野和敏锐的感知力来把控创作，将外部描写与人物心理活动的展示结合在一起。她以玛格丽特的视角为主，同时也游走在其他人物的心理活动中，充分地展示了复杂的人物个性，也显示出斯莱辛格将心理背景融入作品中的细腻手法。

---

[1] Rita Felski, *The Gender of Modernity*, Cambridge: Harvard University Press, 1995, p. 14.

第五章　文化批判与智性思考

　　对斯莱辛格及《无所属者》的研究集中于女性知识分子的意识觉醒以及文本中所反映出的左翼政治思想。艾伦·沃尔德（Alan Wald）在专著《纽约文人：20世纪30—80年代反斯大林主义左翼的兴衰沉浮》（*The New York Intellectuals: The Rise and Decline of the Anti-Stalinist Left from the 1930s to the 1980s*，1987）中分析了《无所属者》主要角色的人物原型，指出布鲁诺影射了科恩——《烛台》杂志的负责人，而迈尔斯影射了斯莱辛格的前夫索洛，他后来成为托洛茨基在美国的主要捍卫者之一；杰弗里就是马克斯·伊斯曼，是一位托洛茨基作品的翻译家和马克思主义理论家，他和斯莱辛格有过一段风流韵事，就像小说中玛格丽特与布莱克的人物关系一样。[1]葆拉·拉比诺维茨在《劳动与欲望：美国大萧条时期的女性革命小说》（1991）中将斯莱辛格的叙事作为传统激进叙事的一部分，指出小说的结尾与无产阶级小说通常意义上的大团圆结局背道而驰。[2]菲利普·阿博特（Philip Abbott）以苔丝·斯莱辛格、玛丽·麦卡锡和玛吉·皮尔西（Marge Piercy）的三部代表作为例，展示了美国激进运动和激进主义思想的发展历程，指出这些女作家的作品都是她们作为政治参与者进行的激进的自我批判，是她们对激进运动失败原因的评论。[3]1966年《无所属者》再版时，特里林特意为其写了一篇题记，他认为斯莱辛格是一位值得读者认真阅读的作家，他指出该小说并没有把重心放在政治群体上，而是展现了生活与欲望、本能与精神之间的辩证关系，让人们重新审视那个时代。[4]

　　从女性主义视角来分析小说的相关研究也很丰富。凯瑟琳·罗滕伯格（Catherine Rottenberg）分析了斯莱辛格如何运用意识流和文体碎片化的方式揭示三位现代都市女性的心理活动，认为小说揭示了理想中的新女性（new womanhood）只会出现在城市空间里。[5]珍妮特·沙里斯坦（Janet Sharistanian）在1984年再版的《无所属者》的题记中认为该小说重点讨论的是政治和性别政治。[6]珍妮特·加利加尼·凯西（Janet Galligani Casey）评价了小说中堕胎这一禁忌话题，她指出虽然

---

[1] Alan Wald, *The New York Intellectuals: The Rise and Decline of the Anti-Stalinist Left from the 1930s to the 1980s*, Chapel Hill: The University of North Carolina Press, 1987, p. 40.

[2] Paula Rabinowitz, *Labor & Desire: Women's Revolutionary Fiction in Depression America*, London: The University of North Carolina Press, 1991, p. 145.

[3] Philip Abbott, "Are Three Generations of Radicals Enough? Self-Critique in the Novels of Tess Slesinger, Mary McCarthy and Marge Piercy", *The Review of Politics* 53 (1991): 602.

[4] Lionel Trilling, "Afterword", in Tess Slesinger, *The Unpossessed*, New York: Avon, 1966, pp. 311-314.

[5] Catherine Rottenberg, "The New Woman Ideal and Urban Space in Tess Slesinger's *The Unpossessed*", *Women's Studies* 45 (2016): 342.

[6] Janet Sharistanian, "Afterword", in Tess Slesinger, *The Unpossessed*, New York: Feminist, 1984, pp. 359-386.

在20年代和30年代堕胎和避孕情况的增加看似是一种解放妇女的力量，但是在大萧条时期左翼女性作家的笔下，无论是资产阶级还是左派的男性角色对女性提出堕胎要求时，女性总是持默许的态度，她们要为此遭受身体上和情感上的双重伤害，堕胎并没有体现出所谓的女性解放，反而是男性对女性的压迫，《无所属者》中的人物玛格丽特的堕胎经历就明显地体现了这种压迫。[1]希瑟·阿维森（Heather Arvidson）分析了小说中的感伤主义[2]；亨·罗伯特（Henn Robert）在博士论文中指出，美国文学中的后现代主义是由20世纪中叶知识分子对劳动官僚化的抵制所形成的。虽然斯莱辛格、麦卡锡、特里林的阶级意识小说为数十年后到来的后现代主义奠定了基础，但是她们对有阶级意识的左翼思想的敌视情绪越来越强烈，这严重阻碍了人们对后现代主义知识分子和阶级起源的认识。作者认为斯莱辛格的小说引发了关于知识劳动的争论，这也是几十年后后现代主义讨论的核心问题。[3]

国内对苔丝·斯莱辛格的研究还很不充分。2013年王予霞在《美国左翼女性文学的历史衍变》一文中简要介绍了《无所属者》的内容，分析了作为左翼知识女性代表的斯莱辛格的文学创作与无产阶级女性文学的不同之处。[4]2014年程汇娟在《外语教育研究》上发表的论文《〈无所属者〉：苔丝·斯莱辛格的左翼知识女性小说》论述了《无所属者》采用影射小说的书写方式，展现美国左翼男性知识分子中普遍存在的理想与现实之间的脱节以及肤浅的投机心理，指出小说以女主人公流产和左翼知识分子创办刊物未果两条线索刻画出左翼女性知识分子所遭受的双重压制。[5]

## 三、《无所属者》中知识分子的认同危机

《无所属者》是20世纪30年代大萧条时期斯莱辛格为知识分子书写的一份思想报告，从某种意义上来讲，可谓知识分子思想症候的X射线照片。小说敏锐

---

[1] Joy Castro, "Abortion, Resistance, and Women Writers on the Left", in Janet Galligani Casey, ed, *The Novel and the American Left Critical Essays on Depression-Era Fiction*, Iowa: The University of Iowa Press, 2004, p. 17.

[2] Heather Arvidson, "Numb Modernism: Sentiment and the Intellectual Left in Tess Slesinger's *The Unpossessed*", *Twentieth-Century Literature* 63 (2017): 239-266.

[3] Henn Robert, "Class Work: New York Intellectul Labor and the Creation of Postmodern American Fiction, 1932-1962", Ph.D. diss. Champaign: College of the University of Illinois, 2012, p. Abstract ii.

[4] 王予霞：《美国左翼女性文学的历史衍变》，载《英美文学研究论丛》2013年第2期，第214-224页。

[5] 程汇娟：《〈无所属者〉：苔丝·斯莱辛格的左翼知识女性小说》，载《外语教育研究》2014年第2期，第67-71页。

地捕捉到知识分子这一特殊阶层陷入思想斗争的漩涡之中而无法自拔以及遭受政治、宗教、两性关系等方面的认同危机从而丧失行动力的过程。

身份认同强调人的社会属性，承认自我与他者、个体与社会之间的相互作用。[①]在经济危机和"向左转"的背景下，小说中知识分子普遍遭遇着身份认同的危机。这一危机不只是对个人身份定位的困惑，它更集中地体现为对知识分子这一群体身份认知的困惑和迷失。小说中作为团队领导者的布鲁诺一直强调自己要做一个"行动的人"，但他却常常陷入无穷无尽的思考和对抽象概念的执着之中。他缺乏主动性和目标性，直接使得创办期刊的规划无限延宕，直至无疾而终。自称为坚定的马克思主义者的杰弗里则呈现出盲目行动的特点，他将革命错误地理解为性解放的游戏，最后终于在建立这些无意义的关系中走向迷失。悲观主义者迈尔斯的身上集中体现了知识分子的信仰不断崩溃、重建，直至最后幻灭的过程。他对宗教、爱情和马克思主义的信仰是一种自我救赎的手段，却最终发现他们是"骑在墙上的人"，不属于战斗的任何一方，而是冷漠的旁观者。这群知识分子身上反映出了一种身份的居间性，他们缺乏归属感，无法定位知识分子本身的功能和作用，他们共同面临着现代身份认同"无方向感"的问题。

泰勒认为，现代知识分子的认同危机表现为一种严重无方向感的形式。[②]"无方向感"问题的实质仍然是信仰的缺失，其核心问题是政治信仰的缺失。小说中的知识分子将马克思主义当作彰显自我和实现自我救赎的手段，而他们对马克思主义的种种自以为是的阐释，使他们越来越偏离马克思主义，也使得他们的信仰危机没有得到缓解，反而不断加剧，以至于他们不得不发出哀叹："我们没有信仰……我们没有阶级；我们的爱好使我们向左，我们的习惯使我们向右；左派不信任我们，右派鄙视我们……那么，现在该怎么办？我们迷路了。"[③]他们的迷失围绕着创办杂志的规划被揭示得淋漓尽致。

为什么要创办杂志？杂志与知识分子的身份认同之间存在什么关联？在20世纪30年代的美国，激进的政治与文化氛围促生了各种小杂志的蓬勃发展，它们定位明确、观点鲜明，在译介、传播和推动左翼思潮的发展方面功不可没。知识分子围绕在不同的杂志周围形成了一个个团体，其中《党派评论》《新群众》等杂志后来成为左翼知识分子参与社会、发表言论的重要平台。斯莱辛格本人就因为她丈夫的关系，同这些期刊的编辑和重要撰稿人结交颇深。小说中的三位主人

---

① 陶家俊：《身份认同导论》，载《外国文学》2004年第2期，第37-44页。
② [加]查尔斯·泰勒：《自我的根源：现代认同的形成》，韩震等译，译林出版社2012年版，第40页。
③ Tess Slesinger, *The Unpossessed*, New York: Avon Books, 1966, pp. 327-328.

公创办左翼期刊的想法不但是对现实的映射，也是颇具象征意义的构思，这反映了他们对艺术与现实、政治追求与知识分子身份的思考。

对于身处认同危机中的三位知识分子而言，创办一个革命的刊物就是他们建构身份的最革命的举动了，但也正因为他们自己对这革命的理想并没有明确的目标和认识，因此创刊的规划一次次延宕，他们甚至沉浸在幻想中，把幻想中的刊物当作了革命行为本身，而从未真正考虑将其付诸实践。当杰弗里最终买下文件柜送到布鲁诺办公室的时候，布鲁诺本能地拒绝来安装的工人。在他的认知中，文件柜的出现意味着自己赖以生存的艺术理想突然变成实体的存在而失去了其作为理想的吸引力："布鲁诺爱上的正是这个想法。当他看到自己的想法被篡改、被拿起来、被暴露在档案柜里、被命令付诸行动时，他的想法就变得不那么清晰了，对他也就不那么珍贵了。把它建立起来、具体化，人们就必须妥协。"①布鲁诺爱上的是刊物所代表的革命的感觉，是革命的艺术化表达。

杂志必然失败的命运在为期刊募捐的聚会上已经得到明示。在商讨杂志宣言的过程中，人们关于正题的讨论一会儿被投资人打断，一会儿又离题到了关于知识分子的论辩中，最后由于一名成员饿昏了过去，这一场讨论才潦草收场。他们好不容易决定了第一件事情就是筹集资金，而唯一的资金来源是资产阶级贵妇米德尔顿夫人（Mrs. Middleton），她也是布鲁诺的学生埃米特（Emmett）的母亲。终于到了布鲁诺可以上台宣讲的时刻，艾米莉（Emily）的突然到来却吸引了所有人的目光。她的丈夫因为挪用公款而被捕入狱，她反而成了勇敢的上流社会人物的象征。台上的布鲁诺感受到了莫大的挫败感，他在台上的胡言乱语最直观地表露出了他对知识分子身份的困惑，而台下爆发出的哄堂大笑同时也是人们的自嘲，这完全解构了布鲁诺等人对知识分子身份的严肃思考。

"作为知识分子，我们还会袖手旁观，看着基督教科学与弗洛伊德争斗吗？""当整个世界都在等待救济，在经济红线上，到了最后关头的时候，我们要无所事事，沉浸在果汁中吗？难道我们要把自己麻醉，不顾一切体面的感觉——同时错过公共汽车吗？"……"答案是：是的。"②

如果说布鲁诺是幻想派知识分子的话，杰弗里则呈现出盲从派知识分子的特点。像大萧条时期的不少作家、记者、知识分子一样，杰弗里对社会主义和共产主义的认识既不全面也不深刻，更像是病急乱投医式的盲从者。他以马克思主义

---

① Tess Slesinger, *The Unpossessed*, New York: Avon Books, 1966, p. 29.
② Tess Slesinger, *The Unpossessed*, New York: Avon Books, 1966, p. 325.

知识分子自居，但他就像自己写作的七本书一样，关心的只是男人和女人的故事。他劝玛格丽特放下自己的资产阶级想法，和自己在一起；他喜欢和费雪（Fisher）在一起，"因为她进过监狱，去过苏联，爱上过两个革命家"[1]。当杰弗里和费雪在一起的时候，他觉得"这种经历变成了他的。他就是特纳，怀里抱着费雪，躺在床上筹划着这次罢工的策略。他是个骨瘦如柴的工厂工人，将要领导这次罢工"[2]。杰弗里对共产主义的认识是经过处理的二手经验，对于他来说，性是表达革命性的方式，也是逃避现实、规避现实革命的方式。正如布鲁诺所说，"性对于知识分子来说是活动的替代品，是最高的升华，是最后的麻醉剂"[3]。看似在女人之间穿梭往来、游刃有余的杰弗里其实面临着亲密关系的危机，他和所有人的交流都不深，一旦要发展更进一步的关系时，他就退缩了，对他无限宽容的妻子诺拉才是他真正的依靠。

三人组中的迈尔斯经历着最深重的信仰危机。他是一个悲观派知识分子，在他的身上集中体现了知识分子的信仰不断崩溃、重建直至最后幻灭的过程。迈尔斯出生于一个新英格兰的贫困家庭，信仰上帝的叔叔丹尼尔（Daniel）对他异常严厉，在童年时期就向迈尔斯灌输了罪与罚的思想。对于迈尔斯而言，上帝就如丹尼尔叔叔那样，是愤怒的、疏远的、残酷的，这种压抑的环境使迈尔斯丧失了宗教信仰，也让他形成了阴郁的性格，成长为一个冷漠的、对亲密关系感到迟钝甚至排斥的人。大萧条时期经济危机的爆发直接影响到了迈尔斯的收入，他试着像其他人一样，向共产主义的信仰靠拢。然而，这一信仰消解在了他亲历的创办杂志的过程中，并最终在布鲁诺上台演讲时的混乱场面中彻底死亡。"当迈尔斯看到他的第二个上帝在他眼前被杀死时，他（埃米特）看到了迈尔斯脸上痛苦的表情。"[4]迈尔斯最终求助于爱情的救赎。"他对妻子玛格丽特的信仰坚定，却否定了丹尼尔叔叔，忘记了他童年时被遗忘的上帝。"[5]然而他与妻子的"幸福"却很不稳定，他依赖妻子，却又嫉恨妻子的能力，他因玛格丽特的收入超过自己而耿耿于怀；他依恋妻子却又固执地关闭心门，拒绝她的靠近。玛格丽特怀孕以后，迈尔斯却要她堕胎。玛格丽特的流产手术颇具象征意味，不但隐喻了期刊创办计划的失败，也直观地表明了迈尔斯夫妻感情的破裂以及迈尔斯信仰的再次塌陷。

伊丽莎白·哈德威克在专门为小说撰写的前言中指出，该小说以颠覆性的视

---

[1] Tess Slesinger, *The Unpossessed*, New York: Avon Books, 1966, p. 229.
[2] Tess Slesinger, *The Unpossessed*, New York: Avon Books, 1966, p. 232.
[3] Tess Slesinger, *The Unpossessed*, New York: Avon Books, 1966, p. 326.
[4] Tess Slesinger, *The Unpossessed*, New York: Avon Books, 1966, p. 332.
[5] Tess Slesinger, *The Unpossessed*, New York: Avon Books, 1966, p. 19.

线聚焦于这群杂乱无序的、自吹自擂的知识分子群体。这群知识分子对社会种种现象大加讨伐，他们批判起自己来更是毫不留情。哈德威克将小说中这群知识分子的激进行为称为"会话式共产主义"或"客厅激进主义"①，这一认识可谓颇有见地。小说中这些知识分子围绕举办杂志的设想展开了三次讨论，每次讨论的重心都会不由自主地滑向性、革命和艺术的争辩。与其说他们关注的是如何创办革命的杂志以便为社会主义与共产主义事业传播思想，为无产阶级代言，为消除饥饿而奋斗，不如说他们是在为探寻自我身份、确立知识分子的价值而摸索。他们清醒地认识到，自己既不能认同无产阶级，也无法融入资产阶级，他们正处于阶级的真空，因而无所归属。"迈尔斯不愿承认，他们与遥远的、不知何故倨傲的无产者阶级没有什么共同之处，就像这里的上层阶级与他们也没有什么共同之处一样。"②这种中间状态进一步加剧了知识分子的迷失，使他们对知识分子的身份追求和认同产生了怀疑和动摇。

20世纪中期，在左翼文化圈中，成为知识分子是不少作家、艺术家的追求。理查德·艾伦·波斯纳（Richard Allen Posner）认为知识分子是面向公众的，要主动对政治和意识形态的公共问题发表意见。③爱德华·沃第尔·萨义德指出，真正的知识分子要坚持正义、真理、超然、无私等原则，面对权威和压迫，要勇于站出来斥责腐败，保护弱者。④特里林、拉夫、欧文·豪、麦卡锡等人围绕《党派评论》等发声，他们不但及时撰文针砭时弊，同时也身体力行地积极投身于政治运动中，发挥起引领者的角色和作用，他们践行了知识分子的职责。然而，30年代中期开始，左翼运动和左翼精神的式微极大地影响到了知识分子的政治立场以及自我定位。在国内国际政治环境发生剧烈变化的时刻，不少知识分子经历了立场的转变，越来越趋于保守，波西米亚精神式微。直至20世纪五六十年代，新左翼运动中的大部分知识分子开始进入大学，更多地进行思想探索，而远离了社会运动，只有很少一部分人拒绝了向体制归化，热心于对社会事件发声，坚持独立的立场，成为美国作家拉塞尔·雅各比（Russell Jacoby）的名作《最后的知识分子：学院时代的美国文化》（*The Last Intellectuals: American Culture in the Age of*

---

① Elizabeth Hardwick, *Introduction to The Unpossessed: A Novel of the Thirties*, New York: The New York Review of Books, 2002, pp. vii-viii.

② Tess Slesinger, *The Unpossessed*, New York: Avon Books, 1966, p. 302.

③ Richard A. Posner, *Public Intellectuals: A Study of Decline*, Cambridge: Harvard University Press, 2001, pp. 24-25.

④ [美]爱德华·沃第尔·萨义德：《知识分子论》，单兴德译，生活·读书·新知三联书店2016年版，第27页。

*Academe*）中所谓的"最后的知识分子"。

斯莱辛格已经敏锐地感知到了30年代知识分子乌托邦的衰落。她无情地揭示并辛辣地讽刺了中年男性知识分子的孱弱、盲目，耽于幻想却缺乏实践精神，夸夸其谈却内心空虚脆弱的弊病，但同时也对他们的困境怀有同情之感，这群知识分子显现出了同这一时代的症候一致的无力感。

然而，需要注意的是，在这群知识分子感受到的危机中，却还暗含着走出困境的希望。布鲁诺等三人组的危机，不仅来源于自身信仰的迷失，很大程度上也源自他们感受到的冲击和挑战。挑战来自两股势力：一股是激进的大学生们的代表"坏孩子团"（The Black Sheep），该团体由六个年轻的犹太学生组成，以费尔曼（Firman）为领导，他们生活困苦，广受排挤，因此迫切想要加入办刊的革命活动中，迫切地想要表达自己。"坏孩子团"集中体现了新一批左翼知识分子对自己的身份追求，他们都有犹太背景，亲历过种族歧视、经济萧条等困境，他们对于底层人民的生活抱有同情，主张为温饱而革命。他们在和"三巨头"一次次的讨论中，逐渐发现了后者的虚弱无力，这也使他们自己的革命意志更加坚定。直到布鲁诺演讲失败，他们对"三巨头"的杂志彻底失望了，踏上了饥饿游行的旅程。通过和年长一代的知识分子的对比，斯莱辛格对年轻一代知识分子与社会的关系寄予了深厚的希望。

另一股势力则来自女人们。小说《无所属者》中的世界是一个以男性为主导的世界，女性似乎总是处于边缘化和他者的地位。无论是伊丽莎白对布鲁诺的迷恋，还是诺拉对杰弗里的纵容，或者是玛格丽特对迈尔斯的依从，似乎都反映出了男人们在两性关系中所占据的绝对的主导地位。然而，事实上，无论是物质还是精神，女人们才是更坚韧、更强大的一方，她们看透了男人们的孱弱，也萌生了越来越强烈的自我意识。"真正的阶级斗争，布鲁诺说，是两性之间的斗争，而反叛从家里开始。"[①]受到伍尔芙双性同体的影响，书中的一个次要人物——科尼莉亚（Cornelia）承载了斯莱辛格对于理想女性的想象。伍尔芙认为，每一个个体内部都同时存在男人和女人，只有头脑中这两个元素彼此融合，才能达到和睦的生存状态。[②]科尼莉亚这个人物的身上集中体现了双性同体的特征，她是"坏孩子团"中唯一的女性，却在集体讨论中发表了最成熟合理的见解，并对革命怀有坚定的立场。具有强烈反讽意味的是，当大家关于消除饥饿的讨论没完没了、莫

---

① Tess Slesinger, *The Unpossessed*, New York: Avon Books, 1966, p. 23.
② [英]弗吉尼亚·吴尔夫：《一间自己的房间：本涅特先生和布朗太太及其他》，贾辉丰译，人民文学出版社2003年版，第85页。

衷一是的时候，她因为饥饿而昏倒，由此终止了那些空谈。

无论是"坏孩子团"，还是小说中的女人们，他们都被设置于"三巨头"的对面，被塑造成男性乌托邦构想的清醒的旁观者。他们自己也亲历了重重精神危机，并在为这些资深的男性知识分子脱冕的过程中，更深刻地感知到自我和社会问题的症结所在，他们最终获得了力量，并实现了自我的成长。

## 第二节　玛丽·麦卡锡作品中的焦虑书写

玛丽·麦卡锡（1912—1989）是左翼运动中具有承上启下作用的重要人物，她与汉娜·阿伦特、苏珊·桑塔格一起被誉为现代西方最重要的女性知识分子。

### 一、麦卡锡其人

玛丽·麦卡锡于 1912 年出生于西雅图，在她 6 岁时，父母不幸感染流感双双离世，成为孤儿的麦卡锡和三个弟弟无奈之下跟随信奉天主教的祖父母到达了明尼苏达州。他们的童年生活也从此失去了欢声笑语，取而代之的是叔叔和婶婶的残忍虐待，这些痛苦不堪的回忆给麦卡锡留下了多年挥之不去的阴影。1924 年，外祖父接走了她和弟弟。外祖父家丰富的藏书给予了麦卡锡极大的精神安慰，并激发了她对文学的浓厚兴趣。她在《一位天主教少女的回忆》（*Memories of a Catholic Girlhood*，1957）中说，孤儿生活的经历养成了她敢于反叛权威的激进性格。在瓦萨学院求学期间，在当时宽松的政治氛围影响下，麦卡锡同共产主义思想有了较多接触。她与三位同学一起创办了一份文学杂志《通灵者》（*Con Spirito*，也译作《反精神》），虽然该杂志由于内容和文风过于偏激而被学校强令停刊，但是这件事却在校园内掀起了一个"革命"浪潮。

1933 年，麦卡锡以优秀毕业生的身份顺利从瓦萨学院毕业，同年与左翼演员哈罗德·约翰斯拉德（Harold Johnsrud）结婚，婚后定居纽约。当时的纽约深受俄国十月革命的影响，美国共产党总部就设在曼哈顿 23 街。这座城市虽地理上属于美国，但"苏联"已成为一种文化象征遍布全城。在丈夫和时代氛围的影响下，麦卡锡在此期间阅读了大量左翼文学作品，并得到了著名左翼作家马尔科姆·考利的赏识与鼓励，开始在其主持的左翼刊物《新共和》（*The New Republic*）上发表文章，至此走上了创作与批评并重的道路。1937 年，麦卡锡与拉夫短暂同居，并很快结识了著名作家兼马克思主义评论家埃德蒙·威尔逊（Edmund Wilson）。拉夫与威尔逊都是左翼文人群"纽约知识分子学派"（New York Intellectuals）中具有重要影响力的人物，麦卡锡也由此进入纽约文人的圈子当中，并从思想到艺术上都被打上了激进左翼的烙印。1938年2月，麦卡锡与威尔逊正式结婚。虽然他们的婚姻只持续了8年（1938—1946年），但威尔逊对麦卡锡产生了终身的影响，他是作家麦卡锡的伯乐和导师。在威尔逊的鼓励和指导下，麦卡锡正式走向创作的道路。1946年麦卡锡嫁给了第三任丈夫鲍登·布拉德沃特（Bowden Broadwater），他为麦卡锡解决了很多后顾之忧，使她在此期间完成了多部重要作品。1961年，麦卡锡和第四任丈夫詹姆斯·韦斯特（James West）结婚之后，移居巴黎。

从1937年麦卡锡开始主持《党派评论》的戏剧栏目开始，她逐渐形成了大胆前卫、辛辣幽默的风格。麦卡锡还是一位相当高产的作家，从1933年创作伊始到1989年去世，她先后出版了28部小说和数百篇论文、杂记、书评、影评等，其中1963年出版的长篇小说《她们》（也译作《群体》、《少女群像》或《毕业班》）跃居《纽约时报》（The New York Times）畅销书排行榜首位，并在榜单上停留近两年，销量超过100万册，这为她赢得了广泛的社会声誉。她的三部传记《一位天主教少女的回忆》、《我的成长》（How I Grew，1985）和《知识分子回忆录：纽约1936—1938》（Intellectual Memoirs: New York 1936-1938，1993）也成为美国传记文学中的经典著作。她的代表作还包括《她的交际圈》、《绿洲》、《学院丛林》（The Groves of Academe，1952）等等。1989年，麦卡锡当选为美国文学与艺术学院院士，并曾获得美国国家文学勋章、麦克道尔文学奖以及罗切斯特文学奖等多项奖项。

麦卡锡不仅是一位激进的左翼女作家、评论家，她还积极地参加社会活动，是著名的知识分子。二战后，一股浓烈的反斯大林主义的情绪弥漫在美国社会文化中，左翼的乌托邦政治也昙花一现，不再具有吸引力。此时麦卡锡与阿伦特联系密切，她们积极探寻理想的社会模式。面对乌托邦的焦虑，1948年初，在意大利激进分子尼可拉·恰洛蒙特（Nicola Chiaromonte）的指导下，麦卡锡与德怀特·麦克唐纳（Dwight Macdonald）共同为他们所称的"欧美小组"（Europe-America Groups，EAG）起草了原则声明[①]，试图凝聚欧美的进步知识分子，在美苏两大集

---

① Gregory D. Sumner, "Nicola Chiaromonte, the Politics Circle, and the Search for a Postwar 'Third Camp'", in Eve Stwertka and Margo Viscusi, eds, *Twenty-Four Ways of Looking at Mary McCarthy: The Writer and Her Work*, Westport: Greenwood Press, 1996, p. 58.

团之外开辟"第三阵营"（The Third Camp）。阿尔贝·加缪（Albert Camus）、麦克唐纳、卡津、阿瑟·凯斯特勒（Arthur Koestler）、阿瑟·M.施莱辛格（Arthur M. Schlesinger）、伊丽莎白·哈德威克、尼克洛·图奇（Niccolo Tucci）等著名人士都参加了"欧美小组"，但是由于资金问题以及内部对目标缺乏共识，"欧美小组"在1949年被迫解散，同年出版的《绿洲》就源于这次经历。"欧美小组"的失败带给了麦卡锡极大的失望和痛苦，因此她通过在作品中讽刺这次失败的探索历程来消除它给自己所带来的沮丧。[①]

麦卡锡曾在越南战争期间猛烈抨击美国政府对越南采取的各项侵略政策，并不顾安危亲自赶赴越南，将所见所闻及时写成小说《河内》（*Hanoi*, 1968）及《越南》（*Vietnam*, 1967），以第一手资料将美国在越南的所作所为全盘托出，她还积极参加了在巴黎、伦敦、华盛顿和纽约等地举行的反越战活动。她是最早提出美国应该从越南撤军的少数美国人之一，并在小说、报告文学和政治评论之中都表达了她的反战立场，产生了很大的社会影响。

麦卡锡生性耿直、直言不讳。她曾严厉抨击当时身负盛名的美国作家J. D.塞林格（J. D. Salinger），称他的作品内容空洞、文字拙劣、不堪卒读。她还在一次电视访问中公开批评赛珍珠、斯坦贝克、索尔·贝娄（Saul Bellow）等著名作家，说他们名过其实，不应该获颁诺贝尔奖。她的心直口快、我行我素的性格为她招致了不少麻烦，在将近70岁时，她还跟剧作家莉莲·海尔曼闹上了法庭，因为在1980年初，她在脱口秀节目上公开批评海尔曼，说她的所有作品以及每个字都是谎言，海尔曼听闻之后毫不犹豫地起诉了她。

1989年，麦卡锡去世。《纽约时报》在她去世的第二天（10月26日）在头版以显著位置刊出了她的照片，并详细报道了她不幸离世的消息。历史也必将证明玛丽·麦卡锡在美国当代文坛的重要地位。

## 二、麦卡锡的文学创作

### （一）《绿洲》

出版于1949年的政治小说《绿洲》是麦卡锡的代表作。《绿洲》是麦卡锡在"欧美小组"的社会实践失败之后，对左翼政治理想的反思和回顾，也是40年代

---

[①] Gregory D. Sumner, "Nicola Chiaromonte, the Politics Circle, and the Search for a Postwar 'Third Camp'", in Eve Stwertka and Margo Viscusi, eds, *Twenty-Four Ways of Looking at Mary McCarthy: The Writer and Her Work*, Westport: Greenwood Press, 1996, p. 59.

知识分子的政治幻灭感的集中表达。

小说讲述了一群激进的城市知识分子受一位意大利无政府主义者的启发，进入新英格兰的山区生活，并创建了一个共享公社（名为"乌托邦"）以探索社会未来出路的故事。这群知识分子中有苏联主义者、诗人、编辑、女学生、教师、退伍老兵、商人、教会拉丁文教师、新教牧师、商会公关人员、女插画家、小说作家等各色人等。他们形成了两个派别：愤世嫉俗的现实主义者和自以为是的纯粹主义者。由威廉·陶布（William Taub）领导的现实主义者们抱着度假般的目的来参与这一实验，把它视为对现实中各种问题和危险的暂时逃避。他们自己对绿洲的前景并不看好，预测这个实验不会超过一个暑假就会结束，乌托邦最终会走向灭亡。由一家自由主义杂志的编辑麦克杜格尔·麦克德莫特（Macdougal Macdermott）领导的纯粹主义者则把绿洲视为乐土，他们寻求一种理想化的存在，不愿采取任何可能与他们激进的自由主义信仰相抵触的行动。两个派别之间的第一次挑战和冲突是关于商人乔·洛克曼（Joe Lockman）是否有资格加入乌托邦的辩论。乔是一名成功的商人，拥有自己的私人财产，也不受乌托邦的道德和规范束缚。纯粹主义者麦克杜格尔主张让他参与乌托邦，借以防止乌托邦出现精英化的倾向，但是这一决定引出了成员关于一系列问题的疑虑：乌托邦的准入制度如何确定？是不是所有人都能进入乌托邦？

在乌托邦的第一个晚上，现实主义领袖陶布就被乔的夸夸其谈和他的猎枪弄得心烦意乱。第二天早上，纯粹主义者的支持者凯蒂·诺雷尔（Katy Norell）在做饭的时候烫伤了自己，也毁掉了公社的早餐，这一生活事件迅速被政治化，乔也被无端卷入，受到指责。凯蒂感受到了公共生活所带来的巨大压力。晚上，现实主义者召集了一次集体会议，密谋将乔放逐。然而，他们的领袖陶布及其追随者不仅没有说清楚他们到底想要什么，而且也没有给出驱逐乔的充分理由，因而受到纯粹主义者的嘲笑，麦克德莫特笑称他们太过保守，是"革命虚无主义者"。

生活逐渐平静下来，但乌托邦里人们的思想却一直暗潮涌动，他们越来越困惑建立乌托邦的宗旨究竟是什么。纯粹主义者要创建一个"流亡的欧洲合众国"，将因二战而流离失所的难民带到美国，建立像他们这里一样的小规模社区，但是他们的讨论总是缺乏固定的标准，很难形成有实际价值的意见，最终也只是制作了一本简单的小册子，变成了一纸空文。引发乌托邦崩溃的是一起外来事件。一天，他们发现有几个陌生人来到他们的领地采摘草莓，在凯蒂温和阻止无果的情况下，乔拿起猎枪将这些人赶了出去，并警示社区里的人们要锁好门窗。这一偶然事件引发了乌托邦内关于私有财产的广泛讨论，乌托邦的价值零散了，它丧失了对大家的凝聚力。当凯蒂看到大家崇敬的吉姆·海恩斯（Jim Haines）开始收拾他的车离开公社时,她就知道他们的乌托邦失败了。

人们对《绿洲》的评价褒贬不一。安娜·路易斯·斯特朗(Anna Louise Strong)认为麦卡锡的敏锐洞察力和小说的叙事结构都使小说非常出彩[1];马格莱特·马歇尔(Margraet Marshall)则持相反观点,他认为《绿洲》在讲故事和表达讽刺两方面都很失败,其故事情节松懈,欠缺了优秀讽刺作品需包含的两个基本要素——对邪恶的憎恶和对善良的偏爱[2];克林达·克拉克(Clorinda Clarke)则肯定了麦卡锡对现实的影射以及她诙谐幽默的语言风格,但同时也指出了该小说在叙事和人物刻画方面的不足。[3]

《绿洲》是一则针砭时弊的讽喻式政治寓言。麦卡锡对左翼群体内部矛盾性的揭示,对领导者色厉内荏、流于空谈的政治态度的嘲弄非常逼真,她甚至因此引发了不少左翼知识分子的反感和抵制。作品对左翼运动本身的反思,真实地反映出了四五十年代左翼知识分子的迷茫。麦卡锡的好友阿伦特很喜欢这部作品,称赞其为她带来了愉快的阅读体验,称得上是麦卡锡的一部代表作。阿伦特认为,《绿洲》虽然不见得比《她的交际圈》好,但两者在各个方面是不同的。[4]阿伦特和麦卡锡都不相信政治团体的信念能够承受这些团体成员所施加的社会和个人压力,所以她们都倾向于个体,而不是集体的模式。她们都认为群体的作用是麻醉剂,认为个人有更好的自我改进的方法,而无须依赖团体。麦卡锡实际上在散文写作中已经表现了这种思想,但在《绿洲》中她的表达最为鲜明。[5]麦卡锡在《绿洲》中以文学的形式回应了阿伦特关于个人自由和公众生活之间关系的哲学思考,它不由得让我们回忆起阿伦特的断言:"实际的政治事务隶属于众人之间的约定(the agreement of many),它们从来不存在于理论思考(theoretical consideration)或某一个人的观点中。"[6]

(二)《她们》

《她们》在60年代女权主义运动的高潮中诞生,显示出女权主义的直接影响。小说展示了1933—1940年8位瓦萨学院的女生在毕业之后的生活轨迹,以7个女

---

[1] A. L. Strong, "Fiction", *Spectator* 182 (1949): 30.

[2] Margraet Marshall, "Notes by the Way", *Nation* 16 (1949): 281-282.

[3] Clorinda Clarke, "Shorter Notices", *Catholic World* 170 (1949): 157-161.

[4] Carol Brightman, ed, *Between Friends: The Correspondence of Hannah Arendt and Mary McCarthy 1949-1975*, New York: Harcourt Brace, 1995, p. 1.

[5] Deborah Nelson, "The Virtues of Heartlessness: Mary McCarthy, Hannah Arendt, and the Anesthetics of Empathy", *American Literary History* 1 (2006): 87.

[6] Hannah Arendt, *The Human Condition*, Chicago: The University of Chicago Press, 1998, p. 5.

孩参加好友凯（Kay）的婚礼开始，以 7 年后女孩们参加凯的葬礼结束。凯是贯穿小说始终的主要人物，她一毕业就因为对爱情的信仰义无反顾地嫁给了哈罗德·彼得森（Harald Petersen）。哈罗德在剧院工作，他虽有戏剧才华，却郁郁不得志，甚至还时常面临失业危机；凯在一家超市工作，她必须精打细算才能维持家庭开支。生活的重压让哈罗德染上了酗酒的毛病，并经常在醉酒后将情绪发泄到凯的身上，对她拳打脚踢。哈罗德有过不止一段婚外情，其中一位出轨对象就是凯的好友诺林（Norine），凯在受此打击情绪失控的情况下拿起一把面包刀威胁哈罗德，哈罗德因此强行把她送进了精神病院。凯在精神病院幡然醒悟，认真思考了哈罗德对她的感情，在离开精神病院后选择了离婚。小说结尾处女孩儿们得知了凯的死讯，却并不清楚凯到底是不小心坠楼而亡还是自己选择了自杀。

多蒂（Dottie）来自波士顿，她的愿望是毕业后从事社会公共事务工作。在参加完凯的婚礼后，她被哈罗德的朋友迪克（Dick）引诱失去了童贞。迪克是一位穷困潦倒的艺术家，脾气古怪而且酗酒，他憎恶女人，再三警告多蒂不要爱上他，而多蒂则对他迷恋不已。她听从他的意见去医院戴上了子宫帽以方便避孕，但当她怀着恐惧和羞辱从医院回来后，却再也联系不上迪克，多蒂悲伤地回到了波士顿的家里，后来决定嫁给富有的布鲁克（Brook）。在婚礼前多蒂向母亲坦陈了她和迪克之间的事情，并且承认依然对他情丝未泯，但她还是坚持同布鲁克举行了婚礼。

波莉（Polly）本出身于富裕家庭，但经济大萧条使他们一家陷入经济危机，她在当地医院工作，租住在一栋廉价的小公寓里。她爱上了出版商格斯（Gus），却并不明白为什么已经决定离婚的格斯还按照妻子的要求每天坚持去做心理治疗。格斯最终选择离开了她，回到了妻子身边。波莉本想自杀，但是此时父亲前来投奔她，这让她觉得自己又有了活下去的价值，波莉不得不到医院卖血来维持生活。心理医生吉姆（Jim）在精神和经济方面给予了波莉很大的帮助，波莉答应了他的求婚。

丽比（Libby）主修英语同时精通意大利语，她有很强的事业心，决心进军"不适合女性"的纽约出版业，但她发现，在这个行业，女性实际上是给男性做廉价劳动力，尽管她勤奋异常，对工作充满激情，也富有写作才华，却终究难逃被解雇的命运。她后来找到了一份文学助理的工作，之后又成为经纪人，经济状况得到改善。她偶然在滑雪俱乐部结识了尼尔斯（Nils），尼尔斯是一位挪威男爵，他身材匀称、英俊潇洒、举止优雅，但在简单几次交往后，他却试图粗暴野蛮地强奸丽比，并在羞辱了她之后扬长而去。

小说中其他几位女孩儿在毕业之后也遭遇了不同的人生际遇。海伦娜

（Helenna）家庭环境优越，这使她可以随心所欲发展自己在户外活动和手工艺等方面的兴趣，她选择在一所实验学校当教师，教学生们"手指绘画"。小说的结尾，海伦娜搬到纽约去追求艺术事业。具有贵族气质的莱基（Lecky）肤白貌美，她在欧洲学习艺术并获得了博士学位。在小说的结尾，她为躲避欧洲战乱回到了美国，大家惊讶地发现莱基和陪她一起回来的男爵夫人是同性恋人。普瑞斯（Priss）嫁给了儿科医生斯隆·克罗克特（Sloan Crockett），过上了相夫教子的生活，在丈夫的规训下，她纠结和烦忧于为儿子喂奶、帮儿子养成好的习惯等家庭琐事。与凯的丈夫哈罗德有私情的诺林，与丈夫住在破旧、脏乱的公寓里，日子过得浑浑噩噩。因为丈夫生理上有缺陷而不能过正常的夫妻生活，所以诺林频繁出轨。故事的结尾，诺林嫁给了一位富有的犹太老头。

《她们》为我们铺展了20世纪60年代知识女性的生活图景。毕业于瓦萨学院的女孩子有优秀的教育背景，也有工作的热情、抱负，有对未来的规划和思考，但在生活面前，每个人都面临着不同的困扰，包括工作场所的性别歧视、流产、生育、抚养子女、经济困难、家庭危机和性关系中的压抑等等。相对于无产阶级妇女而言，她们更多面临的是精神的挫折和自我的丧失，"她们"的遭遇就是当时知识女性的真实生活写照，作品引起了许多女性的共鸣，使得这部小说长期占据畅销书的榜单。

（三）《她的交际圈》

1942年，麦卡锡出版了第一部短篇小说集《她的交际圈》，该小说集收录了《残酷与野蛮的待遇》（"Cruel and Barbarous Treatment"）、《穿布鲁克斯兄弟衬衫的男人》（"The Man in the Brooks Brothers Shirt"）、《无赖画廊》（"Rogue's Gallery"）、《和蔼可亲的主人》（"The Genial Host"）、《一位耶鲁知识分子的画像》（"Portrait of the Intellectual as a Yale Man"）和《神父，我忏悔》（"Ghostly Father, I Confess"）等6个短篇故事。女主角梅格（Meg）贯穿于6个故事之间，使得这一短篇故事集有了一致性和连续性。

《残酷与野蛮的待遇》展示一位年轻女子厌倦了在丈夫和情人之间周旋而决定结束这种生活的心理活动；《穿布鲁克斯兄弟衬衫的男人》记述了梅格带着征服的意识主动与在火车上相识的男人发生一夜情之后感觉到的耻辱与沮丧；《无赖画廊》讲述女主人公发现她为之工作的画廊老板用欺诈的手段获得了成功的诧异与困惑；《和蔼可亲的主人》抒发了梅格对沉默乏味的社交聚会既厌倦又不由自主被其吸引的矛盾心情；《一位耶鲁知识分子的画像》讽刺了一位声称是马克思主义者的社会学家为了丰厚报酬而为一家保守杂志撰稿的虚伪；《神父，我忏悔》讲述了梅格在心理医生的帮助下对压抑的童年生活的回忆。

《她的交际圈》记录了麦卡锡自己的生活印记,有明显的自传色彩,同时这部作品也体现出了女权主义运动和思潮的影响。女性权利、性解放、知识分子的虚伪、人性的阴暗等都是作品中的重要主题。麦卡锡为女主人公注入了自己的经历,使得小说更加生动和富有真实性。伊迪斯·沃尔顿(Edith Wharton)认为该小说将会引起小小的骚动,这不仅是因为麦卡锡惟妙惟肖的描绘,更是因为她对当时纽约某些圈子里真实情况的揭示。[1]另外,麦卡锡在这部短篇小说集中运用了反讽手法,揭示出人性的冷酷、幽暗。《她的交际圈》是麦卡锡艺术风格形成过程中的作品,她大胆的性描写和以女性所独有的视角抒写的新政时期的社会生活被后来的存在主义作家诺曼·梅勒所称赞。

(四)《学院丛林》

《学院丛林》被视为美国学术小说的雏形。故事讲述了在虚构的乔斯林学院(Jocelyn College),文学教师亨利·马尔卡希(Henry Mulcahy)得知了他将不会被继续聘用的消息。由于他之前已经有过三次被大学解聘的经历,如果这次再被解雇,他很可能再也找不到新工作了。恐慌之下,他编造了一系列谣言,声称校长经常故意找借口和他发生冲突,之后,他为了自己的利益开始鼓动学校其他教职员工进行反抗,虽然缺乏充分的证据和理由,教师们还是选择支持他并为他辩护。

小说尖锐地揭露了大学围墙之内的种种荒谬怪相,显示出理想与现实的脱节。琐碎小事正在吞噬和破坏着学校的进步创想,人们把精力浪费在无谓的事情上,如在把盘子交给食堂服务员时,是应该递到他的右边还是左边,是按照顺时针还是逆时针方向,这种问题都能够引发不休的争论。麦卡锡的讽刺和揭露指向代表高级知识分子和精英群体的大学教师和学院文化。大学校长本是学术自由的捍卫者,但他最终却不得不利用人们对共产主义日益增长的恐惧来捍卫自己。

麦卡锡对马尔卡希这个人物的塑造也颇得肯定。约翰·F. 乔伊斯(John F. Joyce)认为自从查尔斯·狄更斯(Charles Dickens)以来,没有人能够创造出像马尔卡希这样令人讨厌的人物。麦卡锡提醒我们,在学术的修道院内外都有太多像马尔卡希这类人存在。[2]弗兰克·F. 巴拉什(Frank F. Barasch)指出,文学作品中学者

---

[1] Edith H. Wharton, "*The Company She Keeps* and Other Works of Fiction", *New York Times Book Review*, May 24, (1942): 7.

[2] John F. Joyce, "Pal Joey of a Progressive College", *Providence Journal Sunday*, March 2, (1952): X.

们的形象都是为政治自由而斗争的左派支持者，他们的战斗也常常以失败告终。[1]但麦卡锡笔下的马尔卡希却一反常态，他假装自己是一个共产主义者以达到保住工作的目的，政治被他成功地当作了为自己谋取私利的手段。麦卡锡对知识分子群体内部的揭露和抨击可谓犀利，一如她本人的一贯做派。

作为美国当代著名小说家、传记作家、散文家、剧作家、评论家，麦卡锡风格独特，影响深远。多部关于麦卡锡的传记畅销，一定程度上验证了麦卡锡的持久魅力。《玛丽·麦卡锡：她的一生》(Mary McCarthy: A Life，1988)一书是卡罗尔·盖尔德曼（Carol Gelderman）与麦卡锡本人合作撰写而成的，探索了麦卡锡的生活和她的工作之间的密切关系，探索了公众视野中的麦卡锡与私下的麦卡锡之间的形象差异[2]；获得了国家图书奖的《危险的写作：玛丽·麦卡锡和她的世界》(Writing Dangerously: Mary McCarthy and Her World，1992)是一部影响深远的麦卡锡传记，展示了麦卡锡对时代和政治问题的看法，包括麦卡锡对女性主义和波伏娃的评述[3]；出版于 2000 年的《简单看玛丽：玛丽·麦卡锡的一生》(Seeing Mary Plain: A Life of Mary McCarthy)是关于麦卡锡生活细节的详尽记载，为研究麦卡锡提供了丰富的史料文献。

除了传记之外，对麦卡锡作品的综合评述还包括《玛丽·麦卡锡》(Mary McCarthy，1992)、《玛丽·麦卡锡：注释性书目》(Mary McCarthy: An Annotated Bibliography，1992)、《二十四种看玛丽·麦卡锡的方式：作家和作品》(Twenty-Four Ways of Looking at Mary McCarthy: The Writer and Her Work，1996)等专著和文集。

对于麦卡锡文学作品的研究视角也很多元，性别、政治、自我、身份、文化、风格等成为解读麦卡锡的关键词。《玛丽·麦卡锡：性别、政治与战后文人》(Mary McCarthy: Gender, Politics, and the Postwar Intellectual，2004)将麦卡锡置入纽约知识分子群体的传承关系中研究她作品中性别问题的呈现；阿维斯·格雷·休伊特（Avis Grey Hewitt）在她的博士论文中论述了麦卡锡作品中女主人公对自我身份的追寻[4]；贝西·福克斯（Bess Fox）探讨了中产阶级文化对麦卡锡声誉的影响，认为麦卡锡提供了反中产阶级精神对职业女性作家产生影响的案例[5]；

---

[1] Frank K. Barasch, "Faculty Images in Recent American Fiction", *College Literature* 10 (1983): 28.

[2] Carol Gelderman, *Mary McCarthy: A Life*, New York: St. Martin's, 1988.

[3] Carol Brightman, *Writing Dangerously: Mary McCarthy and Her World*, New York: Clarkson Potter, 1992.

[4] Avis Grey Hewitt, "'Myn Owene Woman, Wel at Ese': Feminist Facts in the Fiction of Mary McCarthy", Ph.D. diss. Ball State University, 1993.

[5] Bess Fox, "Mary McCarthy's Disembodied Authorship: Class, Authority, and the Twentieth Century Intellectual", *Women's Studies* 44 (2015): 772-797.

萨里安娜·伊科宁（Sarianna Ikonen）论述了《她们》中女性意识的觉醒[1]；有学者对麦卡锡作品中的人物和写作技巧进行了研究，对麦卡锡的文学作品中受人称赞的有趣人物以及她提倡的道德诚实进行了概括[2]；还有学者讨论了麦卡锡政治批判的本质以及她对当时政治意识形态的看法。[3]

在中国，麦卡锡所引起的关注还不充足。1991年《外国文学研究》刊发了一篇文章，对麦卡锡的生平轶事进行了简单介绍[4]；2008年，《青年文学》刊出了杨向荣翻译的1961年麦卡锡的访谈录。[5]2010年后，多位学者开启了真正意义上的麦卡锡研究：王予霞指出麦卡锡在创作和批评两个领域展现了那个时代特有的左翼激情[6]，分析了以麦卡锡为代表的左翼知识女性的文学创作与无产阶级女性文学的不同[7]；罗璇在其硕士论文中借用阿伦特的政治哲学理论研究了《绿洲》中的政治观点[8]；张劲松则对麦卡锡作品能够进入经典行列的主要原因进行了深入剖析。[9]魏忠贤翻译了1976年麦卡锡发表在《纽约书评》（The New York Review of Books）上的一篇纪念阿伦特的文章《再见，阿伦特》。[10]

麦卡锡是新旧左翼文学之间具有传承意义的代表作家，是美国左翼女性文学的重要代表人物，她的思想和创作甚至她的生活模式都在一定程度上影响和激励了她之后的苏珊·桑塔格等新左翼女性知识分子。同其他左翼作家不同，麦卡锡从来不愿意以任何派别身份来约束自己，不论是在政治上还是美学上。她一方面固守左翼精英主义的文学传统，但另一方面，与拉夫等旧左翼作家相区别的是，麦卡锡对新左翼并不是一味地排斥和贬低，她吸收新的文化内容来维护自己的立场。在同新左翼的交锋中，麦卡锡整合和更新自己的思想体系，她虽然在观念上与新左翼存在差异，但她并没有像拉夫和麦克唐纳那样，一味地否定先锋文艺。

---

[1] Sarianna Ikonen, "Women's Socialisation in Mary McCarthy's *The Group*: A Feminist Reading", Master's thesis, University of Eastern Finland, 2016.

[2] Stephen Miller, "The Other McCarthy", *New Criterion* 34 (2016): 26-29.

[3] Nicholas Spencer, "Social Utopia: Hannah Arendt and Mary McCarthy's *The Oasis*", *Literature Interpretation Theory* 1 (2004): 45-60.

[4] 张毅：《玛丽·麦卡锡：其人其事》，载《外国文学研究》1991年第3期，第115-116页。

[5] 杨向荣：《玛丽·麦卡锡访谈录》，载《青年文学》2008年第4期，第123-128页。

[6] 王予霞：《美国左翼女性文学的历史衍变》，载《英美文学研究丛论》2013年，第214-224页。

[7] 王予霞：《无法开释的左翼情结——玛丽·麦卡锡创作研究》，载《文艺理论与批评》2010年第2期，第51-54页。

[8] 罗璇：《尚未开垦的绿洲——玛丽·麦卡锡研究初探》，硕士学位论文，集美大学，2010年。

[9] 张劲松：《左翼政治与经典构建中的玛丽·麦卡锡创作研究》，载《重庆大学学报》（社会科学版）2015年第3期，第15-18页。

[10] 魏忠贤：《再见，阿伦特》，载《视野》2015年第5期，第97-102页。

麦卡锡一方面固守其文艺立场，既扎根传统又面向未来；另一方面主动迎战，变被动为主动，积极整合自己的学术背景和文化资源，创作出具有自我鲜明特色的文学作品。她扎根于左翼文化运动，既改写了左翼文学的男性传统，也改写了美国现实主义小说中的女性传统，成为那个时期彰显女性主体意识的典型。[①]直至今日，麦卡锡对左翼内部存在问题的揭示和探讨仍然具有很强的现实意义，值得我们关注和研究。

## 三、左翼知识女性的"影响焦虑"

麦卡锡的许多创作中都有她自己的影子。无论是在自己的传记中还是在虚构作品中，麦卡锡都坦率地披露自己的个人与社会生活，向我们展示了一位也许并不完美但足够真诚生动的女性知识分子的成长之路。正因为如此，麦卡锡本人和她的作品形成了互文的关系，它们之间相互阐发，为我们留下了一个窗口，借以窥视这一时代背景下作为知识分子的女性所遭遇的问题、困惑以及她们为突围所做出的努力。

两性关系、艺术创作、政治生活是麦卡锡笔下女主人公们的普遍关切，也是麦卡锡本人现实生活中的主题。奇妙的是，有的时候这三者似乎可以统一为一体，这大概也是麦卡锡被一些人赏识，但同时也被另一些人诟病的原因。麦卡锡的成名与当初拉夫、威尔逊等左翼文人圈中男性权威人物的指导、引介和支持不无关系，她自己对此也毫不讳言，但似乎并没有心怀感激，甚至时时把矛头倒转，刺向自己的"恩主"，这为她招致了不少骂名。保守主义评论家希尔顿·克莱默（Hilton Kramer）奉送麦卡锡以封号"我们的头牌荡妇知识分子"[②]，而维护麦卡锡的评论家贝弗莉·格罗斯（Beverly Gross）则指出，所有对麦卡锡的非难和谩骂都不过反证了她无与伦比的权威、勇气和沉着。[③]在笔者看来，麦卡锡的"忘恩负义"不只是性格使然，当将她放在20世纪女性知识分子群体的成长语境中来审视这一个人的选择时，我们也许能解读出一些迫不得已的隐情。

---

① 王予霞：《无法开释的左翼情结——玛丽·麦卡锡创作研究》，载《文艺理论与批评》2010年第2期，第68页。

② Beverly Gross, "Our Leading Bitch Intellectua", in Eve Stwertka & Margo Viscusi, eds, *Twenty-Four Ways of Looking at Mary McCarthy: The Writer and Her Work*, Wesport: Greenwood, 1996, p. 30.

③ Beverly Gross, "Our Leading Bitch Intellectua", in Eve Stwertka & Margo Viscusi, eds, *Twenty-Four Ways of Looking at Mary McCarthy: The Writer and Her Work*, Wesport: Greenwood, 1996, p. 33.

(一)"牛头怪"导师：威尔逊与麦卡锡

麦卡锡与美国著名作家和评论家埃德蒙·威尔逊历时8年的婚姻，不仅是她小说创作的重要原型，也成为评论家津津乐道的话题。

根据麦卡锡研究者、自传作家卡罗尔·布莱曼（Carol Brightman）的描述，威尔逊不是一个容易相处的人，他严肃、专断、脾气暴躁、控制欲强。二人在新婚后不久就大打出手，麦卡锡被威尔逊送进医院进行心理观察。这场婚姻对二人来说都是失败的，一向甚少谈论家事的威尔逊曾在日记中发牢骚认为婚姻生活如噩梦一般，而对于麦卡锡来说，这场婚姻的影响更为深刻且持久。二人离婚将近50年后，麦卡锡在自传《知识分子回忆录：纽约 1936—1938》中称呼威尔逊为Minotaur[1]——希腊神话中残暴、邪恶的牛头怪，而将自己看作被献祭给"牛头怪"的可怜少女。与威尔逊相识时，麦卡锡正与美国著名的纽约知识分子、《党派评论》创始人之一菲利普·拉夫同居，麦卡锡听从威尔逊的话，辞去《党派评论》的工作，并与以往的旧友、同事断绝了联系。麦卡锡在回忆录中解释了自己与威尔逊结婚的原因。

其一，麦卡锡首先把这场婚姻归于"道德洁癖"，即一种强烈的维护道德操守的愿望，她将婚姻看作曾经和威尔逊发生关系的惩罚，并为她的行为赋予意义。麦卡锡在小说《着了魔的人》（*A Charmed Life*，1955）中重现了这一动机：玛莎嫁给了专断的迈尔斯也是出于同样的宿命论。其二，威尔逊是麦卡锡"父亲般的"心理依靠。对于6岁时父母双亡的麦卡锡来说，年长17岁的威尔逊成熟稳重，给予了正陷入心理危机中的她父亲般的坚强依靠。其三，威尔逊婚前的承诺及其地位、人脉和才华提供给麦卡锡的潜在帮助。在《知识分子回忆录：纽约 1936—1938》中，麦卡锡承认除了对古典文学和户外活动的共同兴趣之外，威尔逊会为其文学天赋做些什么的承诺是她考虑发展两人之间关系的重要因素。威尔逊认为麦卡锡有文学创作方面的天赋，不应该仅仅局限于写评论。[2]彼时的威尔逊在文学批评圈中有一言九鼎的重要地位，是麦卡锡向往的"上层社会"；相较之下，拉夫仍在为新生的《党派评论》奔走，他作为一名崇尚无产阶级价值观的马克思主义者，与崇尚"贵族阶级"生活的麦卡锡之间经常产生"阶级斗争"。

麦卡锡所谓的"道德洁癖"，显然有为自己"开脱"之嫌。她在遇见拉夫之前就一直与多位男性保持性关系，这使得这一道德约束的解释成为无稽之谈。她的"恋父情结"的爆发，虽颇有道理，却也找不出更多实证；相比而言，威尔逊

---

[1] Mary McCarthy, *Intellectual Memoirs: New York 1936-1938*, Orlando: Harcourt Brace & Company, 1993. p. 100.
[2] Mary McCarthy, *Intellectual Memoirs: New York 1936-1938*, Orlando: Harcourt Brace & Company, 1993, p. 103.

的承诺对于富有文学野心的麦卡锡而言则更为靠谱,且产生了实效。撰写书评多年的麦卡锡渴望一个强大的前辈来帮助并鼓励自己进行文学创作。麦卡锡自传中足够坦诚,她承认了自己的虚荣、残酷、自私、背叛、热衷竞争和炫耀,但是她对自己的"野心"含糊其辞。在某种意义上来说,这场婚姻是一种"攀高枝"式的攀爬,麦卡锡为自己的前途与她所处的世界——文学评论界里最强大的男人进行了一场交易。事实证明,威尔逊的地位、资源确实帮助麦卡锡顺利地走向了文学创作的道路,她后来结识了诸如弗拉基米尔·纳博科夫(Vladimir Nabokov)和菲兹杰拉德等著名作家,实现了从杂志社到主流文学圈的跨越。更为重要的是,作为敏锐的文学评论家,威尔逊发掘了麦卡锡的创作才华,并亲自指导和敦促了她的创作,他也许并不是好丈夫,但一定是麦卡锡的好伯乐。婚内,她陆续有短篇小说发表,并成功引起了评论家的注意,并于1942年出版了处女作《她的交际圈》。

对于"导师"威尔逊,麦卡锡的感情复杂,她承认:"如果不是他(威尔逊)把我推进了小房间并毅然关上了门,我不会成为今天你们在读的'麦卡锡'。但是,不好意思地讲,我并不是很感恩。"[1]麦卡锡对威尔逊的影响持有矛盾的态度,一方面,她承认威尔逊作为其文学"引路人"的角色和作用;另一方面,她多次毫不避讳地攻击、否定他。拥有丈夫和导师双重身份的威尔逊在创作和家庭中都压制着麦卡锡,即便在离婚多年后,威尔逊的幽灵仍然无处不在,他不仅给麦卡锡的心理状况带来很大的困扰,还"游荡"在麦卡锡的文学创作中。"残暴丈夫的影响"成为麦卡锡小说中的主要原型和主题。麦卡锡无法改变众人皆知的事实——威尔逊引领其进入文学圈,但对于野心勃勃且在创作实践中树立了信心的麦卡锡而言,这个导师就是恐怖的"牛头怪",而少女则难逃其纠缠。我们可以看到一个初出茅庐的女作家极力破除她和文学导师之间的关系,这种焦虑和欲望在她"功成名就"之后更为强烈,似乎对威尔逊的反叛是她确立文学地位的必由之路。终其一生,麦卡锡都处于对威尔逊的"影响焦虑"之中,并把这一焦虑投射到了作品之中。

(二)麦卡锡的"影响焦虑"

"前辈的影响"始终是困惑那些力图在文学创作中有一席之地、渴望创新性和独立性的作家的难题。美国著名文学批评家哈罗德·布鲁姆(Harold Bloom)在《影响的焦虑:一种诗歌理论》(*The Anxiety of Influence: A Theory of Poetry*,1973)中,对以往"影响提供典范"的思想进行了消解式批评,强调其负面效应——给诗

---

[1] Mary McCarthy, *Intellectual Memoirs: New York 1936-1938*, Orlando: Harcourt Brace & Company, 1993, p. 104.

人带来压抑和焦虑。他将文学史描绘成一场父与子之间的殊死搏斗，"后来者"（latecomers）不可避免地受到先行者诗人的传统影响，时时处于受惠的压力与力求挣脱的渴望的纠结之中。布鲁姆认为，只有运用六种"修正比"（Revisionary Ratio）对前辈诗人的传统进行误读和修正，"新人"才能战胜强大的前辈诗人，从而摆脱这种焦虑。布鲁姆以弗洛伊德对莎士比亚的否定为例，得出莎士比亚是弗洛伊德不愿承认的"父亲"这一结论。布鲁姆的"影响焦虑"是对文学史的谱系研究，为我们研究作家之间的承继关系提供了理论依据和范例参考。

影响的焦虑不仅仅局限于诗学方面，它也是西方文化的症候，是现代人身处他人影响之下、追求独立自主的心理压力和困惑的表征。初出茅庐的麦卡锡正是在文学巨人威尔逊的引领下进入文学王国，其写作领域得以从评论扩展到小说，但是威尔逊始终是这一王国至高无上的国王，羽翼渐丰的作家麦卡锡渴望有一片独立的天空翱翔，却始终像被牵引的风筝一样难以挣脱身后的束缚。

麦卡锡的"影响焦虑"突出地表现在她的三部半自传体小说中。麦卡锡的作品是她让"替身"帮自己寻找出路的尝试，也是她处于"影响焦虑"之下祛除心理上的威尔逊情结的努力。

《她的交际圈》是麦卡锡的处女作，小说出版时她与威尔逊已结婚4年。它是麦卡锡在威尔逊的督促下进行的创作初体验，其中部分短篇故事此前已发表在《党派评论》上，并获得广泛关注。《她的交际圈》讲述了梅格周旋于不同男人之间，追寻真实自我的故事。故事发生在1936—1937年，与自传《知识分子回忆录：纽约1936—1938》互为注脚，深入地展现了麦卡锡的情感生活和心理状态。故事集中的第六个故事《神父，我忏悔》讲述了梅格与丈夫的婚姻关系，这被普遍认为是对她与威尔逊婚姻关系的影射。在心理医生的引导下，梅格讲述了自己和丈夫充满冲突的婚姻，并通过回顾自己的童年成长经历，试图找出婚姻问题的症结所在。由于被建筑师弗雷德里克（Frederick）提供的社会地位所吸引，梅格在明知二人之间没有真爱的前提下与其结婚。婚后，梅格的个性被压抑，不再也不敢像以前一样"嚣张跋扈"，自信的她被迫屈服于丈夫的权威之下。他惯用诸如"We don't..." "You are not sane..." "I don't want you..."等带有命令性、指责性的话语对她施加压力、进行控制；以"心理疾病需做精神分析为由"不准她离开；以"神志不清"为由搪塞她的反抗和辩论；用自己的地位和权威压制梅格追求独立的渴望并干涉她的交际和工作。梅格面对丈夫的影响和控制毫无抗拒之力，只能徒增焦虑，她只能在心理治疗术的诱导下，把原因归咎于自己"自爱的失败"，这种"忏悔"表面看是顺从和自省，实则透露出不满和反抗。

《着了魔的人》被看作麦卡锡和威尔逊婚姻关系的续集。评论界一直将《着了魔的人》看作麦卡锡在心理上祛除威尔逊幽灵的努力，并认为小说展示了以麦卡锡为原型的主人公玛莎·辛诺特（Martha Sinnot）从赋予她文学生命的知识前辈的指导和影响下脱身而出、挣扎诞生的故事。[1]该故事以剧作家玛莎带着第二任丈夫约翰·辛诺特（John Sinnot）重回海边小镇新利兹（New Leeds）开场，新利兹小镇是艺术家的聚集地，以麦卡锡和威尔逊共同生活过的地方——马萨诸塞州的韦尔弗利特（Wellfleet）为原型。七年前，玛莎与她专制的前夫迈尔斯·墨菲（Miles Murphy）离婚，但是她却一直摆脱不了他的影响，这次重回故地，是为了直面过去、解开心结、找回勇气。和麦卡锡与威尔逊的婚姻相似，玛莎和迈尔斯的婚姻也是莫名其妙开始的，玛莎彼时在一家小剧场扮演一个小角色，迈尔斯作为导演的朋友进入了她的世界，那时他在本地是一位享有盛名的作家、批评家。迈尔斯在两人刚认识不久便强迫她结婚，而玛莎性格中宿命论的一面使她接受了迈尔斯，作为和他上床的惩罚。这段婚姻持续了四年，在某种程度上是"迈尔斯不让她做的事情的清单"[2]，例如不让她参加父亲的葬礼、不让她送别上战场的弟弟、不让她离开等等。

　　玛莎选择了离婚来远离迈尔斯的规训和影响。七年之后，她重回新利兹来见前夫，仿佛是在做一个验证自己是否已经成功的实验，因为七年来迈尔斯仍然充斥着玛莎的整个世界。玛莎会刻意与迈尔斯比较，希望自己能够在创作事业等各个方面超过他，她想通过在竞争中取胜来重获信心和勇气。然而，当她鼓起勇气与迈尔斯见面时，一向镇定、大胆的她却还是不由自主地浑身颤抖，在迈尔斯面前，她就是那个"着了魔的人"。在"魔力"的驱使下，玛莎似乎不受控制地邀请他进屋，并被引诱同他发生了关系。玛莎感叹道："我不知道，但他确实影响我，我不由自主。他留下了长长的影子，但我不愿生活在其中……迈尔斯和我之间，存在一场永久的原则之争。"[3]"长长的影子"不仅是令她时时梦魇的家庭暴力，也是迈尔斯这位"文学巨人"在她周围留下的阴影，生活在影子下意味着她得压抑个人的欲望、梦想和追求，意味着失去真实的自我而接受别人赋予的那个自我。迈尔斯的现任妻子海伦（Helen）就是失去自我的典型例子，她被丈夫成功地驯化成了甜美、温柔、唯命是从、整个世界只剩下厨房和婴儿篮的"屋子里的天使"。

　　更具讽刺意味的是，以为终获独立的玛莎却发现自己怀了孕，为了彻底摆脱

---

[1] Avis Grey Hewitt, "'Myn Owene Woman, Wel at Ese': Feminist Facts in the Fiction of Mary McCarthy", Ph.D. diss, Ball State University, 1993. p. 114.

[2] Mary McCarthy, *A Charmed Life*, Middlesex: Penguin Books, 1964, p. 89.

[3] Mary McCarthy, *A Charmed Life*, Middlesex: Penguin Books, 1964, p. 96.

前夫的阴影，玛莎毅然决然地决定筹钱堕胎，而堕胎在当时属于违法的行为。小说结尾处玛莎终于可以堕胎了，却在对新生活的憧憬中突然遭遇车祸身亡。玛莎的反抗付出了生命的代价，昭示着女性摆脱男性权威、赢得自由和平等的斗争充满了艰辛。

在很大程度上，小说中的丈夫迈尔斯·墨菲就是威尔逊，只不过麦卡锡增添了不少辛辣的夸张。这部小说使用了她和威尔逊婚姻的生活片段来塑造迈尔斯，并且直接引用了她自己的感觉，她试图以旁观者的视角来审视自己的婚姻生活，反思自我的真实想法，探寻女性在男性权威影响之下的出路。《着了魔的人》是一位知识女性为自由、独立而战斗的故事，她梦想与过去决裂，一个由她的前夫迈尔斯·墨菲所代表的过去，一个她不由自主地屈从于迈尔斯控制的过去。从某种意义上说，玛莎的故事是全体女性生存状态的一个寓言，男权文化控制、影响着每一位女性，强迫她们成为非本质的客体，剥夺她们作为独立个体的自主性和自由意志，也剥夺了她们实现自我、实现自由和梦想的可能性。

除了《她的交际圈》和《着了魔的人》中对自己婚姻生活的直接借用，麦卡锡在她的代表作《她们》中也重复了男性权威的规训故事。小说中八位1933届瓦萨学院毕业女生们怀揣着对事业和家庭的美好期盼步入社会，而十年期间她们的生活却一地鸡毛，失去了独立性，成为丈夫和男权社会中的附庸品。

凯是小说的核心人物，也被视为麦卡锡的替身。凯是八个女孩中最为追求独立和个性的角色，她无视传统的规矩和习俗，一毕业就举行了非传统的婚礼。然而被称作"偶像破坏者、愤世嫉俗者"（iconoclast and scoffer）的凯婚后很快变成了一个循规蹈矩的传统妻子，她变成了丈夫的抄写员、为家务烦恼的管家以及被丈夫背叛的妻子。她曾经想成为剧作家的梦想被享受丈夫的成功所取代，她选择了代偿性的生活，把追求个人成功的奋斗归于丈夫，把追求幸福、实现自我的控制权交给了丈夫，试图从丈夫事业的成功中满足自己的虚荣心。然而，她为这样的"代偿性"生活所做的牺牲并不会受到丈夫的尊重，相反，凯被丈夫以"被迫害妄想症"为由送往精神病院。令人惊悚的是，精神病房中其他女患者也都是被丈夫强制送来的，尽管她们并非真正意义上的精神病患者，但心理治疗已成为婚姻关系中男性施加控制的工具。

小说中的诺林和普瑞斯都是接受了丈夫的规训，丧失了自我的瓦萨女孩儿。诺林在两段婚姻关系中都是被动的接受者，被迫承担"母亲""管家"等身份和职责；而普瑞斯在怀孕后就辞去了在妇女联合会的工作，成为全职妈妈，但身为儿科医生的丈夫斯隆却将新生儿当作自己进行母乳喂养的宣传"工具"，他要求普瑞斯严格按照他规定的时间和方式来喂养孩子，剥夺了她在家庭空间的权威和身为母亲的权利。

  布鲁姆认为"影响的焦虑"是无法摆脱的,不管诗人如何激烈地反抗过去,他的失败早已注定,即从一开始,他就是在追求一个不可能的目标,如同他的先行者曾经追求的一样。文学天才们已经穷尽了所有的诗学才艺,而他只能永远地匍匐于传统的重压之下,忍受焦虑的折磨。麦卡锡作品中女性知识分子的尝试也仿佛是在验证这一结论。在麦卡锡的作品中,知识女性的影响焦虑更为深重,这不但是因为她们所受的高等教育鼓励她们成为独立个体,这与现实生活中家庭、社会的规训形成了不可调和的矛盾;而且,对于有强烈理想抱负的女性知识分子,尤其是女作家而言,对创新性、独立性的要求让她们萌生了强烈的反叛意识,使她们迫切想要挣脱男性导师和先行者的引导和制约,但最终她们却绝望地发现,这样的努力只是徒劳,甚至从反向证明了影响会永远在场。

  然而,麦卡锡的反叛还是收到了回响。她毫不留情地揭示和批判男性知识分子在意志上的软弱和政治上的虚伪;她以暴露女性隐私的方式招致了传统卫道士的口诛笔伐;她在进步和自由等问题上的保守主义立场让她迥然有别于男性知识分子主流文化圈。麦卡锡收到的批评和谩骂表明了她对男性知识分子传统的挑战和威胁,并在一定程度上帮助麦卡锡获得了与这个男性世界的"竞争"权利。

  "竞争"是麦卡锡研究学者阿维斯·格雷·休伊特诠释麦卡锡和威尔逊之间复杂关系的关键词,也是对女性知识分子摆脱传统束缚、追求独立自由的心路历程的展示。无论如何,作为作家的麦卡锡已然开辟了一条新路,她是新旧左翼文学之间具有传承意义的代表作家,她的思想和创作甚至她的生活模式都在一定程度上影响和激励了她之后的苏珊·桑塔格等新左翼女性知识分子。

# 第六章

# 文化转向与族裔声音

20世纪60年代被认为是美国左翼文学的分水岭。如果说60年代前的左翼文学更关注意识形态、集体意识，强调政治进步，重视革命现实主义的表现手法，那么60年代后的左翼文学更关注美学与文化层面的改革，关注个体生活和思考，强调文化革命和美学救赎，写作技巧上则吸收了后现代主义的诸多表现手法。前者的书写主体是与美国共产党关系密切，甚至实际参与到工人运动中的女党员、女作家，后者的主体则是与共产党保持疏离，秉承传统人文主义思想，对社会问题极为关注的女性知识分子。60年代后的左翼女性写作，其思想性和理论性都有了很大的提升。

20世纪60年代也是民权运动高涨的时期。民权运动鼓舞了包括美国黑人女性在内的少数族裔妇女争取平等自由权利的斗争，她们不但是黑人民权运动的参与者，甚至在民权运动中担任领导人；她们组织成立各种妇女组织，如黑人妇女全国委员会等，身体力行地为运动做出贡献。不少女性作家从女性主义和少数族裔的视角出发，挖掘那些被遮蔽、被侮辱、被压迫的女性和她们的故事，这不但打破了以男性和男权为中心的民权运动叙事模式，也丰富了左翼女性文学的视角和内容。

## 第一节 桑塔格小说的沉默美学与艺术革命

### 一、新左翼思潮的文化与美学转向

20世纪六七十年代是女性主义运动走向深入的时期，被誉为第二次女性主义浪潮，这一浪潮的一个突出标志是女性主义理论的形成和深化以及文化女性主义的诞生和发展。这次女性解放运动的突出之处还在于其与左翼政治力量的联系，二者相互促进，代表着当时的社会进步力量。新左翼运动与女性主义运动的结合，打破了私人领域与公众领域的界限，将女性个人经历与国家政治生活联系了起来，二者的结合体现了女性主义者对政治本质的另一种思考，将政治从公共领域扩展到私人领域。她们认为，政治不应只限于公共领域的选举权，所有涉及权力运作的领域，包括个人的私生活都应在政治的范畴之内，以此为出发点，不少女性主义者立足个人经历揭示性别歧视在社会各领域中的表现与根源。[①] 美国新左翼文学中的女性写作在此意义上继续了女性经验的书写这一传统。女性主义、左翼运动与后现代理论的联姻，还促使美国左翼文学向理论化发展，向文化和美学领域内的革命靠拢，以苏珊·桑塔格等为代表的新左翼女性作家在作品中深入阐释了这一思想变革。

1967 年，桑塔格发表了《沉默的美学》（"The Aesthetics of Silence"）一文，在这篇 20 多页的长文中，桑塔格分析了现代艺术中语言的变质、意识的紊乱、思维的麻木等问题所带来的艺术与意识、艺术与艺术家的背离，提出了以"沉默"的反讽手段来纯洁语言、抵抗异化、解放艺术的主张。桑塔格指出统一化的、一元论的思维模式对艺术领域的侵蚀使艺术不再能够反映意识，反而走向了意识的对立面，这种联系的断裂使艺术不可避免地走向反艺术，走向对主体、客体、意象等的消解，走向沉默。艺术家的实践领域靠二手知识建构起来，他所借助的工具（语言）天生具有背叛性，因而艺术家的权威性也大打折扣，于是，在艺术与艺术家之间也出现了一种敌对的局面，"艺术成为艺术家的敌人，因为它阻碍了他所期待的自我实现（超越）"[②]。自我颠覆、自我消解的呼求已成为当代艺术中的新元素、新内容。

桑塔格认为沉默表达的是一种终极情绪，是艺术家已经达到最高的完善之后不再愿意与观众和读者交流的一种姿态。借助沉默，艺术家将自己同时也将艺术从世俗世界的约束之中解救了出来。沉默是一种修辞，可用来表达无可言说的虚无，是为了让人们获得更感性的艺术体验，这种简化了的表现手段能更好地吸引人们的关注。沉默旨在建构一个解放的神话，"将艺术家从他自身解放出来，同时将艺术从具体的艺术作品，艺术从历史，精神从物质，思想从感知和智力的限制中解放出来"[③]。沉默可以促使新的思维方式的诞生，促进艺术价值的重估，因此沉默是一种有意为之的姿态，是主动的、积极的、特殊的言说方式。

---

[①] 黄华：《权力，身体与自我——福柯与女性主义文学批评》，北京大学出版社 2005 年版，第 7 页。
[②] 苏珊·桑塔格：《沉默的美学：苏珊·桑塔格论文选》，黄梅等译，南海出版公司 2006 年版，第 51 页。
[③] 苏珊·桑塔格：《沉默的美学：苏珊·桑塔格论文选》，黄梅等译，南海出版公司 2006 年版，第 63 页。

"沉默的美学"诞生在 20 世纪 60 年代的文化语境下,骨子里浸润着后现代主义的精神。它实际上追求的是要抛弃历史感的重负,放弃学究式的阐释以恢复人们的新感受力,从而消除当代社会由于物质财富的丰裕而产生的精神空虚、经验贫乏以及由此衍生的孤独感和异化感。[①]它提倡的是文艺指向自身的一种否定。它充分利用语言并不一定能言说自我这一本质,来说明并制造表面文本与潜文本之间的分裂,为艺术家的"沉默"找到缘由。"沉默"彰显了后现代主义文化的"不确定性","沉默"也体现出艺术与艺术家走向"内敛"这一后现代主义文化的"内在性"品质。

　　"沉默的美学"呼应了马尔库塞对 60 年代的把脉,表现出这一时期左翼文化和左翼运动中的美学转向趋势。马尔库塞是 20 世纪最具影响力的政治理论家之一,是 60 年代青年大学生的"精神导师"。莫里斯·迪克斯坦(Morris Dickstein)在《伊甸园之门:六十年代的美国文化》(Gates of Eden: American Culture in the Sixties, 1977)中指出了马尔库塞美学的重要性。他认为,马尔库塞等人的作品是对艾森豪威尔时代的社会和道德僵局做出的深刻反应,他的作品不仅仅局限于一种批判,更提出了对社会秩序及其可能性的新见解。[②]马尔库塞的美学思想,是我们开展 60 年代研究的切入口。马尔库塞是一位典型的弗洛伊德主义的马克思主义者,他不仅将弗洛伊德关于现代人人格构成的内容赋予了海德格尔的个体,而且还将这一被充实化了的个体引入马克思的社会构成模式中。[③]他探讨后工业社会中个人的生存困境与解放的问题,其目的是以人的解放为手段,建立一个美好的大同社会。

　　马尔库塞规划的乌托邦方案从对发达工业社会病症的诊断开始。在《单向度的人》(One Dimensional Man, 1964)中,马尔库塞指出,发达的工业社会是一种技术占主导地位的新型极权社会,它成功地实现了自动化、一体化,文化、政治和经济无一不被纳入技术所统辖下的制度之中。技术的统治消解了社会各个向度的否定性批判力量,而对于个人而言,"反对现状的思想能够深植于其中的'内心'向度被削弱了。这种内心向度本是否定性思考的力量也即理性的批判力量的家园,它的丧失是发达工业社会压制和调和对立面的物质过程在思想意识上的反应"[④]。

---

[①] 孙燕:《反对阐释:一种后现代的文化表征》,上海三联书店 2007 年版,第 43 页。
[②] [美]莫里斯·迪克斯坦:《伊甸园之门:六十年代的美国文化》,方晓光译,译林出版社 2007 年版,第 74 页。
[③] 程巍:《马尔库塞:文学,作为一种否定性》,载《外国文学评论》1999 年第 3 期,第 101 页。
[④] [美]赫伯特·马尔库塞:《单向度的人:发达工业社会意识形态研究》,刘继译,上海译文出版社 2006 年版,第 11 页。

也就是说，这种新型的极权社会压制了人的"否定性、批判性、超越性、创造性"向度，于是出现了一种单向度的思想和行为模式，社会成了一个没有异议者的社会，生活在其中的人变成了一个个单向度的人。人不仅在生存状态上被彻底异化为社会大机器上的一枚螺钉，甚至连内心也被完全扭曲，他们不仅对自身被压迫的事实视而不见，甚至将统治力量强加的虚假意识当作内心的真正需求。①

那么，出路在哪里呢？在1978年出版的《审美之维：马克思主义美学批判》（*The Aesthetic Dimension: Toward a Critique of Marxist Aesthetics*）中，马尔库塞把解放的重任赋予了艺术，赋予了人的想象力。艺术是依然保持着否定性的最后一块保留地，因为艺术以幻想的形式自我疏离于现实，包蕴着为这个单维化社会见斥的其他诸种可能性，是人从被统治的奴役状态中解放出来的最内在的灵感。艺术就这样被赋予了一种广义政治学上的意义，成为一种反抗，是这个绝望时代的唯一希望。②艺术对世界的改造是通过"人"这一媒介间接发生作用的，因此，在马尔库塞的解放链条上，"人"是很重要的一个环节，艺术不能直接作用于世界，但它可以通过改造人的思想而间接地改变世界。马尔库塞继承了西方人本主义的哲学与美学传统，也接受了浪漫主义精神的影响，他将艺术视为干预人们的思维模式的手段，对建立旨在改造世界的精神性工程充满期望。

马尔库塞对个人在社会解放运动中的作用的强调，以及对艺术的否定性特征的解析对桑塔格产生了深刻的影响。具体而言，两人在美学观点上的相似之处主要体现在以下两个方面：将艺术视为一种救赎手段，强调艺术的否定性力量，维护艺术的独立性和自主性；主张恢复人的感性和审美意识，用艺术的审美形式来抗衡理性对人与社会的压抑。两人都旨在发起一项宏大的"再建工程""感性工程""解放工程"，都将这一工程的设计师圈定为先锋派的艺术家，都怀着浪漫主义的热情憧憬着一个人人平等、世界大同的艺术"乌托邦"社会。不同的是，马尔库塞绘制的是直指全人类的解放事业的宏伟蓝图，而桑塔格则将自己圈定在自己最为熟悉和擅长的艺术领域内，小心翼翼地探寻着将理想变为现实的可能性。

马尔库塞关注的主体是作为整体的艺术，关注的是艺术所拥有的改革社会的巨大力量，他认为艺术的力量在于其否定性，它通向解放之门。艺术通过想象与虚构，与现实社会保持着距离，从而避免了被同化的危险。如果说现实世界是人的异化的话，那么艺术则是这种异化的异化，艺术的想象力始终与这个异化的社会保持距离，创造着真正的乌托邦，把人的感知和理解导向与控制性的现

---

① 姚文放、邵晓舟：《马尔库塞形式主义美学的思想内涵》，载《求是学刊》2005年第3期，第101页。
② 程巍：《马尔库塞：文学，作为一种否定性》，载《外国文学评论》1999年第3期，第103页。

实总体的决裂。①马尔库塞明确地指出，"真正的先锋派文学作品交流的是交流的断绝"②。

桑塔格的"沉默的美学"正是马尔库塞所谓的能对现存社会关系实现否定和超越的具体的先锋派文学思想。该书所关注的是艺术背后的主体——艺术家，关注的是艺术所面临的突出问题，她的目标直指当今时代的"精神性工程"（spiritual project）的重建。她不无敏锐地指出当今时代的艺术已经背叛了艺术家，走向了反艺术，走向自我消解。我们必须开始纯净艺术的工作，还原艺术为艺术的本来面目，恢复艺术与艺术家的直接联系，而要实现这一目的，我们必须恢复艺术与艺术家的独立自主性。保持独立自主性就要在艺术与生活之间建立"距离"，桑塔格的"沉默的美学"就是建立"距离"的尝试。

## 二、桑塔格生平及其文学创作

苏珊·桑塔格是美国新左翼运动中的领袖，也是集智慧与美貌于一身的传奇作家、时代偶像。她童年早慧，酷爱读书，涉猎广泛，9岁即显示出文学创作方面的才华，13岁时，她的课外读物就包含了像《党派评论》这样的严肃刊物。经过几次跳级，16岁时桑塔格完成了全部中学学业，并于两年后在芝加哥大学拿到了本科学位。桑塔格是哈佛大学的哲学硕士，之后相继在牛津大学、巴黎大学学习。60年代，桑塔格开始创作评论文章并很快走红，她后来接替玛丽·麦卡锡成为《党派评论》戏剧评论专栏作家，在这个时期她发表了一系列重要文章，出版了包括小说、戏剧、文化评论、电影脚本等在内的多部作品。桑塔格逐渐以犀利的文风、敏锐的文化嗅觉、渊博的学识收获了大量关注，并成为文化名人和时代的偶像。

桑塔格还是敢于在社会生活中积极发声的极具影响力的知识分子。她积极投身反战运动，声援越南，探访战争中的萨拉热窝并在当地执导戏剧，声援受到死亡追杀令的英国作家萨尔曼·拉什迪（Salman Rushdie），在"9·11"事件后对美国政府进行猛烈抨击等等，成为激进的左翼知识分子。在文化品位上，她一方面固守老左翼文人的精英文化立场，另一方面也积极拥抱大众文化，既为《党派评论》等高雅期刊撰文，也在《花花公子》等通俗期刊上露面，成为雅俗共赏、

---

① 张康之：《当代乌托邦是一种艺术追求——评马尔库塞的乌托邦理论》，载《中州学刊》1998年第2期，第43页。

② [美]赫伯特·马尔库塞：《单向度的人：发达工业社会意识形态研究》，刘继译，上海译文出版社 2006年版，第63页。

生活在聚光灯下光彩照人的明星知识分子。

桑塔格的个人生活也很前卫，这为她增加了先锋和神秘的色彩。她17岁时与相识十多天的芝加哥大学社会学讲师菲利普·里夫（Philip Rieff）闪婚，20岁即生下儿子大卫·里夫（David Rieff）。儿子出生后不久，她与丈夫分手，独自带孩子去纽约闯荡，且拒绝了丈夫的资助和补偿，之后桑塔格一直保持独身，但她的私人生活却很丰富，过着双性恋的生活，与诸多文艺界名人皆有交往。

桑塔格在20世纪60年代的激进语境中崛起，也以激进的文化和美学思想回馈了这个时代。一直以来，桑塔格的名字更多地同《反对阐释》[①]（Against Interpretation and Other Essays）、"坎普"（Camp）、"新感受力"（New Sensibility）、《论摄影》（On Photography, 1977）、《疾病的隐喻》（Illness as Metaphor, 1989）等作品与观念联系在一起，她作为批评家的身份广为人知，但实际上桑塔格最初是以小说家的身份亮相文坛的，文学创作一直是桑塔格本人最喜欢的创作方式。桑塔格的文学作品包括长篇小说《恩主》（The Benefactor, 1963）、《死亡匣子》（Death Kit, 1967）、《火山恋人》（The Volcano Lover, 1992）、《在美国》（In America, 1999），短篇小说集《我，及其他》（I, Etcetera, 1978），以及短篇小说《我们现在的生活方式》（1986）等。其中，《在美国》还荣获了2000年的美国国家图书奖。桑塔格的左翼思想更集中地体现在她在80年代之前创作的两部长篇小说和一部短篇小说集中。

（一）《恩主》

《恩主》的叙述者希波赖特（Hippolyte）是一位60多岁的法国男人，他以回忆的方式介绍了自己的精神冒险旅程。这部作品同我们对一位女作家的处女作的期待大相径庭，甚至与传统意义上的小说也完全不同。小说以主人公希波赖特稀奇古怪、荒诞不经、彼此间又缺乏逻辑联系的多个梦幻为主要内容。小说开篇第一句话"我梦故我在"是对勒内·笛卡儿（René Descartes）的名句"我思故我在"的戏仿，它既点明了主题，也定下了小说反讽的基调。桑塔格在叙述中运用了极简原则，略去了对时间、地点等传统叙事中一些必要因素的交代，给我们简简单单地勾勒了一幅希波赖特的人物素描。片段式的叙事夹杂着人物哲理性的对话和冥思，梦幻和现实交错登场，情节散漫且不时地进行着自我消解。在这样的背景下我们可以大致还原出希波赖特故事的梗概：希波赖特出生在一个家境殷实的商人之家，幼年丧母，童年孤独，他离开家乡到外省去上大学，却发现学校枯燥无

---

[①] 此处采用上海译文出版社2011年版的中译名。

味、同学狭隘浅薄。三年后，他偶然写就的一篇哲学论文引起了一定反响，他因此得以进入当地名流安德斯夫妇（Mr. & Mrs. Anders）的社交圈，安德斯夫妇的周末派对上汇集了一群夸夸其谈、空洞乏味的所谓"艺术家"。希波赖特放弃了学业，在参加派对、旅游观光、读书冥想中度日。一个稀奇古怪的梦改变了他的生活，希波赖特梦到自己身处一个监狱式的房间中，受到一位男人的逼迫和一位女人的诱惑……希波赖特一直在琢磨这梦意味着什么。作家让-雅克（Jean-Jacques）提醒他可以"以梦释梦"，在生活中找到梦的解释，希波赖特自此开始了做梦、释梦的生活。在一系列梦的指引下，他开始去勾引安德斯夫人，之后又将她卖给一个阿拉伯商人。若干年后，安德斯夫人拖着残疾的身躯回来了，她的存在对希波赖特造成了威胁。又是在梦幻的指引下，希波赖特放火烧了安德斯夫人居住的房子，却没有将后者烧死，于是，他转换策略，把安德斯夫人安置在自己精心为她装修过的豪华公寓里，运用"精神疗法"给她"疗伤"。为了躲避安德斯夫人的纠缠，希波赖特在家乡找了一位贤良淑德的妻子。然而，妻子不久后患病去世，希波赖特又搬回到安德斯夫人住着的公寓里，过起隐居的生活。正当读者以为全剧终的时候，孰料峰回路转，希波赖特突然又提供了关于安德斯夫人故事的另一个版本：被希波赖特卖掉的安德斯夫人回来了，向他讲述了自己极具传奇色彩的经历。她被辗转卖到沙漠地区的一个小村庄，在那里当上了叱咤风云的女王。现在，她要收回自己的公寓，把希波赖特赶走。作为叙事者的希波赖特自称他的记忆出了问题，自己也无法辨识故事的真伪。小说最后，亲友们的态度和证言、希波赖特自己的日记、信函，以及一部小说手稿的发现让我们不禁对希波赖特精神是否正常这一问题产生了怀疑，也就消解了全部叙事的权威，喧嚣热闹的叙述到最后仿佛又回到了起点，一切归于静寂。

希波赖特借助背离生活的姿态来实现自我超越的梦想，最终导致自我分裂的结果。桑塔格一面宣扬"沉默"之美，以此捍卫艺术与艺术家的独立与尊严，实现艺术解放的神话，另一面却毫不掩饰对希波赖特白日梦式的幻想的讥讽之意。桑塔格对《恩主》给予了厚望，把它视为个人对精神自由的探索之旅的开端，但评论界对这部作品的关注寥寥，虽有论者对年轻的小说家给予了热忱的鼓励，更多评论者则认为小说缺乏生活，为了形式上的纯粹性而牺牲了内容。

（二）《死亡匣子》

1967年出版的《死亡匣子》被视为《恩主》的续篇，桑塔格将艺术实验从梦想与现实边界的消散推及到了生存与死亡两界的融通。《死亡匣子》继承了桑塔格在《恩主》中的主题：对自我的质疑和寻找。道尔顿·哈伦（Dalton Harron，小名迪迪）是另一个希波赖特，一个"精神畸形"的人，一个寻求"自我删除"的人。希波赖特借助于梦幻实现个人的净化和精神上的安宁，迪迪摆脱意识重负的避难所和乌托邦则是"死亡"。迪迪是一家显微镜公司的广告部副主任，他现年33岁，温文尔雅、循规蹈矩，但他平静的生活表面之下暗流涌动：他的工作单调乏味，婚姻失败，他感到这个世界污浊不堪、危机四伏。一天晚上，迪迪服药自杀，在医院洗了胃被救了过来，之后他强忍恶心之感，决定重新生活，新的生活和新的故事也就在他出差登上火车的那一刻开始。旅途中，火车忽然遭遇故障在隧道里停下，迪迪下车想要查明情况，他看到一位工人正在清除铁轨上的障碍物，工人傲慢的挑衅使迪迪在惊恐之下失手杀死了他。回到包厢之后，迪迪跟同车厢的盲人姑娘海丝特（Hester）讲述了发生在自己身上的故事，但海丝特却声称迪迪根本就没有下过车，一切突然都成了疑问。迪迪开始踏上释疑、求证之路。他在报纸上看到了有关铁路工人尹卡多纳（Incardona）之死的相关报道，但报道却说他所乘坐的"私掠船"号正常运行，并未遭遇任何故障。所有信息让迪迪重新陷入混沌之中。他假冒保险公司的工作人员去拜访尹卡多纳的遗孀，却未得到任何有用的信息。海丝特在复明手术失败后接受了迪迪的求婚并跟随他回到了纽约，一个月后，两人日夜厮磨的平静生活因迪迪的弟弟保罗（Paul）的来访而被打破，迪迪对弟弟的指责使海丝特坦称无法忍受他的绝望，迪迪也继而指出海丝特的安宁、平静、宽恕等品格让自己感到压抑。迪迪越来越虚弱，他的生活反倒全部要由海丝特来照顾。海丝特同意与迪迪一起回到他们当初乘坐的列车发生故障的隧道，去验证迪迪杀人事件的真相。迪迪又看到了铁道工人尹卡多纳，并且再次杀死了他，但海丝特却仍然无法"看到"这一过程。迪迪赤身裸体穿越了隧道，走进一个巨大的墓室，看到了各式各样的棺材和尸体。迪迪在检视死亡的过程中，仿佛参透了"人生的百科全书"，他感到了前所未有的宁静。

《死亡匣子》是关于"存在与虚无"的故事。迪迪让人想起存在主义大家让-保罗·萨特（Jean-Paul Sartre）的名著《恶心》（La Nauséu, 1938）一书中对周围的一切感到"恶心"的历史学家安东尼·洛根丁（Antoine Roquentin）。洛根丁所体验到的"恶心"是对显现出来的并不美好的存在的嫌弃，是一种醒悟和孤独感。迪迪的"恶心"既是一种心理上、精神上、哲学意义上的困惑和痛苦，又是一种生理反应，它既指这个被污染了的世界恶臭难闻、令人窒息，又具体地指迪迪在医院经历洗胃时他自己的呕吐物的气味。这一"恶心"的气味贯穿故事的始终，既完成了首尾呼应，又揭开了关于小说的"重大秘密"：这部小说完全是迪迪在弥留之际的幻觉和呓语。迪迪的梦想之地正是"死亡之匣"，一个更为虚无的存在，这一结局似乎完全否定了之前迪迪为生存所做的一切努力，最大限度地验证了存在的荒谬性。

（三）《我，及其他》

《恩主》和《死亡匣子》并没有取得预期的成功，这大大地挫伤了桑塔格进行长篇小说创作的信心和热情。在接下来的20年的时间里，桑塔格将其小说家的抱负浓缩在短篇小说的创作中。1978年，桑塔格出版了短篇小说集《我，及其他》，收录了她在1963—1977年创作的8篇短篇小说，分别为《中国旅行计划》("Project for a Trip to China"，1973)、《心问》("Debriefing"，1973)、《美国魂》("American Spirit"，1965)、《假人》("The Dummy"，1963)、《旧怨重提》("Old Complaints Revisited"，1974)、《宝贝》("Baby"，1974)、《杰基尔医生》("Doctor Jekyll"，1974)、《没有向导的旅行》("Unguided Tour"，1977)。在小说的中译本中，出版社还依照桑塔格本人的要求收录了她在80年代创作的两个短篇，即《我们现在的生活方式》（1986）以及《朝圣》("Pilgrimage"，1987)。

《心问》表达了桑塔格对1969年自杀的中学时代好友苏珊·陶布斯（Susan Taubes）的缅怀。与前夫离婚后，娇小瘦弱的朱莉（July）把两个孩子送到了寄宿学校，她自己过起了隐居的生活。很少出门、很少与人交往的朱莉深陷于对存在意义的叩问，她最终选择了以死亡来终结所有的困惑。朱莉的问题主要是精神的困境，而三个同名的多丽丝（Doris）直面的是生活的打击。第一个多丽丝的两个孩子葬身于火海，她后来无家可归；第二个多丽丝的女儿醉心于巫术，成了邪教的俘虏，七年杳无音讯；第三个多丽丝的女儿22岁，已经多次进出拘留所。吞噬了朱莉以及这三个爱丽丝的孩子的凶手，是这个满是裂痕、乱七八糟、无法无天、满目疮痍的城市。《心问》细致地刻画了知识女性敏感、困惑、痛苦、绝望的心境，也深刻地批判了摧毁了人的生存权利和尊严的社会现实。

短篇小说《假人》则以寓言的手法揭示了这个"机械复制的时代"的真相。故事的情节非常简单："我"用塑料制作了一个跟自己一模一样的假人，让他代替自己去工作、生活，"我"因此得享自由。不料，假人因爱上秘书小姐而以死相逼，要求离开，"我"只好以假人为模子制作了第二个假人，最终赢得皆大欢喜的局面。桑塔格匠心独运，以假人的出现为"我"换取了一个旁观者的视角来省察枯燥乏味、孤独寂寞的现代生活。

《宝贝》表达了人们以爱之名所行使的伤害，揭示了各个社会单元所存在的奴役和反抗；《我们现在的生活方式》以闪烁其词的方式述说着疾病带给"我们"的难以言说的痛苦和恐惧；《美国魂》暗含着对弗拉特法斯小姐（Miss Flatface）

所代表的女性主义者的盲目性的嘲讽；《旧怨重提》和《杰基尔医生》则展示了人们生活在他人凝视之下的规训生活。

意志、信念和激情是桑塔格用来应对世界荒诞、存在虚无的最后盾牌。世界是荒诞的，存在是虚无的，但自我超越的信念不是没有意义的。桑塔格主张以积极的行动来介入生活。在英文版的《我，及其他》中，第一篇故事是《中国旅行计划》，最后一篇是《没有向导的旅行》，从"计划"开始，到对"向导"的渴望和暗示，这样的顺序安排绝非偶然，旅行的故事贯穿了桑塔格短篇小说集的始终。

《中国旅行计划》描述了桑塔格的"中国情结"。小说的叙述者"我"为自己制订了一份即将开启的旅行规划，作者以碎片式的语言描述了"我"对中国的支离破碎的认识。中国已幻化成了一个符号，被赋予了多重的象征意义，通过对这一多重意义的阐释，作者表达了"我"对生活的感悟，"我"的痛苦、迷惘，以及"我"的精神追求。因此中国之行是一种精神仪式，描绘出"在别处"的生活。

《没有向导的旅行》则以对话的独特形式，运用拼贴、组合、清单式目录的写作手法描绘了人类的精神自牀。我们跟随着两个叙述声音的对话，进行了一次没有起点、没有终点、超越常规的精神之旅，感受到叙述者看似平静的叙述中隐藏着的痛苦和迷茫。

《朝圣》则记载了女主人公对德国著名现实主义作家托马斯·曼（Thomas Mann）的一次拜访。拜访事件类似一次成年仪式，这是桑塔格对欧洲文化的致敬，也是桑塔格的心灵告白：在心中保留一种理想、一个偶像，保持一份自我完善、自我超越的信念，成为精神屹立不倒的"巨人"！

桑塔格的短篇小说集仍聚焦于隐居在封闭的个人世界里的个体。他们每个人的经历折射出美国社会生活的多彩画卷，他们每个人的困境共同构成了美国的悲剧。相较于《恩主》里的希波赖特和《死亡匣子》中的迪迪，《我，及其他》中的主人公表现出了更多的社会关切，开始走出自我的"洞穴"，踏上了寻找自我的旅程。卡尔·罗利森（Carl Rollyson）认为，《我，及其他》聚焦于成为自我、保持自我或者说改变自我的工作，而将读者搁置一旁，这也许是桑塔格的写作目的，以美国精神为主题的她自然注意到自我焦虑在美国的普遍存在。[1]然而，自我的精神救赎无法在现实的社会语境中得到实现，只能依赖意志的力量实现，即"自我"转变为"他者"，"此地"幻化为"别处"。

---

[1] Carl Rollyson, *Reading Susan Sontag: A Critical Introduction to Her Work*, Chicago: Ivan R. Dee, 2001, p. 131.

## 三、"沉默的美学"与桑塔格的小说创作

"沉默"就是桑塔格小说中统一的主题,体现了桑塔格形式主义美学思想的影响。桑塔格在 1967 年发表了《沉默的美学》一文,指出当今时代艺术家面临困境,艺术与现实面临脱节,这是因为绝对化、一体化的倾向和标准使艺术无法表达思想,两者之间关系的断裂使艺术走向沉默。然而沉默也可以反过来作为一种特殊的言说和表达方式,可以通过这种有意为之的障碍和距离达到刺激读者和观众的感受力的目的,以激发他们的敏锐感知,从而拯救艺术。

桑塔格的"沉默的美学"关注的是艺术家群体,是对艺术独立精神的维护,指向的是精神重建这一社会工程。它受后现代主义解构精神的启发和鼓舞,希望通过标新立异的方式和自我消解的手段吸引读者对意义的阐释和重构。桑塔格在她的批评文章、文学创作甚至社会活动中,都在实践着这一美学原则。

桑塔格作品中的主人公大都是敏感的艺术家,他们在文化趣味上是精英主义式的文化贵族,他们也是最具有危机意识的人。《恩主》的主人公希波赖特"很早就体验到一种沉重感,还带着一丝忧郁,直到长大成人,这一感觉都挥之不去"[①]。《死亡匣子》里的公司经理迪迪内心充满着虚幻感、无助感、恐惧感。"对他而言,所有的工作都已失去了意义,所有的地方都不再友好,几乎所有的人都面目狰狞,所有的气候都不再宜人,所有的情形都危机四伏。"[②]短篇小说集《我,及其他》里的男女主人公们也都如飘荡的游魂,生活在精神的困惑、迷茫和痛苦之中。面对危机,桑塔格笔下的主人公们选择了用艺术的手段来应对,他们或是用梦幻代替生活,或是跳进死亡的匣子里闭门不出,抑或用暴力、色情或一人分饰不同角色的换装术来逃避现实、重塑自我。艺术成了一座围城,艺术家自我流放于此并享受其中。

60 年代以来,桑塔格更积极地投身于各种政治、文化运动中,这也是桑塔格经历思想危机的时刻。第一次危机发生在 1972 年,当时,她身在巴黎,对自我的定位以及文学创作上的挫折让她深感迷惘[③];第二次危机是 1975 年桑塔格被诊断患了癌症,这不但改变了她的生活,也直接影响了她的创作规划,她开始对生活和自我有了更深的认识、更多的反思。70 年代美国社会转向保守和沉默,许多老左派知识分子转变为新保守派,不少人在对 60 年代反文化运动的攻击或忏悔中重

---

① [美]苏珊·桑塔格:《恩主》,姚君伟译,上海译文出版社 2004 年版,第 2 页。
② [美]苏珊·桑塔格:《死亡匣子》,刘国枝译,上海译文出版社 2009 年版,第 4 页。
③ Charles Ruas, "Susan Sontag: Me, Etcetera...", in Leland Poague, ed, *Conversations with Susan Sontag*, Jackson: University Press of Mississippi, 1995, pp. 175-182.

新定位自己。桑塔格则既不愿投入重新兴起的新保守主义的阵营，也与当时的左派思想保持着一定距离，她一直试图在政治分歧和对抗之间找出一条出路，她同情左派，但也批评了左派思想中她认为是反智主义的内容。[①]走中间道路的桑塔格最终将知识分子的独立性和责任感作为自己为之奋斗和抗争的领域和目标。

桑塔格在此期间创作出了不少有分量的作品。《激进意志的样式》（*Styles of Radical Will*, 1969）、《论摄影》、《在土星的标志下》（*Under the Sign of Saturn*, 2013）与《疾病的隐喻》等的出版，使桑塔格以著名批评家和文化名人的身份得到普遍关注。与此同时，桑塔格也断断续续地进行着电影和短篇小说的创作：她写作并执导了两部电影《食人族二重奏》（*Duet for Cannibals*, 1969）、《卡尔兄弟》（*Brother Carl*, 1971），还发表了十余篇短篇小说。需要特别指出的是，这一时期的桑塔格无论是在评论文章中，还是在文学创作中，都显示出了与她在政治上积极的、果敢的投入态度不甚相同的风格——忧郁。忧郁是桑塔格《在土星的标志下》囊括的那些作家身上共有的气质，是桑塔格的短篇小说集《我，及其他》的主人公所共享的风格。

桑塔格的短篇小说集《我，及其他》被视为桑塔格最具自传色彩的作品。它记录了桑塔格的痛苦、迷惘和自我超越的渴望，同时它也是一幅群体画像，记录了60年代群众运动走向沉寂之后，经历着巨大失落感的知识分子阶层在困惑中的挣扎与反思。知识分子的反抗，在桑塔格的作品中，表现出了"沉默"的姿态。

从形式上看，沉默可以分为两种类型：一种是"纯粹的沉默"，体现在艺术作品中就是寡言、无语的形式；另一种则是"喧嚣的沉默"，这是在众声喧哗之中遮蔽或者消解掉自身意义的言说方式。桑塔格在小说中，结合了这两种不同的方式，来塑造"沉默"的艺术效果。例如，在短篇小说《宝贝》中，故事由主人公的父母联合讲述，作为倾听者的医生与作为聚焦主体的"宝贝"本人则都是缺席的、沉默的。父母的讲述模式由最初两人的"合述"变为个人的"独述"，但我们在故事中却找不到任何线索对两人的身份进行区分。在父母絮絮叨叨、迫不及待、没完没了的叙述中，在两种互相对立、相互消解的版本中，"宝贝"的形象更加破碎、虚无、沉默。《我们现在的生活方式》的叙事视角同样别具一格。故事由一个内隐的叙事者讲述，所谓"内隐的叙事者"指的是叙事者的主动隐身，他尽可能从故事中脱身，让情节按照自身的逻辑去展开，让人物在舞台上按各自独特而合理的方式去行动。[②]这一"内隐的叙事者"的任务就是进行简单的转述，

---

[①] Liam Kennedy, *Susan Sontag: Mind as Passion*, Manchester: Manchester University Press, 1995, p. 103.

[②] 谭君强：《叙事学导论：从经典叙事到后经典叙事》，高等教育出版社2008年版，第64页。

与这一叙事者的冷漠姿态相反，小说中的叙事声音却非常活跃。在故事开篇，我们就被淹没在一连串的热切的叙事声音之中，听到了从 A 到 Z 多位朋友的竞争性言说。

除了语言形式之外，桑塔格认为，沉默也可以体现为一种弃绝或者惩罚的行为，比如自杀、发疯、放弃自己职业的举动，或者社会施加的审查、流放、监禁等。桑塔格在小说中聚焦于具有艺术家气质的群体，他们以超越常规的、离经叛道的形式表达出了自我否定、自我消解的意旨，以唤起读者全新的艺术感受力的方式来表达沉默、言说自我。短篇小说《美国魂》与《旧怨重提》以不同的方式表达了作者对言说与沉默的思考。

《美国魂》所具有的寓言特征从主要人物"扁平脸小姐"（Miss Flatface）[①]、"猥亵先生"[②]（Mr Obscenity）的名字中就可见一斑。弗拉特法斯小姐有一天心血来潮，决定抛下自己中产阶级的家庭生活来过奥布辛尼迪先生为她提供的放荡、纵欲的生活。她理解不了奥布辛尼迪先生嘴里的共产主义、种族解放、自由恋爱等时髦话题，她决定摆脱他的控制，做自由的女性主义者，却并不清楚女性主义为何物。在与奥布辛尼迪先生和他的手下朱格（Jug）督察的追逐游戏中，弗拉特法斯小姐跑遍了全国，自由地从事着她自由选择的色情行业。五年后，她遇到了长得像丈夫吉姆（Jim）的水手亚瑟（Arthur），她爱上了亚瑟并同他结了婚，婚后的幸福生活刚持续了两个月，弗拉特法斯小姐就生了重病，她神志不清了，直接将亚瑟当成了吉姆。"弗拉特法斯小姐根本没有想到目前，在她走向死亡的时候，她的脑子里出人意料地装的全是爱国的本性和她的前夫和孩子。最后，我们大家都回到了开头。"[③]

弗拉特法斯小姐将女性主义理解为反叛的姿态，她用成为妓女和荡妇的激进方式颠覆自己"贤妻良母"的传统角色。她并不清楚自己行动的目的和意义，也不理解她用行动支持的女性主义、社会主义、爱国主义是什么意义，她的一系列行为也因此显得荒诞可笑。弗拉特法斯小姐是在美国先贤们的呼唤中做出以上选择的，但她从来没有听懂过它到底是指引还是禁令。无论是先贤们含义不明、混乱不清的召唤和指示，还是奥布辛尼迪先生的引导和命令，这种以自由平等的名义所做出的指令，偏偏剥夺了她的自由、尊严和求知的渴望，使她一直生活在盲目和蒙昧之中，离自由和文明越来越远。最终弗拉特法斯小姐选择了回归自己从

---

[①] 徐天池等人的译本中将其音译为"弗拉特法斯小姐"，为求统一，在以下的阐述和引用中保留中译本译名。
[②] 徐天池等人的译本中将其音译为"奥布辛尼迪先生"，为求统一，在以下的阐述和引用中保留中译本译名。
[③] [美]苏珊·桑塔格：《我，及其他》，徐天池等译，上海译文出版社 2009 年版，第 90 页。

前的生活，她寻找自我的旅程也无疾而终。

小说显然表达出了对弗拉特法斯小姐所代表的女性主义者、激进主义者的嘲讽，也表露了桑塔格对以"沉默"来言说反抗的美学思想的矛盾态度。20世纪60年代是女性主义运动走向高潮的时期，与同时代的许多女作家和知识分子不同，桑塔格与女性主义运动始终保持距离。在桑塔格看来，女性将自己与男性对峙起来的做法实际上是将女性自己隔离了出来，这无异于一种自我贬低的行为。弗拉特法斯小姐仿佛赢得了男女追逐游戏中的主动权，但实际上，她的生活和选择从来都是以男性为中心的，也是由男性来诉说的，她从未拥有过自由言说的权利和能力。故事最后，出走之后的弗拉特法斯小姐又通过自由选择回到了原来的家庭，反抗的姿态变成了一种认同。对叛逆的渴望以及同时对秩序的需要，构成了女主人公与社会和自我的冲突，也折射出一代人的矛盾心理和精神困境。[①]

在短篇小说《旧怨重提》中，主人公"我"面临的问题则是无法脱离"组织"。问题的症结在于自己对组织的精神依赖："我"无法舍弃这种集体的身份。"我"曾经尝试过故意违背组织一夫一妻制的道德传统和要求，投入情人的怀抱。然而对于温暖和确切的性的渴望，让"我"又回到了自己原来的伴侣身边，这次冒险只是让"我"更增强了对组织的依赖。然而，身在组织内部，我还是会感受到强烈的孤独感。领导者的虚伪、无能，成员们的庸俗、愚蠢，以及组织本身的涣散和它并不清白的历史，使"我"献身于组织、忠诚于组织的决定显得荒谬可笑。"我"进退两难，只能一再延宕自己的行动，一遍遍地诉说着怨言，慢慢地，"我"也在这"旧怨重诉"中越来越麻木、越来越沉默了。

桑塔格在故事中有意借用"我"的"译者"身份，讨论了语言与沉默的关系。作为一名"翻译"，"我"时常有词不达意的苦恼，因此"我"认为自己的问题就是语言的问题。"我"无法有效地表达自我。"我"的言说早已遭到腐蚀而变得空洞、虚假、不可信赖，换句话说，言说变成了自我背叛，个人已被冻结在这个语言的孤岛上，与世界切断了联系，只能遁入永恒的沉默。

"沉默的美学"将艺术作为抵御生活异化的手段，这一美学理想充满了矛盾。作为"反常化"的激进美学，它的回避和自我隔离实际上放弃了艺术对生活的表现和阐释。它不会带来艺术的自我解放，反而会将艺术在自我异化的道路上越推越远。

---

[①] 申慧辉：《迎风飞扬的自由精神——苏珊·桑塔格及其短篇小说》//苏珊·桑塔格：《我，及其他》，徐天池等译，上海译文出版社2009年版，第7页。

## 第二节  《我知道笼中鸟为何歌唱》中的创伤与救赎

玛雅·安吉罗是 60 年代民权运动和左翼运动中发挥了重要影响的黑人女作家,她不仅与黑人民权运动的领袖马尔科姆·X（Malcolm X）、马丁·路德·金（Martin Luther King, Jr）等交往密切,甚至成为他们在运动中的帮手,切实为民权运动的发展做出了贡献。不仅如此,她以笔为武器,从书写自己的经历入手,创作了《我知道笼中鸟为何歌唱》等作品,这些作品成为美国文学史上的经典作品,为她赢得了著名左翼女性作家的声誉,使她成为时代的符号和象征。

### 一、玛雅·安吉罗其人

玛雅·安吉罗被称为20世纪最富神奇色彩的黑人女作家、诗人、演员、民权运动活动家。1928 年 4 月 4 日,玛雅出生于美国南方密苏里州圣路易斯（Saint Louis, Missouri）,她的第一部自传《我知道笼中鸟为何歌唱》详细描述了她从3岁到17 岁的成长经历。3 岁那年父母离异后,玛雅和哥哥贝利（Bailey）被"邮递"到南方阿肯色州的斯坦普斯（Stamps, Arkansas）黑人区和祖母生活在一起,在这里她亲身感受到了种族隔离制度带给黑人的创伤:她的叔叔为躲避三K党[1]四处藏身;祖母遭到白人女孩的侮辱;白人牙医因为她的肤色拒绝给她拔牙等。8岁时玛雅不幸遭到了母亲男友的强奸,但是强奸犯只被拘捕了一天就被放出,该男子后来被玛雅的舅舅谋杀,玛雅知道他被谋杀后,感到非常内疚,她觉得是因为自己说出该男子的名字才要了他的命,因此玛雅在此后的五年中没有再说过一句话。此次事件后不久,玛雅和哥哥又被送回阿肯色州的祖母那里抚养。幸运的是,玛雅在贝莎·弗劳尔斯夫人（Mrs. Bertha Flowers）的帮助下认识到了语言的力量和表达的重要性,她至此又重新开始讲话。弗劳尔斯夫人带领玛雅进入文学的世界,令她着迷于狄更斯、莎士比亚和爱伦·坡（Allan Poe）等文学巨匠的作品。14 岁时她回到母亲身边,同年她辍学成为在旧金山（San Francisco）电车上工作的第一位黑人女性。玛雅随后返回校园,16 岁时即在高中的最后一年,她怀疑自己是同性恋,在母亲的开导下玛雅排除了自我误解,主动接近一个白人男孩,

---

[1] 三K党（Ku Klux Klan,缩写为 K.K.K.）,是美国历史上奉行白人至上主义的民间团体,也是美国种族主义的代表性组织,常常通过暴力行为来达到目的;兴起于南北战争之后,其影响力在20世纪20年代达到巅峰。

成了未婚妈妈，她后来完成了高中学业，并在17岁时生下儿子。

20世纪50年代，玛雅开始涉足演艺事业并开始参与民权运动。1954—1955年，玛雅在音乐剧《波吉与贝丝》（Porgy and Bess）中担当首席舞者，她跟随现代舞创始人玛莎·葛兰姆（Martha Graham）学习舞蹈。1957年，玛雅录制了首张专辑《卡利普索小姐》（Galypso Lady）；1958年，玛雅搬到纽约居住，在此期间参演了让·热内（Jean Genet）的《黑鬼》（The Blacks），创作并主演了《自由之舞》（Cabaret for Freedom）；同年，她加入了哈莱姆作家协会，成为民权运动的一分子，参加了反种族隔离运动。1960年，玛雅来到埃及开罗，担任英文周刊《阿拉伯观察者》（Arab Observer）的编辑；次年，她迁居到非洲加纳，在加纳大学音乐戏剧学院执教，兼任《非洲评论》（The African Review）的专题编辑并为《加纳时报》（Ghanaian Times）撰稿。1964年玛雅返回美国协助黑人民权运动领袖马尔科姆·X创建非裔美国人团结组织，就在玛雅回到美国后不久，马尔科姆·X遇刺，非裔美国人团结组织随之解散，随后，马丁·路德·金邀请玛雅担任南方基督教领袖大会（South Christian Leadership Conference）的北方协调员。1968年玛雅在朋友美国作家詹姆斯·鲍德温（James Baldwin）的鼓励下开始创作；1969年玛雅·安吉罗的自传《我知道笼中鸟为何歌唱》出版，彼时民权运动正值高潮，她的作品成为时代的声音。1970年《我知道笼中鸟为何歌唱》获得美国国家图书奖的提名，在商业上大获成功，该书在《纽约时报》畅销书排行榜上停留两年之久。时至今日，《我知道笼中鸟为何歌唱》仍然是黑人女性成长小说的经典之作。

玛雅也是一位相对高产的作家，除了7部自传性作品外，还写作有烹饪书、戏剧、儿童读物以及大量的诗歌集、散文集等等。玛雅是杰出的女诗人，她从20世纪70年代起开始诗歌创作，出版了十几部诗集，其中《在我死前只需给我一杯清凉的水》（Just Give Me a Cool Drink of Water 'fore I Diiie，1971）使她成为第一位获得普利策诗歌奖（Pulitzer Prize for Poetry）提名的黑人妇女。1993年，她应邀在克林顿总统的就职典礼上朗诵诗作《晨曦的脉动》（"On the Pulse of Morning"），成为在总统就职典礼上朗诵诗歌的非裔第一人，同时也成为美国历史上第三个在总统就职典礼上朗诵的诗人。1995年，在联合国50周年纪念活动中，玛雅·安吉罗朗诵了诗歌《勇敢又令人惊讶的真理》（"A Brave and Startling Truth"）；2009年，在音乐巨星迈克尔·杰克逊（Michael Jackson）的葬礼上玛雅·安吉罗朗诵了诗歌《我们拥有过他》（"We Had Him"）；2010年，贝拉克·侯赛因·奥巴马（Barack Hussein Obama）授予玛雅·安吉罗"总统自由勋章"

（Presidential Medal of Freedom），这是美国对公民的最高奖励。2013 年，85 岁的玛雅·安吉罗出版第七本自传《妈妈·我·妈妈》（*Mom & Me & Mom*），同年她被授予美国国家图书奖公共服务奖。2014 年 5 月 28 日，玛雅·安吉罗与世长辞，享年 86 岁。

## 二、《我知道笼中鸟为何歌唱》内容简介

玛雅·安吉罗在自传体小说《我知道笼中鸟为何歌唱》中回忆了 20 世纪三四十年代在南方小镇斯坦普斯及加利福尼亚州的成长经历。故事的主人公玛格丽特（Margaret）3 岁时与哥哥一起被离异的父母像寄包裹一样寄往南方的祖母家，自此他们和开着一家杂货店的祖母以及残疾的叔叔生活在一起。在这个黑白分化严重、种族观念浓厚的小镇，她观察和感受到了自己的族群因肤色受到的歧视和侮辱，就像托妮·莫里森笔下渴望上帝能赋予她一双深蓝色眼睛的黑人女孩皮科拉（Pecola）一样，玛格丽特为自己的肤色自卑，她试图通过幻想来减缓这种自卑的感觉："我其实是个白人，而我的继母是个邪恶的巫婆，她嫉妒我的美丽，于是将我变成了一个丑陋的、大码子的黑人。是她让我的头发又黑又卷，是她让我的脚板又宽又大，是她让我的门牙间隙大到可以容下一支二号铅笔。"[1]在白人牙医拒绝为她诊治，并当众羞辱她和祖母说宁肯给狗看牙也不会给黑人看的时候，玛格丽特也只能通过幻想祖母能够施展魔法惩治这个恶人来应对这种屈辱。

玛格丽特在成长中的烦恼因哥哥的贴心陪伴以及祖母勇敢坚强、自立自强的示范和教导而得以舒缓。不幸在玛格丽特 8 岁的时候来临，她被送回到旧金山的母亲那里，在那里遭到了母亲男友的强奸，强奸犯没有受到法律的制裁却被她的舅舅暗杀了。这样的经历给玛格丽特造成了创伤，她认为是自己告诉了舅舅强奸犯的名字而致使他送命。之后多年，她被这种罪恶感笼罩，她开始讨厌自己的声音因而拒绝说话，郁郁寡欢。优雅自信的黑人女性弗劳尔斯夫人在此时步入了玛格丽特的生活，她的安慰和教导让玛格丽特从自闭和痛苦中走了出来。她还引领玛格丽特读书，让她明白了自身的价值，获取了直面生活的人生态度。亲情、教育、友谊以及祖母和弗劳尔斯夫人等周围优秀黑人女性的示范使玛格丽特逐渐自信和成熟。她在母亲的鼓励下去应聘旧金山的电车司机职位，成为这里历史上第一位黑人女电车司机；16 岁时，玛格丽特主动接近一个白人男孩，成了一位未婚妈妈，但是她依旧勇敢而独立。

---

[1] [美]玛雅·安吉洛：《我知道笼中鸟为何歌唱》，于霄、王笑红译，上海三联书店 2013 年版，第 3 页。

《我知道笼中鸟为何歌唱》是一部典型的黑人女性成长小说。小说包含对种族歧视的控诉，以及对阶级和性别压迫的揭露，但它并不停留在控诉和抗议的层面，反而更多地表现在种种痛苦的遭遇中女主人公对压迫的反抗、对自我的救赎、对个人身份的追寻和确立。小说揭示出黑人女性身上蕴含的力量，塑造了生动而感人的黑人正面形象。

　　自1969年出版以来，《我知道笼中鸟为何歌唱》就获得了读者和评论界的高度认可，它作为传记文学经典作品的地位得到肯定。作为自传，这部小说的视野宽广，主题丰富。皮埃尔·A. 沃克（Pierre A. Walker）讨论了《我知道笼中鸟为何歌唱》的种族隔离和种族认同主题[1]；尤兰达·曼诺拉（Yolanda Manora）从女性主义角度分析了小说中的流离失所、创伤与女性身份认同之间的关系[2]；玛丽·弗米林（Mary Vermillion）运用女性主义理论对小说中的强奸描述进行了分析，她指出躯体恐惧症，即女性对身体的恐惧，特别是黑人女性对身体的恐惧是女性的父权制观念的体现[3]。玛雅·安吉罗对小说形式的成功运用是它能够直击人心的重要原因，作品中丰富的隐喻、意象均起到了揭示主题的重要作用。[4][5]

　　中国的读者也对玛雅·安吉罗以及《我知道笼中鸟为何歌唱》喜爱有加，尤其从21世纪以来，人们对小说中的成长主题、身份构建、自我救赎、女性形象等方面的研究日益增多。

## 三、成长、创伤与救赎

　　创伤和救赎构成了《我知道笼中鸟为何歌唱》的主旋律。玛格丽特在种族、性别以及阶级歧视的夹缝下生存、成长、抗争并完成了自我救赎，这一个体经历一定程度上也是无产阶级黑人女性群体的生活写照和思想历程。

---

[1] Pierre A. Walker, "Racial Protest, Identity, Words, and Form in Maya Angelou's *I Know Why the Caged Bird Sings*", *College Literature* 3 (1995): 91-108.

[2] Yolanda Manora, "'What You Looking at Me for? I Didn't Come to Stay': Displacement, Disruption and Black Female Subjectivity in Maya Angelou's *I Know Why the Caged Bird Sings*", *Women's Studies* 4 (2005): 359-375.

[3] Mary Vermillion, "Reembodying the Self Representations of Rape in *Incidents in the Life of a Slave Girl* and *I Know Why the Caged Bird Sings*", in Joanne M. Braxton, ed, *Maya Angelou's I Know Why the Caged Bird Sings: A Casebook*, New York: Oxford University Press, 1999, pp. 59-76.

[4] Liliane K. Arensberg, "Death as Metaphor of Self in *I Know Why the Caged Bird Sings*", *College Language Association Journal* 2 (1976): 273-291.

[5] Alisha P. Castaneda, "Hues, Tresses, and Dresses: Examining the Relation of Body Image, Hair and Clothes to Female Identity in *Their Eyes Were Watching God* and *I Know Why the Caged Bird Sings*", Ph.D. diss. Liberty University, 2010.

## （一）成长之创伤

创伤（trauma）一词原指外力给人的身体造成的物理性损伤。[①]19世纪后期，随着工业文明的发展，创伤与工业化带来的暴力之间有了密切联系，创伤扩展至心理层面。[②]弗洛伊德将"创伤"一词定义为"在一个很短暂的时期内，使心灵受到一种高强度的刺激，以致不能用正常的方法谋求适应，从而使心灵的有效能力的分配受到永久的扰乱"[③]的经验，并对创伤的心理症候和心理机制进行了深入分析和阐述。当下的创伤研究已经渗透到了历史、社会学、哲学、文学等多个领域，并融入了女性主义、后殖民主义、后结构主义等理论视角，创伤理论发展成为当代西方公共政治话语、人文批判及历史文化认知的流行范式。《我知道笼中鸟为何歌唱》中主人公面临多重困境，遭遇了深层次的创伤，在疗愈创伤的努力中，她也力图找到自我，实现救赎。

小说的中心事件是玛格丽特所遭遇到的身体侵害，也是玛格丽特命运的转折点。玛格丽特在被母亲接到圣路易斯生活后，常在深夜饱受梦魇的困扰，母亲就把玛格丽特带到自己的房间，让她同自己和自己的男朋友——弗里曼先生（Mr. Freeman）睡在一张床上。然后，真正的"噩梦"发生了，趁着母亲出门，弗里曼残暴地强奸了只有8岁的玛格丽特。性侵事件首先给玛格丽特带来的是身体的创伤，她首先感受到的是剧烈的疼痛："我两腿之间开始灼痛，比用斯隆搽剂清洗自己还要厉害。我的双腿在抽搐……我挪上楼，一级、一级、一级地走上台阶。"[④]

相比身体的疼痛，性侵事件带来的更严重的后果是玛格丽特在成长过程中反复承受创伤记忆的侵扰。遭受创伤后，受害者将以自身独特的方式重复着创伤性事件的刺激。在日常生活中，视觉现象、声音或情境等特定的诱因可以唤起受害者对受害经历的回忆，引发闪回现象，当创伤性事件不断重现时，受害者会感到创伤性事件仿佛就发生在刚才。[⑤]玛格丽特试图将不堪的过往深深埋藏起来，但生活中看似不相关的小事就会勾起她心底里的创伤记忆：祖母让玛格丽特脱掉校服，想要给弗劳尔斯夫人展示自己的针线活，这让玛格丽特想起了在圣路易斯被侵犯的场景，她陷入强烈的恐惧情绪中："阿妈从没想过，在弗劳尔斯夫人面前脱下

---

[①] 陶家俊：《创伤》，载《外国文学》2011年第4期，第117页。
[②] Laurence J. Kirmayer, *Understanding Trauma: Integrating Biological, Clinical, and Cultural Perspectives*, Cambridge: Cambridge University Press, 2007, p. 5.
[③] [奥]西格蒙德·弗洛伊德：《精神分析引论》，高觉敷译，商务印书馆1984年版，第216页。
[④] [美]玛雅·安吉洛：《我知道笼中鸟为何歌唱》，于霄、王笑红译，上海三联书店2013年版，第82页。
[⑤] [奥]西格蒙德·弗洛伊德：《精神分析引论》，高觉敷译，商务印书馆1984年版，第36页。

我的衣服不宰杀了我。"①玛格丽特的伤痛记忆随时会被唤起,她极度缺乏安全感,创伤记忆的侵扰延宕了玛格丽特的痛苦,使她无法投入正常的生活。

此后性侵给她带来的消极影响是玛格丽特内心的负罪感和自我否定。事件发生后,弗里曼以玛格丽特的哥哥贝利(Belly)的性命威胁她不许告诉任何人,为了保护哥哥贝利,玛格丽特选择向家人隐瞒事情的真相,直到贝利保证自己不会死,玛格丽特才敢说出实情,弗里曼最终被愤怒的舅舅打死在街头。年幼的玛格丽特尚未形成"受害者"与"加害者"的概念,她认为弗里曼是因自己而死,内心产生了强烈的负罪感,她归罪于自己的声音,决定封闭自我,再也不开口说话。玛格丽特的失语表面看来是她的自我选择,实际上则深刻地揭示了黑人女性在重重压迫之下的艰难处境。当玛格丽特回到斯坦普斯后,威利叔叔对她满眼都是疏远与嫌弃,经常派玛格丽特去做一些杂事以远离他的视线。威利叔叔的态度让玛格丽特自觉羞耻,认为自己满身罪恶与肮脏,在同别人相处时,她总是提心吊胆,生怕别人知道她曾被人侵犯过而鄙视她。性侵事件极大地摧毁了玛格丽特的主体意识,构成了她的精神创伤。

在玛格丽特的成长过程中,性侵事件是引发她心理创伤的直接原因,然而作者敏锐地指出了,在更广泛的意义上,幼年家庭生活的经历以及种族歧视的社会语境都是摧毁玛格丽特的刽子手。玛格丽特3岁时,离异的父母将她与哥哥像寄包裹一样寄往南方的祖母家,这段经历让玛格丽特产生了强烈的被遗弃感,也成为兄妹两人内心不可触碰的痛楚。一个圣诞节的早上,当玛格丽特收到父母寄来的礼物时,她终于抑制不住内心的委屈、伤心及对父母深切的思念:

> 我不知道贝利的礼物是什么,我拿到礼物打开盒子后就躲到了后院的楝树下。那天很冷,空气清冽如水,长椅上还结着白霜,但我径直坐在上面哭了起来。当我抬起头的时候,贝利也从屋里走了出来,擦着眼泪。他刚才也哭了……礼物打开了一扇门,指向了那个我们已回避许久的问题:他们为什么把我们送走?莫非我们做错了什么?是什么错误严重到让他们一定要离开我们?为什么在我们三四岁的时候,他们竟忍心给我们系上个标签就托付给一个素不相识的列车员(更不消说他在亚利桑那就下了车),又怎么忍心在我们那么幼小的时候就让我们独自横越美国大陆,从加利福尼亚的长岛坐火车到阿肯色的斯坦普斯?②

---

① [美]玛雅·安吉洛:《我知道笼中鸟为何歌唱》,于霄、王笑红译,上海三联书店2013年版,第101页。
② [美]玛雅·安吉洛:《我知道笼中鸟为何歌唱》,于霄、王笑红译,上海三联书店2013年版,第53-54页。

孩子在童年时期最需要的是父母的关爱与呵护，成长阶段亲情的缺失使他们极度缺乏安全感和归属感，这种家庭创伤往往直接或间接地影响人的一生，因为创伤是一种给受创者造成生存困境的破坏性经历，它造成的影响往往是延后并难以控制的，或许永远无法完全控制。[1]玛格丽特原生家庭的不幸直接酿成了玛格丽特的悲剧，父母的失职是玛格丽特被强奸的重要原因。妈妈没有及时承担起作为母亲的呵护责任，她让8岁的玛格丽特和她的男朋友睡在一张床上，这助长了弗里曼的龌龊想法；父爱的缺失使玛格丽特极度向往成年男子的关爱。玛格丽特最初对弗里曼的拥抱并不反抗："我感到他的怀抱就是我的归宿，从他怀里传来的温柔让我知道，他也不会放开我，更不会让任何不好的事情发生在我身上。他可能是我的生父，而我们最终相遇相拥。"[2]另外，幼年被抛弃的经历让她变得敏感脆弱，让她主动去迎合，而不是勇敢地表达自我的意愿，这都间接助长了弗里曼的侵害，导致了她的悲剧。

玛格丽特的主体性危机很大程度上还同20世纪30年代仍广泛存在的种族隔离、种族歧视相关。美国南方阿肯色州的斯坦普斯小镇是一个"黑白分明"的世界，由于种族隔离政策的实施，斯坦普斯被一分为二，黑人因饱受白人的欺压而对他们产生畏惧心理。当玛格丽特经过白人区时，她"感到自己恍若手无寸铁的冒险者独自行走在危机四伏的食人兽领地"[3]；玛格丽特目睹并亲自感受到了白人对黑人的侮辱和歧视：除了独立日外，黑人只被允许吃黑色的巧克力冰激凌；曾向祖母借过钱的白人牙科医生拒绝给玛格丽特看病；白人小孩普遍接受良好的教育时，而黑人男孩（女孩甚至都不在考虑之列）却被认为只可能在体育方面有所成就；当白人女孩学习各种礼仪时，黑人女孩却从小就被要求学习刺绣、洗烫衣物和烹饪食物，以便用这些技术找到黑人女孩"应该"从事的职业——做白人的保姆、在餐厅打工等。

社会的规训使玛格丽特一度失去自我。她因自己是黑人而感到自卑，认为自己是黑人女孩这件事只是一个睡梦中的丑恶梦境，她幻想某一天自己会从这个梦境中醒来，变回一个漂亮又高贵的白人小女孩。在毕业典礼上，白人在演讲中对黑人的蔑视使得玛格丽特开始怀疑黑人的生存意义：

> 生而为黑人是可悲的，我们掌控不了自己的命运。我们在很小的时候，就被残忍地培养为驯服的绵羊，我们甚至可以安静地倾听别人嘲笑自己的肤

---

[1] Dominick LaCapra, *Writing History, Writing Trauma*, Baltimore: The Johns Hopkins University Press, 2001, p. 41.
[2] [美]玛雅·安吉洛：《我知道笼中鸟为何歌唱》，于霄、王笑红译，上海三联书店2013年版，第75-76页。
[3] [美]玛雅·安吉洛：《我知道笼中鸟为何歌唱》，于霄、王笑红译，上海三联书店2013年版，第26页。

色，而不作任何辩解。我们都应该死。我想我会很高兴看到我们全部死掉，一具具尸体堆在一起。……作为一个物种，我们面目可憎，我们所有人。①

玛格丽特从根本上开始对自己的黑人身份产生排斥和否定，产生痛苦和迷茫，她就像"双翼被折断的长着黑色羽毛的鸟"，被囚禁在由男性及白人霸权所铸成的坚固"牢笼"中动弹不得。

（二）创伤之疗愈

幸运的是，玛格丽特及时地感受到了来自家人、朋友和整个黑人群体的帮助，这是支撑她直面创伤的重要力量。

在创伤事件之后，受创者的精神世界十分脆弱，他们会通过许多不同的方式，从家人、情人、好友身上寻求情感上的支持。②在玛格丽特的成长过程中，家人的陪伴与照顾是她走出创伤的精神支撑。玛格丽特的哥哥贝利是她童年时期最亲密的同伴和亲人。"在一个孤独孩子的所有需要中，毫不夸张地说，如果有一个是必须满足的，那就是对不可动摇的上帝的不可动摇的信仰。而我漂亮的黑人哥哥在我的生命中就是降临的天国。"③贝利参与了玛格丽特的整个童年，在他身上看不到任何男尊女卑的偏见，恰恰相反，他对妹妹的爱和支持帮助妹妹一次又一次地克服了心理危机。

包括祖母、妈妈和弗劳尔斯夫人在内的黑人女性群体为玛格丽特提供了走出创伤的力量和支持，并向她示范了自尊自爱、自立自强的黑人女性主体性建构的可能性。坚强、善良又能力非凡的祖母是玛格丽特成长道路上的呵护者，她接替了玛格丽特父母应尽的责任，不但尽力给玛格丽特和贝利提供较好的生活条件，不让他们忍饥挨饿，而且重视对他们的教育，教会他们懂礼貌、讲卫生。她让玛格丽特从小便养成了阅读的习惯并将其发展成爱好，这一爱好帮助玛格丽特治愈创伤并受益终身；更重要的是，祖母为玛格丽特示范了自尊、自爱、自强的黑人女性形象，她自己承担起家庭所有的重担，经营商店来抚养残疾的儿子和两个年幼的孙辈。她温文尔雅，对黑人同胞友爱相助，对白人有礼有节、不卑不亢，她为自己赢得了斯坦普斯镇居民们的爱戴，是唯一被尊称为"夫人"的黑人女性。在恶劣的种族隔离环境里，祖母用智慧去保护家人，创造了独特的黑人生存哲学，祖母给了玛格丽特无穷的精神力量，是玛格丽特人生的第一位指路人。

---

① [美]玛雅·安吉洛:《我知道笼中鸟为何歌唱》，于霄、王笑红译，上海三联书店2013年版，第184页。
② [美]朱迪思·赫尔曼:《创伤与复原》，施宏达、陈文琪译，机械工业出版社2015年版，第57页。
③ [美]玛雅·安吉洛:《我知道笼中鸟为何歌唱》，于霄、王笑红译，上海三联书店2013年版，第24页。

母亲薇薇安（Vivian）也对玛格丽特产生了重要影响。她极具独立精神，在婚姻、家庭、两性关系、职业等方面都尽力争取自己的自主权，不愿沦为白人的仆人和保姆的她，在圣路易斯和旧金山积极开创自己的事业。被生意伙伴出言侮辱时，母亲并不会像大多黑人女性那样选择默默承受，而是直接朝那人开枪反击，她的勇敢为她赢得了性别和种族双重意义上的尊重。母亲也在尽力弥补玛格丽特兄妹童年缺失的母爱。她会花费数月为孩子们的到来准备舒适的住所；她会烤好饼干，在凌晨时分为玛格丽特和贝利举办一个温馨的派对并给孩子们唱歌助兴；她会带兄妹二人品尝各个国家的特色美食……母亲最后重组了家庭，继父克莱德尔（Clidell）给了玛格丽特久违的父爱，玛格丽特的家庭创伤得以痊愈。

弗劳尔斯夫人是玛格丽特人生低谷时候出现在她生命中的天使。被弗里曼玷污的玛格丽特身心受到摧残，她选择沉默不语，将自己与外界隔离开来，体贴入微的弗劳尔斯夫人觉察到她的沉默，主动给予她关爱并引导她感受到语言的力量，启发她大声朗读，感受声音的美妙，体会声音赋予语言的更深层次的意义。这是玛格丽特第一次听到如此美妙动听的旋律与温暖人心的话语，第一次体会到作为"玛格丽特"这个个体而被人喜欢的感觉，这不仅让玛格丽特重拾信心，重新审视自己，更是唤醒了她对自我身份的认识，进一步促进玛格丽特所遭遇的性侵创伤的恢复。

在《我知道笼中鸟为何歌唱》中，祖母、母亲、弗劳尔斯夫人都是自强、自尊、勇敢的黑人新女性。她们构成了强大的女性力量，使玛格丽特开始意识到黑人女性在种族和性别压迫下的突围策略，玛格丽特开始立志成为智慧和勇气兼具的女勇士。

如果说女性力量对玛格丽特恢复创伤起着独特的作用，那么黑人社区和它所代表的族裔精神则为玛格丽特的成长提供了源源不断的力量，黑人社区的宗教信仰和民族精神为她的创伤的恢复提供了精神支撑。在小说中，黑人社区文化可以分为南方社区（斯坦普斯镇的黑人区）和北方社区（圣路易斯市和旧金山市的黑人区），南方黑人的集体主义精神和北方黑人的自由反抗精神深深地影响着玛格丽特。在斯坦普斯，社区成为黑人彼此情感和精神的纽带，团结、友爱和互助是20世纪30年代斯坦普斯黑人社区的文化标志和精神氛围，黑人的心灵创伤在社区内得以疗愈，黑人自我的种族意识和种族认同感在社区的帮助和影响下得以形成。共同的宗教信仰使黑人群体内部的团结氛围得到了极大强化，在每周一次的教堂活动和每年一次的培灵会[①]中，黑人长久积压于心的压抑感得到了释放，精神

---

① 培灵会（revival meeting）：基督教会用于强化信徒对基本教义的认识的一种聚会方式，一般一年或一个季度举办一次。

得到了寄托，他们从《圣经》中找到抵抗心理压迫的有力武器，并创造了属于自己的精神世界和宗教文化。①

在圣路易斯黑人区，商业主流价值观的影响虽然冲击了黑人的集体主义精神，但他们仍然能够在涉及选举和族群利益的事情上达成共识、同仇敌忾。这里的黑人不会一味忍让，而是敢于反抗白人霸权并使用各种方法争取自己的权益。在南北黑人社区文化的影响下，玛格丽特逐渐培养出种族自豪感，重拾种族意识，完成自我身份构建，促进了她的种族创伤的恢复。

（三）自我救赎的实现

在对创伤进行疗愈的过程中，玛格丽特的自我意识开始萌生，她的性别、种族和阶级意识的觉醒推动她走出创伤，实现了自我的救赎。

性侵创伤使得玛格丽特的女性意识支离破碎。在母亲的帮助和引导下，玛格丽特开始探索、找寻并肯定自己的性别身份。性侵事件后，玛格丽特便开始回避爱和性，甚至对自己的身体产生了自卑，在阅读过有关女同性恋的经典名作《寂寞之井》(The Well of Loneliness, 1928) 之后，她开始重新思考自己的女性身份，对自己的性取向产生了怀疑。在深思熟虑之后，玛格丽特选择主动与一位年轻男子发生关系，这一次，玛格丽特以兴奋和充满希望的心情积极面对由她主导的性行为，并主动承担其后果，选择做一位单身母亲独自抚养孩子。玛格丽特通过这场性主动权的争夺，确立了自己的性别身份。

与此同时，玛格丽特也经历着阶级意识和种族认同感的觉醒，她对阶级和种族身份的认同使她的主体性拼图得以完整。在毕业典礼上，黑人同学亨利·瑞德（Henry Reed）的演讲打动了玛格丽特，她在瑞德的引领下与所有黑人一起唱起了美国革命时期的战歌，感受到了歌曲中传达出来的黑人的集体力量和他们追求新生活的希望。10岁的玛格丽特曾到富有的、上流社会的白人库里南太太（Mrs. Cullinan）家学习如何布置餐具、烹饪精致的菜肴。库里南太太以玛格丽特名字太长为由擅自将玛格丽特的名字改为"玛丽"，玛格丽特故意打碎了库里南太太最珍爱的陶器以示抗争，使得库里南太太意识到她的抗议并开始称呼她的原名。长大后的玛格丽特决定去市场街有轨电车公司找一份工作，这是一个颇具挑战性的想法，因为当时的美国甚至不让有色人种去坐有轨电车，更不用说去当司机了。然而，母亲在知道玛格丽特的想法后选择坚决支持她："除了失败，什么也不能

---

① 罗虹：《从边缘走向中心——非洲裔美国黑人文化》，中国社会科学出版社2013年版，第51页。

打消你的想法。坚持你的梦想,有多少劲儿都使出来吧。"①终于,玛格丽特成为旧金山电车上第一个黑人雇员,她创造了历史,拥有了与白人同等的工作权利。

值得一提的是,无论是对于玛格丽特还是对于作者玛雅·安吉罗而言,在走出创伤、建构主体性的过程中,阅读和书写的习惯都发挥了重要的促进作用。从某种意义上来说,阅读和书写最终都指向自我的反思,对于受创者而言,发挥着类似于哀悼和情感宣泄的作用。讲述创伤的过程是重构创伤事件,整合创伤记忆,把创伤经历变成个人阅历、体验人生价值的素材,从而更好地管理人生的过程。②在《我知道笼中鸟为何歌唱》中,安吉罗借助黑人小女孩玛格丽特的创伤书写,向读者们讲述自己的创伤往事,再现创伤场景,使得自我从创伤后的影响和内心的冲突中复原。

或许正是因为如此,安吉罗特别钟情于自传的创作方式,此后她又陆续出版了六部自传,包括《奉我的名聚集》(*Gather Together in My Name*,1974)、《像圣诞一样唱呀跳呀开开心心》(*Singin' and Swingin' and Gettin' Merry Like Christmas*,1976)、《女人心》(*The Heart of a Woman*,1981)、《上帝的孩子都需要旅游鞋》(*All God's Children Need Traveling Shoes*,1986)、《飞向天堂的歌》(*A Song Flung Up to Heaven*,2002)以及《妈妈·我·妈妈》等。她的作品充满自我倾听,也让疗愈成为可能,一如安吉罗生前写下的最后一句话:"倾听自己,在这宁静中,你可以听见上帝的声音。"③压抑好似囚笼,唯有放声歌唱,在诉说中倾诉和抗争,才能争取到自由的权利。

---

① [美]玛雅·安吉洛:《我知道笼中鸟为何歌唱》,于霄、王笑红译,上海三联书店2013年版,第270页。
② 李桂荣:《创伤叙事:安东尼·伯吉斯创伤文学作品研究》,知识产权出版社2010年版,第34-35页。
③ 顾悦:《建构当代美国文学的新经典——评玛雅·安吉洛及其创作》,载《外国文学动态》2014年第4期,第29页。

# 第七章

# 理论创新与社会关切

20世纪70年代以后，美国新左翼运动逐渐褪色。然而，左翼思想的影响依然存在，并在新的语境下以不同的方式得到发展。一方面，一些新左翼运动中的知识分子开始走向左翼理论的研究，开启了"学院派"左翼的传统，并将他们的研究在高等院校中传播；另一方面，在社会实践领域，尤其是在进入21世纪以后，全球化的发展、世界政治经济一体化的格局也让左翼运动开始从一国的范围走向国际合作。新时期的左翼运动开始越来越关注人类共同体所面临的共同问题，如贫穷、战争、环境污染、恐怖袭击等等，无论是从理论层面还是从实践层面来讲，当代语境下的左翼运动都呈现出多元、混杂、国际化的局面。

## 第一节 当代美国左翼女性文学的理论化发展

相对于20世纪60年代群情激昂的社会语境，70年代以后的左翼运动明显降温。随着美国国内主要矛盾的变化和国际新政治局势的形成，美国的激进运动开始出现明显的转向，阶级斗争不再是左翼运动的主题，社会运动也不再是左翼知识分子的主战场，和平、生态、性别、种族等微观政治成为左翼运动的新阵地。[1]与此同时，左翼知识分子纷纷进入大学，马克思主义理论的研究开始同心理分析理论、新女性主义理论、后殖民主义理论、新历史主义理论、生态主义理论等相结合，并焕发出新的活力，体现出多元、混杂的态势。这样的形势下，单一的马克思主义批评不再存在，这是20世纪后半叶文学批评的整体趋势，诸如后结构主义批评和精神分析批评等理论也不再"单纯"。在这一多元化的理论景观中，左翼女性主义理论的发展无疑是一大亮点。

---

[1] 吴琼：《20世纪美国马克思主义文艺理论研究》，北京大学出版社2012年版，第248页。

有趣的是，左翼女性主义理论看起来似乎是朝着两个完全相悖的方向发展：一是学院派女性主义文学批评与跨学科的妇女研究的结合，在挖掘被忽视的女性作家及其作品、建构女性写作传统、表达女性经验方面的努力；二是马克思主义女性主义与各种后现代理论的结合，对传统女性主义、传统左翼文化和左翼运动的反思和批判。

当代学院派女性主义文学批评一般分为英美学派和法国学派两个派别。与法国学派注重语言和理论研究不同，英美学派重在颠覆传统的以男性为主导的文学史，挖掘被湮没的女性作家和作品，书写女性文学传统。伊莱恩·肖瓦尔特在挖掘建构左翼女性文学传统方面做出了重要贡献。

肖瓦尔特是美国著名的女性主义批评家、女性主义运动中的代表人物、普林斯顿大学荣休教授，曾任美国现代语言学会（Modern Language Association，MLA）会长。《她们自己的文学——英国女小说家：从勃朗特到莱辛》、《姐妹们的选择：美国女性写作的传统与变迁》、《女性陪审团：从安妮·布拉兹特利特到安妮·普露的美国女性作家》（*A Jury of Her Peers: American Women Writers from Anne Bradstreet to Annie Proulx*）等的相继出版，奠定了她在女性文学批评领域内奠基人的重要地位。

1977年，伊莱恩·肖瓦尔特所著《她们自己的文学——英国女小说家：从勃朗特到莱辛》出版。与传统经典文学史的做法不同，肖瓦尔特坚持从历史和文化的角度研究女性文学和探讨女性文学理论。作者除了对已获得主流文学界认可的勃朗特、艾略特和伍尔芙等经典作家的作品进行详细分析外，还对文学史上并未得到充分重视甚至是湮没无闻的英国19世纪到20世纪的近200位女作家进行了介绍和评论。在1999年的增补版中，作者又在原书的前后各增加一章，既回应了针对此书的各种批评和反馈，又总结了近20年来女性文学批评领域的巨大变化。该书的主要宗旨是发掘并谱写女性自己的文学传统，这部具有开创意义的作品从理论上和实践上都对西方女权主义批评产生了深远的影响，也奠定了女权主义批评在文学评论界的地位。女性传统、女性批评、女性写作成为70年代之后女性主义文学研究的核心内容。肖瓦尔特连同写作《阁楼上的疯女人》（*The Madwoman in the Attic*，1979）的桑德拉·M.吉尔伯特（Sandra M. Gilbert）和苏珊·古芭（Susan Gubar）都以激进的批评姿态对英美女性文学进行了全新的阐释，挑战了传统的文学史和文学史观，对西方文学和文化史研究产生了深远的影响。她们认为"妇女的作品表现出明显的女性意识，妇女写作具有一种独特和清晰连贯的文学传统。那些否认自己女性特征的妇女作家限制甚至削弱了自己的艺术。女性美学检验了文学中的妇女陈规形象（例如天使或魔鬼的代表），分析批判了男性文学中对妇女进行的本文骚扰以及把妇女作家摈拒于文学史之外的做法"[1]。在1991年出版的新作《姐妹的选择：美国妇女文学的传统与变化》（Sister's Choice: Tradition and Change in American Women's Writing）一书中，肖瓦尔特的认识又有深化，她表达了不同于《她们自己的文学——英国女小说家：从勃朗特到莱辛》中的观点。她已经认识到早期女权主义评论家聚焦于中产阶级白人女性的做法的缺陷，他们没有考虑到女性群体和文学中种族、阶级和地域的差别。因为社会和文化的变化，"美国女性文学"已经不再是一种分离的"她们自己的文学"[2]，肖瓦尔特用"百衲被"的形象来比喻美国女性写作的传统。首先百衲被是一项集体工程，是依靠姐妹情谊一起完成的项目；其次，被子也隐喻女性的私密性，具有独特内涵；最后，百衲被上面的不同图案也象征了美国女性文学的丰富性和多样化。[3]肖瓦尔特认为后殖民主义和女性主义理论能够帮助我们理解文本的混杂性特征和互文性，于是开始质疑自己原有的关于建立女性自己的文学的可能性，而把视野扩展到了阶级、种族和地域差异对女性文学的影响上面。

肖瓦尔特的新作是近600页的《女性陪审团：从安妮·布拉兹特利特到安妮·普露的美国女性作家》（2009），该书概述了1650—2000年的重要女作家之生平与文学成就，这是首部整理和分析这个时期美国女性作品的文学史巨著，资料翔实、内容丰富，具有开拓性作用和里程碑意义。《美国哥伦比亚文学史》（Columbia Literary History of the United States, 1988）的总编辑埃默里·埃利奥特（Emory Elliott）视这本书为大师级的杰作。在男权处于支配地位的世界中，肖瓦尔特挖掘出了如此多被埋没的、优秀的女性作家，并探索了黑人女性赖以生存的发展的精神与物质保证——姐妹情谊。桑德拉·吉尔伯特是《诺顿女性文学编年史》（The Norton Anthology of Literature by Women, 1985）的主要编辑之一，她也对这本书赞赏有加："肖瓦尔特对那些历史上著名的、以及被忽略的女性作家们的勾勒造就了一幅无与伦比的抽象拼贴画。这是一件太了不起的成就了。"[4]

值得一提的是，肖瓦尔特虽然一直致力于挖掘和建构女性文学传统，但她对女性文学的发展却是一种开放的态度。面对女性文学与传统男权主导的文学之间

---

[1] 张京媛：《当代女性主义文学批评》，北京大学出版社1992年版，第2页。

[2] Elaine Showalter, *Sister's Choice: Tradition and Change in American Women's Writing*, Oxford: Clarendon Press, 1991, p. 21.

[3] Elaine Showalter, *Sister's Choice: Tradition and Change in American Women's Writing*, Oxford: Clarendon Press, 1991, p. 20.

[4] 陈彦旭、李增：《重塑女性经典、反抗男性权威——读〈女性陪审团：从安妮·布拉兹特利特到安妮·普露的美国女性作家〉》，载《外国文学研究》2013年第1期，第165页。

的"对抗",她认为这最终会转化为"融合"。女性文学并不会作为一个独立的领域而存在,而将在全球化的洪流中被融入一个更为宽广的、不考虑性别甚至国别的大写作背景。即是说,真正伟大的文学传统,应该是跨国界的、多民族的、由两性作家共同协力筑成的。①

佳亚特里·斯皮瓦克是当今世界首屈一指的文学理论家和文化批评家,她的写作旨在通过对文化表象的剖析深入文化政治背景中,从而厘清原有的文学观念和知识构成。她关注话语、体制和第三世界的问题。斯皮瓦克的女性主义批评以文化文本批评为特征,改变了传统的以文学文本批评为重心的批评。她将女性主义和边缘群体置于马克思主义、精神分析和后结构主义的互证关系中来进行认识和分析,可以说是在马克思主义、解构主义、弗洛伊德主义等理论之间穿行。在《女性主义与批评理论》("Feminism and Critical Theory")一文中,斯皮瓦克从概念出发,指出女人的定义是话语生产的效果,不是根据一个女人在家庭中应有的本质来定义的,而是根据通常使用的词语来构筑。②她接着借用马克思主义政治经济学的三个范畴,即使用价值、交换价值和剩余价值来分析女性在这一价值关系中的位置。斯皮瓦克认为马克思主义并没有认识到女性"生产"的特殊性。"我愿指出,从妇女的产品即孩子的生理、情感、法律、习俗及感官情境来看,上述这幅有关人类与生产、劳动及财产的图景是不完整的。妇女的子宫在生产中占有有目共睹的一席之地,这足以将妇女置于任何生产理论中的施动者地位。"③斯皮瓦克又批评了弗洛伊德的阴茎嫉妒说同样没有考虑到女性子宫的作用。"在弗洛伊德那里,生殖期是以象征性的阴茎而非阴蒂或阴道为突出标志的。"④因此,我们对弗洛伊德的改写不仅是要阐明我们对阴茎嫉妒观点的拒绝,也要表明子宫嫉妒和阴茎嫉妒是两个相互作用的观点,它们的相互作用确定了人类的性本质和社会生产。斯皮瓦克把马克思主义关于阶级分析的原则引入女性主义研究,还把种族的话题引入进来。"将历史和政治引入心理分析女性主义的结果,会引导我们回到对殖民主义的心理分析的起点。将经济本文引入马克思主义女性主义的结

---

① 陈彦旭、李增:《重塑女性经典、反抗男性权威——读〈女性陪审团:从安妮·布拉兹特利特到安妮·普露的美国女性作家〉》,载《外国文学研究》2013年第1期,第167页。
② 佳·查·斯皮瓦克:《女性主义与批评理论》//张京媛:《当代女性主义文学批评》,北京大学出版社1992年版,第304页。
③ 佳·查·斯皮瓦克:《女性主义与批评理论》//张京媛:《当代女性主义文学批评》,北京大学出版社1992年版,第307页。
④ 佳·查·斯皮瓦克:《女性主义与批评理论》//张京媛:《当代女性主义文学批评》,北京大学出版社1992年版,第309页。

果,则会凸现新帝国主义的操作机制。"①她还以美国一家跨国电子公司属下的韩国工厂女工罢工事件的一则报道为例,深入分析了这一报道的叙事修辞所隐含的多重内容。斯皮瓦克还对第三世界女性给予了特别关注,指出了美国女性主义对第三世界妇女的殖民主义倾向。

斯皮瓦克的研究范式和文化思想深化了我们对于文化政治的多元化的认识,她为我们提供了一个新/后女性主义的批评框架,这一框架立足于多元思想,以反本质化为基本特征,强调我们要在阶级、性别和种族的多元决定因素中去考察女性与男性、社会、历史、文学、阶级和种族等方面的复杂关系。②斯皮瓦克的研究从一个侧面反映出当代美国左翼批评、当代美国女性批评走向多元化和理论化的趋势,然而理论化却并不代表完全脱离实际,相反,正如斯皮瓦克的理论发展是以她的现实观察以及她对现实的关切为基础,当代美国左翼运动的发展、左翼理论的发展也有着强烈的现实关怀、道德关怀。

除了理论上的迅猛发展,美国左翼女性文学也有强烈的政治性、责任感、现实关怀。无论是在越南战争后,还是在"9·11"事件后,玛丽·麦卡锡、苏珊·桑塔格等人都曾撰文声援正义,谴责霸权主义。桑塔格1982年还在波兰团结工会的活动上发表了演讲,更是将批判的矛头对准了左翼内部的问题,深刻反省了左翼立场。对左翼的反思和展望,也是当代左翼女性文学的主题。

## 第二节 克莱尔·梅苏德《皇帝的孩子》中的现实关切[③]

当代美国左翼文学反映了左翼运动的政治性、多元性、参与性的特点,表达了对社会现实的深切关注。21世纪美国"9·11"事件的爆发,吸引了全球的关注,也成为文学表达的重要主题。一批以"9·11"事件为背景的文学作品诞生,这不但印证和强化了这一事件所具有的深远历史意义,还催生出一种新的文学类型——美国"9·11"文学,这成为21世纪美国文学史上的新景观。"9·11"事件为左翼知识分子提供了进行社会批判和反思的良好契机。女作家梅苏德的小说《皇帝的孩子》表现出了美国"9·11"文学与当代美国左翼思想的融合。

---

[①] 佳·查·斯皮瓦克:《女性主义与批评理论》//张京媛:《当代女性主义文学批评》,北京大学出版社1992年版,第314页。

[②] 吴琼:《20世纪美国马克思主义文艺理论研究》,北京大学出版社2012年版,第282页。

[③] 本节参照了笔者已发表文章。张莉:《论〈皇帝的孩子〉中的左翼思想》,载《湖南科技大学学报》(社会科学版)2015年第4期,第36-40页。

克莱尔·梅苏德生于康涅狄格州的格林尼治，曾在澳大利亚和加拿大长大，十几岁时回到美国。她的母亲是加拿大人，父亲是法国人。梅苏德先后在多伦多大学、耶鲁大学和剑桥大学学习，她的丈夫詹姆斯·伍德（James Wood）是著名的文学评论家、小说家、散文家，曾任《卫报》（*The Guardian*）首席文学评论员、《纽约客》专职作家等。

梅苏德的处女作《当世界稳定之时》（*When the World Was Steady*，1995）曾获福克纳奖提名，她迄今已经出版了 7 部小说，其创作才华获得学界认可。出版于 2006 年的小说《皇帝的孩子》获得了当年的布克奖提名，为梅苏德赢得了"作家中的作家"的盛誉。《皇帝的孩子》是一部有浓厚现实关怀、深远政治意味的作品，值得一提的是，小说将"9·11"事件的背景与左翼知识分子的文化批判和反思结合了起来，表现了深度观照历史、表达人文关怀、实现政治救赎的深刻内涵。

## 一、恋父情结：左翼英雄的幻影

《皇帝的孩子》这个标题包含明显的互文和反讽的色彩。安徒生童话《皇帝的新装》中皇帝的形象是虚伪的、无能的，他上了骗子的当，赤身裸体游街示众，沦为小孩子的笑柄。梅苏德借用这个故事讽刺了小说中的左翼知识分子领袖默里·思韦特（Murray Thwaite），同时标题又指出了左翼"皇帝"与他的左翼孩子们两代人之间的对峙关系。

小说讽刺的"皇帝"是现年 60 岁的默里·思韦特。默里是在 60 年代的新左翼运动中响当当的人物，是著名的反战人士、人权运动斗士、敢说真话的新闻记者，可谓纽约知识界的无冕之王。故事开篇已开始步入老年的默里正生活舒适、志得意满，他的妻子安娜贝尔（Annabel）贤惠体贴，女儿玛丽娜（Marina）美丽温顺，一切仿佛都在默里的掌控之中，一切都对他俯首称臣。然而，女儿玛丽娜大学毕业后无所事事，依靠父亲的关系，同一家出版社签了出版合同，并预支了稿费，可是稿费很快就被玛丽娜挥霍完毕，而她要写的书还迟迟未动笔。玛丽娜已经年近 30 岁，却生活无依，赖在父母的家里无所事事地混日子。默里的显赫与女儿的平庸形成了鲜明的对比，"皇帝"的女儿似乎并未能延续父亲的辉煌。

玛丽娜的追求者卢多维克·西利（Ludovic Seeley）是一位有抱负的"革命"青年，幻想到纽约来大展身手。卢多维克认为自己要出人头地就必须得扫清"默里们"的障碍。他目睹了玛丽娜对父亲的依赖和顺从，试图从玛丽娜着手，让她成为自己向默里开炮的棋子。

玛丽娜的堂弟布狄·陶布（Bootie Tubb）是默里的崇拜者，他自小视默里为自己的榜样，认为默里是爱默生式的独立知识分子。在榜样的感召下，布狄从大学辍学来投奔默里，立志做真正的独立知识分子。布狄的纽约之旅类似朝圣，因为默里就是他心目中理想化的知识分子形象，布狄将默里视为精神之父，布狄的恋父情结包含着自我实现、自我价值寻找和确立的内容。

玛丽娜的好友丹尼尔（Danielle）是另一位陷入了恋父情结里的"皇帝的孩子"。布狄和丹尼尔对默里的感情比较复杂。丹尼尔虽然目光敏锐，但也观察和体会到了默里的虚伪，但她还是陷入了与默里的不伦恋情之中不能自拔，这一方面是因为自己对父爱的追求和补偿（在她的成长过程中父亲角色一直空缺），更重要的是默里有魅力，有作为的知识分子的影响力，而她自己在现实生活中、政治理想上屡遭挫折和打击。在她的眼里，默里是"能力者"，代表了她自己在现实生活中不能施展的政治抱负。默里积极介入政治热点事件并积极发声的左翼姿态，以及他作为纽约文化界名人的影响力，甚至他的辉煌过往都让丹尼尔在对默里的想象中加入了很多革命浪漫主义色彩，这对丹尼尔产生了巨大的诱惑力。可以说默里是她自己在现实语境中无法实现的革命理想，丹尼尔自己也想成为默里那样的人。因此，尽管她也认识到默里的虚张声势、矫揉造作，但她还自欺欺人地试图说服自己，默里"真的很重要，他同周围这些愚蠢的家伙可不一样，这些人只会在晚会上混日子"[1]。丹尼尔对默里的认同，以及对默里所代表的文化权利的崇拜和依附是因为她无力改变自己身处的环境，无力改变自己无法发声的状态。丹尼尔的"顺从"源自她对纽约文化大环境和"体制"的被迫性适应。在丹尼尔眼里，个体受制于外界，永远无法逃避或改变制度环境，于是她拒绝思考制度和革命问题。[2]丹尼尔恋上的是默里作为左翼知识分子仗义执言、施加社会影响的英雄幻影，与其说丹尼尔爱上了默里，不如说丹尼尔爱上了在21世纪无法复制的60年代的左翼梦想。

## 二、弑父宣言：自我解放的开端

默里在60年代的激进语境中崛起，并被塑造成一名文化英雄，然而他的文化宝座并不稳固。对于围绕在他周围的年轻一代的知识分子而言，默里是榜样，但默里和他所拥有的文化地位和影响力同时也形成了一种霸权，成为他们自身崛起

---

[1] Claire Messud, *The Emperor's Children*, London: Picador, 2006, p. 204.
[2] 曾桂娥、江春媛：《论〈皇帝的孩子〉中的青年身份建构》，载《当代外国文学》2013年第3期，第73页。

的桎梏。成为"媒体皇帝"的默里成为众人的目标,来自四面八方的手要将他拉下皇帝的宝座。

默里首先受到了卢多维克的挑战。卢多维克就仿佛一个年轻版的默里,他野心勃勃、斗志昂扬,他认为"若是你逃避不了这个制度,那你就变成制度本身,变成人们想要你成为的人"[①]。卢多维克发动革命的手段是利用一份名为《箴言》(*The Monitory*)的杂志来披露真相,震荡纽约知识界,默里正是卢多维克选定的第一个革命对象。为了达到争权夺位的预设目标,卢多维克采取了打入敌人内部的策略,他鄙视默里,却又想方设法靠近他,去追求他的女儿,不但成了他的女婿,还逐渐控制了玛丽娜的思想,成功地将她从默里身边抢了过来,使玛丽娜成为揭发默里、推翻默里的得力助手。卢多维克出言不逊,他尖锐地指出,默里是骗子,他的存在是大家一起装聋作哑的共谋,每个人都装作受益非凡,但同时对默里话语的空洞无力却了如指掌。

卢多维克发动的革命实质上是新一代知识分子要突破作为"属下"的边缘地位争夺文化领导权的斗争。安东尼奥·葛兰西(Antonio Gramsci)认为,社会集团的领导作用表现在"统治"和"精神和道德领导"两种形式中。[②]精神和道德领导即文化领导权。无产阶级的革命不但要获得政治上的领导权,还必须利用艺术、文学、媒体等各种形式,从内部颠覆资产阶级的意识形态领导,建立新的领导权。斯皮瓦克扩充了葛兰西的"属下"概念,用它来泛指处于社会边缘地位、不能言说自己、失去主体性的人群。与默里相比,卢多维克及他所代言的年轻一代的知识分子,正是有理想、有抱负但却没有话语权的"属下"。从纽约文化圈中实现突围,从边缘驶向中心,对于来自澳大利亚的异乡人卢多维克而言,是一场意义重大但也困难重重的革命。

在揭露和罢免默里的斗争中,布狄也无意中成为卢多维克的帮手,甚至发挥了至关重要的作用,因为布狄写作的那篇措辞严厉、切中要害的揭发文章就正好被卢多维克利用,成为抛向默里的重磅炸弹。布狄从默里的追随者走向反对者是因为他发现了默里的那本秘密日记《如何生活》,日记里默里通篇是自我炫耀和老生常谈,完全颠覆了布狄幻想中默里那高大的左翼英雄形象,同时在默里身边做助手这个工作也给了布狄不少机会,让他亲眼看到了默里自私、虚伪的行事风格。例如,默里随意取消青年会的活动,而去参加外国高官的欢迎宴会;他对需要救助的黑人少年毫无同情怜悯,只有厌恶憎恨;他抄袭自己早期的文章还振振

---

① Claire Messud, *The Emperor's Children*, London: Picador, 2006, p. 210.
② [法]安东尼奥·葛兰西:《狱中札记》,葆煦译,人民出版社1983年版,第316页。

有词；他婚内出轨女儿的好朋友更是让布狄对他失望至极。布狄发现自己的偶像原来是这样一个道貌岸然的骗子："说实在的，这让他很生气。不是有一点生气，而是会让他生气一辈子的。他知道，这样做不合适——默里·思韦特就是那样的人，他大概也只能是那个样子——但布狄觉得自己受骗了，被贬低了，被弄得毫无价值。他把自己的希望寄托在一个空虚的人身上。"①

布狄的揭露文章就如同弑父宣言，宣告了布狄对默里的"背叛"，也宣告了他旧有理想的解构。对于布狄而言，这种背叛也同时拥有了自我解放的功能。哈罗德·布鲁姆在《影响的焦虑：一种诗歌理论》中，将弗洛伊德的俄狄浦斯情结运用于前辈与后辈作家之间的关系分析中。哈罗德认为，诗人"自我"的形成是一个无意识的、不可逆转的过程。在这一过程中，前辈诗人的影子无时无刻不笼罩在后来诗人的"本我"之中，这两者之间的关系可与弗洛伊德的俄狄浦斯情结中的父子相争关系类比。②布狄要想成为独立知识分子，就必须突破对"父亲"和前辈默里的依附和认同，打破默里的完美形象，才可以从这一泥胎的破裂处走出，实现重生。

卢多维克是革命投机主义者，他对默里的挑战是新旧两代纽约知识分子争夺文化领导权的斗争，布狄的背叛则是要与父辈决裂以获得新生的内在要求。可笑的是，在"9·11"事件爆发后，《箴言》杂志由于赞助商终止赞助而倒闭，布狄的揭发文章也因而被扼杀在摇篮里。卢多维克和布狄的革命遭遇滑铁卢，默里不但毫发无损，甚至还因在事件中的激进的左翼声音和立场而再度走红。

## 三、个人主义的救赎：独立性的神话

小说中，"9·11"事件极大地影响了几个主要角色的人生选择和思想转变。"9·11"事件发生时，默里正在丹尼尔的寓所，他们目睹了事情的发生。默里的第一反应是穿上衣服回到妻子身边，丹尼尔对此深感痛苦，也终于觉悟到她需要斩断这段畸形的关系，重新回归到生活正轨上来。卢多维克因"9·11"事件而事业受挫，他决定独自去英国碰运气；而玛丽娜是最犹豫不决的人，她不确定自己是否还要回到父母的家里，但是显然在"9·11"事件后的玛丽娜身上也在发生一些新的变化，她决定不顾父亲反对出版自己的著作《皇帝的孩子没穿衣服》(*The Emperor's Children Have No Clothes*)，对她而言这本处女作的出版也是她赢得主

---

① Claire Messud, *The Emperor's Children*, London: Picador, 2006, p. 294.
② [美]哈罗德·布鲁姆：《影响的焦虑：一种诗歌理论》，徐文博译，江苏教育出版社2005年版，第4页。

体身份的开始。

受"9·11"事件影响最大的是布狄,事件发生时他恰好就在现场。尽管他幸运地躲开了袭击,但却趁着这次意外事件,制造了自己的"死亡"假象,他自此断绝了与家人、朋友的联系,试图将"旧我"埋葬在"9·11"事件的废墟下。他精心策划了这次离开,把那本名叫《没有个性的人》(*The Man Without Qualities*)的小说留了下来,"这一次他准备好了。这个正在行动的人就是他将变成的人:这也是一项事业:有一天,他会成为有个性的人。阿尔里奇·新"①。

然而,布狄会变成怎样一个新人呢?他能完全切断同过去的联系吗?他如何实现让大家刮目相看的新革命呢?小说结束之时,上述问题均未得到解答,然而,对这些问题的思考,才指向小说更深刻的政治意味。从很多方面的暗示来看,布狄都不可能切断与"父亲"或者与过去的联系,即便隐姓埋名独自来到遥远的迈阿密,布狄还是邂逅了前来度假的丹尼尔,后者一眼将他识出,他依然是"布狄"。布狄的弑父行为也不可能彻底完成,布狄始终对默里存在复杂的感情,即便在把他拖下神坛之后,布狄对默里仍感到敬意,仍觉得亲切。

小说中另外一个主要人物朱利叶斯(Julius)的境遇似乎预示了布狄实现自我超越的革命路径也很难实现。同布狄一样,朱利叶斯是来自外省小镇一个普通家庭的孩子,他聪慧、敏锐,有文学修养,做过先锋派杂志《村声》(*Village Voice*)的编辑,在批评界也算小有名气,但他的生活穷困潦倒、乱七八糟,甚至只能依靠不断结交男友来维持生计。他以放荡不羁的性爱来塑造自我,朱利叶斯的身上还附着着60年代新左翼运动、反文化运动中的先锋派知识分子的影子。如果说资产阶级的革命是司法革命,无产阶级的革命是经济革命,那么左翼革命则是文化层面的革命,是让每个人找到自我、成为自己的革命。②布狄的政治革命同样最终只能指向自我,指向重塑个人主义的价值和生命的意义。在20世纪60年代的激进语境下,个人的生活也被当作公共的、社会的、政治的事件,个人追求生命意义的行为也就有了政治的意义。然而,在严酷的现实面前,以回归个人主义来完成社会救赎的梦想很难得到实现,朱利叶斯浪费了自己的才华,最终只收获了男友的抛弃和一顿猛揍。

布狄、丹尼尔、玛丽娜、朱利叶斯、卢多维克这些"皇帝的孩子"们无法推翻"皇帝"的统治,也无法重拾"皇帝"的辉煌,他们不缺乏革命的激情,但却

---

① Claire Messud, *The Emperor's Children*, London: Picador, 2006, p. 532.
② Andrea Levy, "Progeny and Progress?", in Dimitrios Roussopoulos ed, *The New Left: Legacy and Continuity*, Montreal: Black Rose Books, 2007, p. 18.

无力掀起真正的革命,他们的政治理想被无情地淹没在现实生活的潮水中。进入21世纪的美国,经济的衰退使人们的生活和工作变得困难,像布狄一样来自普通家庭的孩子被高昂的学费挡在了知名大学的门外;很多大学生一毕业即面临失业,为生计发愁而难拾理想;许多知识分子为谋求稳定的职位而沦为大学墙内的务虚学者……美国加州大学洛杉矶分校的拉塞尔·雅各比(Russell Jacoby)教授早已在80年代指出知识分子的生存困境,美国文化正在遭遇危机,美国的年轻知识分子与他们的前辈不同,将越来越难以引领公共文化和生活,独立知识分子在美国已经失去了生存的土壤。[①]

年轻一代知识分子对默里及其代表的过时的左翼文化的"脱冕"仪式也是对左翼思想的哀悼和对自己无力超越的自嘲。在脱冕仪式之后,他们惶恐地发现,没有穿衣服的不仅仅是皇帝,"皇帝的孩子"同样没穿衣服。所谓"脱冕",也终究难免沦为一场话语的狂欢。

当代美国左翼女性文学更多地表达了知识分子对人类命运的思考、对社会责任的担当,女性作家直面各种社会不公,对其进行口诛笔伐;她们也直面自己的缺点和软肋,进行深刻的自我反省。她们守护的是知识分子的独立性、批判性,以及作为社会良心的纯粹性。

---

① Russell Jacoby, *The Last Intellectuals: American Culture in the Age of Academe*, New York: Basic Books, 2000, pp. 6-7.

# 第八章

# 美国左翼女性文学的创作艺术

因为与意识形态的紧密联系，左翼文学常常被理解为阶级斗争的武器，左翼作家常常被视为无产阶级政党的代言人，而他们的创作往往被当作政治宣传的小册子。客观来讲，左翼文学创作队伍庞杂，写作者的教育背景有很大差异，作品质量也良莠不齐。在左翼文学的发展历程中，确实有一些作品强化了政治性而弱化了艺术性，一些作品脸谱化、程式化写作模式突出，人物性格呆板单一，语言粗糙，情节雷同。然而正因为左翼文学丰富多元，我们才应该避免以偏概全的论断，全面认识左翼作家及其不同的创作传统，还原左翼文学本来的面貌。

美国左翼文学并不等同于政治宣传，它是美国文学史上的重要创作类型。它不但有很强的现实性、社会性，也为人们提供审美和艺术的熏陶和愉悦。美国左翼文学的政治性与艺术性，从一开始就结合在一起，社会主义与现实主义的手法也从一开始就结合在一起。[1]美国左翼女性文学也是如此，它不但表达了女性视角、女性经验，也表达了她们对世界与人生、理想与现实、人性与价值的思考和体验；它不但丰富了我们对无产阶级文学主题的理解，也在思想与创作艺术方面进行了探索和创新。

## 第一节 斯莱辛格作品中的心理现实主义

作为左翼女性知识分子写作的代表，苔丝·斯莱辛格的作品在思想价值及艺术手法方面均获得了广泛认可。20世纪现代主义的影响在她的创作中留下了显著的痕迹。伊丽莎白·哈德威克倾向于把斯莱辛格放入弗吉尼亚·伍尔芙和凯瑟琳·曼斯菲尔德（Katherine Mansfield）等女作家的现代主义写作传统中，认为

---

[1] Walter B. Rideout, *The Radical Novel in the United States, 1900-1954*, Cambridge: Harvard University Press, 1956, pp. 21-23.

斯莱辛格与伍尔芙和曼斯菲尔德在写作风格上颇为相似，不过，她指出，伍尔芙和曼斯菲尔德的风格更加宁静克制，而斯莱辛格则更为雄辩多义。[1]

哈德威克的评述颇有见地。现代主义的艺术特征在斯莱辛格的创作中有相当明显的体现，这不仅表现在思想内容上，更表现在艺术手法的创新性上。在《无所属者》等代表作品中，斯莱辛格通过打破传统的时空顺序，扩展叙事视角，综合运用典型意象、象征等手法，展示了现代社会中人的个性和复杂的心理体验，既继承了传统现实主义的批判力量，又引入了现代主义的崭新表现手法，表现出对心理现实主义小说的继承和发展。

心理现实主义小说是以伊曼努尔·康德（Immanuel Kant）、亚瑟·叔本华（Arthur Schopenhauer）和尼采为代表的非理性主义哲学思想和以弗洛伊德的精神分析学为基石的现代心理学为思想基础的。[2]它融合了现实主义与现代主义艺术，一方面指对现实主义传统的继承与发展，即在遵循外部世界客观知识的基础上，通过对人物心理的精细刻画，反映社会精神的演变；另一方面也指通过人物意识的跃动、内省经验的表述来表现主观真实，并借以间接地感知社会现实。[3]思维方式、感觉方式的变化让作家在表达方式上进行了不少新的尝试：多视角的叙事方式让想象思维取代了逻辑思维；强调直觉、印象和顿悟；重视间接性和含蓄性，注重象征手法的运用；注重自由联想和内心独白等等。[4]伍尔芙和曼斯菲尔德的作品都以精湛的现代主义手法而广受称赞。斯莱辛格在小说创作中既重视以现实主义的关怀来反映社会重大关切，又注重对人物心理层面的细腻刻画从而来揭示社会中人的异化问题。以下部分将对斯莱辛格的小说中使用的内心独白、多视角叙述、自由联想等进行分析，探讨斯莱辛格小说中的心理现实主义元素。

## 一、内心独白

心理现实主义开拓了人类意识的表现领域与方式。布莱恩·麦克黑尔（Brian McHale）总结了呈现人物意识的几种方式：首先是与没有说出口的内在言语相似的意识，以直接引用的形式出现的内心独白；其次是以间接形式出现的心理叙述

---

[1] Elizabeth Hardwick, *Introduction to The Unpossessed: A Novel of the Thirties*, New York: The New York Review of Books, 2002.

[2] 关晶、胡铁生：《欧茨对心理现实主义小说创作的贡献》，载《西南民族大学学报》（人文社会科学版）2011年第7期，第181页。

[3] 张怀久：《论心理现实主义小说及其理论》，载《上海社会科学院学术季刊》1991年第2期，第165页。

[4] 袁可嘉：《西方现代主义文学的成就、局限和问题》，载《文艺研究》1992年第3期，第138页。

（psycho-narration）；最后还有自由间接引语的形式。[1] 内心独白就是自由直接引语的形式，它叙述干预最轻、叙述距离最近，它是由人物口中直接表现出来的，所以可以自由地表现人物话语的内涵和语气。[2] 乔伊斯等现代派作家常常采用自由直接引语来表达意识流。在《无所属者》中，斯莱辛格借助内心独白来反映人物的内心世界，这种内心独白是人物想说却未说出口的话，是一种自言自语，直接呈现了人物的内心世界。人物的意识和口头话语被作者用不同的方式表现出来，时而远，时而近，时而施加干预，时而放任自流，以便使活动具有连贯性和逻辑性，使读者得以全方位地理解人物性格和事件进展。

在斯莱辛格的作品中，叙事者具有较强的干预意识，会时不时参与到叙事中以便更直接地表达自己的想法，读者跟随人物的意识，随同人物来观察、感受。短篇小说《当被告知她的第二任丈夫有了第一个情人》讲述了妻子在得知丈夫出轨后，从与他共进早餐到送他出门这一过程中的心理变化。在小说中，作者以少见的第二人称"你"来贯穿全文，从而营造了"被告知"的感觉。这个第二人称在某种程度上是人物的第二个自我，即内视角。通过这个内视角，叙述者得以全面细腻地展示"我"的心理变化，仿若扮演了冷静的叙述者和旁观者的角色，但这个冷静的叙述者也会时不时被不冷静的自我插入、打断，从而展现人物内心复杂、纠结的情感。

（1）他居然**厚颜无耻**地问你，你现在是否已经对他感到厌倦了。（2）不，你回答，事情一直在进行，我已经足够快乐了——我不会回头看，我知道我一直患有结核病，并对上帝说，我一直是多么痛苦。（3）"可是，从现在起，这对你有什么影响吗？"（4）我**怎么会**知道？[3]

自由间接引语（1）兼具叙述者和人物的声音，叙事距离相对较远，由不冷静的那个自我占据上风，将自己的情感带入叙述话语中，展现了人物潜意识中的不满和委屈。与直接引语相比，自由直接引语中自我意识感减弱，更适于表达潜意识的心理活动。[4] 句子（4）原文用的是"How **in hell** should I know？"，这里不冷静的自我完全现身说法，表达了自己心中郁积的愤怒。通过人物话语的不同表达

---

[1] Brian McHale, "Speech Representation", in Peter Hühn et al. eds, *Handbook of Narratology*, Berlin: Walter de Gruyter, 2009, pp. 434-446.

[2] 申丹：《叙述学与小说文体学研究》，北京大学出版社2019年版，第290页。

[3] Tess Slesinger, *On Being Told That Her Second Husband Has Taken His First Lover and Other Stories*, New York: Quadrangle/The New York Books Co., 1971, p. 6.

[4] 申丹：《叙述学与小说文体学研究》，北京大学出版社2019年版，第291页。

形式，叙述者在一步步退出叙述干预的同时，向读者揭示了人物的潜意识。纵观全文，这个不冷静的自我虽然出现的次数不多，但每次现身都怨气十足，且都以诘问的形式出现，颇有夫妻两人吵架的感觉；而相对冷静的自我则如同心理暗示一般，不断地对自己说"你很聪明，是一个智慧的女人"之类的安慰的话。这种暗示似乎可以引出的结论是：女人应该离开这个男人，一个人过独立的生活。但事实上，读者感受到的是这个女人对丈夫的恋恋不舍，甚至试图挽回的想法。例如，在句子（3）和（4）之间有引号和无引号的对比中也产生了一种明暗关系。有引号的是男人的话，是一种理直气壮的发问；而与之相比，女人明显处于更弱势的地位，内心的活动很激烈，但说出来的话语却过滤掉了不少情绪，表现出一种自我抑制的姿态。自由直接引语和自由间接引语的混用，让我们更大程度地接近人物的内心，理解女人的愤怒和委曲求全以及希望挽回丈夫的复杂心态。

## 二、多视角叙述

传统作家通常采用全知全能的叙述角度（the omniscient point of view），这样的叙事者在展示叙事全景、推动情节发展方面有明显的便利和优势。然而，尽管全知全能的叙述者无所不知，但作者在叙述时，往往避免全景式的描写，而是仅集中揭示某些主要人物或正面人物的内心世界。[①]《无所属者》具有无产阶级集体小说的特点，主要人物除了杰弗里、布鲁诺和迈尔斯，还有两个女性旁观者，分别是杰弗里的妻子诺拉和迈尔斯的妻子玛格丽特。相对而言，小说对于玛格丽特着墨更多，不但以她的视角来展示男性知识分子的迷茫与无力，也展示出她个人细腻的心理活动。在描述玛格丽特的心理活动时，小说往往会转换到第一人称，以"我"自称，使读者更容易带入，但多数时候，叙事在多个主要人物之间穿梭，镜头在不同人物之间切换，绘制出一副集体群像。例如，在一次家庭聚会中，对于是否要办杂志，他们产生了不同的想法，纠结、争论最后导致他们陷入了沉默：

  诺拉：但是这个沉默太特殊了，现在一定已经过去了20分钟。[②]
  布鲁诺：这个沉默不是死亡。不是生命必须继续的情况，而是生命一直在前进从未停止。这里也没有真正的沉默。[③]

---

[①] 申丹：《叙述学与小说文体学研究》，北京大学出版社2019年版，第220页。
[②] Tess Slesinger, *The Unpossessed*, New York: The Feminist Press, 1984, p. 87.
[③] Tess Slesinger, *The Unpossessed*, New York: The Feminist Press, 1984, p. 87.

迈尔斯：沉默是无法忍受的，他觉得自己好像在受刑。①
杰弗里：这个沉默就像是孩子们在教堂度过的星期天一样。②
玛格丽特：我的天哪……我们是多么贫瘠啊；我们对于我们的同龄人来说是多么女性化，对于女性来说又是多么男性化啊（比如我们的烟、工作和干燥的嘴唇）。③

这段沉默的时间不过短短一分钟，作者却用了足足八页的篇幅记录了大家的心理活动，这里用语言来言说沉默，虽然大家都没有说话，但是每个人都在浮想联翩，自说自话。叙述者能够洞察所有人的内心世界并模拟他们的口吻诉说。诺拉是几个人中主体性感知最弱的一个，她害怕社交活动中沉默带来的尴尬；布鲁诺作为他们中间最具知识分子气质的人，他热爱思考、重视理念，在他的心理活动中，充满了对人生和抽象概念的思考；迈尔斯深受清教主义思想中的"罪"与"罚"理念的影响，沉默对于他而言如刑罚般难以忍受；崇尚享乐主义、自由主义的杰弗里把沉默比拟为孩子们在教堂里受到的束缚。玛格丽特的叙述视角明显与其他人不同，她的叙事采取第一人称的视角，却是指向女性群体的反思，因此出现了"我们"这一第一人称复数形式，并含有"我的天哪"这样的带有强烈感情色彩的词汇。这一多视角的叙事方式不仅描述了各自的心理活动，突出了他们的不同性格特质，也为我们揭示了这一知识分子群体在政治思想、宗教信仰等方面所面临的困惑，展示了意识形态、性别、文化等不同维度的问题。

## 三、自由联想

自由联想是展示人物心理活动和推动情节发展的重要手段。斯莱辛格笔下的人物往往处于思考、想象、回忆的状态中，以此来表现他们对生活的接受和反馈。自由联想往往是主人公无视时间和空间的限制随心所欲的想象。罗伯特·汉弗莱（Robert Humphrey）认为，有三个因素会影响人物的自由联想：一是回忆，这是自由联想的基础；二是感觉，它引导自由联想；三是想象，它决定了自由联想的灵活性。④这三个因素相互影响、相互依赖，构成了人物意识活动的主要特征。在

---

① Tess Slesinger, *The Unpossessed*, New York: The Feminist Press, 1984, p. 89.
② Tess Slesinger, *The Unpossessed*, New York: The Feminist Press, 1984, p. 90.
③ Tess Slesinger, *The Unpossessed*, New York: The Feminist Press, 1984, p. 93.
④ Robert Humphrey, *Stream of Consciousness in the Modern Novel*, Berkeley: University of California Press, 1954, p. 43.

《无所属者》的多个场景中，我们跟随人物的回忆回到了他们的童年，一方面了解了他们的过往，另一方面也理解了他们现在的言行；在短篇小说《一个作家的一天》（*A Life in the Day of a Writer*）中，凭借着作家丰富的想象力，读者和作家一起经历了从现实到想象世界的穿越，最后甚至达到将二者混淆的混乱境地，借此展现"迷惘的一代"的身份困境。我们以短篇小说《母亲要来吃晚餐》（*Mother to Dinner*）为例，分析自由联想在作品中的体现及其功能。

刚刚结婚一年的凯瑟琳·本杰明（Katherine Benjamin）在买完菜回家的路上，想到今天她的父母要来家里吃晚饭，但是父母和丈夫的关系并不融洽，这让她忧心忡忡。暴风雨快要来临了，这正对应着她内心杂乱郁闷的心情，接下来细节的叙述让读者越来越清楚地体会到凯瑟琳问题的症结所在。她像母亲一样养成了将钥匙藏在袖口的习惯；她学着母亲的样子和别人说"下午好"；一个陌生人的微笑也会使她想起母亲。读者逐渐发现，凯瑟琳身上体现出恋母情结的影响，离开母亲嫁人让她觉得自己背叛了母亲，是对母亲不忠诚的表现。然而在她心里，她又强烈地想要摆脱母亲在自己身上的阴影，想要和丈夫经营一段美好的婚姻关系，可是丈夫并不能敏锐地感知到她的关切，还对她保留的一些母亲的小习惯嗤之以鼻。

斯莱辛格通过日常生活的现实主义描述，向我们展示了一个生动的、真实的家庭妇女形象。我们跟随女主人公经历了内心的风暴，感受到她对自己、母亲和丈夫三者关系的担心与纠结。斯莱辛格吸取了一些女性书写的特点，运用记号语言来串联和赋码主人公的自由联想。记号语言指的是在前俄狄浦斯阶段涌动着无意识的潜流，这一流动的能量链条有时会被短暂地打破，赋以记号标记，如声音、手势、颜色等，也体现为省略句、感叹词、隐晦词和拟声词的使用等。朱莉娅·克里斯蒂娃（Julia Kristeva）认为颜色具有流动性，是充满了语义的潜伏物，颜色与无意识紧密相关。[1]小说中，凯瑟琳对黄色非常敏感，她屡次提到"黄色的房间""黄色的窗帘""黄色的灯""淡黄色的忧郁"。在西方，黄色通常用来表征病态、忧郁的感觉，不断出现的黄色暗示贯通了凯瑟琳的自由联想，也衬托了她沉闷阴郁的心情。小说还多次使用省略号来表示话语的断断续续或思考的进行，如"她无法强迫自己转动门把手，无法移动她的手，甚至无法喊出，等等，等等"[2]。这样的省略中隐藏了凯瑟琳巨大的恐惧和上升到甚至有些变态的纠结，她暗暗地

---

[1] 王泉、朱岩岩：《女性话语》//赵一凡：《西方文论关键词》，外语教学与研究出版社 2006 年版，第 378-379 页。

[2] Tess Slesinger, *On Being Told That Her Second Husband Has Taken His First Lover and Other Stories*, New York: Quadrangle/The New York Books Co., 1971, p. 115.

希望母亲或者丈夫其中一个死掉,以便让她摆脱这种关系的折磨。

另外,斯莱辛格非常重视象征手法的运用,看似普通的意象实则包含着作者的深刻用意。例如在《无所属者》中,玛格丽特的流产象征着三位男性知识分子的杂志梦的破产,也象征着知识分子身份的迷失,他们终于成为"无所归属的人"。

斯莱辛格英年早逝,给我们留下的作品只有一部长篇小说和 20 多篇短篇小说,但是这些作品彰显出斯莱辛格身上所拥有的成为伟大作家的潜力。作为左翼运动的参与者与左翼思想的传播者,斯莱辛格书写了无产阶级的反抗和他们之中所蕴含的革命力量,她特别关注到知识分子群体在时代冲击之下的困惑和迷茫。作为一名成熟的作家,斯莱辛格继承并发展了现代主义的写作艺术,在描述宏伟壮阔的时代历史画卷的同时,敏锐而细腻地为我们展示了身处时代剧烈变革中的人丰富的内心世界。

## 第二节　麦卡锡小说中的讽喻手法

被称为"美国文学的黑暗夫人"(Dark Lady of American Letters)[1]的玛丽·麦卡锡是一位风格独特、个性鲜明的作家,无论是在现实生活中,还是在她的文学创作中,麦卡锡都展现出了"毒舌"作风,她仿佛拥有一种精妙地表达恶意的天赋。麦卡锡这种"锐利"(sharp)的风格一定程度上是由她作品中所大量运用的讽喻手法来营造的;麦卡锡的"讽喻"除了尖锐的讽刺、刻薄的揶揄,实际上还借助讽刺传达了寓言式的启示作用。

讽喻从本质上来讲,是一种比喻修辞,它是通过虚构或借用故事等来表达讽刺、幽默、劝导等意义的表现手法。有学者认为,讽喻辞格的寓意应包括五个方面,按其语意轻重依次为:启发、规劝、教导、讽刺、谴责。[2]弗雷德里克·詹姆逊曾提出"讽喻现实主义"的说法,他用"讽喻"一词来解释文本与结构之间的复杂关系,认为作者根据深藏不露的主导叙事而重写历史事件或文本,那么这一主导叙述是经验材料这一最早层级的讽喻关键或形象内容[3],也就是说,作者以自我的创作素材为出发点,经过讽喻的包装最终达到主导叙述,揭示出现实的含义。

---

[1] Norman Podhoretz, *Making It*, New York: Random House, 1969, p. 154.
[2] 罗菲:《谈讽喻的定义及分类》,载《河北科技师范学院学报》(社会科学版)2011 年第 4 期,第 16 页。
[3] Fredric Jameson, *The Political Unconscious: Narrative as a Socially Symbolic Act*, New York: Cornell University Press, 2002, p. 13.

在麦卡锡的作品中，讽喻主要体现在她对现实的影射上，通过言在此而义在彼的写作技巧表达她对现实的不满和嘲讽。

在1949年出版的小说《绿洲》中，麦卡锡以其自身经历为素材，巧妙运用讽喻手法，表达了对左翼知识分子群体内部问题的体察和讽刺，同时也寄托了作者的政治愿景。《绿洲》是一部创立乌托邦世界的失败记录。城市里一群知识分子们为了躲避冷战威胁以及原子弹爆炸危机带来的危险，集聚到新英格兰的一处山顶上，在一所废弃的夏日度假村里建立了属于自己的乌托邦世界。乌托邦的成员除了有远大政治抱负的人员外，还有新闻周刊的两位编辑、信奉本笃会天主教的拉丁语教师、二战后退役的老兵、无人能记起的演员……这些人分别带着他们的妻子和孩子来到这里，组成了乌托邦。[①]他们设想在这里过一种与世隔绝而自食其力的原始生活，因为这里不允许使用现代化设备，不允许使用电器，吃喝日用品必须靠自我劳动获得。虽然生活艰苦，但他们却以此为乐，希望此处可以是他们想象的绿洲、乌托邦和世外桃源，不过这个乌托邦社会并不和谐一致，却自发地分化为两个阵营：一个是现实派；另一个是理想派或者叫作纯粹派。乌托邦的其他成员时而倾向于现实派，时而又倒向理想派，乌托邦成员思想上的分化为乌托邦的幻灭埋下了伏笔。

这本小说影射了麦卡锡同加缪、麦克唐纳、卡津、哈德威克等人组建的政治乌托邦"欧美小组"的实践。"欧美小组"本是麦卡锡等人面对左翼政治幻灭而产生焦虑，试图建立能够凝聚起欧美的进步知识分子，并在美苏两大集团之外开辟"第三阵营"的政治构想，但由于资金问题以及内部缺乏共识，"欧美小组"在1949年被迫解散。同年，麦卡锡出版了《绿洲》一书，可以说就是这次失败的政治实验的记录。小说一经发表，很多读者就在故事的主要人物中识别到了麦卡锡身边的同事、朋友或者同伴的影子，其中现实派阵营的首领威廉·陶布被认为影射的是菲利普·拉夫，而理想派首领麦克杜格尔·麦克德莫特（后文简称"麦克"）的原型人物则是德怀特·麦克唐纳。

在小说中，现实派和理想派的首领陶布和麦克总是彼此针对，乌托邦内面临的第一次分歧和纠纷是关于是否允许带有私人财产的商人乔加入他们。当陶布同意乔加入乌托邦时，麦克却坚定地持反对意见："他（陶布）和我们肯定的所有原则都背道而驰。"[②]在组建乌托邦时，理想派的目标是"公开"和"自由"。来到这里的每个人都期望彼此能够坦诚相待并且拥有绝对的自由，因为这些自由对

---

[①] Mary McCarthy, *The Oasis*, Brooklyn: Melville House Publishing, 2013, p. 20.

[②] Mary McCarthy, *The Oasis*, Brooklyn: Melville House Publishing, 2013, p. 6.

于生活在城市中的人们而言是遥不可及的,但事实却是,在组建伊始,麦克就以反对陶布为人生信条,甚至为此不惜放弃了自己所说的公开和自由的信条,而且,作为领导者的麦克是一个傲慢、多疑、变幻不定、自相矛盾的人。他起初反对乔加入乌托邦,对自己的信众说:"加入我们难道没有标准吗?"[1]但在后面的辩论中,当在他的激情演说之后,越来越多的人开始选择支持他的时候,他却摇身一变开始怀疑起这些支持者的用心,因此话锋一转变成了乔的支持者:"他也是一个人啊。"[2]这让众人大跌眼镜,不知所措。然而,现实派的陶布先生也同样是一个不称职的领袖,他傲慢自大而又胆小怕事。在故事结尾部分,乌托邦的成员们要进行野餐,他们要采食一片空地上的草莓,此时却发现他们的领地上来了入侵者。作为首领的陶布先生本应该挺身而出表明立场,然而他却什么都没有做,而是胆怯地回到了大本营,他的态度让追随者深感失望,也成了压倒乌托邦的最后一棵稻草。

历史上,作为原型人物的拉夫和麦克唐纳都是麦卡锡交往深厚的朋友,也确实是观点相悖的两个人。拉夫是美国著名的文学评论家和散文家,1933年加入美国共产党,是《党派评论》的创办者之一。1937年,在莫斯科审判之后,《党派评论》与苏联决裂,因为拉夫是托洛茨基的支持者,主张通过不断革命的方式取得无产阶级革命的胜利,1937年10月1日,他因此被美国共产党开除出党。麦克唐纳也是美国著名的作家、评论家和编辑,1937—1943年,他曾担任《党派评论》的编辑,但由于自己与杂志的一些理念不同,他最终选择退出并创办了自己的刊物《政治》(Politics)。麦克唐纳在喀琅施塔得叛乱[3](Kronstadt Rebellion)问题上与托洛茨基决裂,走向了民主社会主义,主张通过变革而非革命的方式来实现社会主义。[4]拉夫与麦克唐纳无论是在办刊理念上还是在政治倾向上都是有分歧的。麦卡锡把这两位左翼文化圈内的重要人物安排在故事中对立的位置,以漫画般的手法毫不留情地揭露了两人的对峙和内耗、他们理想信念以及个人性格上的缺陷,这样的坦率不但让拉夫与麦克唐纳愤怒不已,也让不少熟悉他们的朋友深感震惊。

---

[1] Mary McCarthy, *The Oasis*, Brooklyn: Melville House Publishing, 2013, p. 6.

[2] Mary McCarthy, *The Oasis*, Brooklyn: Melville House Publishing, 2013, p. 8.

[3] 喀琅施塔得叛乱是1921年2月由俄国水手、士兵、平民组成的反对布尔什维克的大规模起义。叛乱起源于芬兰湾科特林岛的海军要塞喀琅施塔得,它是俄罗斯波罗的海舰队的基地。在为期12天的军事行动后,这场叛乱被红军镇压,此叛乱造成数千人死亡,列宁称其为政权最严重的危机。

[4] Kevin Mattson, *Intellectuals in Action: The Origins of the New Left and Radical Liberalism, 1945–1970*, Philadelphia: The Pennsylvania State University Press, 2002, p. 34.

然而，除去私人恩怨的纠结，麦卡锡的现实讽喻小说《绿洲》为我们提供了理解20世纪40年代美国知识分子群体的一个样本。小说的标题为《绿洲》，绿洲本是干枯沙漠中的希望和生命，但麦卡锡笔下的绿洲却似乎另有所指。小说以让-雅克·卢梭（Jean-Jacques Rousseau）的《忏悔录》（Confessions，1783）中的名句"事实上，我们必须忏悔的是，不管是在这个世界还是下个世界，邪恶将会一直是一个很大的困扰之源"为开篇①，这与小说标题形成了强烈的反差，奠定了小说反讽的基调。细读文本可以看出，作者对乌托邦确实抱有讽刺的意味，"对于现实派来说，乌托邦只是躲避核战的避难所，一种个人交往关系的新奇感，一个夏令营"②；"乌托邦只有50个人，它太小打小闹，激不起共产主义者阻碍国家战争进程的兴趣"③。乌托邦的成员乔一方面很清醒地把"乌托邦"这个词拆解为"无"（ou）和"邦"（topos），即"没有的地方"；另一方面却不能抑制自己把乌托邦放置于地图上的冲动。④小说点出了"绿洲"这一乌托邦实验的游戏色彩和荒诞意味。

更多的讽喻是对这一乌托邦内部理念与实践之间矛盾的揭示。乌托邦原应是平等和自由之地，但现实生活中"绿洲"这个实体内部却存在着明显的等级差异。在集体讨论会上，每个人唯唯诺诺，只是领导者意见的应声虫；乌托邦内的成员自觉比外部成员优越，男人自觉比女人优越，领导者自觉比普通成员优越。观点的自由表达在"绿洲"里是一件很奢侈的事情，因为这里存在着无形的等级制度的制约。

"绿洲"是麦卡锡用反讽的手法对"欧美小组"以及他们的左翼信仰的反省。麦卡锡曾将自己的政治希望寄托于该小组，希望可以使左翼知识分子们团结起来，然而"欧美小组"并没有建成其创立之初承诺的那个样子。在一本关于麦卡锡的传记里，她的同事维达·金斯伯格（Wader Ginsberg）回忆中的"欧美小组"令人感到业余，他们可能陷入了困境，没有产生任何真正意义上的政治见解。⑤晚年的麦卡锡也感慨："'欧美小组'是我一厢情愿，是个爱面子的行为，一种给尼库拉赚钱——他急需钱——的行为。"⑥因此，麦卡锡在《绿洲》中投射的政治讽喻，既是一种社会批评，也是自己对左翼政治理想的反思。麦卡锡把政治理想失败的

---

① Mary McCarthy, *The Oasis*, Brooklyn: Melville House Publishing, 2013, p. 3.
② Mary McCarthy, *The Oasis*, Brooklyn: Melville House Publishing, 2013, p. 11.
③ Mary McCarthy, *The Oasis*, Brooklyn: Melville House Publishing, 2013, p. 21.
④ Mary McCarthy, *The Oasis*, Brooklyn: Melville House Publishing, 2013, p. 5.
⑤ Frances Kiernan, *Seeing Mary Plain: A Life of Mary McCarthy*, New York: W. W. Norton & Company, 2000, p. 290.
⑥ Frances Kiernan, *Seeing Mary Plain: A Life of Mary McCarthy*, New York: W. W. Norton & Company, 2000, p. 289.

原因归咎于左翼知识分子信仰与现实的脱节，却没有体现出关于美国社会政治经济制度对这一理想的禁锢作用的反思。

除了拉夫和麦克唐纳，威尔逊也是麦卡锡讽喻的主要对象和原型。在麦卡锡和威尔逊的婚姻存续期间，她就在《纽约客》上发表了一篇名为《杂草》（"The Weeds"）的短篇小说，在这个关于婚姻中的伤痛的故事中，读者能很清晰地阅读出麦卡锡自己的婚姻故事。麦卡锡曾经把初稿拿给威尔逊看，后者没有就故事中对自己的影射提出意见，但是当小说最终发表在《纽约客》上之后，威尔逊却非常愤怒。麦卡锡回忆道："他真的非常生气。我对他说：'可是我之前给你看过了。'他却说：'可是你又改动了！'"[1]麦卡锡和威尔逊离婚之后，她更是毫无忌惮地将威尔逊搬进了自己的小说，并对其大加讨伐。在《着了魔的人》中，迈尔斯是一个又老又胖、残暴、控制欲极强的作家和评论家，和麦卡锡自传中威尔逊的形象如出一辙。这本小说以现实中麦卡锡、威尔逊居住过的韦尔弗利特为原型虚构了一个艺术家聚集地——海边小镇新利兹。"邮局里有三个傻乎乎的乡巴佬，冬季住在这里的居民一般都结过三次婚，有八个留着胡子的波西米亚青年……他们经常醉酒，在殴打妻子、漠视孩子、离婚、遭遇车祸、自杀等事件上，这个小镇处于疯狂状态。"[2]麦卡锡的描述显然有些夸张，但一定程度上是当时波西米亚艺术家生活的写照。小说中的玛莎一直努力试图与镇上其他人划清界限，在她眼中，这些艺术家盲目从众，失去了自主判断能力，他们按照波西米亚的方式生活，按照"艺术家应该有的样子"塑造自己。麦卡锡借女主人公的视野揭露了知识分子圈的弊端，也对知识分子群体进行了尖锐的揭露和讽刺。

麦卡锡在"攻击"自己所处的知识分子圈，尤其是他们政治信仰的虚伪性这一话题上向来不遗余力。《学院丛林》就是一部出色的校园讽喻小说，小说揭露了发生在大学校园里的种种荒诞之事。文学教师马尔卡希假装是一个共产主义者以达到保住自己工作的目的，同时以政治为手段来为自己谋取私利。这一幕在《她的交际圈》中的第五篇《一位耶鲁知识分子的画像》中也得到了体现：耶鲁大学毕业生吉姆声称自己是马克思主义者，却为了获得丰厚报酬为一家保守杂志撰稿，抛弃了自己的信仰。将政治立场当作工具为自己服务的还有《她们》中的瓦萨学院毕业生诺林，诺林参加罢工运动时也不忘精心装扮，只为光鲜亮丽地出现在报纸上，满足自己的虚荣心。麦卡锡暴露了美国政治生活中的"伪左翼"，他们伪

---

[1] James G. Lesniak et al. eds, "Mary McCarthy", in *Contemporary Authors* (*New Revision Series*), Vol.16, Detroit: Gale Research Company, 1986, p. 254.

[2] Mary McCarthy, *A Charmed Life*, Middlesex: Penguin Books, 1964, p. 12.

装成激进的左翼分子,却只是为了利用左翼的光环来实现自己的私利。

麦卡锡取材于自己现实生活的做法一度让她周围人的隐私暴露在公众面前,为此她得罪了不少人,也惹来一些批评家的批判。有论者不无刻薄地说,麦卡锡小姐对她的人类同胞进行的尖刻解剖使他们变成了一堆丑陋的尸体,麦卡锡小姐在这些尸体上发泄了她的愤怒。[1]《泰晤士报》(The Times)在报道1993年6月瓦萨学院1933届毕业生聚会的消息时披露,他们仍然对麦卡锡在《她们》中的曝光和背叛行为感到愤怒[2],这样的批评和指控伴随着麦卡锡的整个创作生涯。

麦卡锡的讽喻不排除有利用名人效应博取关注的考虑,但更多的是出于她对包括自己在内的知识分子群体的体察和感悟、对真理的不懈追求以及对自我的探寻。她将写作视为揭露世界真相以及进行自我省察、自我完善的方式,她对每件事、每个人都很严厉,但她对自己才是最不留情面的,如果自我的形象和真相相悖,那么她一定会选择站在真相那边。在自传作品《神父,我忏悔》中,梅格的丈夫评价她称:"你用你的过分顾忌作为像个荡妇般行事的借口。"[3]小说中角色的自我意识非常鲜明,疏远淡漠、坦白直率的态度中带着对自我的冷酷无情。

"我的目的不是讽刺,"她在申请古根海姆博物馆的赞助以完成《学术丛林》时说,"事实上,我在努力抑制我的作品中过度讽刺和自责的倾向。"[4]只是,她自己也无法扭转自己的偏执,她关注的就是真理本身,并决心要把所有与真理相悖的事物都记载下来,尽管她知道这会为自己招致骂名,但她写作从来不是为了取悦他人。

## 第三节 桑塔格《我们现在的生活方式》的叙事艺术[5]

1986年的短篇小说《我们现在的生活方式》是苏珊·桑塔格的一部力作,这部作品体现出了桑塔格在形式主义美学思想影响下对作品形式的倚重。桑塔格一直认为形式即是内容,形式表达内容。桑塔格在小说中借助现代叙事手法,对人们对疾病的阐释方式发起了质疑,这是桑塔格对"疾病的隐喻"的"反对阐释"。

---

[1] Paul Schlueter, "The Dissections of Mary McCarthy", in Harry T Moore ed, *Contemporary American Novelists*, Carbondale: Southern Illinois University Press, 1964, pp. 61-64.

[2] Beverly Gross, "Our Leading Bitch Intellectual", in Eve Stwertka and Margo Viscusi eds., *Twenty-Four Ways of Looking at Mary McCarthy: The Writer and Her Work*, Wesport: Greenwood, 1996, p. 29.

[3] Mary McCarthy, *The Company She Keeps*, Orlando: Harcourt Brace & Company, 1967, p. 276.

[4] Carol Gelderman, *Mary McCarthy: A Life*, New York: St. Martin's, 1988, p. 167.

[5] 本节内容借鉴了笔者发表的论文,参见张莉:《"沉默"的述说:〈我们现在的生活方式〉的叙事艺术》,载《郑州大学学报》(哲学社会科学版)2012年第3期,第91-94页。

《我们现在的生活方式》这一作品的名字首先让人们想起19世纪英国小说家安东尼·特罗洛普（Anthony Trollope，1815—1882）的同名长篇讽刺小说。这部小说于1875年亮相，是在文学刊物上发表的系列作品。小说共分为100章，作者据说受到19世纪70年代初爆发的财务丑闻的启发，生动再现了贪婪、欺诈是如何渗透到了时代的商业、政治、道德和思想生活中。桑塔格单纯借用了这一篇名，她的故事与特罗洛普的故事在内容和思想上颇为不同。小说的故事情节异常简单，主角是一位30多岁的艾滋病患者，住在纽约曼哈顿的他生活富足，过着时髦的双性恋生活，他周围的朋友听闻他生病的消息之后前去探视他、安慰他，朋友们彼此之间也不断谈论着他和他的疾病，仿佛是要在相互安慰中消解和抵抗他们各自的恐惧和担忧。

小说取得了评论界内广泛的认可，甚至被不少批评家视为桑塔格最好的文学创作。这不只是因为她敏锐地选取了艾滋病这个话题，她在艺术形式上的创新尤其是叙事方式方面的变化也令人耳目一新。

## 一、集体式多重叙事声音

小说由第三人称的叙事者讲述，然而不同于传统的全知全能型的叙事，这个第三人称叙事者是一个内隐的叙事者。所谓"内隐的叙事者"指的是叙事者从其讲述的故事中尽可能脱身，让情节按其自身的逻辑去展开，让人物在故事的舞台上按各自独特而合理的方式去行动。[①]这个第三人称的叙事者隐忍低调，仿佛是一个置身事外的旁观者，其主要功能就是不动声色地转述别人的话语，他不厌其烦地重复着"某某人说""据某某人说"这一句型。

然而这样一个呆滞乏味的叙事者所发出的叙事声音却异常活跃，叙事以对话的形式铺展，却并不用引号区分，而且对话很多时候并没有特定的受述人。故事开篇的第一句话就很长，在原文中有133个单词之多：

> 麦克斯对艾兰说，一开始他只是体重下降，只觉得有点儿病了；克里格说，而且他并没有去看医生，因为他还想或多或少地保持同样的工作节奏；可是坦娅指出，他的确戒了烟，这暗示他害怕了，也暗示他比他意识到的更希望健康，或者说，希望更健康一些；奥森说，也许说不定他只是想恢复几磅体重而已；坦娅还说，他对她说过，他期望去爬墙（人们不是都这样说

---

[①] 谭君强：《叙事学导论：从经典叙事学到后经典叙事学》，高等教育出版社2008年版，第64页。

吗？），然后惊喜地发现他一点儿也不留恋香烟，而且为多少年来肺部第一次不再感到疼痛而洋洋得意。①

冗长复杂的句式、说话人的不断转换，再加上一连串碎片式的人名，小说从一开始即给人一种混乱、喧嚣的感觉。由于缺少了主导性的叙事声音，故事中说话的每一个人就好像一个个符号混杂地堆放在读者面前，仿佛不是为了向读者说明清楚事由、表达清楚观点，而是在故意遮蔽和隐藏一般。这种欲擒故纵、欲说还休的"浅层叙事"模式生动地再现了面对艾滋病的威胁，每个说话者都深感忧虑和恐惧，又试图在相互关爱、相互安慰中寻找解脱的心态，这也揭示了他们彼此之间心照不宣同时又缺乏深度交流的事实。

细细辨来，多重叙事声音之间似乎还隐藏着一种竞争关系。他们竞相说话，用谈论"他"的方式来表达对"他"的关爱，体现自己与"他"的亲密关系。"为了在探视时能够从他那里得到一个特别愉快的反应，我们彼此竞争，每个人都竭力讨得他的欢心，想成为最被需要的，真正的最亲密最贴心的。"②这种主观性和竞争意识体现在他们的话语中就常常出现相互矛盾、彼此消解的局面，他们似乎一个个都变成了"不可靠的叙事者"：

> 而据唐尼说，当他进了医院，他的精神似乎就轻松了。厄秀拉说，他仿佛比前几个月快乐了；据爱拉说，那个坏消息几乎像是一个解脱；据昆廷说，是一个实实在在的意外打击；可是你不能指望他对所有的朋友都说同样的话呀，因为他同爱拉的关系与他同昆廷的关系是非常不同的（据说昆廷对他们的友谊十分自豪），也许他认为昆廷看见他掉眼泪并不会沮丧；可爱拉坚持说，这不可能是他对别人就表现得非常不同的原因……凯蒂笑着说，你肯定在夸大其词，人人都喜欢鲜花的。是呀，昆廷尖刻地说，在这种时候谁又不夸大其词呢。你不觉得这本身就是夸大其词吗……③

"据某人说""似乎""仿佛"这些不确定性字眼的运用，以及人物的情绪化表征都让我们困惑不已，辨不清孰真孰假，甚至叙事者本人也会承认"在这种时候谁又不夸大其词呢"。叙事不再有揭示事实真相的作用，而是指向了它的反面，成了掩盖事实和真相的手段。

---

① 苏珊·桑塔格：《我，及其他》，徐天池、申慧辉等译，上海译文出版社2009年版，第265页。
② 苏珊·桑塔格：《我，及其他》，徐天池、申慧辉等译，上海译文出版社2009年版，第278页。
③ 苏珊·桑塔格：《我，及其他》，徐天池、申慧辉等译，上海译文出版社2009年版，第267页。

## 二、主体的缺席

如果说众说纷纭之下事实不能得到彰显的话，那么它的另一个极端"沉默"也是遮蔽真相的重要原因和手段。同聒噪不休的朋友们形成鲜明对比的是，处于叙事焦点的"他"始终不能主动自由地发声。"他"是一个"缺席"的"在场者"，是"被言说"的言说者。尽管小说中几乎每一个人都在间接地为他代言，但这些转述本身矛盾重重，最终仍指向他无法被表征这一事实。

主人公丧失了自我表达的主体性地位，甚至连他的名字这一显现身份的符号也没有在文中出现过，而其他言说者麦克斯（Max）、艾兰（Ellen）、坦娅（Tanya）等共 26 人则是被精心安排了发言的顺序，因为所有人的首字母正好分别对应 A 到 Z 这 26 个英文字母。

叙事者的名字没有显现，他所患的疾病名字也同样没有被提及过，大家心照不宣、不言而喻地将"艾滋病"这一字眼当作了禁忌，这不仅是因为这一疾病的致命性和可怕性，也因为它本身隐喻了道德堕落的内涵。桑塔格曾专门写作《疾病的隐喻》、《艾滋病及其隐喻》（AIDs and Its Metaphor）等作品，揭示疾病为患者带来的道德压力："最令人恐惧的疾病是那些被认为不仅有性命之虞，而且有失人格的疾病。"[1]艾滋病就是这样一种有失人格的、让人恐惧的疾病。因此，尽管在他人的转述中，患病的"他"毫不避讳、故作轻松地多次提及病名，尽管朋友们相互鼓励、相互督促应该说出这个名字，"说出那个病名是健康的迹象，说明一个人能够接受自己的现实"[2]，"我们也必须说出那个病名，经常说，我们不能在诚实这方面落在他的后面"[3]，但最终所有的言说者皆无一例外全部选择了规避它。

## 三、间接交流手段的借用

除了转述的叙事模式、集体化的叙事声音，桑塔格还有意借用间接的叙事和交流方式达到隐藏事实而不是揭示真相的目的，达到在读者和作品之间制造距离的美学效果。小说多次出现诸如"（据克里格说，）他对坦娅说过"[4]、"据麦克

---

[1] 苏珊·桑塔格：《疾病的隐喻》，程巍译，上海译文出版社 2003 年版，第 113 页。
[2] 苏珊·桑塔格：《我，及其他》，徐天池、申慧辉等译，上海译文出版社 2009 年版，第 276 页。
[3] 苏珊·桑塔格：《我，及其他》，徐天池、申慧辉等译，上海译文出版社 2009 年版，第 276 页。
[4] 苏珊·桑塔格：《我，及其他》，徐天池、申慧辉等译，上海译文出版社 2009 年版，第 266 页。

斯说,昆廷说"①,甚至"据说他这样说过"等双重间接叙事手段,这使叙事的可靠性大大打了折扣,另外,人们之间也更倾向于使用间接交流方式,如打电话、记日记等行为。

> 好像每个人每星期都会和所有其他的人联系几次,了解情况;斯蒂芬对凯蒂说,我从来不会一次讲好几个小时的电话,但是当我接了两三个告诉我最新情况的电话,同时也搞得我疲惫不堪之后,我并没有关掉电话机让自己喘口气儿,反而会拨打另一个朋友或者熟人的电话号码,把消息传下去。②

电话发挥了交流的功效,但它的间接性更提供了距离和安全感,使人们得以安全地寄托和释放自己的不安情绪。通过"电话接龙"的形式,人们相互诉说的同时也相互遮蔽,给自己留一个安全空间,得以安放自己的惶恐不安。电话是间接的"述说"方式,人们相互之间多打电话看似热闹,却透露出每一个人内心空虚、恐惧、孤独的情绪。

日记是小说中一个重要隐喻。"据厄秀拉说,毫无疑问他的情绪低落了……而且他现在似乎白天宁愿一个人呆上几个小时;他还对唐尼说,他还这辈子头一次开始写日记了……"③ "他"的日记内容从未被透露,却引起了朋友们的许多讨论。日记是"他"自我言说的表现,也是他在朋友们和自己之间设置距离的表现,而由于内容的隐秘不宣,日记又为朋友们增添了疑虑和担忧。

桑塔格通过对多种叙事手段的综合运用使小说《我们现在的生活方式》呈现出看似混乱无序,实则意味深长的艺术效果。小说中的喧嚣和沉默表达的都是极其社会化的内容:主体的消声和隐形隐喻了不能言说的痛苦;喧嚣的集体叙事掩盖的是不可言说的顾虑。

桑塔格用《我们现在的生活方式》为题,揭示了人们给疾病赋予的无谓的道德压力,也借此体现后现代社会中人们普遍的孤独感、恐惧感和空虚无奈的情绪。小说中的"他"也指代任何人,"他"的生存困境因而也具有普适的意义和价值。

以桑塔格为代表的左翼女性作家对当代生活的投入和关注,已然超越了传统女性作家的视域,而有了更多的社会责任感和参与意识,她们试图以更理智的方式,参与到对当代社会的反思和批判之中。

---

① 苏珊·桑塔格:《我,及其他》,徐天池、申慧辉等译,上海译文出版社2009年版,第267页。
② 苏珊·桑塔格:《我,及其他》,徐天池、申慧辉等译,上海译文出版社2009年版,第266页。
③ 苏珊·桑塔格:《我,及其他》,徐天池、申慧辉等译,上海译文出版社2009年版,第271页。

# 第九章

# 人类命运共同体视域下的美国左翼女性文学

美国左翼女性文学是在 20 世纪美国左翼运动与女性运动的共同推动之下形成并发展壮大的，它反映了左翼写作中女性的经验、视角和声音，表达了女性对于贫困、歧视、战争、暴力、恐怖事件、全球危机等问题的思考，体现出 20 世纪社会各阶层女性对所处的物质环境、精神环境、生态环境等的把握、感知、反馈。

虽然美国左翼女性文学是松散的作家群的集合，但从整体来看，她们也表现出了共同的追求。美国左翼女性文学天然地拥有集体意识，倚重集体力量，具有关注社会、承担社会责任的追求和抱负，这使得美国左翼女作家的创作吸收了更宽广的视野，并表现出强大的力量。同为女人的自然性别属性，以及同为受剥削、受压迫者的社会属性是美国左翼女作家之间天然的纽带，共同体意识是美国左翼女性文学的自然属性和天然特质。

## 第一节 美国左翼女性文学的共同体思考

共同体（community）是人类社会的基本特征，是人的社会属性的体现。共同体对人们有天然的吸引力，人们也一直对共同体情有独钟。共同体的历史源远流长，从"城邦共同体""契约共同体""伦理共同体""国家共同体""乌托邦共同体"到马克思的"真正的共同体"，人们对共同体的认识和理解在逐步丰富和深化，不断赋予共同体以新的内容，更体现新的时代精神。

英国著名马克思主义文化批评家雷蒙·亨利·威廉斯指出，community 这一英文词自 14 世纪即存在，最早可追溯至拉丁文 communis，意指"普遍""共同"。在英文里，community 一词本身就有五种不同的含义：一是平民百姓，有别于那些有地位的人（14 世纪至 17 世纪）；二是一个政府或者是有组织的社会——在后来的用法里，指的是较小型的（14 世纪起）；三是一个地区的人民（18 世纪起）；四是拥有共同事物的特质，如共同利益、共同财产（16 世纪起）；五是相同身份与特点的感觉（16 世纪起）。①共同体首先意味着由某种共同的纽带联结起来的生活有机体，它同时也是群体对自我和世界进行认知的参照体系。

德国社会学家滕尼斯被认为是共同体理论的重要奠基人。滕尼斯使用 gemeinschaft（在德语中是"共同生活"的意思）来命名共同体，其基本形式包括亲属（血缘共同体）、邻里（地缘共同体）和友谊（精神共同体）。滕尼斯在共同体的概念中强调了人与人之间的亲密关系、共同的精神意识，以及归属感、认同感，他倾向于将共同体理解为一种原始的、自然的状态或一种生活方式。

马克思运用历史唯物主义的原理，从人类社会发展实际和历史趋势出发，把共同体划分为"自然共同体"、"抽象的或虚幻的共同体"和"真正的共同体"三个历史阶段和形态。②第一种类型的共同体是以血缘、地缘为纽带的宿命共同体，对应于以农业革命为基础的原始社会形态；第二种类型是以职业、利益为纽带的命运共同体，对应于商业革命、工业革命所开启的现代城市社会；第三种是共同占有生产资料、实现自由交换理想的自由共同体，对应于未来共产主义社会的愿景和目标。③

美国左翼女性文学书写中的共同体意识分为三个阶段：20 世纪 20—40 年代，以姐妹情谊为纽带建构了旨在对抗阶级和性别压迫、争取平等生存权利的宿命共同体；60—80 年代，以异化、规则、权威为批判对象，建构了旨在实现身心自由和解放的美学共同体；90 年代以来当代左翼女性文学一方面强化女性经验，坚持女性共同体的建构，另一方面则弱化性别意识，关注全球化带来的普遍问题，呼吁建构消弭了阶级和性别差异的命运共同体。

左翼女性文学天然地具有共同体意识，这是因为左翼女性文学的创作与底层女性争取包括生存权在内的基本权利的要求密切相关，同底层女性挑战传统的固化角色以争取更多社会认可的内在要求相关。从人类历史进程来看，相较于男性，女性的传统角色往往被定义为妻子、母亲，是男性的"属下"和附庸。女性并不被鼓励扩展她们的社会空间，承担更多的社会责任，她们被捆绑在不被计入社会贡献的家务工作中，成了房间里的"奴隶"，她们的自由和权利都受到了制约。

---

① ［英］雷蒙·威廉斯：《关键词：文化与社会的词汇》，刘建基译，生活·读书·新知三联书店 2016 年版，第 125 页。

② 田海舰：《马克思共同体思想探析》，载《伦理学研究》2018 年第 1 期，第 20-26 页。

③ 陈忠：《城市社会：文明多样性与命运共同体》，载《中国社会科学》2017 年第 1 期，第 59-60 页。

## 第九章 人类命运共同体视域下的美国左翼女性文学

19世纪末20世纪初，现代科技的发展以及新兴发明的普及从一定程度上将女性从家务劳动中解放了出来，使得她们能够更多地走向社会；女性普遍受教育权利的普及也使得她们增强了平等意识，提升了她们为社会服务的能力和水平。一战的爆发客观上造成了社会劳动力的相对缺乏，使得一些女性可以走出家门，担当一些原来只能由男人担当的工作和责任，这些都极大地拓宽了她们的视野，提升了她们的社会感受力。20世纪二三十年代，在两次世界大战和经济大萧条的背景下，女性也不得不走出家门，担当起养家糊口的重任，承担起越来越多的家庭和社会责任，进入原先由男性垄断的工作领域。女性开始有了意识、经验、阅历、能力来书写自己的独特经历，表达自我的观点和意见。

女人们所处的客观社会环境、她们与男性的生理差异、她们的视野和经历、她们的利益和呼求使她们很自然地转向同性去寻求支持和理解。同为女人的自然属性使她们享有区别于男人们的独特经历，同为弱者的社会属性让她们自然地向集体靠拢并仰仗集体的力量来实现生存并获得社会的认可，因此在美国左翼女作家的书写中，对女性经验、女性同伴、女性集体的描述和表现就成了一个显性的主题。月经、怀孕、堕胎、生产、性意识的萌动和觉醒、成为母亲的独特感受都成为她们作品中表现的内容。例如，《姑娘》中女孩的性启蒙、怀孕、生产，以及她从懦弱胆小的顺从者到积极投入为女性权利进行抗争的社会运动中，这样的成长历程都是在女性同伴的陪伴、引导和帮助下才得以实现的。在贫富两极分化、男权意识突出的社会现实下，姐妹情谊是广大底层女性得以生存并实现自我价值的物质和精神保证。就如同在社会生产力极为落后的情况下，人们不得不在极大程度上依靠血缘、地缘等的联系组成共同体才能共同应对艰苦的环境从而生存下来一样，姐妹情谊类似于一种血缘的联系，女性同胞们同呼吸、共命运，结成了深厚的友谊，建立了属于她们自己的女性共同体。随着时代的发展，姐妹情谊已经逐渐成为女性主义理论的重要组成部分，其主要动因在于女性作家和批评家试图通过写作改变女性的弱势地位并争取女性团结。[1]

依据姐妹情谊而构建的女性共同体兼有了滕尼斯的血缘共同体、地缘共同体和精神共同体的功能，既构建了强大的联盟以对抗外在的危险与压迫，又提供了联系和交往的平台，使反抗、游行、示威等活动成为可能，更重要的是，投入这女性共同体的怀抱中，许多在现实中迷惘孤独的女性找到了归属感、安全感和确定性。值得一提的是，这一纯粹的女性共同体天然具有明显的排他性，为了彻底消解剥削和压迫，她们虚构了一个完全由女性组成的理想社会，这一理想社会驱

---

[1] 魏天真：《"姐妹情谊"如何可能？》，载《读书》2003年第6期，第89页。

逐了男性,力争实现女性的自治。

简而言之,依赖姐妹情谊构建的女性共同体具有以下特征:第一,以姐妹情谊为纽带建立了超越血缘的亲情关系联盟、情感共同体;第二,所有成员按照自愿、互利、平等、互助的原则共享政治信念、生活价值观;第三,她们在互相依赖、互相帮助中获得归属感,在集体中确立个人身份;第四,女性共同体往往将男性放在对立面,具有排他性。

在美国左翼女性文学中,姐妹情谊、女性共同体的确立对于女人们来讲意义重大,这既是她们团结起来反抗压迫的有力形式,也是她们实现价值共享、承担社会责任、实现自我解放的重要路径。它将分散的女性个体凝聚起来,让她们在集体中获得了认可和支持,因此积聚了巨大的力量。然而,姐妹情谊和女性共同体的联系实际上又是脆弱的、不彻底的、不牢靠的,经济条件的差异、受教育程度的差别使得女性对社会活动的参与热情不同,对这一女性共同体的接受度也不同。即便是在共同体内部,也存在着来自阶级的、种族的、政治的等等不同层面的差异和分歧。例如,无产阶级妇女和中产阶级知识女性的关切不同,黑人女性、少数族裔女性和白人妇女的境遇不同等等,这导致在现实生活中,女性团体和女性团体之间、个人与个人之间的对峙、分裂和矛盾不断。

另外,女性一方面为了获取平等权利、得到社会认可、实现个人价值而需要借助于女性团体的力量来发声;另一方面,集体又在一定程度上束缚和压制了女性的权利和价值,姐妹情谊和女性共同体因此成了一种悖论式的存在。一方面它要求女性联合起来,形成合力;另一方面女性个体之间的差异性和丰富性又要求其保持个性和独立[1],这与共同体本身具有的两面性是一致的。共同体的两面性主要表现在:一方面,共同体可以使人与人之间的联系更加紧密,呈现出一副温情脉脉的面孔;另一方面,共同体的成员也需要履行一定的义务。[2]因此,并不是所有女性在任何时候都心甘情愿地接近和融入女性共同体,只有在面对来自外界的尤其是来自男权社会的威胁和侵害时,女性共同体才会团结一致,有效地发挥作用。

20世纪60年代在新左翼运动中发声的女性作家和知识分子,就表现出了对建构女性共同体的纠葛态度。作为新左翼运动的代表,也是第三代纽约知识分子群的核心人物,苏珊·桑塔格对女性主义的态度非常暧昧,她多次明确抗议别人给自己贴上女权主义者的标签,也针对那些批评自己没有代表女性立场的声音做

---

[1] 魏天真:《"姐妹情谊"如何可能?》,载《读书》2003年第6期,第90页。
[2] 李荣山:《共同体的命运——从赫尔德到当代的变局》,载《社会学研究》2015年第1期,第238页。

出反驳:"作为女人,我个人对女人怀有无限的忠诚,但我并不认为有什么特别的、具体的女人的文化。女人们的作品同男人们的作品没有什么实质上的不同。"[①]"我认为女人们应该为那些做事情有着最高层次的追求的女士们感到骄傲,应该认同她们,而不是批评她们没有表达出女性主义的意识和观念。"[②]所谓"更高层次的追求",对于桑塔格本人而言,就是要在写作以及社会生活中超越性别的桎梏,通过进入主流机制的中心,为所有的人包括女人赢得平等待遇和平等权利。"女性的解放问题并不仅仅是争取获得平等待遇的问题,它应该是拥有平等权利的问题,如若她们不能参与到业已存在的机制之中,她们又如何才能拥有这种权利呢?"[③]为了验证自己的观点,桑塔格举出了汉娜·阿伦特的例子。阿伦特是玩着"男人们的游戏"的女性,她的成功表明女人抛去自己的性别桎梏,去获取更大领域、范围、深度上的成就是完全可能的。在桑塔格看来,强调自己女性身份的行为与强调自己的少数族裔的背景一样,虽然客观上起到了自我隔离的效果,但实际上反而削弱了自身的力量。在桑塔格的眼里,女性主义运动带来了一大弊端,即在赢得作为女性的身份的同时,我们却往往会失去作为个体的、有着自由思想的人的身份。

然而到了 80 年代以后,桑塔格对女性主义的态度逐渐发生了一些微妙的变化,她不再那么"激烈"地反对将自己与这一术语联系起来。温迪·莱萨(Wendy Lesser)在访问中指出,桑塔格一直在努力避免被称作"女艺术家""女作家",但在女性主义运动的压力之下,这些很难做到。对此,桑塔格回答道:"我并没有为此付出怎样的努力。这对于我而言是自然而然的事情。我是一个'好战的女性主义者'(militant feminist),而不是一个'女性主义的好战者'(feminist militant)。"[④]1984 年,在接受另一次采访时,桑塔格再次明确承认了自己女性主义者的身份:"我当然将自己认定为女性主义者。有人告诉我说我是'自然派'女性主义者(natural feminist),是天生的女性主义者。"[⑤]

---

① Victoria Schultz, "Susan Sontag on Film", in Leland Poague ed, *Conversations with Susan Sontag*, Jackson: University Press of Mississippi, 1995, p. 34.

② Jonathan Cott, "Susan Sontag: The Rolling Stone Interview", in Leland Poague ed, *Conversations with Susan Sontag*, Jackson: University Press of Mississippi, 1995, p. 120.

③ Jonathan Cott, "Susan Sontag: The Rolling Stone Interview", in Leland Poague ed, *Conversations with Susan Sontag*, Jackson: University Press of Mississippi, 1995, p. 120.

④ Wendy Lesser, "Interview with Susan Sontag", in Leland Poague ed, *Conversations with Susan Sontag*, Jackson: University Press of Mississippi, 1995, p. 197.

⑤ Eileen Manion and Sherry Simon, "An Interview with Susan Sontag", in Leland Poague ed, *Conversations with Susan Sontag*, Jackson: University Press of Mississippi, 1995, p. 210.

桑塔格对女性主义的态度仿佛经历了一个180度的大转变，但实际上她对女性主义的认识并未动摇。她支持女性主义运动对女性权益的争取和维护，却并不认同和支持女性主义者们建构专属于女性的组织、话语和思想体系的方式。作为顺利打入并成长在纽约文人集群这一精英文化阵营内部的一名相当有影响力的批评家和知识分子，桑塔格可以说从一开始即进入了相对平等的对话机制中。作为那些男性批评家和学者的朋友或者敌人，正如她自己所言，她并没有过多地体会到来自自己女性身份的压力，相反她要争取的是为社会所认可的主流知识界的话语权。突出其性别的差异，对于桑塔格来说是不公平的，她有足够的力量和完整的心智，可以在智性思考上发挥更大的作用。[①]

另一个更重要的原因是桑塔格对个人主体性的追求使她不可能接受倡导共性、压抑个性的女性共同体的概念。20世纪60年代是一个大否定、大拒绝的年代，是解构主义浪潮席卷一切的时代，也是一个张扬个性和主体性的时代。女性共同体对于桑塔格而言是一种画地为牢、自我禁锢、泯灭个性的愚蠢行为，不仅不会带来女性的解放，反而将话语权和控制权拱手相让，因此，桑塔格无意于做女性主义的代言人，即使为此而遭遇激烈的批评。她还在自己的作品中表达了对女性主义盲从者的讽刺。短篇小说《美国魂》中的弗拉特法斯小姐就代表着没有个性的、千人一面的、盲目行动的激进派女性主义者；在另一篇短篇小说《旧怨重提》中，主人公"我"的挣扎和痛苦表达的是桑塔格对制度化、规则化、集体制的批判和反对。

桑塔格为女性同胞们规划的解放路径是超越了性别，甚至也超越了生活的美学乌托邦。桑塔格在写作中倡导"沉默的美学"，主张以艺术的、虚幻的、反常的形式来应对生活的异化和困难，它内含着自由、平等、民主的思想，是女性实现自我解放的乌托邦。无论是《恩主》里以梦来引导生活的希波赖特，还是《死亡匣子》里去验证死亡的迪迪，包括桑塔格后期小说《火山恋人》里用收藏来逃避和置换生活的爵士，以及《在美国》中以舞台表演来应对孤独和流散状态的玛丽安，这些对生活有敏锐感知的知识分子都选择了以艺术的手段面对生活中的困难、不幸、异化，以艺术来取代生活。

当然，艺术的乌托邦是虚假的乌托邦，只能暂时起到抚慰心灵的鸦片剂的效果，却并不能真正解决生活中的问题。对于其虚幻性和脆弱性，桑塔格连同她笔下的艺术家们对此都有清醒的认识，却无力解决这一问题，这同样也是美国左翼女性文学甚至美国女性文学面临的困境。

---

[①] 崔卫平：《沉默的背后——关于海德格尔和阿伦特》，载《开放时代》2000年第7期，第101页。

## 第九章　人类命运共同体视域下的美国左翼女性文学

20世纪80年代以后,美国左翼女性文学书写分别延续和发展了两种不同的思想和路径:一方面沿着构建女性共同体的设想挖掘和建构女性写作传统;另一方面则弱化女性的性别意识,用更宽广的视野和胸襟应对全球化背景下人类面临的诸多共同问题。这两个方向其实恰恰反映了左翼女性主义运动所面临的窘境:一方面女性身份的确认需要她们回溯历史,确认其独特性和价值;另一方面这样的努力与当今世界一体化的趋势背道而驰,其独特价值的确定又离不开这样一个一体化世界的认可。全球化带来的诸多便利连同许多问题使得人类再一次站在一起,同舟共济,形成了一个内在的命运共同体,这个命运共同体如同一把双刃剑,既带来机遇,也带来挑战,既帮助建构起个体身份,又有消解这个身份的危险性。共同体与个人主观理性之间存在对立,由于个人的"主观理性"越来越得到强调,个体之间的边界感也逐渐清晰,这也就意味着共同体的消逝,而坚持共同体的实在性又可能导致抽象"共同体"对个人自由的限制。这一悖论表明,只有超越了"个人自由"和"共同体"之间的矛盾,才能克服"主观理性"和"共同感"之间的分裂[1],这构成了美国左翼女作家的困境,也是当代不少女性主义者的困境。

马克思的共同体思想有助于我们理解这一困境。在马克思看来,命运共同体还是以利益关系为纽带建立的共存机制,人们囿于环境的压力,不得不形成并依赖于这样的利益共同体,但共同体本身又形成了新的桎梏。这样的共同体实际上是一种虚假的共同体,而我们目前的人类共同体、城市共同体等基本上还处于命运共同体阶段,这种类型的共同体的重要特点是人们由于各种压力而处于相互需要和相互依赖中,还不能全面自觉地把握和干预整体环境和整体关系。[2]同宿命共同体相比,在命运共同体里,人们有了一定的选择自由,人们之间的关系也逐渐趋向平等,但是人们对共同体的整体运行规律还没有完全把握,仍然存在诸多无法具体把控的力量和偶然性,人们还不能在这样一个共同体体系里实现个人的完全自由。

只有在未来物质生活和人们的精神生活达到很高水平的前提下,才能真正实现个人的自由,形成真正的共同体。马克思认为"真实"的共同体既不是抽象"共同体"主导的社会关系,也不是以"个人主体性"主导的社会关系,而是寻求一种既能满足个人的独立,又能与他人建立一体性的社会关系。[3]

马克思设想在未来美好的共产主义社会中,人类可以享用真正自由的共同体,

---

[1] 贺来:《"关系理性"与真实的"共同体"》,载《中国社会科学》2015年第6期,第29页。
[2] 陈忠:《城市社会:文明多样性与命运共同体》,载《中国社会科学》2017年第1期,第46-62页。
[3] 贺来:《"关系理性"与真实的"共同体"》,载《中国社会科学》2015年第6期,第40页。

这一共同体的达成不仅需要社会有高度发达的物质资料生产能力，更要有高度发达的精神财富和能力，也只有在这样的共同体里，美国左翼女作家的共同体困境和焦虑才能消解。

总之，美国左翼女作家的创作天然地具有外向型的性格，有内在的联合需求，她们作品中的共同体情结在不同时期、不同背景下有不同的表现和内容。在20世纪上半叶经济大萧条和思想动荡的背景下，美国左翼文学集中表达出对以姐妹情谊为代表的宿命共同体的追求。这是一种类似"血缘关系"的原始形式的联合体，是初级的共同体形式。因为在女性群体受到来自阶级和性别的剥削和压迫的环境中，女性同胞只有联合起来才能获得生存，才能获得安全感、认同感，才能在集体中实现自我身份的确认。这个时期以姐妹情谊为纽带建构的女性共同体抗衡的对象是贫困和压迫，是资本主义制度和男权制度对处于双重边缘地位的女性群体的剥削和压迫，女性争取的是有关生存权利的问题，她们采取的形式是建构纯粹的女性社会，将男人驱逐出去，以暴力反暴力，以隔离反隔离，她们以集体反抗的形式反抗针对女性集体的压迫。

在20世纪60年代的激进革命和解构文化的背景下，美国左翼女性中的知识分子举起了美学革命的旗帜来抗衡生活的异化。美学乌托邦是一种虚幻的共同体，它抗衡的对象是异化、权威、正统、种族压迫，是更广泛意义上的不平等，是思想领域内的钳制、隔离，是有关尊严的问题，是有关女性体面生存的问题。它更关注的是人在精神生活层面的自由和平等，它的手段和形式是以异化反异化，以美学革命、文化革命的形式反对生活、传统、语言、形式等社会各个层面上存在的对女人以及对所有人的异化和隔离。

20世纪末随着全球化的进一步发展，美国左翼女性文学体现出更宽广的胸怀和更强烈的责任意识和现实关怀。在建立人类命运共同体的意识下，左翼女性文学创作也更多地关注超越国别、超越时空的全球性问题、可持续性发展问题、正确地评价和反思人类历史的问题。人类命运共同体抗衡的对象是环境污染、恐怖主义、种族歧视，以及贫困、愚昧、战争等全球化带来的普遍问题，捍卫的是共同家园。然而，人类命运共同体建构起来的并非世外桃源、大同世界，而只是一定形势下的利益联盟。在这一共同体对人的规范化、同质化的要求之下，左翼女性文学连同女性个体也面临身份被消解、个性被泯灭的问题。只有在物质文明和精神文明高度发达的共产主义社会，人们才可能实现个体和社会的完美融合，才能实现真正自由的共同体。

美国左翼女性文学的共同体书写是多种意识的混合产物，既表达建立纯粹的女性共同体的渴望，也表达对消解了性别特征的人类命运共同体的关切；既有深入生活的高度社会化的姿态，也有背对生活进行的艺术乌托邦的浪漫构想；既有对主流社会主流价值观的斗争和挑战，也有同它们协作，甚至跻身于主流价值观内部去发声的雄心和抱负。左翼和女性的标签时隐时现，时而低沉，时而响亮，但在相当长的一段时间内，它还都会坚强地存在着，姐妹情谊、美学乌托邦、命运共同体还会是美国左翼女性写作的重要主题。

## 第二节　美国左翼女性文学的中国书写

美国左翼女性文学同中国有深厚渊源。在中美文化交流的视野下考察美国左翼女作家同中国的渊源关系，不仅是丰富和深化左翼文学研究的必然要求，也有助于我们厘清中美文学关系史上的这一段特殊历史。以艾格尼丝·史沫特莱、安娜·路易斯·斯特朗、海伦·福斯特·斯诺（Helen Foster Sonw）[①]为代表的美国女作家、新闻记者书写了大量有关中国的作品，这些作品既是我们考察中美文学关系史的重要史料，也为美国左翼女性文学及其研究提供了不同内容与范式。

### 一、艾格尼丝·史沫特莱及其中国书写

史沫特莱与中国的渊源开始于1928年，史沫特莱以《法兰克福日报》（1856—1943年）特派记者的身份来到中国，由此开始了她对中国的报道。1928年初，史沫特莱在哈尔滨目睹了东北三省的"易帜"，通过在沈阳、抚顺等地进行采访，她发出了关于"日本在满洲的武力威胁"和"中国妇女地位"等第一批对华报道。1928年年中，史沫特莱来到上海，结识了一批中国左翼作家，并接近了中国共产党在上海的地下组织。1931年史沫特莱同哈罗德·罗伯特·伊萨克斯（Harold Robert Isaacs，又名"伊罗生"）共同创办了《中国论坛》，在此期间采访了当时在上海养伤的陈赓、红军第十军军长周建屏等人，收集了红军初创时期的资料。1933年史沫特莱的《中国人的命运》在纽约出版，同年她以疗养身体为由，前往苏联写作《中国红军在前进》。1936年3月，史沫特莱在幕后创办了英文刊物《中国呼声》并于9月离开上海，前往西安疗养和写作。1937年，史沫特莱前往延安，开始为写作朱德传记收集材料；同年3月1日，史沫特莱在与毛泽东的谈话中提

---

[①] 20世纪80年代，由于艾格尼丝·史沫特莱、安娜·路易斯·斯特朗与埃德加·斯诺（海伦·福斯特·斯诺的丈夫）曾同情、支持中国革命，加之三人名字中都有"S"，因此被中国人民亲切地冠以"3S"的称号。

到了关于中日关系和西安事变的问题,并在毛泽东的授权下将中国共产党为巩固和促进抗日民族统一战线在 2 月 10 日致国民党五届三中全会上的电报内容公之于世;同年 9 月,史沫特莱离开延安,与周立波、舒群等人经西安前往山西八路军总指挥部。1938 年,《中国在反击:一个美国女人和八路军在一起》问世,史沫特莱以《曼彻斯特卫报》(Manchester Guardian)记者和中国红十字会战地记者的双重身份采访了华中一带的新四军。1941 年,史沫特莱失去了《曼彻斯特卫报》记者的职位,并于 5 月离开我国香港,返回美国,史沫特莱的《中国的战歌》也于 1943 年在美国出版。随后,史沫特莱因反对美国政府的"援蒋政策",被联邦调查局列入苏联间谍的嫌疑名单中;1949 年,美国军队发布了关于史沫特莱是苏联间谍的新闻。1950 年,史沫特莱因十二指肠溃疡手术后并发肺炎去世;1951 年,史沫特莱的骨灰被运送到北京,并被埋葬在了八宝山革命公墓。史沫特莱去世后,《伟大的道路:朱德的生平和时代》于 1956 年出版。

史沫特莱的后半生同中国革命紧密相连,在《中国人的命运》《中国红军在前进》《中国在反击:一个美国女人和八路军在一起》《中国的战歌》《伟大的道路》中,史沫特莱结合自己在中国的见闻书写了她眼中的中国,为在国际上构建"红色中国"的形象做出了重要贡献。

《中国人的命运》是史沫特莱第一部以中国和中国人为对象的短文集。全书由 30 篇独立的通讯、时评、人物特写等组成,分为"城市印象记""调查报告或访谈""人物特写""红军"四个板块,展现了她来华初期对中国以及中国红色革命的观察和认识。从总体上看,史沫特莱在《中国人的命运》中对中国的见解基本上同当时共产国际对中国所持的立场和观点保持一致。值得一提的是,史沫特莱来华之前,卫理(Edward Thomas Williams)的《中国今昔》(China Yesterday and Today,1923)是当时美国学界关于中国的主流著述,受到美国读者的追捧。虽然《中国人的命运》和《中国今昔》都是向美国读者介绍中国的写实性作品,但由于两位作者立场的不同,因而在作品中展现出的中国和中国人的形象亦迥然有别。史沫特莱作为一名左翼作家、记者,她关心的是中国的民生、民情尤其是底层民众的生存状况;卫理作为一名职业外交人员,他扮演的则是一名置身事外的观察者的角色。另外,就文类特征而言,《中国人的命运》介于新闻特写和短篇小说之间,这种介于写实和虚构之间的写作不属于报告文学的范畴,因而作者也有更大的空间发挥想象力。总之,史沫特莱在写作《中国人的命运》时从左翼立场出发,抨击了南京政府的黑暗统治,正面描述了底层中国民众的生活,塑造了敢于反抗的中国人群像,但不可忽略的是,史沫特莱在写作该书的同时,也秘密地为共产国际工作,这样的特殊身份在一定程度上影响了她对中国形势的判断,从而使她笔下的中国不可避免地带有共产国际"第三时期"理论的烙印。

《中国红军在前进》是最早向西方正面介绍中国红色革命的专著之一。该书是史沫特莱在苏联休养期间创作的一部中国红军的成长史，描述了江西苏维埃政权以及共产党人领导红军英勇反抗国民党军队围剿的故事。在《中国红军在前进》中，史沫特莱报道了中央苏区以及中央红军的创建过程，不仅在当时具有较高的新闻时效性，放在当下仍具有重要的史料价值。需要特别指出的是，史沫特莱在《中国红军在前进》中美化了前三次反围剿期间上至中国共产党中央，下至苏区基层组织的"左"倾错误，开创了中国红色革命的神话；与此同时，《中国红军在前进》虽然以写实为主，但其表达方式却带有浪漫主义特征，它的人物形象高度类型化，将人物出身作为判定人物品质优劣的标准，在结构安排上则追求戏剧化的效果。究其原因，一方面，史沫特莱西方人的身份使其与写作对象之间存在着语言障碍；另一方面，史沫特莱在左联时期高度认同苏联和共产国际对中国革命的领导。不过，在该书之后，史沫特莱的写作风格则开始向写实的方向发展。

《中国在反击：一个美国女人和八路军在一起》是史沫特莱根据在前线的亲身经历，以日记体的形式记录下的抗战初期晋陕抗敌的战地报道。此时的史沫特莱放弃了对共产国际以及斯大林政权的信赖，在国共合作抗日的新形势下，做出了试图重新认识中国和中国人的努力。该书集中展现了在生活资料、医疗救护设施极度匮乏的战争环境中，中国普通军民顽强抗争的不屈品质。同时，与《中国红军在前进》中将国民党完全等同于反对势力的立场不同，《中国在反击：一个美国女人和八路军在一起》中充分肯定了国民党军队不甘沦亡的民族气节。总之，在《中国在反击：一个美国女人和八路军在一起》中，史沫特莱较为客观地记录了国共军队在华北和西北战场合力抵御外侮的历史事件，同时也标志着史沫特莱中国写作的重要转折。

《中国的战歌》主要描写了从国共第一次合作失败到"皖南事变"前后期间中国的社会状况。史沫特莱以第一人称自述的方式回忆了她在华13年的经历，表现了国共团结抗日的主题，塑造了不同阶级立场的中国人的正面形象，着重刻画了他们的觉醒以及自力更生追求民主和自由的社会进程。在《中国的战歌》中，史沫特莱将中国不甘奴役的斗争历程同美国人民为自己民主而战的历史相类比，从而透露出史沫特莱想要从美国文化和历史传统出发，对自己长期支持中国革命的思想动因进行重新定位的意图。

《伟大的道路》是史沫特莱为朱德撰写的传记，也是展现19世纪末到20世纪前半叶中国农民革命历程的一本专著。史沫特莱将朱德的个人经历融入了自太平天国运动以来的中国农民运动进程中，赋予了他的人生经历以象征的意义。以农民形象出现的主人公朱德使"伟大的道路"既成为对以农民为主力军的中国红色革命的隐喻，也表达了史沫特莱对这场革命的赞誉之情。《史沫特莱》的这部遗作是她试图重新认识和评价中国红色革命，同时在思想上也经历着犹豫不定、徘徊苦恼的体现。

史沫特莱通过书写中国的革命运动，为构建红色中国的形象做出了重要的贡献。在她的作品中，中国共产党是独立自主的政权，是清明、民主和拥护统一战线的进步政党形象；中国红军展现出了积极乐观的精神面貌，他们精于战术，军民关系和官兵关系融洽，整个军队呈现出的是民主和谐的氛围；革命圣地延安同白区相比，是一个民主的、可以自由发表言论的地方；中国共产党的领导人更是一群勇于反抗压迫，坚决建立抗日民族统一战线，为建设一个民主联合政府而不怕牺牲、坚毅乐观的政治领袖。当然，史沫特莱的创作也存在一定的局限性，主要体现为她的政治倾向明显，在内容的艺术性和主题的丰富性上亦有所欠缺。

除了文学创作以外，史沫特莱还通过其他方式为中国革命和中美文化交流做出了贡献。史沫特莱在共产国际的领导和资助下，在上海等地从事文化交流和传播工作。首先，她创办刊物，对外宣传中国的革命运动和介绍中国的左翼文学思潮。史沫特莱在幕后创办的《中国论坛》和《中国呼声》发文介绍中国人民的革命斗争，发表进步的革命文艺作品，支持反帝和中国苏维埃运动。《中国论坛》和《中国呼声》的定期刊发使得中美之间的左翼文化界通过公开发行的刊物实现了较为稳定的沟通和交流。通过这两份刊物，西方记者们向西方读者传递了中国左翼文化的动态，译介了中国左翼作家的作品；同时也通过书刊广告、代销等方式，将其他国家的左翼出版物介绍给中国的读者，在国内传播国际左翼运动的相关信息。

除了创办宣传刊物，史沫特莱还通过对外报道中国战事和协助中国作家发表文章的方式声援和支持中国左翼文化运动。1930年左联成立时，史沫特莱就向国外报道了《西线无战事》（*All Quiet on the Western Front*）的第二次公演；1931年1月，在史沫特莱的帮助下，《新群众》第6卷第8期上刊登了《中国作家致世界的一封信》，介绍了中国左翼联盟在帝国主义和国民党反动派的压迫下成立，以及每一位革命作家冒着被逮捕或死亡的危险进行抗争的经历。1931年2月7日，史沫特莱与鲁迅共同起草了一份题为《中国作家致全世界的呼吁书》的宣言，向世界揭露和控诉国民党的残暴行为，该宣言经茅盾润色，译成英文。史沫特莱还和宋庆龄一起在美国的《新群众》、《民族》（*The Nation*, 1929—1946）以及《新共和》（*The New Republic*, 1929—1944）等左翼刊物上发表文章，揭露国民党政府的黑暗统治。在史沫特莱的建议下，鲁迅所写的《中国作家致全世界的呼吁书》

在《新群众》上发表,并收到帕索斯等美国左翼作家的积极回应。在中国左翼学界面临危机时,美国左翼作家对中国左翼作家给予了道义上和舆论上的有力支持,两国的左翼作家站在同一条战壕里奋斗。

史沫特莱同中国左翼作家交往密切,是第一个将中国左翼作家及其作品介绍到国外的外国人。一方面,史沫特莱编辑、翻译了一些左翼作家的作品,如《中国短篇小说选》(Selected Short Stories from China,1933—1934);另一方面,在同中国左翼文化界的交流之中,史沫特莱对中国左翼作家的创作也产生了一定的影响,她的作品给予了许多追求进步的中国爱国青年以鼓励和启示,激励他们勇敢地拿起笔,书写中国的社会矛盾。刘白羽、丁玲等即为这些青年的代表。在"3S"纪念会上,刘白羽自称为"3S"的学生,并创作了报告文学《大海》来纪念朱德和老朋友史沫特莱;丁玲也在"3S"纪念会上发言,肯定了"3S"的国际友谊以及他们在抗战时期对中国的支持和声援。另外,史沫特莱于1929年11月结识了鲁迅并同他产生了深厚的友谊,史沫特莱曾提到,鲁迅是在她的中国生活中最有影响力的人。通过鲁迅,史沫特莱直接或间接接触到了其他的左翼作家,如茅盾、柔石、萧红、艾黎等。在《中国的战歌》等作品中,史沫特莱将鲁迅塑造成了创作天才和解放女性的卫护者,她对鲁迅作品的译介也扩大了鲁迅在欧美的影响;在鲁迅的藏书中,也收录有史沫特莱、斯特朗等美国左翼作家的著作。

## 二、安娜·路易斯·斯特朗及其中国书写

安娜·路易斯·斯特朗是一名美国记者、作家、演讲家。斯特朗出生于美国内布拉斯加州费伦德城(Friend),1908年获得芝加哥大学哲学博士学位。她年轻时便投入社会改革和福利运动,反对帝国主义发动的一战,支持世界各国人民的解放事业;1919年,斯特朗参加了反对垄断资本的西雅图总罢工,并担任了某报刊的编辑工作;1921年,在十月革命胜利的召唤下,斯特朗前往苏俄,在莫斯科定居了近30年,在此期间,斯特朗写作了许多著作和文章,向美国和世界其他各国人民报道苏联的革命。

斯特朗一生共来华六次,是"3S"中最早关注和接触到中国共产党的人。1925年,斯特朗首次来华,以国际新闻社记者的身份在广州报道了中国省港大罢工,成为当时唯一见证中国革命开端的外国记者。不过,在报道完省港大罢工和揭露武汉国共第一次合作与破裂的内幕后,她便继续投身到苏联的社会主义建设事业中,因而也错失了成为与毛泽东和红区接触的西方第一人的机会。后来,主要是由斯诺和史沫特莱将中国革命的新生元素和力量传播到西方世界。

1927年斯特朗第二次来华。当时正值白色恐怖时期，她从旧金山回到中国，在上海和武汉访问了革命政府，报道了工农运动和反对军阀的国内战争；在湖南，她深入农村，获得了第一手材料，报道了那里的农民革命运动。根据这两次的来华经历，斯特朗写成了第一部关于中国革命的专著《千千万万中国人：1927年至1935年的革命斗争》(*China's Millions: The Revolutionary Struggles from 1927 to 1935*，1935)。1937年斯特朗第三次来华，经香港到达武汉；1938年初，斯特朗去到山西南部的八路军总部，同朱德总司令以及彭德怀、刘伯承、贺龙等革命领袖会面，还采访了丁玲，完成了《人类的五分之一：中国为自由而战》[1](*One-Fifth of Mankind: China Fights for Freedom*，1938)。1940年底，斯特朗第四次来华，当时正值国民党反动派蓄意破坏抗日民族统一战线之时，斯特朗乘飞机从阿拉木图来到重庆会见了中国共产党代表周恩来，获得了有关"皖南事变"的第一手材料，揭露了国民党蒋介石的阴谋，为中国共产党赢得了国际舆论的支持。

1946年，正值抗日战争刚取得胜利之际，斯特朗第五次来华，这次她在中国停留了9个月，其间她访问了革命圣地延安和其他解放区。8月6日毛泽东在延安接受了斯特朗的访问，并做出了"一切反动派都是纸老虎"的著名论断。在延安的6个月中，斯特朗还访问了朱德、刘少奇、周恩来等革命领袖，详细地了解了中国革命的历史、现状以及未来；另外，斯特朗还专门采访了由资产阶级转变为无产阶级作家的陈学昭，这次来华也是斯特朗五次来华中最有影响力的一次。1947年初，受到内战的影响，八路军撤出延安进行战略转移，斯特朗也随之来到上海，在上海期间，她把在解放区的见闻写成了书，即报告文学《中国的黎明》(*Tomorrow's China*，1948)，并在印度、日本、英国和美国等多地出版。

1949年2月14日，斯特朗在莫斯科以涉嫌间谍罪被逮捕，5天后被遣回美国，而当时她正要启程前往中国；同年在美国，斯特朗完成了《中国人征服中国》(*The Chinese Conquer China*，1949) 一书。1955年，苏联撤销了对斯特朗作为"间谍"的指控，但当时美国政府拒绝给她发放护照，在这一时期，斯特朗完成了《斯大林时代》(*The Stalin Era*，1956) 一书，总结了斯大林时代苏联的成就和不足，对斯大林做出了相对正面的评价。最终在1958年，斯特朗终于迎来了她的第六次访华，并选择晚年定居北京，直至生命走到尽头。在最后的一段生命中，斯特朗相继完成了《成长中的中国人民公社》(*The Rise of the Chinese People's Communes*，1959)、《中国为粮食而战》(*China's Fight for Grain*，1963) 等作品，并在74岁高龄时，作为第一批前往西藏采访的女记者，完成了《西藏农奴站起来》(*When*

---

[1] 学界多译为《人类的五分之一》或《有土斯有财》，本书采用前一种译法。

*Serfs Stood Up in Tibet*,1960）等作品，记载了西藏解放后的新面貌。从 1962 年开始，斯特朗定期编写《中国通讯》（*Letters from China*，1963—1965），每期印刷 1 万多册，以六种文字发往世界各国。《中国通讯》以个人通信的形式来诠释中国的政策，反映中国的动向，一度成为当时外界了解中国的主要渠道。1970 年 3 月 29 日，斯特朗因心脏病在北京逝世，终年 84 岁，她的骨灰被安放在北京八宝山的革命烈士公墓。

斯特朗一生著作颇丰，其中有关中国的作品都是在她每次访华之后，基于她在中国的采访和见闻创作而成的。《千千万万中国人：1927 年至 1935 年的革命斗争》以斯特朗在中国的采访和观察为材料，记载了 1927 年到 1935 年的中国革命，介绍了当时中国革命的新动态，并对中国未来的革命前景进行了分析和预判，通过这本书，斯特朗让西方认识到了正在觉醒的中国人民，为酝酿中的中国革命做出预告。《人类的五分之一：中国为自由而战》是斯特朗第三次来华后所著，记载了国共合作时期日本帝国主义在中国的暴力行径，以及在中国共产党的领导下，中国人民英勇抗击日本侵略者的伟大斗争。同时，在该书中，斯特朗还记载了她同八路军在一起的生活经历，并着重介绍了中国妇女的变化。《中国的黎明》是斯特朗第四次来华后，根据她在解放区的见闻所写成的报告文学。《中国人征服中国》是斯特朗第五次来华后所著，主要以她在延安的所见所闻为材料，记载了中国共产党夺取全面胜利的历史进程。

同史沫特莱一样，斯特朗在中国共产党、中国红军以及中国领导人正面形象的构建上发挥了至关重要的作用，尤其是对毛泽东"纸老虎"和"毛主义"思想的报道使斯特朗名声大振。在斯特朗的笔下，毛泽东是一个和蔼可亲、知识渊博、见多识广的领导人形象。1946 年 8 月 6 日，斯特朗在延安的窑洞前采访毛泽东，在对毛泽东的采访报道中，她不断提到毛泽东的小女儿在他膝前玩耍的场景，表现了毛泽东的亲切自然。毛泽东对世界各地、古今信息的熟悉与热情也让斯特朗大吃一惊，斯特朗还发现毛泽东特别机敏，他在国际会议上所做出的辩论使得一些政客的辞令显得不堪一击。另外，斯特朗在《毛泽东的思想》（"The Thought of Mao Tse-Tung"，1947）中首次向西方介绍了"毛泽东思想"，这使她得到中国共产党领导，特别是毛泽东本人的青睐，但这篇文章的发表也引发了斯大林的妒忌，这同她 1949 年被苏联以"间谍"罪名逮捕入狱有着一定的关系。斯特朗以此为契机写就的介绍毛泽东的著作在亚洲和欧洲受到热烈欢迎，她首次提出了"毛主义"这一术语。最后，我们在考察斯特朗同中国左翼学界的关系时发现，她也曾与李敦白（Sidney Rittenberg）共同翻译过一些中国文学作品，李敦白负责中文翻译，她负责英文润饰，从而为中国文学作品的对外传播做出了自己的贡献。

斯特朗与史沫特莱的中国书写政治倾向都非常鲜明，然而两人也有不同之处。史沫特莱在政治上与美国共产党和共产国际保持了一定距离，她对中国革命的书写集中于底层民众的反抗行动，强调的是一种人道主义精神，强调革命对人的解放作用；而斯特朗不仅认同共产主义理论，而且自视为共产党员，她在20世纪二三十年代积极响应共产国际的领导，关注世界范围内的第二次社会主义革命在何时及何处成功。在写作风格上，斯特朗也以一种冷静而又有全局观的方式进行写作，她的叙事平铺直叙，但是逻辑性强，分析力度深刻，这同史沫特莱浪漫激进的文风也有很大的不同。

## 三、海伦·福斯特·斯诺及其中国书写

海伦·福斯特·斯诺于1907年出生于美国犹他州的普罗沃（Provo）。1920年，海伦在美国银矿协会（American Silver Mining Commission）担任资料员，工作是剪贴报纸上有关银矿和银币的文章。由于中国是银币使用国，海伦由此接触到了很多关于中国的信息，并读到了有关中国的采访。受此影响，海伦准备前往中国进行采访报道，将成为一名作家作为自己的职业目标。1931年，海伦从西雅图搭乘邮轮来到上海，在美国驻上海领事馆担任秘书一职，同埃德加·斯诺结识、相恋、结婚，并开始了自己的写作生涯。1933年斯诺夫妇来到北平安家，直至1937年七七事变后离开，在此期间，埃德加从陕北访问归来，海伦帮他整理了采访书稿和照片资料，出版了《红星照耀中国》（*Red Star Over China*，1968）。1936年，海伦受到中国共产党的邀请来到陕北红区；1937年4月，她又冒险来到陕北，采访了毛泽东等中国共产党领导人，写成了《续西行漫记》（*Inside Red China*，1939）一书。《续西行漫记》记载了海伦在延安期间的采访，重点反映了红区的女性问题和民主建设情况，在某些地方也暗含了对红区的批评，然而该书并未获得预期的成功。西安事变前后，海伦是当时在现场采访的三名外国记者之一。1937年，海伦来到上海目睹了淞沪抗战；1940年，斯诺夫妇返回美国，此时美国麦卡锡主义盛行，海伦和埃德加双双受到政治迫害，两人只能依靠一小笔社会保险金生活；1949年5月海伦同埃德加离婚，但在姓名中依然保留了"斯诺"这个姓氏。1972年尼克松访华打开了中美交往的大门，海伦于1973年和1978年两次访问中国，同朱德、康克清、邓颖超等人会面；在两个月的访问中，海伦收集了大量资料和照片，并出版了《重返中国》（*Return to China*，1991）和《毛泽东的故乡》（*Mao Country*，1984）两本书。1997年1月11日，海伦辞世。

史沫特莱、斯特朗和海伦都是自由记者，她们通过文字建构起了红色中国的

形象，将中国左翼文化和红色革命介绍给世界，一定程度上为中国革命赢得了支持和理解。她们的新闻报道和创作是世界左翼文学的组成部分，从内容和形式两个方面丰富了我们对美国左翼文学的理解；同时，美国左翼女作家通过同中国左翼作家的交流与沟通，促进了中美左翼文化和文学的交流，在两国的政治与文学交流领域发挥了文化使者的重要作用。

# 结　　语

　　美国左翼女性文学是美国文学以及世界文学的一道亮丽风景线。它记载了美国女性在追寻公平正义、实现自我解放过程中的心路历程，也体现出她们从独特的女性视角对资本主义社会的体察和批判，以及对人类文明愿景的设想和勾勒。美国左翼女作家的作品中都有社会批判的内容，也有对女性群体生存状况的揭示和思考，她们的写作构成了激进的女性写作传统。对美国左翼女作家这个群体进行研究，关注的是左翼文学作品中性别意识的投射，其目的是要确立女性作品在反映社会关切与个人意识等方面作为艺术形式的连续性和合法性，从而为多元文化景观贡献独特视角。

　　"左翼的"和"女性的"、"阶级的"和"性别的"这双重视角的融合仿佛是自然而然的事情。无论是在家庭生活还是在社会生活中，占据财富的多寡、身份地位的高低等社会资源的不平等分配形成了社会的等级结构，在这一等级结构中，无产阶级与女性都在不同层面、不同标准下成为位于底层的被剥削者、被压迫者。相似的境遇使他们更容易产生共情心，从而使无产阶级与女性更容易形成天然的结盟关系。更重要的是，在这两者的交叉地带，还存在着大量无产阶级女性，她们处于食物链的最底端，忍受着双重的压榨和束缚，因此是最具革命性的群体。在马克思主义思想的启蒙之下，在女性主义运动、民权运动、新左翼运动、反文化运动等浪潮的直接推动下，左翼女性群体的声音开始越来越多地通过各种形式彰显出来，形成了20世纪独特的文化景观，左翼女性文学也应运而生，并取得了令人瞩目的新成就、新进展。

　　然而，美国左翼女作家的写作并不能被理解为纯粹的意识形态的产物，也不是女性主义运动的衍生品，它是在传承、抗争与反思美国文学传统的过程中发展起来的，源于仍在发展变化中的女作家与社会之间的关系。考察20世纪左翼文学中女作家的写作谱系可以反映出这一时期的女性写作同主流的、以男性为主导的文学创作之间的对话关系，也可以体现出谱系内部的丰富性、复杂性、多元性、矛盾性。

　　20世纪左翼女作家及其作品是散落在美国文学史中的一颗颗珍珠，要还原甚至打磨出这些珍珠的色泽和美丽不仅仅需要研究者具有踏实认真的研究态度，还需要具备哲学、美学、艺术、文学、历史等诸多方面的学养；既要有坚定的政治立场，有对西方文化史的整体发展脉络的清晰把握，又要有对社会生活的敏锐感知。左翼女性文学研究是一块亟待深入开垦的新领域，有许多新鲜的话题有待发掘，如左翼女性文学中的生态主义思想、左翼女性文学中的少数族裔作家、全球化视野中各国左翼女性文学的交流和互动、左翼男性作家与左翼女性文学的关系等，这些都是值得我们去进一步研究的课题。全球化为美国左翼女性文学的发展带来了极大的挑战，但同时也迎来了良好的发展机遇。左翼女作家的创作和研究似乎面临着两个不同方向的选择：一方面是继续在突出女性经验、女性视角、女性话语、女性传统的道路上前行；另一方面是融汇在命运共同体的总目标之下，参与到多元化文学主流话语的建构中去。这仿佛构成了一对内在的矛盾，实际上却恰恰显现出这一文学样式以及它所构建的共同体所具有的内在张力和巨大的包容性。

不可否认的是，美国左翼女作家的写作本身具有丰富性、复杂性与矛盾性。今天，站在一定距离之外去审视这一庞杂的群体的创作，我们需要保持清醒的意识，既要在当时的历史文化语境中去辨析美国左翼女性文学的思想与艺术价值，又要具有高度的政治与理论自觉，联系当下的社会文化背景去评判其贡献与不足。

由于笔者在时间、精力、研究资料、研究能力等方面的限制，本书主要讨论了美国左翼女作家的小说创作以及批评著述，而她们的诗歌、戏剧、报告文学等等其他文类的作品同样是美国左翼女性文学的重要组成部分，都是值得我们去深掘的领域。这些缺憾是笔者继续努力、继续前进的方向和动力，也是对更多学者在此领域进行深耕的召唤。

# 参考文献

[美]艾格尼丝·史沫特莱:《大地的女儿》,薛帅译,首都师范大学出版社2016年版。

[美]爱德华·沃第尔·萨义德:《知识分子论》,单兴德译,生活·读书·新知三联书店 2016年版。

[意]安东尼奥·葛兰西:《狱中札记》,葆煦译,人民出版社1983年版。

[美]安娜·路易斯·斯特朗:《斯特朗文集3》,傅丰豪译,新华出版社1988年版。

曹欢:《〈我知道笼中鸟为什么歌唱〉的女性人物形象分析》,《理论观察》2014年第12期。

[加]查尔斯·泰勒:《自我的根源:现代认同的形成》,韩震等译,译林出版社2012年版。

陈慧:《正视美国左翼文学的复杂性》,《读书》2016年第8期。

陈文钢:《新感觉诗学:苏珊·桑塔格批评思想研究》,江西人民出版社2008年版。

陈娴:《〈约依迪俄:三十年代的故事〉的"母子纽带"与"躯体意象":蒂莉·奥尔森的政治诉求和女性视角》,《外语研究》2018年第2期。

陈彦旭、李增:《重塑女性经典、反抗男性权威——读〈女性陪审团:从安妮·布拉兹特利特到安妮·普露的美国女性作家〉》,《外国文学研究》2013年第1期。

陈忠:《城市社会:文明多样性与命运共同体》,《中国社会科学》2017年第1期。

程汇娟:《〈无所属者〉:苔丝·斯莱辛格的左翼知识女性小说》,《外语教育研究》2014年第2期。

程巍:《马尔库塞:文学,作为一种否定性》,《外国文学评论》1999年第3期。

程巍:《中产阶级的孩子们:60年代与文化领导权》,生活·读书·新知三联书店2006年版。

崔卫平:《沉默的背后——关于海德格尔、阿伦特》,《开放时代》2000年第7期。

[美]丹尼尔·贝尔:《资本主义文化矛盾》,严蓓雯译,江苏人民出版社2007年版。

丁玲:《〈感谢你们〉,三S!——在中国三S研究大会上的发言(1984)》//黄静:《美国左翼作家笔下的"红色中国"形象》,九州出版社2021年版。

董中锋:《传通与超越——〈伟大的道路〉写作的心灵索隐》,《外国文学研究》1990年第4期。

[美]凡·戈斯:《反思新左派:一部阐释性的历史》,侯艳、李燕译,首都师范大学出版社2015年版。

樊星:《巴西左翼文学》,《外国语言与文化》2020年第4期。

方维保:《红色意义的生成——20世纪中国左翼文学研究》,安徽教育出版社2004年版。

[德]斐迪南·滕尼斯:《共同体与社会:纯粹社会学的基本概念》,林荣远译,商务印书馆1999年版。

# 参考文献

冯丽:《从创伤角度看〈我知道笼中鸟为什么歌唱〉中黑人女性主体性的建立》,硕士学位论文,广东外语外贸大学,2007年。

[英]弗吉尼亚·吴尔夫:《一间自己的房间:本涅特先生和布朗太太及其他》,贾辉丰译,人民文学出版社2003年版。

高奋、沈艳燕:《解读〈我站在这儿熨烫〉》,《外国文学》2004年第3期。

高腾藤:《玛雅·安吉罗的〈我知道笼中鸟为什么歌唱〉——作为一部女性成长小说的主题研究》,硕士学位论文,曲阜师范大学,2013年。

高小弘:《"女性成长小说"概念的清理与界定》,《海南师范大学学报(社科版)》2011年第2期。

戈宝权:《史沫特莱生平和著作》,《图书馆学通讯》1980年第3期。

顾明生:《苏珊·桑塔格短篇小说空间形式研究》,南京大学出版社2018年版。

关晶、胡铁生:《欧茨对心理现实主义小说创作的贡献》,《西南民族大学学报(人文社会科学版)》2011年第7期。

[美]哈罗德·布鲁姆:《影响与焦虑:一种诗歌理论》,徐文博译,江苏教育出版社2005年版。

郝桂莲:《反思的文学:苏珊·桑塔格小说艺术研究》,光明日报出版社2012年版。

贺来:《"关系理性"与真实的"共同体"》,《中国社会科学》2015年第6期。

贺赛波、申丹:《翻译副文本、译文与社会语境——女性成长小说视角下〈大地的女儿〉中译考察》,《外国语文》2013年第1期。

[美]赫伯特·马尔库塞:《单向度的人:发达工业社会意识形态研究》,刘继译,上海译文出版社2006年版。

黄华:《权力,身体与自我——福柯与女性主义文学批评》,北京大学出版社2005年版。

黄静:《美国左翼作家笔下的"红色中国"形象》,九州出版社2021年版。

霍侠:《〈我知道笼中鸟为什么歌唱〉中的新黑人女性形象》,《安徽文学》2009年第11期。

江宁康:《美国当代文学与美利坚民族认同》,南京大学出版社2008年版。

蒋静:《蒂莉·奥尔森作品中的儿童形象分析》,硕士学位论文,上海外国语大学,2009年。

金莉:《20世纪美国女性小说研究》,北京大学出版社2010年版。

[美]卡尔·罗利森、莉萨·帕多克:《铸就偶像:苏珊·桑塔格传》,姚君伟译,上海译文出版社2009年版。

[美]凯特·米利特:《性政治》,宋文伟译,江苏人民出版社2000年版。

康恺:《"约依迪俄"——对蒂莉·奥尔森的解读》,硕士学位论文,集美大学,2012年。

康正果:《女权主义与文学》,中国社会科学出版社1994年版。

柯英:《存在主义视阈中的苏珊·桑塔格创作研究》,博士学位论文,苏州大学,2013年。

[法]雷蒙·阿隆:《知识分子的鸦片》,吕一民、顾杭译,译林出版社2012年版。

[英]雷蒙·威廉斯:《关键词:文化与社会的词汇》,刘建基译,生活·读书·新知三联书店2016年版。

李俄宪:《社会文学:日本左翼文学的滥觞》,《外国文学研究》2010年第6期。

李桂荣:《创伤叙事》,知识产权出版社2010年版。

李荣山:《共同体的命运——从赫尔德到当代的变局》,《社会学研究》2015年第1期。

李时学:《颠覆的力量:20世纪西方左翼戏剧研究》,厦门大学出版社2012年版。

李小均:《漂泊的心灵 失落的个人——评苏珊·桑塔格的小说〈在美国〉》,《四川外国语学院学报》2003年第4期。

李银河:《妇女:最漫长的革命——当代西方女性主义理论精选》,中国妇女出版社2007年版。

廖荣荣:《〈我知道笼中鸟为什么歌唱〉:黑人女孩的自我救赎》,硕士学位论文,华中师范大学,2015年。

刘白羽:《〈感谢你们〉,三S!——在中国三S研究大会上的发言》//黄静:《美国左翼作家笔下的"红色中国"形象》,九州出版社2021年版。

刘小莉:《史沫特莱与中国左翼文化》,浙江大学出版社2012年版。

刘绪贻、杨生茂:《美国通史》(第六卷),人民出版社2002年版。

龙丹:《镜中的民国妇女——美国女作家的跨文化镜像认同》,《解放军外国语学院学报》2015年第3期。

龙丹:《重述他者与自我——赛珍珠、史沫特莱和项美丽与民国妇女的跨文化镜像认同研究》,博士学位论文,北京外国语大学,2014年。

龙丹、陶家俊:《左翼思想视野中的中国妇女——史沫特莱的中国书写研究》,《外国文学研究》2016年第1期。

罗菲:《谈讽喻的定义及分类》,《河北科技师范学院学报(社会科学版)》2011年第4期。

罗斐然:《论21世纪中国大陆女作家的女同书写》,硕士学位论文,集美大学,2016年。

罗虹:《从边缘走向中心——非洲裔美国黑人文化》,中国社会科学出版社2013年版。

吕万英、徐诚榕:《〈我知道笼中鸟为什么歌唱〉中黑人女性寻求自我话语权的心路历程》,《安徽工业大学学报(社会科学版)》2014年第6期。

吕周聚:《中国左翼文学中的美国因素》,《文学评论》2016年第6期。

[美]马尔科姆·考利:《流放者归来:二十年代的文学流浪生涯》,张承谟译,重庆出版社2006年版。

马晖:《左翼文学价值观研究》,《兰州大学学报(社会科学版)》2004年第4期。

[英]玛丽·伊格尔顿:《女权主义文学理论》,胡敏译,湖南文艺出版社1989年版。

[美]玛雅·安吉洛:《我知道笼中鸟为何歌唱》,于霄、王笑红译,上海三联书店2013年版。

毛艳华:《托妮·莫里森小说中的母性研究》,浙江大学出版社2018年版。

[法]米歇尔·福柯:《另类空间》,王喆法译,《世界哲学》2006年第6期。

[法]米歇尔·福柯:《规训与惩罚:监狱的诞生》,刘北成、杨远婴译,生活·读书·新知三联书店2019年版。

[美]莫里斯·迪克斯坦:《伊甸园之门:六十年代的美国文化》,方晓光译,译林出版社2007

年版。

潘一禾:《经典乌托邦小说的特点与乌托邦思想的流变》,《浙江大学学报(人文社会科学版)》2007年第1期。

芮渝萍:《美国成长小说研究》,中国社会科学出版社2004年版。

申丹:《叙述学与小说文体学研究》,北京大学出版社2019年版。

申慧辉:《迎风飞扬的自由精神——苏珊·桑塔格及其短篇小说》//苏珊·桑塔格:《我,及其他》,徐天池等译,上海译文出版社2009年版。

沈艳燕:《蒂莉·奥尔森其人其作》,《外国文学》2004年第3期。

沈艳燕:《我站在这儿熨烫》,《外国文学》2004年第3期。

沈艳燕: The Language and Silence of Tillie Olsen, 硕士学位论文, 浙江大学, 2004年。

盛宁:《人文困惑与反思:西方后现代主义思潮批判》,生活·读书·新知三联书店1997年版。

宋素凤:《多重主体策略的自我命名:女性主义文学理论研究》,山东大学出版社2002年版。

[美]苏珊·桑塔格:《疾病的隐喻》,程巍译,上海译文出版社2003年版。

[美]苏珊·桑塔格:《苏珊·桑塔格文集:反对阐释》,程巍译,上海译文出版社2003年版。

[美]苏珊·桑塔格:《恩主》,姚君伟译,上海译文出版社2004年版。

[美]苏珊·桑塔格:《沉默的美学:苏珊·桑塔格论文选》,黄梅等译,南海出版公司2006年版。

[美]苏珊·桑塔格:《在美国》,廖七一、李小均译,译林出版社2008年版。

[美]苏珊·桑塔格:《死亡匣子》,刘国枝译,上海译文出版社2009年版。

[美]苏珊·桑塔格:《我,及其他》,徐天池、申慧辉等译,上海译文出版社2009年版。

孙燕:《反对阐释:一种后现代的文化表征》,上海三联书店2007年版。

谭君强:《叙事学导论:从经典叙事到后经典叙事》,高等教育出版社2008年版。

陶家俊:《身份认同导论》,《外国文学》2004年第2期。

陶家俊:《创伤》,《外国文学》2011年第4期。

[美]特雷西·斯特朗、海林·凯萨:《纯正的心灵:安娜·路易·斯特朗的一生》,李和协等译,世界知识出版社1986年版。

田海舰:《马克思共同体思想探析》,《伦理学研究》2018年第1期。

汪行福:《保卫未来——后现代主义与乌托邦》,《"后现代主义与马克思主义"国际学术研讨会会议论文集》2008年。

王秋海:《反对阐释:桑塔格美学思想研究》,中央编译出版社2011年版。

王泉、朱岩岩:《西方文论关键词:女性话语》,外语教学与研究出版社2006年版。

王予霞:《苏珊·桑塔格与当代美国左翼文学研究》,中国社会科学出版社2009年版。

王予霞:《20世纪美国左翼文学思潮研究》,《文艺理论与批评》2009年第3期。

王予霞:《无法开释的左翼情结——玛丽·麦卡锡创作研究》,《文艺理论与批评》2010年第2期。

王予霞:《论20世纪美共领导的左翼女性文学的历史作用》,《福建师范大学学报(哲学社会科学版)》2013年第4期。

王予霞:《美国左翼女性文学的历史衍变》,《英美文学研究论丛》2013年第2期。

王予霞:《20世纪美国左翼文学思潮研究》,中国社会科学出版社2014年版。

王政:《女性的崛起:当代美国的女权运动》,当代中国出版社1995年版。

魏天真:《"姐妹情谊"如何可能?》,《读书》2003年第6期。

魏忠贤:《再见,阿伦特》,《视野》2015年第5期。

吴琼:《20世纪美国马克思主义文艺理论研究》,北京大学出版社2012年版。

吴岳添:《法国现当代左翼文学》,湘潭大学出版社2007年版。

[奥地利]西格蒙德·弗洛伊德:《精神分析引论》,高觉敷译,商务印书馆1984年版。

[法]西蒙·德·波伏娃:《第二性》,陶铁柱译,中国书籍出版社1998年版。

姚君伟:《走进中文世界的苏珊·桑塔格——苏珊·桑塔格在中国的译介》,《新文学史料》2008年第3期。

姚文放、邵晓舟:《马尔库塞形式主义美学的思想内涵》,《求是学刊》2005年第3期。

[美]伊莱恩·肖瓦尔特:《她们自己的文学——英国女小说家:从勃朗特到莱辛》,韩敏中译,浙江大学出版社2012年版。

袁可嘉:《西方现代主义文学的成就、局限和问题》,《文艺研究》1992年第3期。

[美]约瑟夫·多诺万:《女权主义的知识分子传统》,赵育春译,江苏人民出版社2003年版。

曾桂娥、江春媛:《论〈皇帝的孩子〉中的青年身份建构》,《当代外国文学》2013年第3期。

张怀久:《论心理现实主义小说及其理论》,《上海社会科学院学术季刊》1991年第2期。

张劲松:《左翼政治与经典构建中的玛丽·麦卡锡创作研究》,《重庆大学学报(社会科学版)》2015年第3期。

张京媛:《当代女性主义文学批评》,北京大学出版社1992年版。

张康之:《当代乌托邦是一种艺术追求——评马尔库塞的乌托邦理论》,《中州学刊》1998年第2期。

张莉:《"沉默"的述说:〈我们现在的生活方式〉的叙事艺术》,《郑州大学学报(哲学社会科学版)》2012年第3期。

张莉:《论〈皇帝的孩子〉中的左翼思想》,《湖南科技大学学报(社会科学版)》2015年第4期。

张莉:《美国的左翼女性文学——从女权、美学到社会关切》,《光明日报》2017年10月11日第13版。

张莉、袁洋:《美国左翼女性文学的乌托邦构想——基于勒苏尔〈姑娘〉的探讨》,《郑州大学学报》2021年第1期。

张威:《报道中国:抗战时期在华美国女记者研究》,《新闻与传播研究》2010年第3期。

张艺:《桑塔格艺术构造"魔力"探索》,博士学位论文,南京师范大学,2012年。

张毅:《玛丽·麦卡锡:其人其事》,《外国文学研究》1991年第3期。

张志旻、赵世奎等:《共同体的界定、内涵及其生成——共同体研究综述》,《科技政策与管理》2010 年第 10 期。

张祝祥、杨德娟:《美国自然主义小说》,复旦大学出版社 2007 年版。

赵艺扬:《抗战时期美国在华激进派女记者的新闻活动比较研究》,《新闻传播》2016 年第 15 期。

[美]朱迪思·赫尔曼:《创伤与复原》,施宏达、陈文琪译,机械工业出版社 2015 年版。

Aaron, Daniel. *Writers on the Left*: *Episodes in American Literary Communism*. New York: Columbia University Press, 1992.

Abbott, Philip. "Are Three Generations of Radicals Enough? Self-Critique in the Novels of Tess Slesinger, Mary McCarthy, and Marge Piercy." *Review of Politics* 53 (2008): 602-626.

Abigail, Martin. *Tillie Olsen*. Boise: Boise State University, 1984.

Abrahams, William. "This Year's Girl by Mary McCarthy." *Boston Globe* 13 May (1942): 19.

Anderson, Chester G. *Growing Up in Minnesota*: *Ten Writers Remember Their Childhoods*. Chicago: University of Minnesota Press, 1976.

Arendt, Hannah. *The Human Condition*. Chicago: The University of Chicago Press, 1998.

Arensberg, Liliane K. "Death as Metaphor of Self in *I Know Why the Caged Bird Sings*." *College Language Association Journal* 2 (1976): 273-291.

Arvidson, Heather. "Numb Modernism: Sentiment and the Intellectual Left in Tess Slesinger's *The Unpossessed*." *Twentieth-Century Literature* 63 (2017): 239-266.

Barasch, Frank K. "Faculty Images in Recent American Fiction." *College Literature* 10 (1983): 28-37.

Barbara, Wiedemann. *Josephine Herbst's Short Fiction*: *A Window to Her Life and Times*. Selinsgrove: Susquehanna University Press, 1998.

Bartkowski, Frances. "Reading the Romantic Heroine: Text, History, Ideology by Leslie Rabine." *Comparative Literature* 4 (1989): 401-403.

Brightman, Carol. *Writing Dangerously*: *Mary McCarthy and Her World*. New York: Clarkson Potter, 1992.

Brightman, Carol, ed. *Between Friends*: *The Correspondence of Hannah Arendt and Mary McCarthy 1949-1975*. New York: Harcourt Brace, 1995.

Casey, Janet Galligani. "My Little Illegality: Abortion, Resistance, and Women Writers on the Left." *The Novel and the American Left,* (2004): 16-34.

Castaneda, Alisha P. "Hues, Tresses, and Dresses: Examining the Relation of Body Image, Hair and Clothes to Female Identity in *Their Eyes Were Watching God* and *I Know Why the Caged Bird Sings*." Ph.D. diss. Liberty University, 2010.

Castro, Joy. "Abortion, Resistance, and Women Writers on the Left." in Janet Galligani Casey, ed., *The Novel and the American Left Critical Essays on Depression-Era Fiction*. Iowa: The University of Iowa Press, 2004.

Chamberlain, John. "Review of *The Unpossessed*, by Tess Slesinger." *New York Times* 9 May (1934): 17.

Chodorow, Nancy. *The Reproduction of Mothering*: *Psychoanalysis and the Sociology of Gender.* Berkeley: University of California Press, 1978.

Clarke, Clorinda. "Shorter Notices." *Catholic World* 170 (1949): 157-161.

Coiner, Constance. *Better Red*: *The Writing and Resistance of Tillie Olsen and Meridel Le Sueur*. New York: Oxford University Press, 1995.

Coiner, Constance. "Tell Me a Riddle: Class and Gender Rivalry in Meridel Le Sueur and Tillie Olsen." *Ilha Do Desterro* 23 (2008): 75-98.

Dawahare, Anthony. "'Modernity' and 'Village Communism' in Depression Era America: The Utopian Literature of Meridel Le Sueur." *Criticism* 3 (1997): 409-431.

Dawahare, Anthony. "That Joyous Certainty: History and Utopia in Tillie Olsen's Depression-Era Literature." *Twentieth Century Literature* 3 (1998): 261-275.

Felski, Rita. *The Gender of Modernity*. Cambridge: Harvard University Press, 1995.

Foley, Barbara. *Radical Representations*: *Politics and Form in U.S. Proletarian Fiction, 1929-1941.* Durham: Duke University Press, 1993.

Fox, Bess. "Mary McCarthy's Disembodied Authorship: Class, Authority, and the Twentieth Century Intellectual." *Women's Studies* 44 (2015): 772-797.

Gelderman, Carol. *Mary McCarthy*: *A Life*. New York: St. Martin's, 1988.

Gilligan, Carol. *In a Different Voice*: *Psychological Theory and Women's Development*. Cambridge: Harvard University Press, 1993.

Gold, Michael, "Go Left, Young Writers!" *New Masses* 4 January (1929): 4.

Gold, Mike. *Proletarian Literature in the United States*: *An Anthology*. New York: International Publishers, 1935.

Green, Charles. "The Droves of Academy." *The Missouri Review* 31 (2008): 177-188.

Gross, Beverly. "Our Leading Bitch Intellectual." in Eve Stwertka and Margo Viscusi eds., *Twenty-Four Ways of Looking at Mary McCarthy*: *The Writer and Her Work*. Wesport: Greenwood, 1996.

Grumbach, Doris. *The Company She Kept*. London: Bodley Head, 1967.

Guttman, Sondra F. "Working Toward Unity in Diversities, Rape and the Reconciliation of Color and Comrade in Agnes Smedley's *Daughter of Earth*." *Studies in the Novel* Winter, (2000): 515.

Hagen, Lyman B. *Heart of a Woman, Mind of a Writer, and Soul of a Poet*: *A Critical Analysis of the Writings of Maya Angelou*. Lanham: University Press of America, 1997.

Hapke, Laura. *Labor's Text*: *The Worker in American Fiction*. London: Rutgers University Press, 2001.

Hardwick, Elizabeth. *Introduction to The Unpossessed*: *A Novel of the Thirties*. New York: The New

York Review of Books, 2002.

Hardy, Willene Schaefer. *Mary McCarthy*. New York: Frederick Ungar, 1981.

Hart, Henry, ed. *American Writers' Congress*. New York: International Publishers, 1935.

Hassan, Ihab. *The Literature of Silence*: *Henry Miller and Samuel Beckett*. New York: Alfred. A. Knopf, 1967.

Hayes, Richard. "Books." *Commonweal* 23 (1952): 570.

Herbst, Josephine. *Pity Is Not Enough*. New York: Harcourt, Brace and Company, 1933.

Herbst, Josephine. *The Executioner Waits*. New York: Harcourt, Brace and Company, 1934.

Herbst, Josephine. *Rope of Gold*. New York: Harcourt, Brace and Company, 1939.

Hewitt, Avis Grey. "'Myn Owene Women, Wel at Ese': Feminist Facts in the Fiction of Mary McCarthy." Ph.D. Diss. Ball State University, 1993.

Hooks, Bell. "Sisterhood: Political Solidarity Between Women." *Feminist Review* 6 (1986): 128.

Howe, Florence. *Tradition and the Talents of Women*. Urbana and Chicago: University of Illinois Press, 1991.

Hubler, Angela E. "Josephine Herbst's 'The Starched Blue Sky of Spain and Other Memoirs': Literary History 'In the Wide Margin of the Century'." *Papers on Language and Literature* 33.1 (1997): 85-86.

Hubler, Angela E. "Making Hope and History Rhyme: Gender and History in Josephine Herbst's Trexler Trilogy." *Critical Survey* 19.1 (2007): 84-95.

Humphrey, Robert. *Stream of Consciousness in the Modern Novel*. Berkeley: University of California Press, 1954.

Hühn, Peter, et al., ed. *Handbook of Narratology*. Berlin: Walter de Gruyter, 2009.

Ikonen, Sarianna. "Women's Socialisation in Mary McCarthy's *The Group*: A Feminist Reading." Master's thesis, Philosophical Faculty University, 2016.

Jacoby, Russell. *The Last Intellectuals*: *American Culture in the Age of Academe*. New York: Basic Books, 2000.

Jameson, Fredric. *The Political Unconscious*: *Narrative as a Socially Symbolic Act*. New York: Cornell University Press, 2002.

Kazin, Alfred. *Starting Out in the Thirties*. Boston: Little Brown, 1965.

Keith Booker, M. *The Modern British Novel of the Left*: *A Research Guide*. New York: Greenwood Press, 1998.

Kempton, Murray. *Part of Our Time*: *Some Monuments and Ruins of the Thirties*. New York: Simon and Schuster, 1955.

Kennedy, Liam. *Susan Sontag*: *Mind as Passion*. Manchester: Manchester University Press, 1995.

Kent, George E. "Maya Angelou's *I Know Why the Caged Bird Sings* and Black Autobiographical

Tradition." *Kansas Quarterly* 3 (1975): 72-78.

Kiernan, Frances. *Seeing Mary Plain*: *A Life of Mary McCarthy*. New York: W. W. Norton & Company, 2000.

Kirmayer, Laurence J. *Understanding Trauma*: *Integrating Biological, Clinical, and Cultural Perspectives*. Cambridge: Cambridge University Press, 2007.

Klehr, Harvey, Haynes, John and Anderson, Kyrill. *The Soviet World of American Communism*. New Haven: Yale University Press, 1998.

Koch, Stephen. *Double Lives*: *Spies and Writers in the Secret Soviet War of Ideas Against the West*. New York: Free Press, 1994.

Kunitz, Stanley J. and Haycraft, Howard. *Twentieth Century Authors*: *A Biographical Dictionary of Modern Literature*. New York: H. W. Wilson, 1942.

LaCapra, Dominick. *Writing History, Writing Trauma*. Baltimore: The Johns Hopkins University Press, 2001.

Langer, Elinor. "Below 14th Street." *Grand Street* 2 (1983): 76-88.

Langer, Elinor. *Josephine Herbst*: *The Story She Could Never Tell*. Boston: Little, Brown & Co, 1983.

Langer, Elinor. "Introduction." in Josephine Herbst ed, *Pity Is Not Enough*. New York: Warner Books, 1985.

Le Sueur, Meridel. *Crusaders*. New York: Blue Heron, 1955.

Le Sueur, Meridel. *The Girl*. Minneapolis: West End Press, 1990.

Leland, Poague, ed. *In Conversations with Susan Sontag*. Jackson: University Press of Mississippi, 1995.

Lesniak, James G., et al. eds. "Mary McCarthy." in *Contemporary Authors* (*New Revision Series*). Vol. 16. Detroit: Gale Research Company, 1986.

Liao, Yi-qin. "An Interpretation of *The Girl* in Light of Existentialism." *Overseas English* 24 (2016): 171.

Lopate, Philip. *Notes on Sontag*. Princeton: Princeton University Press, 2009.

Lupton, Mary Jane. *Maya Angelou*: *A Critical Companion*. Westport: Greenwood Press, 1998.

Lyons, Bonnie. "Tillie Olsen: The Writer as a Jewish Woman." *Studies in American Jewish Literature* 5 (1986): 89-102.

MacKinnon, Janice R. and MacKinnon, Stephen R. *Agnes Smedley*: *The Life and Times of an American Radical*. Los Angeles: University of California Press, 1988.

Manora, Yolanda. "'What You Looking at Me for? I Didn't Come to Stay': Displacement, Disruption and Black Female Subjectivity in Maya Angelou's *I Know Why the Caged Bird Sings*." *Women's Studies* 4 (2005): 359-375.

Marshall, Margraet. "Notes by the Way." *Nation* 16 (1949): 281-282.

Martin, Abigail. *Tillie Olsen*. Boise: Boise State University Western Writers Series, 1984.

Mattson, Kevin. *Intellectuals in Action*: *The Origins of the New Left and Radical Liberalism, 1945-1970*. Philadelphia: The Pennsylvania State University Press, 2002.

McCarthy, Mary. *A Charmed Life*. Middlesex: Penguin Books, 1964.

McCarthy, Mary. *The Company She Keeps*. Orlando: Harcourt Brace & Company, 1967.

McCarthy, Mary. *Intellectual Memoirs*: *New York 1936-1938*. Orlando: Harcourt Brace & Company, 1993.

McCarthy, Mary. *The Oasis*. Brooklyn: Melville House Publishing, 2013.

Mcintire, Carmela Pinto. "Dying of Consumption: The Prostitute Clara in Meridel Le Sueur's *The Girl*." *Studies in Popular Culture* 2(1999): 1-10.

Messud, Claire. *The Emperor's Children*. London: Picador, 2006.

Miller, Nancy K. "Women's Secrets and the Novel: Remembering Mary McCarthy's *The Group*". *Social Research* 6(2001): 173-199.

Miller, Stephen. "The Other McCarthy." *New Criterion* 34(2016): 26-29.

Moore, Harry T., ed. *Contemporary American Novelists*. Carbondale: Southern Illinois University Press, 1964.

Neil, Elaine. *Tillie Olsen and A Feminist Spiritual Vision*. Oxford: University Press of Mississippi, 1987.

Nekola, Charlotte and Rabinowitz, Paula. *Writing Red*: *An Anthology of American Women Writers, 1930-1940*. New York: The Feminist Press, 1987.

Nelson, Deborah. "The Virtues of Heartlessness: Mary McCarthy, Hannah Arendt, and the Anesthetics of Empathy." *American Literary History* 1(2006): 86-101.

Obermueller, Erin V. "Reading the Body in Meridel Le Sueur's *The Girl*." *Legacy* 1(2005): 47-62.

Olsen, Tillie. *Tell Me a Riddle*. New York: Dell Publishing, 1989.

Olsen, Tillie. *Yonnondio*: *From the Thirties*. New York: Dell Publishing, 1989.

Olsen, Tillie. *Silences*. New York: CUNY Press, 2003.

O'Reilly, Andrea. *Mother Outlaw*: *Theories and Practices of Empowered Mothering*. Toronto: Women's Press, 2004.

Orr, Elaine. *Tillie Olsen and a Feminist Spiritual Vision*. Oxford: University Press of Mississippi, 2009.

Osborne, Vanessa. "The Pregnant Body and Utopian Social Organization in Meridel Le Sueur's *The Girl*." *Tulsa Studies in Womens Literature* 2(2016): 395-411.

Pfaelzer, Jean. "Tillie Olsen's *Tell Me a Riddle*: The Dialectics of Silence." *Frontiers*: *A Journal of Women Studies* 2(1994): 1-22.

Posner, Richard A. *Public Intellectuals*: *A Study of Decline*. Cambridge: Harvard University Press, 2001.

Pratt, Linda Ray. "Meridel Le Sueur: Sustaining the Ground of Literary Reputation." *Minnesota History* 2(2010): 70-76.

Price, Ruth. *The Lives of Agnes Smedley*. Oxford: Oxford University Press, 2005.

Podhoretz, Norman. *Making It*. New York: Random House, 1969.

Rabinowitz, Paula. "Maternity as History: Gender and the Transformation of Genre in Meridel Le Sueur's *The Girl*." *Contemporary Literature* 4(1988): 538-548.

Rabinowitz, Paula. *Labor & Desire*: *Women's Revolutionary Fiction in Depression America*. Chapel Hill: University of North Carolina Press, 1991.

Rahv, Philip. *Essays on Literature and Politics（1932-1972）*. Boston: Houghton Mifflin Company, 1978.

Reid, Panthea. *Tillie Olsen*: *One Woman Many Riddles*. London: Rutgers University Press, 2010.

Rich, Adrienne. *Of Woman Born*: *Motherhood as Experience and Institution*. New York: W. W.Norton and Company, 1986.

Rideout, Walter B. *The Radical Novel in the United States, 1900-1954*. Cambridge: Harvard University Press, 1956.

Rideout, Walter B. "Forgotten Images of the Thirties: Josephine Herbst in the Depression Remembered." *Literary（the）Review Madison* 27.1(1983): 28-36.

Robé, Chris. "Saint Mazie: A Socialist-Feminist Understanding of Film in Tillie Olsen's 'Yonnondio: From the Thirties'." *Frontiers*: *A Journal of Women Studies* 3(2004): 162-177.

Robert, Henn. "Class Work: New York Intellectual Labor and the Creation of Postmodern American Fiction, 1932-1962." Ph.D. diss. Champaign: College of the University of Illinois, 2012.

Roberts, Nora Ruth. *Three Radical Women Writers*: *Class and Gender in Meridel Le Sueur, Tillie Olsen and Josephine Herbst*. New York: Routledge, 1996.

Rollyson, Carl. *Reading Susan Sontag*: *A Critical Introduction to Her Work*. Chicago: Ivan R. Dee, 2001.

Rosenfelt, Deborah. "From the Thirties: Tillie Olsen and the Radical Tradition." *Feminist Studies* 3(1981): 371-406.

Rottenberg, Catherine. "The New Woman Ideal and Urban Space in Tess Slesinger's *The Unpossessed*." *Women's Studies* 45(2016): 341-355.

Roussopoulos, Dimitrios. *The New Left*: *Legacy and Continuity*. Montreal: Black Rose Books, 2007.

Rubinstein, Annette T. "Fiction of the Thirties: Josephine Herbst". *Science and Society* 1(1985): 91-100.

Ruddick, Sara. *Maternal Thinking*: *Towards a Politics of Peace*. Boston: Beacon Press, 1989.

Rush, Fred. "Appreciating Susan Sontag." *Philosophy and Literature* 1(2009): 36-49.

Ryan, Katy. "Fallingin Public: Larsen's *Passing*, Mary McCarthy's *The Group*, and Baldwin's

*Another Country.*" *Studies in the Novel* 1 (2004): 95-119.

Schleuning, Neala J. Y. "Meridel Le Sueur: Toward a New Regionalism." *Journal of Experimental Biology* 18 (1980): 3543-3551.

Schultz, Lydia A. "Flowing Against the Traditional Stream: Consciousness in Tillie Olsen's *Tell Me a Riddle.*" *MELUS* 3 (1997): 113-131.

Sharistanian, Janet. "Afterword." in Tess Slesinger ed., *The Unpossessed*. New York: Feminist, 1984.

Sharistanian, Janet. "Tess Slesinger's Young Wife." *Helicon Nine* 16 (1986): 22-25.

Showalter, Elaine. *Sister's Choice: Tradition and Change in American Women's Writing*. Oxford: Clarendon Press, 1991.

Siebers, Tobin. *Heterotopia: Postmodern Utopia and the Body Politic*. Ann Arbor: University of Michigan Press, 1995.

Slesinger, Tess. *The Unpossessed*. New York: Avon Books, 1966.

Slesinger, Tess. *On Being Told That Her Second Husband Has Taken His First Lover and Other Stories*. New York: Quadrangle/The New York Books Co., 1971.

Slesinger, Tess. *The Unpossessed*. New York: The Feminist Press, 1984.

Smedley, Agnes. *Daughter of Earth*. New York: The Feminist Press, 1987.

Smith, Mary K. "Meridel Le Sueur: A Bio-Bibliography." Ph.D. diss. University of Minnesota, 1973.

Spencer, Nicholas. "Social Utopia: Hannah Arendt and Mary McCarthy's *The Oasis.*" *Literature Interpretation Theory* 1 (2004): 45-60.

Strong, A. L. "Fiction." *Spectator* 182 (1949): 302.

Sumner, Gregory D. "Nicola Chiaromonte, the Politics Circle, and the Search for a Postwar 'ThirdCamp'." In Eve Stwertka and Margo Viscusi, eds., *Twenty-Four Ways of Looking at Mary McCarthy: The Writer and Her Work*. Westport: Greenwood Press, 1996.

Swados, Harvey. *The American Writer and the Great Depression*. New York: Bobbs-Merrill Company, 1966.

Tilsen, Rachel. "Afterword." in Meridel Le Sueur, *The girl*. New York: West End Press, 1978.

Trilling, Lionel. "Afterword." in Tess Slesinger, *The Unpossessed*. New York: Avon, 1966.

Vermillion, Mary. "Reembodying the Self Representations of Rape in *Incidents in the Life of a Slave Girl* and *I Know Why the Caged Bird Sings.*" in Joanne M. Braxton, ed., *Maya Angelou's I Know Why the Caged Bird Sings: A Casebook*. New York: Oxford University Press, 1999.

Wagner-Lawlor, Jennifer A. "Romances of Community in Sontag's Later Fiction." in Barbara Ching and Jennifer A. Wagner-Lawlor, ed., *The Scandal of Susan Sontag*. New York: Columbia University Press, 2009.

Wald, Alan. "The Menorah Group Moves Left." *Jewish Social Studies* 38 (1976): 289-320.

Wald, Alan. *The New York Intellectuals: The Rise and Decline of the Anti-Stalinist Left from the 1930s to the 1980s*. Chapel Hill: The University of North Carolina Press, 1987.

Wald, Alan. *Exiles from a Future Time*. Chapel Hill: The University of North Carolina Press, 2002.

Walker, Pierre A. "Racial Protest, Identity, Words, and Form in Maya Angelou's *I Know Why the Caged Bird Sings*." *College Literature* 3 (1995): 91-105.

Walton, Edith H. "*The Company She Keeps* and Other Works of Fiction." *New York Times Book Review*, May 24 (1942): 7.

Weigand, Kate. *Red Feminism*: *American Communism and the Making of Women's Liberation*. Baltimore: The Johns Hopkins University Press, 2000.

Yoshihara, Mari. *Embracing the East*: *White Women and American Orientalism*. New York: Oxford University Press, 2003.

Zinn, Howard. *A People's History of the United States*: *1942-Present*. New York: Harper Collins Publishers, 2003.

# 后　　记

此前总在想象完成书稿的那一刻将会是怎样的酣畅淋漓、如释重负、欣喜若狂，可是此刻的心情更多的是忐忑、沉重和失落。

美国左翼女性文学的研究是一项庞大和艰巨的任务，又因为前面的探索者寥寥而更显得举步维艰。研究中不但容易犯挂一漏万的错误，还会因资料所限、学术视野的局限、学术能力的欠缺等主客观原因而做出错误的结论。研究中的很多工作都是在摸索，探索的每一小步都布满荆棘，如履薄冰，这一度使我产生了畏难情绪，以至于是否出版这本著作我一度犹豫不决。然而，我又清醒地知道，冒险精神是科学研究不可缺少的品质，即便最初的探索最终被证明充满谬误，那应该也会为后来的研究者向真理的靠近提供一定的参考。本着这样的信念，我无限敬畏地靠近左翼女性文学这片还掩映在丛林之中，仍显得原始、繁茂、神秘，同时又多姿多彩、充满诱惑的处女地，斗胆砍伐出一条小径，采撷几束鲜花，希望这一粗浅的尝试能够吸引更多有能力者在这一领域继续深耕。

应该说还是美国左翼女作家作品本身的品质、温度和力量，以及她们被湮没不见的现状给了我继续工作的勇气和决心。美国左翼女性文学这座矿山需要挖掘、提炼、打磨、深入的研究，以及更多的时间和精力的投入，那就从现在做起，慢慢刨开一小块矿石，争取让更多人看到它的丰富与珍贵，让更多的人前来做更好的采掘和加工。

基于这样的想法，结合美国左翼女性作家的写作淡化了意识形态色彩，而体现出更多社会关注的特点，我在研究中采取开放的研究视野和态度，将基于激进的文化态度、采用女性视角、书写女性经验、表达女性吁求的女作家的创作都归类为美国左翼女性文学的范畴，因而这一领域是开放的、延续性的，它可以不断吸纳新的成员、新的发现、新的研究成果。

一路走来，非常幸运地得到了国家社科基金项目、国家留学基金管理委员会项目、郑州大学人文社会精品学术著作出版资助项目等的资助，使我得以投入时间、精力在国内外名校学习、访问，得以向该领域内的不少大家请教、学习，从而使思想得以深化，使研究成果的共享成为可能。

感谢学术道路上给了本人许多支持、鼓励和引领的各位师长。感谢我的博士导师、博士后合作导师中国人民大学郭英剑教授、南京大学杨金才教授，他们的温暖关爱、殷切期待和严格要求一直延续至今，他们身体力行、率先垂范，让我深刻地领悟到学术研究需要投入的热爱、敬畏以及严谨认真的态度和精神。感谢郑州大学周倩教授，他的敦促和示范让我在学习和自我提升的道路上勇往直前。感谢郑州大学外国语学院的领导和同事们，他们多年来给了我很多帮助，让我在这个温暖舒适的大家庭里自由成长。感谢在郑州大学英美文学研究中心这个平台上一起工作、相互切磋的各位朋友和前来讲学的各位专家，与你们的交流让我受益良多。

感谢一路同行的各位同道中人。感谢苏州科技大学柯英教授、南京师范大学韦清琦教授、杭州师范大学陈茂林教授，他们躬耕于美国左翼文学研究领域，一直关注我的研究，并与我慷慨分享他们的研究成果与心得，对我有不少启发和帮助。感谢郑州大学高晓玲教授，她待人诚恳、治学严谨，为我的研究提供了不少物质和精神诸方面的助益。

感谢我的家人，他们为我创造了可以静心于书斋生活的条件和保障，也是我前行的动力和支持。感谢我的几位可爱的研究生梁俐珂、王贺昕、郭炳含、石赛依、杨小慧、孙圣洁，她们在我撰写本书的过程中给予了许多切实的帮助。还要特别感谢本书的责任编辑常春娥女士和宋丽女士，她们认真、耐心、专业的态度和素养大大地减轻了我在书籍出版过程中的烦忧，也让我感受到了我们共同对文字的责任感和敬畏之心。

感谢文学给予的恒久滋养！

如此，便在忐忑不安中继续前行……